내가 키운 S급들

근서 장편소설

3

내가 키운 S급들

근서 장편소설

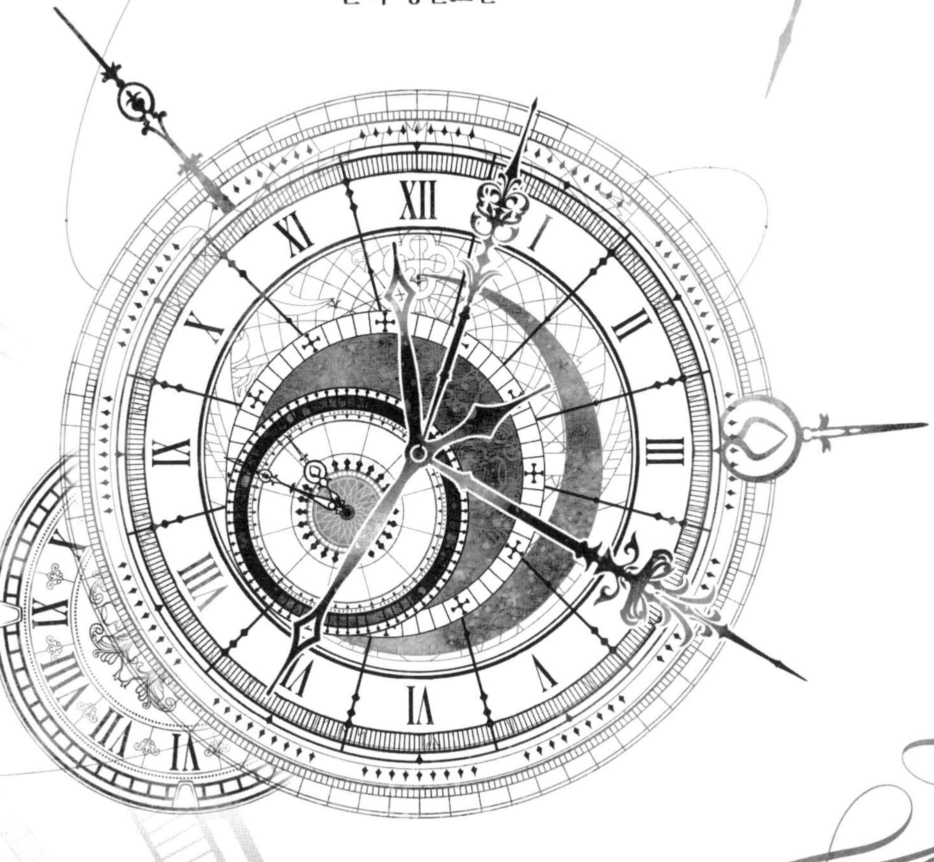

JAYPLEMEDIA

내가 키운 S급들

CONTENTS

1장　　　각성자 관리실장　　7p

2장　　　　노아　　　　41p

3장　　　형제와 남매　　　77p

4장　　　잘려 나간 것　　139p

5장　　　　전통극　　　179p

6장　　저주독룡종의 주인　213p

7장　　　　목적지　　　263p

8장　　안녕, 처음 뵙겠습니다　291p

9장　　　물의 지배자　　321p

10장　　휴식처는 감옥　　357p

1장 각성자 관리실장

1장
각성자 관리실장

"대체 무슨 일이 있었던 거예요?"

태풍이 휩쓸고 간 듯한 병실 꼴을 보고 예림이가 물었다.

"별일 없었어."

"별일 없는데 벽에 금이 가요? 여기 분명 특수 벽이랬는데?"

"내가 멀쩡하니 별일 없는 거지 뭐. 삐약아, 이리 와."

- 삐약!

어제 일은 적당히 무마했다. SS급 마왕이 나타났었는데요, 사라졌네요 할 순 없잖은가. 그래서 도깨비왕에 대해 알고 있는 건 아직 나와 김성한뿐이었다.

"그렇다기엔 아저씨 얼굴은 영 안 좋은데요? 피곤해 보여요."

"이건 그냥 잠을 잘… 못 자서."

이틀이나 푹 잤으니 하루 잠 설친 걸로는 티가 안 날 줄 알았는데. 아 진짜, S급 던전이면 한참 걸릴 텐데. 둘뿐이니 못해도 열흘은 잡아야 할 거다.

"…하나 있는 동생이란 새끼가 진짜……."

"에휴, 우리 아저씨 스트레스 받아서 어쩐대. 이따 저녁에 한잔할래요?"

"술은 어차피… 예림아?"

내가 지금 무슨 소릴 들은 거지. 귀가 잘못됐나 당황하며 예림이를 쳐다보자 아무렇지 않게 웃는다.

"어차피 술이나 물이나. 스탯 때문에 어지간히 독한 거 들이붓지 않는 한 안 취해요."

"취하든 안 취하든 술을 왜 마셔! 이 비행 청소년아!"

"제가 좀 잘 날아다니긴 하죠~."

그 비행이 아니라… 손으로 얼굴을 덮자 예림이가 까르르 웃으며 내 팔을 토닥토닥한다.

"그냥 호기심에 쪼끔 맛본 거예요. 맛없던데."

술맛이 궁금할 수야 있겠지만 예림이 이 녀석, 진짜. 그래도 내가 후견인인데 신경을 너무 안 썼나 싶어진다.

"그래도 성인 될 때까지 참아. 다른 것도 물론이고. 담배는 어른 되어도 웬만하면 피우지 말고. 요즘 공부는 잘하고 있어?"

"어……."

예림이가 얼어붙었다. S급을 단숨에 굳혀 버리다니, 말 한마디가 스킬 뺨치네.

"그간 던전 다니느라 수업 제대로 못 들었을 텐데 따라잡으려면 열심히 해야 하지 않아? 그런데 어제도 종일 병원에 와 있었고 오늘도 아침부터 왔고."

"그, 그렇지만 아저씨가 더 중요하잖아요! 괜찮아요, 선생님한테 미리 말도 했고, 괜찮다고 했고……."

상급 헌터를 위한 가정교사라고 해 봤자 위험수당 받는 하급 헌터나 일반인일 텐데 쉬고 싶다는 S급의 말을 어떻게 거절하냐.

"난 오늘 데리러 와 줄 사람 있어. 사육 시설도 그 사람한테 안내받을 거고."

"누군데요?"

"각성자관리실장."

예림이가 고개를 갸웃한다. 잘 모르나 보다.

"행정안전부 소속이고 헌터협회가 S급 던전까지 관리할 수 있게 만들어 준 S급 헌터, 송태원."

"아! 저도 알아요! TV에서 봤어요. 현아 언니가 말하던 송 실장님, 맞죠?"

이름을 듣자 예림이가 그제야 알겠다며 끄덕거렸다. S급 헌터는 유명하지만 공직자 직책명이야 애들은 잘 기억 못 하지.

"그래, 그 사람. 국내에선 유일하게 길드가 아닌 국가 소속 S급 헌터지. 그간 일정이 안 맞아서 못 봤었는데 안내 겸 한번 만나자고 연락 왔어."

송태원은 경찰 출신 각성자였다. S급 각성자임에도 특이하게도 여전히 공직자로 남았다. 공직에서 승승장구를 노려 볼 수도 있겠지만 또 그런 욕심은 없는 사람이었다.

대형 길드들 사이에서 협회가 잘 버티고 있는 것도 송태원의 덕이 컸다.

"이참에 너도 만나 봐. S급 헌터가 법을 위반하면 제일 먼저 달려올 사람이니까."

예림이와 함께 병원 주차장으로 내려갔다. 여긴 헌터 전용 동이라서인지 한산하다. 외상이야 힐러가 있고 병은 잘 걸리지 않는 헌터가 병원 찾을 일은 잘 없기 때문이었다. 스탯이 일반인보다 조금 나은 수준인 F급 헌터야 의료보험도 안 되는 여길 오느니 일반 병원 가고.

"아직 안 왔나 봐요."

"그러게. 외부 주차장 쪽으로 가서 기다릴까."

밖으로 나가 화단 근처 벤치에 앉아 있길 잠시, 낡은 티 팍팍 나는 빨간색 경차 한 대가 굴러들어 온다. 그것을 본 예림이의 얼굴에 경악이 스쳤다.

"아, 아저씨, 저기 저거… S급 헌터가 타고 있는 거 같은데… 제 감각이 잘못된 걸까요?"

"원래 저런 사람이야."

자리에서 일어나며 말했다. 소문은 들었는데 실제로 보니 나도 좀 어이없었다.

땅딸막한 차가 주차선을 정확히 지켜 멈춰 선다. 내려서는 남자는 경차에 어울리지 않게 덩치가 컸다. 각 잡아 반듯한 옷매무새에 시리어스 액션영화 주인공으로 나올 것 같은 얼굴을 하고서 부서질까 조심스레 차 문을 닫는다.

"…왜 저래요?"

"공무원이라서 그래."

"아니, 공무원이라도 잘사는 사람 많던데, S급 헌턴데……."

예림이가 못 볼 거 봤다는 표정으로 중얼거린다. 이해가 좀 안 가는 모습이긴 하지. 헌터로서 수익은 안 받는다고 알고 있지만 고위직이니 연봉이 적진 않을 텐데.

S급 공무원, 송태원이 우리를 향해 가볍게 묵례한다. 따라 꾸벅 고개를 숙이는 그때, 언뜻 봐도 비싼 티 나는 잘빠진 대형 세단이 주차장으로 미끄러져 들어왔다. 고속도로라도 달리는 듯 속도를 줄이지 않은 채 그대로 방향을 꺾더니.

쾅!

경차 뒤꽁무니를 들이받았다. 거세게 밀쳐진 경차가 잔뜩 구겨지며 화단을 넘어 나무에 부딪힌다. 가여운 경차는 반파되었지만 세단은 약간의 흠집만 났다. 그걸 본 예림이가 작게 중얼거렸다.

"나이스."

못 들은 걸로 치자.

세단 운전석에서 내려서는 사람은 다름 아닌 성현제였다. 저 미친놈이 상쾌한 얼굴로 송태원에게 한쪽 손을 들어 보였다. 손끝에 명함처럼 보이는 종이가 들려 있다.

"수리비는 이쪽으로 청구하게. 아니면 차 키를 줄까? 그 덩치로 구겨져 다니는 걸 보면 무심코 액셀에 발이 올라가서 말일세. 고의는 아니야."

"이번만큼은 세성 길드장 편이에요."

예림이가 속닥거린다. 아니, 경차 좀 타면 어때서. 한때의 소시민으로서 나는 송태원 편이다.

"일정 금액 이상의 금품 수수는 법에 저촉됩니다."

송태원이 무덤덤하게 말했다. 하지만 성현제를 보는 눈이 곱지는 않았다. 애초에 거대 길드장과 견원지간인 그다. 합법적으로 상당한 면세를 받고 있는 거대 길드들을 탈세 단체쯤으로 여기고 있는 탓이었다.

길드장들도 헌터에 대한 특별 수사권을 가지고 있는 S급 헌터가 거슬리는 건 마찬가지였고. 성현제쯤 되니 저런 미친 도발도 하는 거지 웬만큼 큰 길드의 길드장이라 해도 송태원 앞에서는 한발 물러나야 한다.

"그보다 여기까지는 무슨 일입니까. 한유진 씨의 안내는 제가 맡기로 되어 있을 텐데요."

"애 아빠 모시러 왔지."

그러면서 성현제가 나를 돌아본다.

"오늘 아침에 가시날개암룡 던전의 공략이 끝났다네."

기분 좋은 거 보니 새끼 드래곤의 포획에 성공한 모양이었다.

송태원의 차가 운행이 불가능해졌기에 결국 세성 길드에 들렀다 가게

었다. 송태원은 탐탁잖아 했지만 차도 없고 가는 길목인 데다가 몬스터 사육은 계약도 되어 있으니 막지 못했다.

이동하는 도중에 성현제가 귀하신 몸 종잇장 같은 차로 모시려 했냐고 비꼬고 예림이도 맞장구를 쳐 댔다. 돌부처처럼 묵묵히 듣고 있던 송태원이 내게 생각이 짧았다고 다음엔 렌트라도 하겠다 사과하는 바람에 내가 더 미안해졌다.

예림이 저거 은근히 성현제와 죽이 잘 맞아서 걱정되네…….

"안녕하세요, 한유진 님!"

세성 길드에 도착하자 강소영 헌터가 꽃이 만개한 듯 화사한 얼굴로 나를 맞이했다. 좋아 죽겠다는 티를 팍팍 내더니 이내 걱정스러워하는 얼굴로 바뀌었다.

"몸은 괜찮으신가요? 제가 직접 갔어야 했는데, 상대가 송태원 실장님이라서요."

"괜찮아요. 멀쩡합니다."

충분히 말 통할 거 같은 사람이던데 직접 오지 그랬냐. 그럼 불쌍한 경차도 무사했… 겠지?

확신은 못 하겠다. 스킬만 보면 강소영도 액셀 밟는 건 참 잘하겠지.

"이쪽으로 오세요!"

강소영이 안내해 간 곳에 우리 하나가 있다. 그 속의 푹신하게 만든 작은 둥지에 까만 생명체가 동그랗게 몸을 말고 잠들어 있었다.

3급 비룡종 - 가시날개암룡(유체)
현재 스탯 등급 D
성장 가능 스탯 등급 A~S
최적화 초기 스킬
산성 브레스(S) 성장 후 습득

> 가시 갑옷(A) 성장 후 습득
> 고속 비행(A) 성장 후 습득
> 독 비늘(A) 성장 후 습득
> ※ 성체의 도움 없이 성장 불가

 이 녀석도 화염 뿔사자와 성장 조건이 같구나. 삐약이를 예림이에게 맡기고 다가갔다. 알이 부화하기까지 기다렸다 잡아 온다더니 진짜 갓 태어난 모양이었다. 조그맣다 못해 딱 강아지 크기다. 그래서 피스나 블루와 달리 스탯이 D급인 걸까.
 어려서인지 아직 가시는 없었다. 비늘도 단단하기보단 말랑말랑 부드러워 보인다. 동그란 배가 작게 오르내리며 이따금 꼬리 끝을 움찔한다. 가느다란 목에는 은색 반지 같은 목걸이를 찼다.
 "진짜 귀엽죠, 그쵸? 그쵸?"
 강소영이 작게 속삭여 왔다. 귀엽긴 하네. 새끼 때야 웬만해선 다 귀엽긴 하지만.
 "이름은 코메트예요."
 "암컷입니까?"
 "아무렴 어때요."
 모르는구나.
 "성장하면 알 수 있을 거예요. 날개가 더 크고 독이 강한 쪽이 암컷이고 날개에 비해 가시가 긴 쪽이 수컷이거든요."
 그럼 기승수로 쓰려면 암컷이 더 좋으려나?
 강소영이 주인의 증표를 꺼내 들었다. 두 손으로 꼭 쥐고서 나를 울망울망하게 바라본다. 뒤쪽에서 예림이가 소영 언니도 내숭 장난 아니다, 하고 중얼거리는 소리가 들려왔다.
 "저희 코메트, 잘 부탁드려요. 자주 찾아갈게요. 던전 공략 안 할 땐 매일 찾아뵐게요. 무슨 일 있으면 언제든지 연락 주세요. 필요한 것도 있으시면 뭐든 말씀하시고요.”

“걱정 마세요, 잘 보살피겠습니다.”

증표를 받아 인벤토리에 넣고 우리 문을 열었다. 새끼 용은 아직 깨어날 기색이 없어 보인다.

“스탯 등급이 한유진 님보다는 높은데 괜찮을까요?”

“괜찮아요.”

끽해야 손이나 좀 물리고 말겠지. 바로 옆에 A급 있고 S급이 셋이나 뒤에서 버티고 있으니 큰일 나기 전에 도와줄 것이다.

손을 뻗어 뿔이 작게 토돌한 머리를 쓰다듬었다. 약간 서늘하고, 매끄럽다. 두 손으로 조심스럽게 감싸 들자 꼬리를 살랑 흔들더니 두 눈을 가만히 뜬다.

은빛 섞인 짙은 회색의 금속성 눈동자였다. 눈을 깜박깜박하다가…….

- 푸우우.

코끝을 푸르릉 털고는 입을 짝 벌려 하품한다. 빨간 혀만 날름 보일 뿐 이빨은 아직 없었다. 나를 한번 올려다보고는 날개도 한번 탁 털고 손바닥 위에서 다시 몸을 만다. 딱 두 손바닥에 꽉 차고 꼬리나 날개가 살짝 빠져나올 크기였다.

이렇게 작은 게 탈 수 있을 만큼 커진다니. 놀라울 정도였다.

“다시 자네요. 귀여워라, 우리 코메트.”

강소영이 너무 귀여워서 심장이 다 떨린다며 호들갑을 떨었다. 뭐, 솔직히 많이 귀엽긴 하네.

사육 시설로 가는 길에 강소영도 따라붙었다. 코메트가 지낼 곳을 보고

싶다는 이유에서였다. 슬슬 성현제는 빠져 줬으면 싶었지만 그럴 생각이 조금도 없어 보였다. 해연도 브레이커도 길드장들이 던전 공략 들어갔으니 남아 있는 자신이라도 날 책임져야 한다나. MKC는 그렇다 쳐도 한신은 왜 없는 셈 치냐.

강소영은 자기 바이크를 타고 먼저 사라져 갔다. 예림이 말로는 속도위반 딱지가 한가득 쌓여 있단다. A급 전투 헌터라 사고 낼 일은 없다지만 법은 좀 지켜라.

두 사람이 생각보다 친해 보이기에 물어봤더니 문현아도 끼어서 같이 몇 번 놀러 다녔다고 했다. 방탈출 카페도 갔다나.

"우리가 최단 기록 세웠어요!"

부쉈구만.

드디어 도착한 사육 시설은 일전에 본 조감도처럼 둥글고 큰 건물이었다. 천장이 높다 보니 겉보기엔 커다란 실내 체육관 같았다.

빌딩과 연결된 입구에도, 본건물 입구에도 A급 헌터가 배치되어 있었다. 각각 해연과 세성에서 나온 사람들이었다. 그 밖에도 A급 헌터가 두 명 더, B급 헌터가 열댓 명쯤 경비를 설 것이라고 했다.

그렇게 많은 수의 중상급 헌터를 고작 남의 건물 지키는 데 쓰는 건 좀 그렇지 않나 싶었지만, 명우 효과가 더해져 자원자가 많았다고 한다. 유명우도 여기로 올 것이라는 게 이미 알려진 덕이었다.

그리고 이 설명의 대부분은 송태원이 아닌 성현제의 입에서 흘러나왔다. 송태원의 말문을 막고 대화를 채 가는 솜씨가 어찌나 교묘하던지 내가 다 얄미워질 정도였다. 여기 있는 게 송태원이 아니라 유현이나 문현아였으면 이미 대판 싸움 나지 않았을까.

그러나 송태원은 십 년쯤 산에서 도 닦다 내려온 사람 같았다. 눈빛만큼은 살벌했지만.

'송태원을 살해한 게 진짜 성현제였을까?'

사이가 좋다곤 빈말로도 말 못 해도 그럴 정도로 나빠 보이진 않는데. 어차피 뜬소문이긴 했다. 공식 발표야 던전 공략 중 사망이었고.

- 꺄아! 꺄!

건물 안으로 들어서자 너른 로비가 나왔다. 그곳에 먼저 와 있던 블루가 파닥파닥 날아다니고 있었다. 천장이 높은 덕에 집에 있을 때와는 달리 신나게 비행한다.
역시 넓은 곳이 애 키우기 좋지. 물건 부술 일도 적고.

- 꺄우우!

나를 발견한 블루가 단숨에 날아온다. 반가워서 눈을 초롱초롱 빛내는 녀석을 마주 안아 주고 싶지만, 한쪽 팔에 새끼용이 안긴 채라.
"블루야, 잠깐만."

- 뀨우?

"강소영 씨, 뻐약이처럼 안전하게 아이템을 채울 수도 있고 아이템 없이 블루와 친해지게 시도해 볼 수도 있습니다만 어떻게 할까요? 아이템이 없으면 다칠 수도 있어요."
최종적으로는 비슷한 스탯 등급이 되겠지만 지금은 블루가 더 강하다. 내 말에 강소영이 블루와 코메트를 번갈아 바라보았다.
"블루가 스탯 C급이라고 했죠? 그 정도면 괜찮지 않을까요. 저 목걸이 체력 스탯 올려 주는 거라 체력만큼은 비슷할 거예요. 크게 다치겠다 싶으면 막아 주면 되고요."

그렇다면야. 잠들어 있는 코메트를 살짝 깨워 블루에게 보여 주었다.

"블루야, 새로 온 동생이야. 태어난 지 얼마 안 되었으니까 거칠게 대하진 마."

- 꺄아.

블루가 고개를 갸웃하더니 내 가슴께까지 파드득 날아오른다. 그걸 본 새끼용이 놀랐는지 머리를 치켜들며 날개를 활짝 펼쳤다.

- 캭! 캭!
- 꺄아우!

목청 높여 소리친 블루가 부리를 쫙 벌리더니 새끼용의 날개를 덥석 물곤…….

휙-.

내던져 버렸다. 몸집에 비해 큰 날개를 위태롭게 퍼덕여 바닥에 내려앉은 코메트가 억울하다는 듯 캭캭댄다. 블루가 그것을 뭔가 뿌듯하게 쳐다보았다.

- 뀨우!

자랑스럽게 가슴을 펴 외치고는 더는 공격하지 않는다.
음, 잘은 몰라도 받아들인 거 같지? 근데 이거 어디서 본 것 같은 장면인데.

로비를 지나 오른쪽에 위치한 사육장에는 깔끔하게 만들어진 우리가 늘어져 있었다. 우리라기보단 방에 가까울 정도로 크고 공기청정과 냉난방 시설은 물론 CCTV도 설치되었다. 비교적 작은 편인 우리는 기준 레벨 10일 시 스탯 B까지, 제일 큰 우리는 A까지 버틸 수 있다고 했다.

유니콘들도 이미 여기로 옮겨 와 있었다.

우리에 붙은 명패에는 피스와 블루도 있었다. 내가 자리를 비울 때는 담당 헌터가 있는 이곳에서 지내게 될 것이다.

아직 주인 없는 우리에 세성에서 가지고 온 둥지를 넣고 코메트를 내려놓았다.

― 시이 쉭!

새끼용이 긴 꼬리로 내 손목을 감고 밖에서 얼쩡대는 블루를 향해 쉭쉭댄다. 체급도, 능력치도 차이가 나 덤비진 못하지만 제법 분한 모양이었다.

"그래― 그래. 블루는 못 들어오니까 여기서 자고 있어."

이어 블루와 삐약이도 사육장에 맡겼다. 내 짐은 아직 기숙사에 있어 다 옮기고 나면 집에 데리고 갈 생각이었다. 짐이 그리 많진 않지만 애들, 특히 블루 데리고 이사하다간 남아나는 게 없겠지.

강소영은 코메트의 우리를 꾸며 주겠다며 쇼핑하러 갔다. 본받아라, 한유현. 얼른 튀어나와서 피스 우리에 최고급 애완동물 침대라도 들여놓아 주라고.

"2층으로 통하는 미니포털은 등록 키가 있어야만 사용할 수 있다네."

성현제가 인벤토리에서 S급 마석을 얇게 깎아 암호를 넣은 명함만 한 패를 꺼내 보이며 말했다. 아니, 근데 왜 저 인간이 등록 키를 들고 있어?

"등록 키는 모두 여섯 개로 MKC를 제외한 네 길드가 각각 하나씩 가지고 있지. 남은 둘은 한유진 군 소유고. 해연 길드로 보내졌으니 가서 받으면 돼."

"제 프라이버시는 없는 겁니까?"

왜 남의 집 열쇠를 막 나눠 가지냐.

"안에 문 하나 더 있으니 걱정 말게나."

"일반 문이면 S급에게는 종잇장 수준일 텐데요."

"그 정도는 아니고 나무판자쯤? 나름 특수 제작 한 거라네."

툭 치면 부서지는 건 도긴개긴이다. 집 안에서 문제가 안 생기리란 법은 없으니 어쩔 수 없긴 하지만.

"집의 외벽은 A급 전투 헌터 상대로 30분 정도는 버틸 수 있다고 하더군."

"튼튼하네요."

"3급 갑주룡의 가죽을 외장재로 썼지. 가공할 수 있는 기술이 없어서 A급 헌터들이 달라붙어야 했어."

황송하구만. 3급 갑주룡은 아직 국내엔 나오는 던전이 없는데 수입한 건가.

집 안 문 열쇠도 해연으로 보내져 있었기에 안까지 들어가 보진 않았다. 어련히 잘해 놨겠지.

그 외 훈련실에 관리실, 접대실 등의 시설을 성현제는 쓸데없이 친절하게 설명해 주었다. 계속 입막음당하는 송태원이 안쓰러워져 나름 눈치도 줘 봤지만 조금도 통하지 않았다.

'송태원이 진짜 안내만 하러 온 건 아닐 테고 다른 용건이 있을 텐데.'

아, 좀 닥치고 꺼져 주세요, 라고 말할 수도 없고. …말할까? 이대로 두면 안내 다 끝났으니 우리는 이만 가지, 하고 송태원까지 억지로 끌고 나갈 판이다. 애초에 그럴 목적으로 따라온 거겠지만.

물론 송태원도 순순히 포기할 사람이 아니었다. 둘이서 기 싸움 거하게 한판 할 미래가 훤히 보이는구나.

그냥 내가 어떻게든 하자. S급끼리 붙었다가 이제 막 건설 끝난 사육소 벽에 구멍이라도 나면 안 되지.

"세성 길드장님, 바쁘실 텐데 시간을 너무 뺏는 것 같아 죄송하네요. 나머지는 송태원 실장님께 듣겠습니다."

이제 그만 댁으로 돌아가시죠, 라는 말에 성현제의 시선이 나를 향한다. 그의 눈꼬리가 가느다랗게 미소를 머금었다.

"자네에게 내어주는 시간은 조금도 아깝지 않으니 걱정 말게."

시발 역시 돌려 말하는 건 안 통하네.

"제가 부담스러우니 이만 가 주시죠."

직구로 던졌다. 그러자 상처받은 얼굴을 한다. 미친. …역시 미친.

"보기와 다르게 매정하군."

"…매정 소리 나올 관계는 아니지 않습니까."

"나는 꽤 정성을 들였다고 생각하네만. 스킬을 확인해 본 것 외엔 나쁘게 대한 적도 없었지. 솔직히 그런 유의 스킬을 무방비하게 받아들이는 경우가 더 드물지 않을까."

무슨 헛소리야, 생각한 것도 잠시.

'성현제가 나한텐 꽤… 잘 대해 주긴 했었나……?'

돌이켜 보니 스킬을 거부한 거 말곤 피해 준 적 없긴 했다. 세성에 갔을 때도 내내 호의적이었고 피스 장난감에 이어링도 받았다. 던전에서도 다른 사람들에게 시비 걸어서 문제였지 내 말은 잘 들어 준 편이었고. 선물 사 가지고 병문안도 왔었고, 오늘도 송태원 차는 박살 났지만 덕분에 편히 오긴 했다.

진짜 제 말대로 나한테 정성 들인 거 같긴 한데.

'…사기당하는 거 같다.'

잘나신 거대 길드장님이신 거 생각하면 엄청 유하긴 했다. 지금도 대놓고 꺼지란 소리 듣고도 화난 티 하나 없고.

분명 그렇긴 한데, 스킬에 대한 것도 틀린 말이 아니고 다 직접 겪은 사실인데 왜 이렇게 속는 것 같은 느낌이 드는 거지.

떨떠름해하고 있자 예림이가 내 팔을 덥석 잡아 왔다.

"아저씨, 홀리지 마세요!"

홀리긴 뭘 홀려. 찝찝해 죽겠는데.

"생각해 보니 그러네요. 그간 제게 신경 많이 써 주셨죠."

그건 인정한다. 웃는 얼굴로 말을 이었다.

"하니 이번에도 친절을 보여 주시지요. 아무 분란 없이 조용히 돌아가 주신다면 조금쯤 감동할지도 모릅니다."

잘해 줄 거라면 끝까지 잘해 줘 보든가.

연이은 축객에 성현제의 눈동자가 순간 서늘해졌다. 댁네 애를 키우고 있는 사람입니다, 진정하세요.

"어쩔 수 없군. 먼저 반한 쪽이 지는 법이니."

뭐라시는지. 말 진짜 이상하게 한다니까.

성현제는 송태원에게 시선만 한번 주고 순순히 돌아섰다. 꿍꿍이가 분명 있었을 텐데 너무 쉽게 말을 들어주니 되레 꺼림칙했다.

그래도 일단 보냈고.

"예림이 너도 슬슬 빼먹은 수업 들으러 가지 그러냐."

"아저씨를 두고 어떻게 가요?"

"여기 이제 내 집이야. 이미 지키고 있는 헌터들도 있잖아."

내 말에 예림이가 묵묵히 서 있는 송태원을 노려본다.

"그래 봐야 A급뿐이죠. 저 아저씨도 같이 나가면 갈게요."

S급이라고 해 봤자 예림이는 아직 상대도 안 될 텐데. 몬스터가 아닌 헌터 대상으로는 국내에서 가장 전투 경험이 많은 사람이었다. 레벨도 낮은 예림이 정도야 쉽게 제압해 버리겠지.

"뭘 그렇게 날을 세워. 이러니저러니 해도 공직자인데 별일 있겠냐. 절차도 없이 사람 막 잡아가거나 하지도 않을 테고."

"가끔은 합니다."

송태원이 예사스럽게 말했다. …잡아가는구나. 몰랐네. 예림이가 내 팔을 잡은 손에 힘을 더 준다. 아프다.

 "B급 이상 헌터는 대량 살상이 가능하기에 제 판단하에 즉각 구속 가능합니다. 스킬에 따라 C급 이하 헌터에게도 해당됩니다."

 "…아저씨도 이젠 B급이잖아요."

 예림이가 미간을 찌푸리며 속삭여 왔다. 스탯 F에 공격 스킬 제로지만.

 "솔직히 잡혀간다면 나보단 예림이 네가 더 먼저… 아야야."

 꼬집지 마라. 애 주위 어른들이 영 불량하다 보니 머잖아 구치소 면회 갈 일 생기는 거 아닐까 걱정된다.

 "물론 오늘은 그럴 목적으로 온 것이 아니니 위법적인 행위를 저지른 적 없으시다면 안심하셔도 됩니다."

 …살인협박폭행 정도 있습니다만. 걸릴 일은 없지만. 예림이에게 재차 수업 가라고 하자 못 미더워하는 눈길을 잔뜩 보내온다.

 "막 9시 뉴스에 나오고, 그러는 거 아니죠?"

 "그럼 사식이나 넣어 다오."

 툴툴대는 예림이의 모습에 문득 떠오른 게 있어 인벤토리에서 던전 부산물로 만든 펜과 메모지를 꺼내었다. 메모지에 전화번호 두 개를 적은 뒤 예림이에게 건네주었다.

 "만에 하나 내가 실종이라도 되거든 여기로 연락해서 찾아 달라고 해."

 "누구 연락처인데요?"

 "전화해 보면 알아. 쓸데없이 연락하진 말고."

 도하민과 윤윤의 연락처다.

 폰은 바꿨지만 발급 받은 지 오래된 민증이 있으니 도하민에게 의뢰하면 내 위치를 바로 찾을 수 있을 것이다. 거기에 스탯 B에 동반인을 데리고는 멀리 이동 못 했던 윤윤이 이젠 스탯 S에 초장거리 포털 스킬을 갖췄으니 쉽고 안전하게 탈출 가능하다.

목숨만 붙어 있으면 걱정할 일 없다는 뜻이었다.

예림이를 달래어 보내고 나자 드디어 송태원과 둘만 남았다. 시설을 굳이 더 돌아볼 필요는 없었기에 아까 지나쳤던 접대실 쪽으로 향했다.

"정말로 저 잡으러 오신 건 아니시죠?"

걸음을 옮기며 실없이 물었다.

"아닙니다. 동생분과는 얼마 전에 만났습니다만."

"…네?"

"한유진 씨의 납치 건으로 사망자가 여럿 발생했으니까요. 해연 길드장이 그렇게 순순히 조사에 응해 주는 건 처음이라 조금 놀랐습니다."

"그… 처음이라는 건, 이전에도 비슷한 일이 있었다는 뜻이겠지요?"

"분기 행사쯤 될 겁니다."

분기… 일 년에 네 번… 유현아?

복잡한 심경 속에 접대실 문을 열었다. 한쪽 벽이 모두 유리로 된, 고급스럽게 잘 꾸며진 방이 나타났다. 구석에는 큼직한 탕비실도 딸려 있었다. 지금은 아무도 없지만 조만간 직원을 고용해야겠지.

"그런 이야기는 잘… 못 들어서요. 혹시 문제가 좀 심각했던 적도 있습니까?"

"세간에 알려지는 일이 잘 없다 보니 모르실 만도 합니다. S급 헌터 상대로는 심각하지 않은 적이 드뭅니다만, 그래도 요즘은 훨씬 낫죠. 던전 브레이크가 거의 일어나지 않으니까요."

송태원이 옅게 미소 띠며 말을 이었다.

"던전 브레이크가 일어난 지역에서는 공격 스킬 사용을 제재할 수 없어서, 예전에는 운 나쁘면 팔 하나쯤 날릴 각오를 해야 했습니다. 아시다시피

해연 길드장의 성격이 보통이 아니잖습니까."

"……."

"죄송합니다."

뭐라고 말해야 할지 몰라 머뭇거리자 송태원이 사과를 해 왔다.

"아, 아뇨. 오히려 제가 죄송하죠. 제 동생이… 실례가 많았었나 봅니다."

아, 젠장 유현아, 너 뭘 하고 다닌 거야. 다른 길드나 일반적인 헌터도 아니고 왜 공직자 입에서 팔 날릴 각오 소리가 나오냐.

"너무 신경 쓰지 마십시오. 상급 헌터가 던전 공략도 아닌 터진 걸 수습하다가 날이 서는 건 흔한 일입니다. 특히 S급 헌터가 둘 이상 같은 브레이크 지역에 들어서기라도 하면 저지선 세워 놓고 힐러 대기시킨 채 진정하길 기다리는 것 외엔 방법이 없었죠. 그러잖아도 불안하던 시기라 밖으로 알려지지는 않았습니다만. 그때를 생각하면 요즘은 정말 평화롭지요."

"그, 유현이… 해연 길드장도 혹시……."

송태원이 시종일관 차분하던 표정을 벗고 난감해하는 웃음을 머금는다.

"당시의 평을 솔직히 말씀드리기가 저어되는군요. 초기에 각성한 S급 헌터들은 한 번 이상 거쳐 간 일이라고 보시면 됩니다. 그래서 같은 던전에 S급 헌터가 네 명이나 들어간다는 소식을 듣고 무척이나 염려스러웠습니다. 심지어 그중 대부분이… 아닙니다."

서로 시비 걸어 대긴 했지만 큰 문제는 없었는데. S급들은 원래 이렇다며 유현이에게 시비를 걸어왔던 문현아가 떠올랐다. 송태원의 말을 들어 보니 진짜 서로 싸워 대긴 한 모양이었다.

그래도 안 되지. 비교적 안전한 랭킹전 생기길 기다려라.

"음, 뭔가 마시겠습니까? 커피라도 드릴까요?"

음료 정도야 얼마 안 하니까 괜찮겠지. 송태원이 고개를 끄덕였다. 탕비실로 들어가자 큼직한 커피 머신이 보인다. 어떻게 쓰는 거야……. 고민하다 찬장을 열어 보니 믹스커피도 있었다.

"오늘 이렇게 찾아온 건 한유진 씨의 상태를 확인하기 위해서입니다."

믹스커피 봉지를 뜯고 있는데 등 뒤에서 불쑥 목소리가 들려왔다. 그냥 기다리고 있지 뭘 여기까지 들어오냐.

"제 상태요?"

돌아서자 송태원이 예의 그 담담한 얼굴로 나를 내려다보고 있었다.

"예. 한유진 씨의 스탯은 F입니다. 반면에 특수 스킬의 등급은 높지요. 손대기 정말 좋은 상대라는 뜻입니다."

그야 나도 잘 안다. 그래서 유현이가 감금 권유도 했었고 나도 나름 신경 써서 지금의 자리를 만들었다.

"다섯 길드가 협의는 했다지만 MKC 때문에 균형이 무너진 상황입니다. 한신도 여러모로 압박을 받고 있다고 하더군요."

그래서 한신에서는 통 연락이 없었던 건가.

"그 와중에 한유진 씨를 데리고 A급 던전에 들어간다 하니 의심이 들었습니다."

정확히는 내가 걔들을 데리고 간 거였다만.

"혹 정신적 육체적 피해를 받으신 적은 없습니까?"

"…예? 뭐 자꾸 싸워 대려 해서 피곤하긴 했습니다만. 그 정도였죠."

"편하게 말씀하셔도 됩니다. 한유진 씨가 무사한 것이 더 이상한 상황이지 않습니까. 잘 모르시겠지만 헌터계에는 사람을 마음대로 조종할 수 있는 스킬이나 아이템도 있습니다. 심지어 스탯이 낮을수록 사용하기 더 쉬워지지요."

나도 알고 있다. 당할 뻔한 적도 있고. 하지만 지금은 크게 걱정할 필요가 없었다.

정신 계통, 특히 세뇌류는 상대가 정신적으로 안정적인 상태면 스탯 F라도 잘 안 먹힌다. 그리고 사람을 흔들기 제일 쉬운 것은 역시 공포심이다. 폭력과 협박이라는 간단한 준비물만 있으면 되니까.

'하지만 내겐 공포 저항 스킬이 있지.'

SS급 몬스터 상대로도 눈썹 하나 까딱 않는데 어쩔 테냐. 그래서 그런 쪽 스킬, 아이템은 별로 걱정하지 않았다.

"저는 멀쩡하니 걱정하지 않으셔도 됩니다."

그래도 걱정해 주니 고맙네. 내 대답에 송태원의 눈빛이 무게감을 띠며 가라앉는다. 괜찮다는 말에 대한 반응치고는 이상하다.

그리고 내 목에 손이 닿았다. 눈치채지 못하게 다가온 손이 목을 감싸며 굵은 엄지가 맥이 뛰는 자리를 가볍게 내리누른다.

"송 실장님?"

이해가 잘 안 가는 상황이라, 조금 당혹스러웠다.

"정말로 아무 짓도 당하지 않은 건가?"

한층 묵직해진 목소리가 귀를 때린다.

"네? 아무 일도- 윽."

목을 잡은 손에 힘이 가해진다. 숨이 막혀 오는 감각에 어떻게든 벗어나야 한다는 생각은 들었지만, 방법이 딱히 없었다. 비상벨이라도 가지고 다녔어야 했나.

그보다 이럴 이유가, 없는데.

"콜록, 콜록!"

다행히 송태원은 얼마 지나지 않아 나를 놓아주었다. 막혔던 숨을 기침으로 토해 내면서 그를 올려다보았다. 아니, 왜-.

"실례했습니다. 문제가 있는 건 길드장들이 아니라 한유진 씨였군요."

"…예?"

송태원이 포션을 따서 내밀며 말을 이었다.

"병원에서부터 내내 한유진 씨를 관찰했습니다."

포션을 받아 한 모금 마셨다. 목의 통증이 어느 정도 가라앉는다. 성현제가 굶어 대도 별 반응 없었던 게 나 보느라 그런 거였나.

"박예림 헌터까지는 그럴 수 있다고 생각했습니다. 아직 어리기도 하고 상당히 친해 보였으니까요. 하지만 한유진 씨는 세성 길드장까지 편하게 대하시더군요."

"나름, 안면이 있긴 하니까요."

"그렇기에 오히려 더 이해가 안 가는 모습이었습니다. 함께 A급 던전에 들어가셨지요. 한유진 씨께서는 2층에서, SS급 몬스터의 사살 후 정신을 잃은 것으로 알고 있습니다. 세성 길드장이 SS급 몬스터를 공격하는 광경을 보신 것, 맞으십니까?"

고개를 끄덕였다.

"자신과 격이 다른 괴물의 힘을 확인하고도 아무렇지 않게 대한다는 건, 절대 평범한 스탯 F급이 아니란 겁니다. 일반인은 커다란 맹견이 사납게 짖는 것만 마주해도 겁을 먹습니다. 목줄이 풀려 주위를 어슬렁거리기까지 한다면 담담히 대할 수 있는 사람은 거의 없죠. 그뿐만 아니라 한유진 씨는 다른 부분에서도 전혀 두려움을 느끼지 못하더군요."

"다른 부분이요?"

"예. 자신보다 스탯이 높은 새끼용에게도 거리낌 없이 손을 뻗지 않았습니까. 되레 강소영 헌터가 더 걱정을 했지요. 그래서 무례를 무릅쓰고 확인을 해 보았습니다만, 역시 이상하시더군요."

목 조른 거 말하는 건가. 갑자기 왜 저러나 싶더니 역시 진짜 해칠 마음은 없었구만.

"목숨을 위협당하는 상황에서도 약간 놀라고 당황할 뿐, 겁먹은 기색은 조금도 없었습니다. 마치 공포심을 거세당하기라도 한 것 같더군요."

정확하네.

"그래도 나쁠 건 없지 않나요."

"나쁩니다."

송태원이 딱 잘라 말했다.

"지금 한유진 씨의 상태는 경고등이 꺼진 것과 마찬가지입니다. 두려움을 극복해 내는 건 좋은 일이지만, 처음부터 없다면 무모해질 뿐입니다. 스탯이 낮기에 더욱 그러합니다. 새끼 양이 늑대를 보고도 겁먹지 않는다면 무슨 일이 벌어지겠습니까."

잘 차려진 저녁 밥상이 되겠지.

"하지만 늑대가 위험하다는 사실을 알고 있으면 바로 도망치겠지요."

"그렇긴 합니다만 지금의 한유진 씨는 이 정도 거리라면 괜찮을 듯하니 늑대를 관찰해 볼까 하는 수준인 것 같습니다. 아주 위험하진 않아도 안전한 것 또한 아닙니다."

그런가? 하지만 스킬 메시지창이 뜨지 않을 때는 무서워한 적도 있는데.

유현이와 예림이 신경전 할 때도 살짝 살 떨렸고 석시명의 연락도 약간 겁났었고 S급 50명 모으라고 했을 때도 기겁했고 그리고…….

…생각해 보니 최근에는 웬만한 일 정도야 그냥 넘기긴 했구나. S급 헌터들이 단체로 으르렁거릴 때도 무섭다기보단 귀찮았지. 윤윤이 마왕으로 변했을 때는 공포 저항 스킬 메시지창조차 뜨지 않았다. 아는 사이라고 해도 SS급 몬스터 상대였는데.

확실히 한 달 전쯤에 비해 무감해진 것 같다.

'자극이 없으니 둔해지는 건가.'

이대로 두면 위험할 수도 있겠다는 생각이 들었다. 집 안에서라도 공포 저항 꺼 놓을까. 끄고 공포영화 같은 걸 본다든가.

"확실히 그렇군요. 주의하도록 하겠습니다. 신경 써 주셔서 감사합니다."

"…곤란한 분이시군요."

감사 인사에 송태원이 약간 난감해하는 웃음을 머금었다.

"아직 목에 남은 손자국이 지워지지도 않았습니다만."

"…아."

이건 내가 생각해도 이상하긴 하네. 조심해야겠다.

"한유진 씨에게는 개인적으로 감사하고 있습니다. 각성센터 관련해서는 저도 우려가 들었지만 할 수 있는 일이 없었거든요. 그러니 더더욱 신변에 아무런 문제가 없기를 바랍니다."

일단 큰 문제는 없으니 다행이라며 그가 말했다. 그러곤 인벤토리에서 펜과 메모장을 꺼내어 번호 하나를 적어 준다.

"제 개인 연락처입니다. 혹 도움이 필요하시면 언제든지 연락 주십시오."

"감사합니다.

그런데 송태원 씨 돌아가는 길은 어쩌지. 차도 없는데.

"음, 아마 차가 있는 직원이나 헌터가 있을 겁니다. 모셔다드리라고 부탁을-."

"아닙니다. 지하철로 바로 갈 수 있습니다."

택시도 아니고 지하철이야. 운전면허가 있으면 태워다 주고 싶다. 얼른 면허 따야지.

"아, 뉴스를 보셨는지 모르겠습니다만 최근 들어 헌터를 대상으로 한 테러가 잦아졌습니다. 주로 헌터협회를 노리고 있지만 사육 시설도 유명우 씨까지 더해져 워낙 유명해진 만큼 조심하십시오."

"네, 알겠습니다."

던전이 터져야 한다고 주장하는 단체가 한국에까지 테러를 가하는 건 한참 후의 일이었는데. 해외 사례까지는 잘 생각 안 나도 국내야 확실히 기억하고 있다.

그래도 미래가 완전히 똑같으리란 법은 없으니 염두에 두기는 할까.

'이걸로 국내 S급 헌터는 한 명 빼고 다 만나 봤군.'

비싸 보이는 커피 잔에 믹스커피를 넣고 물을 부었다. 내 취향은 종이컵이지만. 일회용품은 줄이는 게 좋긴 하지.

'남은 하나는 어째 연락이 없네.'

MKC야 연락할 만한 상황이 아닐 테고 한신도 송태원의 말에 따르면 나한테 접근하기 곤란한 처지인 듯했다.

마지막 한 명, 수담의 윤경수도 비슷한 상태인 걸까. 먹음직스러운 떡밥을 흩뿌려 놓았건만 국외도 아니고 국내 S급 길드장이 이렇게나 잠잠한 거 보면 이유가 있긴 하겠지.

'송태원 실장은 어쩐다.'

좋은 사람인 거 같긴 한데, 내 위치로서는 곤란한 상대기도 했다. 이 커피 믹스 처음 보는 브랜드인데 맛있네. 좀 달긴 하지만.

'죽게 내버려두기는 아깝고, 그렇다고 멀쩡히 살아 있으면…….'

해연이 헌터협회를 삼키는 데 가장 큰 걸림돌이 되겠지. 국가가 뒤에 버티고 있는 헌터협회가 힘을 잃어 간 시발점은 다름 아닌 송태원의 죽음이었다.

S급 헌터가 없는 상황에서 던전 난이도까지 올라가니 협회가 약화되는 건 당연한 수순이었다. 관리하던 S급 던전들까지 울며 겨자 먹기로 대형 길드들에게 넘길 수밖에 없었다. 그러다가 세성이 사라지고 그 빈자리를 차근차근 흡수한 해연에게 결국 잡아먹혔다.

'그래서 유현이도 의심받긴 했지.'

송태원이 사망하고 얼마 지나지 않아 세성이 뜬금없이 한국을 뜨는 바람에 성현제가 죽인 거 아니냐는 말이 제일 많이 나왔지만. 정황상 해연도 수상쩍어 보이긴 했다.

'송태원 성격상 적당히 타협하겠습니다, 할 리도 없고 앞으로도 계속 길드들과 부딪칠 게 분명한데.'

키워드라도 적용해 봐? 하지만 실없는 농담 던지기도 힘든 상대라… 어설프게 말했다간 너무 진지한 대답이 돌아와서 두 번은 말 못 하게 될 것 같았다.

아직 시간적 여유가 있으니 좀 더 두고 볼까.

열쇠도 받아야 하고 짐도 챙겨야 하고, 일단 해연 길드로 돌아가기로 했다. 물론 그 전에 목에 난 손자국은 지워야지. 들키면 귀찮아진다.
'거울… 화장실이 어디 있더라.'
로비 옆에서 본 거 같은데. 포션 하나 꺼내 들고 로비로 향했다. 지금은 사육장 외엔 건물 안에 사람이 없으니까―.
"한유진 님?"
강소영이었다. 한쪽 손에는 5단 캣타워를, 다른 쪽 손에는 커다란 쇼핑백을 다섯 개나 들고 있었다. 저 아가씨를 깜박했네. 반사적으로 목을 가렸지만…….
텅.
캣타워에 이어 쇼핑백들이 바닥에 떨어지고 강소영이 눈 깜짝할 새 코앞까지 다가온다. 그녀가 목을 가린 내 손을 치워 내며 휴대폰을 꺼내 들었다.
"무슨 일이에요? 저희 길드장님과 예림이는요?"
"제가 먼저 보냈습니다만."
"예림이는 그렇다 쳐도 길드장님이 왜 그러셨지?"
강소영이 고개를 갸웃하며 폰카로 나를 찍었다.
"아니, 사진은 왜…….
"민원 넣어야죠. 길드장님께 보고도 해야 하고요."
"괜찮습니다! 전화 걸지 마세요! 별일 없었어요, 진짜로."
"별일 없는데 사람 목에 손자국이 남아요?"
"이건 송태원 실장님이 나름 저를 걱정해서…….
강소영의 표정이 미묘해졌다. 내가 생각해도 좀 미친 소리 같긴 하다.
아무튼 말하지 말라고 잘 달랬다. 사진도 지우게 하고. 강소영은 내내 뜨

뜻미지근한 시선을 보내오며 나를 기숙사실까지 데려다주었다.

집에는 아무도 없었다. 애들은 사육 시설로 옮겨 갔고 피스는 유현이 놈이 데리고 갔고 명우는 대장간에 틀어박혔다.
이렇게 조용한 건 오랜만이네. 역시 집엔 누가 있는 게 낫지. 그래서 애완동물이라도 키우는 건가.
거실에 걸려 있는 화이트보드에 이사 준비 중, 이라고 적었다. 명우가 하루의 절반 이상을 대장간에서 보내는 데다가 아공간에서는 휴대폰도 안 터지다 보니 용건은 이렇게 필담으로 전했다. 한두 시간에 한 번쯤 나와서 확인하고 가는 식이었다.
'아직 다 안 푼 짐이 대부분이네.'
생필품이고 뭐고 다 있다 보니 짐 풀 일이 별로 없었다. 이번에 옮겨 가면 정리할 건 정리해서 버려야지.
내 짐 다 상자에 담아 거실로 꺼내 놓고 아이스박스 얻어 와서 냉장고도 비웠다. 바로 옆이지만 여름이니. 그 외 조금씩 늘어난 애들 물건도 챙기고.
그러는 사이에 명우가 나타났다. 뭘 하다 온 건지 후끈한 열기까지 동반해서.
"짐 다 챙긴 거야?"
"응. 대충 다. 이제 옮겨 달라고 해야지."
"그럴 필요 없어."
명우가 인벤토리에서 끈 하나를 꺼내 들었다. 금속성 빛을 띠는 은을 꼬아 만든 듯한 끈이 길이를 늘이더니 짐을 빙글 휘감는다. 그러자 끈 내의 짐이 공중으로 떠오른다.
얘는 또 무슨 희한한 걸 만들었군.
"이대로 대장간에 넣어 놨다가 가서 꺼내면 돼."
"아, 그런 식으로도 이용할 수 있겠구나."

사기다. 잠깐, 이거 혹시 던전과 연관 지어 쓸 수도 있지 않나. 대장간에 미리 사람들 넣어 놓고 인원수보다 많이 들어간다거나, 스탯 낮은 힐러 넣어 두고 안전할 때 빼내어 치료받는다거나.

"사람도 넣어 둘 수 있어?"

대장간에 짐 옮기고 다시 나온 명우에게 물었다.

"아니, 아쉽지만 불가능해. 생명체는 내가 없을 땐 자동으로 퇴출당하게 되어 있다더라고."

진짜 아쉽다. 명우가 스탯 A까지만 성장해도 힐러에 특수 보조에 스탯 낮은 헌터들을 상급 던전에서까지 유용하게 써먹을 수 있을 텐데.

하긴 얘는 템 만드는 것만으로도 바쁘지만.

미니포털 키와 안쪽 문 열쇠는 김성한이 가지고 있었다. 유현이가 없는 지금은 새로운 S급 헌터이자 해연의 초기 멤버 중 하나인 그가 길드장 대리나 마찬가지였다.

열쇠를 받고 퇴사 처리를 위해 석시명을 찾아가자 뜬금없이 예림이가 눈에 불을 켜고 있었다.

"아저씨, 이러시면 안 되죠! 딴 데 안 갈 거라고 약속해 놓고선!"

참, 그랬었지. 석시명도 예림이 뒤에서 고개를 끄덕끄덕하고 있었다.

"바로 옆 건물이잖아. 수업은 끝났니?"

"쉬는 시간이에요. 옆 건물이라고 해도요! 퇴사까지 하면 진짜 나가는 건데, 그냥 있으면 안 돼요? 기숙사실도 예비로 두고 싶으시댔잖아요."

"하지만 그래도 되나?"

"됩니다."

석시명이 냉큼 받아 대답했다.

"어차피 여태까지도 일반 사원으로서 하는 일은 없지 않으셨습니까. 해연에는 헌터 사원도 많다 보니 헌터자격증 소지자에 한해 겸업 불가 조항도 없습니다."

"약속 지키세요, 아저씨! 최소한 저 계약 끝날 때까지만이라도요!"

예림이가 빼액 소리치며 내 멱살이라도 붙잡을 듯 눈빛을 이글이글 불태운다. 저렇게 말하면 어쩔 수 없지. 약속은 약속.

결국 해연과의 일반 직원 계약은 종전 그대로 유지하기로 했다. 아니, 예림이가 또 언제 어떻게 튈지 모른다고 우기는 바람에 3년으로 늘어나고 말았다. 어차피 이름 하나 올리는 수준이긴 하지만.

사육 시설로 돌아와서 드디어 내 새집에 발을 들였다. 비록 대문 키는 길드장들 손에 들려 있긴 하지만. 그래도 현관문을 부수거나 열쇠 없이 열려고 하면 각 길드로 신호가 간다고 한다. 다세대주택 비슷한 거라고 생각해야지, 뭐.

"집 좋다."

1층에 비해 훨씬 작다, 라고 하지만 1층이 너무 넓은 거고 여기도 더럽게 넓었다. 비행형 마수 때문인지 천장이 2층 높이였다. 난간만 두고 탁 뚫린 복층도 있어 높은 곳 좋아하는 블루가 놀기 좋아 보였다.

사람용 거실 외에도 몬스터용 거실이랄까, 작은 운동장 수준의 공간이 따로 마련되어 있었다. 안전상 창문은 없었지만 대신 한쪽 벽면을 특수 유리 스크린으로 채워 밖의 옥상정원 풍경이 실시간으로 비쳤다. 다른 창문 모양 스크린도 마찬가지였다. 시간과 날씨에 따라 자연광에 가까운 조명이 진짜 창문처럼 빛 조절도 해 준다나.

주방 쪽은 따로 구역이 나누어져 내 요청대로 튼튼한 문이 달려 있었다. 이걸로 블루의 냉장고 습격도 문제없다.

- 꺄! 꺄!

하루 만에 또 낯선 곳으로 옮겨 왔는데도 블루는 망설임 하나 없이 신이 났다. 단숨에 날아올라 복층 난간에 올라서선 우렁차게 울어 댄다. 소음 걱정할 필요 없어서 좋네.

— 삐약.

코메트 때문에 발찌 하나 더 달게 된 삐약이는 정원을 비추는 스크린 앞으로 달려가서 주저앉았다. 풍경이 꽤 마음에 든 모양이었다. 내일 데리고 나가 줘야겠다.

새끼용은 계속 잠든 채라 둥지 채로 테이블 위에 내려놓았다.

"명우 넌 이미 이사했다고 했지?"

짐 푸는 걸 도와주는 명우에게 물었다.

유명우의 새집은 빌딩 최상층의 거주 구역이었다. 층수가 높진 않지만 펜트하우스인 셈이다. 입주자가 입주자이니만큼 거기도 돈을 처발랐다고 했고. 석하얀과 그녀의 팀도 그곳에서 숙식한다.

"응. 거기도 잘해 놨더라. 너무 넓어서 혼자 살기엔 휑하기도 하고······. 사실 좀 쓸쓸해."

그래서 계속 기숙사실에 있었던 건가.

"심심하면 놀러 와. 키 하나 줄까?"

내 말에 명우가 안색을 확 밝힌다.

"그럼 나야 좋지! 근데 계약한 길드장한테만 주는 거 아니었어?"

"나한테 여분 하나 더 있어. 너 말곤 줄 사람도 없고. 네가 제일 믿음직하지, 솔직히."

동생 놈이야 길드장이니 던전 나오면 해연 거 알아서 챙겨갈 거고. 명우에게 열쇠 준 거 알면 예림이가 투덜대려나.

미니포털 키에 더해 현관문 열쇠도 줬다. 명우 녀석이 무슨 보물 대하듯 키를 받아 인벤토리에 챙겨 넣는다.

"아, 혹시 여유 되면 정신력 위주 정수 증가 장비 좀 만들어 줄 수 있을까? 서브 스탯으로 마력 붙으면 더 좋고. 상급 장비는 정수 증가가 너무 드물어."

"물론 되지. 근데 마력에 이어 정신력이야? 다른 스탯은?"

"다른 스탯이야 지금 있는 것만으로도 충분해."

애들 훈련할 때 쓸 수준이면 된다. 새끼 몬스터들이야 기껏해야 스탯 C고. 하지만 정신력과 마력은 필요로 하는 스킬 등급도 높을뿐더러 사용 대상이 S급들일 가능성이 크니……. 선생님 스킬을 또 언제 사용하게 될진 모르지만 병원 신세 안 지려면 최대한 올려놓아야 한다. 게다가 공포 저항도 정신력이 높으면 부작용이 좀 덜하지 않을까.

이참에 공포 저항 꺼 볼까 했다가 동생 새끼 떠올리곤 관뒀다. 공포 저항 있으니 적당히 걱정되고 열받는 정도로 끝났지 없었다간 일이 손에 안 잡힐 것이다. 유현이도 유현이지만 피스는 아직 경험도 별로 없는데. 하여간 유현이 이 자식, 진짜.

"마력, 정신력. 좋아, 지금 작업 중인 것만 완성되면 바로 만들어 줄게."

"뭐 만드는데?"

"아직은 비밀."

명우 녀석이 히죽대며 말했다. S급 창도 제작에 그리 오래 걸리진 않았던 걸로 기억하는데, 설마 벌써 SS급이라도 만들어 내려나.

짐 정리가 대충 끝나고 명우는 다시 대장간으로 돌아갔다. 여기서 가면 또 우리 집으로 나올 텐데. 자기 집엔 안 들어갈 셈인가.

그리고 그사이, 폰에 문자가 하나 들어왔다.

[안녕 꿀 내 동생 한국 내일:)]

리에트였다. 이어 리에트의 동생 것으로 추측되는 연락처도 보내온다. 유현이가 개인적으로 연락하지 말라고 막는다고 투덜댔으면서 웬일로 문자를 보내왔군. 하긴 나한테 통역 아이템도 직접 준 마당에 여전히 막고 있을 리는 없겠지. 사육 시설도 완성되었고.

'이제 슬슬 해외에서도 방문해 오려나.'

이왕이면 키워드 쓰기 좋은 S급 헌터들이 와 줬으면 좋겠다. 천천히 해도 된댔지만 얼른 50명 채우고 해방되고 싶다고.

2장 노아

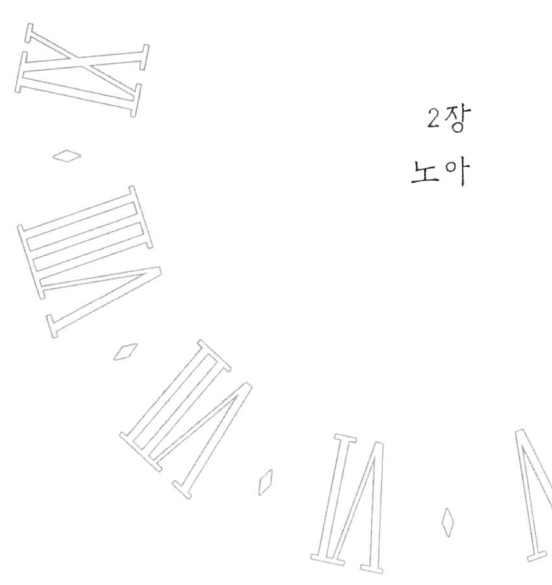

2장
노아

쿠당탕!

- 삐이이익! 쉬잇!

'뭐야?'

잠결에 요란한 소리가 들려왔다. 눈을 번쩍 떠 시간을 확인해 보자 자정이 막 지났다. 삐약이는 얌전히 잘 자고 있고, 블루인가? 해만 지면 자던 애가 웬일이지.

터엉!

아이고 난리 났네. 얼른 밖으로 나가 블루가 잠자리로 삼은 복층으로 올라가 보았다. 새끼 그리폰은 제가 갈기갈기 찢어 놓은 쿠션 더미 사이에서 세상모르고 잠들어 있었다. 색색 숨결에 따라 고이 접힌 날개가 들썩인다.

블루가 아니면, 설마?

- 끼잇, 삐익!

코메트인가. 코메트는 도통 깨어날 생각을 하지 않아 몬스터용 거실 한쪽의 유리 우리에 넣어 두었다. 내려가 불을 켜자.

- 삐익! 시익!

파드득!
어지럽게 날아다니고 있던 새끼용이 내 머리 위에 내려앉아 꼬리 끝으로 귀를 휘감는다. 잠그진 않았지만 문 닫아 놨는데. 문도 열 줄 아는 거야?
"코메트!"
부름에 새끼용이 미끄러지듯 목과 어깨를 타고 내려와 내 팔에 매달린다. 식식거리며 나를 바라보는 두 눈이 정말, 정말 또렷하고 맑았다. 낮과는 비교가 안 될 정도로.
"너… 야행성이구나."

- 삐이익!

망했네.

옥상정원으로 나가기 위해선 1층으로 내려간 뒤 엘리베이터를 타고 올라가야만 했다. 아쉽지만 집에서 바로 나갈 수는 없었다.
또한 정원 산책 시엔 미리 보안실에 연락을 해야 했다. 그래야만 빌딩 쪽에서 옥상정원을 집중적으로 감시할 수 있기 때문이었다.

내 사생활은 뭐, 집에 감시카메라 안 달린 것만으로 만족하자. …안 달렸겠지?

'햇볕이 아프다…….'

엘리베이터에서 내려서자마자 쨍한 여름 햇살이 피곤한 눈두덩을 찔러 왔다. 정원을 잘 꾸며 놓았다고 들었지만 제대로 눈에 들어오지 않았다.

'스태미너 포션… 재료 던전 빨리…….'

원래는 나오려면 아직 한참 남았지만 던전 출몰 속도가 빨라졌다니까 제발 과로사하기 전에 나와라. 시스템분들 만나서 당장 나오게 해 달라고 매달려 볼까.

한밤중에 깨어난 코메트는 한 시간쯤 놀아 주고 밥 먹이니 다시 잠들었다.

그리고 한 시간 뒤에 다시 깨어났다. 그리고 한 시간 놀고 다시 잠들고, 삼십 분 뒤에 깨서 빽빽 울고, 십 분쯤 칭얼대다 다시 자고, 그리고 다시 깨고, 자고, 깨고… 아침 8시까지 반복하고 나서야 멈추었다.

침대에 머리 처박고 딱 한 시간 뒤, 정확히 아침 9시에 블루가 우렁차게 울어 대기 시작하자 진짜 딱 죽을 거 같았다.

'피스는 정말 천사였어…….'

삐약이는 물론이고 블루도 이 정도면 착하지. 잠은 푹 자게 해 주잖아. 아홉 시에 잠들어서 아홉 시에 일어나는 규칙성이라니. 잠투정도 전혀 안 하고, 착한 거 맞네.

- 꺄아우!

블루가 기분 좋단 외침을 내뱉으며 하늘로 훌쩍 날아올랐다. 새파란 하늘 위를 가로지르는 크림색 그리폰의 모습이 눈부시다. 신나게 날아다니다가도 내 위치를 확인하고 일정 이상 거리를 벌리지 않는 게 기특하다.

그리고 내 품에 안긴 삐약이는 정원을 보고 흥분했는지 날개를 파닥파닥거리고 있었다. 당장 뛰어내리지 않는 걸 보니 똑똑한 삐약이 쪽이네.

"자, 너도 가서 놀아."

- 삐약!

화단 안쪽에 내려 주자 새파란 잔디를 발로 헤집다가 부리로 물고 당긴다.

"먹지는 마라."

애들 놀 데라 약은 치지 말라 했지만 그래도 아무거나 먹으면 안 된다.

삐약이를 따라 걷다가 벤치가 보이자마자 걸터앉았다. 이것도 비싼 건지 벤치 주제에 편했다. 역시 돈이 좋긴 좋아. 이대로 좀 잘까.

'블루도 훈련시켜야 하는데.'

A급 던전 들어가기 직전에 키워드 적용되어서 아직 내새끼 스킬은 쓰지 못했다. 쟤라도 빨리 키워서 손이 덜 가야… 덜 가겠지? 다 커서도 저러진 않겠지?

- 꺄우! 꺄꺄!

멋들어진 정원수를 벌거숭이로 만들고 있는 블루를 보자 머릿속이 멍해졌다. 자라면 얌전해질 거야…….

'특수 스킬 각성 예정자들도 슬슬 데려와야 하고. 빨리 체계 잡아서 사람이라도 다른 사람들에게 맡겨야지 진짜 업무 과중이다.'

그나마 특수 각성자 쪽은 협회랑 일 나누기로 해서 다행이지. 아니었으면 진짜 과로사할 판이었다. 그 와중에 전화도 오네. 갈수록 연락해 오는 어중이떠중이들이 너무 많아져 결국 폰을 하나 더 만들었는데, 이쪽 번호를 아는 사람은 몇 없었다.

'리에트 동생이군.'

리에트에게 받아 저장해 뒀던 번호였다. 오늘 온다고는 들었지만 생각보다 이르네. 누나처럼 몰래 들어오려나? 미니포털은 통과 못 하겠지만.

전화를 받자 정중하지만 젊다 못해 어린 티가 나는 목소리가 흘러나왔다.

[아크의 길드장 노아 루히르입니다. 한유진 헌터가 맞으십니까?]

…길드장? 노아 루히르? 페블이 아니라?

"맞습니다만, 리에트 씨 동생분의 연락처가 아니었습니까?"

[네. 제가 동생입니다.]

동생이라니, 좀 이상한데. 불법 던전을 남매끼리 돌았다기에 당연히 길드 소속은 아닐 거라 생각했다. 그런데 길드장에, 심지어 리에트로부터 들은 이름도 아니었다. 리에트도 대외적으로는 다른 이름을 쓰지 싶지만.

'아크의 노아 루히르라. 누구였지.'

해외 길드와 헌터까지 전부 기억하는 건 아니라서. 일단 회귀 전 헌터 랭킹 30위권 내엔 없었던 게 확실하다. 누나와 함께 디오 발쉐시스 칭호를 얻은 지금은 달라지겠지만.

"들은 것과는 조금 다르군요. 이름도요."

[네. 누님께서는… 페블이라 부르셨을 겁니다.]

동생 맞긴 맞구나.

"길드장이셨을 줄은 몰랐습니다. 리에트 씨께서도 그런 말은 없었거든요."

[누님께서는 길드 자체를 별로 안 좋아하십니다. 관계가 험악한 길드도

많죠. 그래서 한곳에 자리 잡지 않고 의뢰를 받거나 세계 곳곳의 불법 던전을 찾아다니곤 합니다. 힘에 부치겠다 싶으면 제게 연락해 오고요. 제 스케줄은 신경 쓰지 않고 끌고 다니려 해서, 종종 곤란해지기도 하죠.]

말하는 목소리가 씁쓸하다. 누나 때문에 고생이 많았구나.

[한국의 길드 중에도 시비 붙은 곳이 있으니 누님과 관계없는 아크의 길드장으로 대해 주시면 감사하겠습니다.]

"물론 그러겠습니다."
거대 길드 기숙사실에 침입하는 무모함만 봐도 리에트를 싫어하는 길드 참 많겠다 싶었다. 아무리 S급 헌터라지만 그렇게 막 살아도 되나.
노아는 내게 정식으로 초대해 주기를 부탁했다. 헌터협회와 MKC, 한신의 동의는 받았지만 나머지 세 길드로부터는 대답이 없어 사육 시설 정식 방문을 위해선 내 초대가 필요하다고 했다. 해연과 브레이커야 길드장이 자리 비운 상황이지만 세성은 왜 대답을 안 해 준 거지.
협회 측으로 말 전해 놓겠다 한 뒤 약속 시간은 오후로 잡았다. 블루 사육장에 맡겨 놓고 그사이 눈 좀 붙여야지.

오늘 내 경호를 맡아 주기로 한 예림이가 뜨듯미지근한 눈으로 나를 바라봐 왔다.
"아저씨, 진짜……."
내 목덜미를 지그시 노려보더니, 한숨을 푹 내쉰다. 이건 역시.
'강소영 씨, 그렇게 안 봤는데 입 가볍네.'

말한 게 분명해. 어디까지 퍼진 거지.

"이렇게 와 준 건 고마운데, 수업 안 들어가 봐도 돼? 옷은 잘 어울리네."

경호원이랍시고 정장을 쫙 빼입었다. 예림이가 그죠, 하며 두 팔을 살짝 들어 보였다.

"오전에 수업 들었으니 괜찮아요~."

"오전 수업만으로는 부족할 텐데."

"아, 그럼 저녁에 보충하면 되죠. 아무튼 앞으론 절대 혼자서 누구 만날 생각 하지 마세요."

"…민원 넣지는 마. 나쁜 의도는 정말로 아니었으니까."

예림이의 눈길이 아프다. 송 실장님, 괜찮으시겠지. 성현제 귀에도 분명 들어갔을 텐데 그걸 빌미로 사람 피 말리려 드는 거 아닐지 모르겠다. 차 부쉈으면 됐잖아.

노아 루히르는 약속 시간보다 조금 이르게 도착했다. 리에트와는 다르게 밝은 금발에 금속성 연회색 눈을 지닌 미청년이었다.

라우치타스의 천적 스킬 메시지창이 나타났다가 사라진다. 아마 저 눈도 디오 발쉐시스 칭호의 영향이지 싶었다. 머리색도 완전 상반되는 거 보니 역시나 쌍둥이 용의 색 배합에 영향을 받은 게 아닐까.

"방문을 허락해 주셔서 감사합니다. 이렇게 만나 뵙게 되어 영광입니다."

노아가 무척이나 정중하게 인사해 왔다. S급 헌터가 이렇게나 정상적으로 예의 바르다니, 놀라운데. 송태원도 정중한 편이긴 했지만.

"먼 길 오시느라 수고 많으셨습니다. 날씨도 좋은데 위로 올라가실까요?"

이건 보안실의 요청이었다. 실내보다는 실외가 감시하기도 좋고 만약의 사태 때 대응도 빠르게 할 수 있다나. 소리는 안 들리고 행동은 확인할 수 있으니 비밀 유지가 필요한 의뢰를 해 올 때 딱 좋긴 하다.

"박예림 헌터가 동석할 예정인데, 괜찮으시겠습니까?"

내 물음에 노아가 고개를 끄덕였다.

"제 쪽의 통역 아이템을 벗으면 됩니다. 박예림 헌터님, 혹시 영어나 불어에 능하십니까?"

"영어만 쪼오끔이요."

예림이가 엄지와 검지 사이를 살짝 띄워 보이며 말했다. 문제없겠네. 그래도 리에트의 이름은 가급적 말 안 하는 편이 낫겠지.

"우선 누님께서 저지른 무례를 사과드리겠습니다. 자세히는 듣지 못했지만 분명 막무가내로 굴었겠지요."

정원 한쪽의 테이블에 자리 잡자마자 노아가 고개를 살짝 숙여 왔다. 잘 아시네요. 그런 누나 밑에서 어쩜 이렇게 착실한 동생이 나왔냐. 그런 누나라서인가?

"그리 나쁜 만남은 아니었습니다. 덕분에 이렇게 노아 씨와도 알게 되었고요."

SSS급 칭호를 지닌 S급 헌터가 스킬 효과 두 배 덕에 키워드 적용까지 쉽다. 그야말로 굴러들어 온 떡 아니겠냐고. 길드장이라는 게 아쉽지만 꽁으로 S급 한 명 추가만 해도 어디냐. 리에트도 그냥 그때 키워드 적용 해 버릴 걸 그랬나.

'착하고 말 잘 듣는 동생이라고 했으니 더 좋지.'

혹시나 싶어 둘의 관계도 확인해 두었다. 리에트의 장담대로 예의 바르고 성격도 좋아 보였다. 이건 키워드 말하라고 멍석 깔아 주는 수준이지.

"노아 씨야말로 고생이 많으셨을 듯합니다. 여기까지 오신 것도 누님의 부탁 때문이잖습니까."

"꼭 그런 것만은 아닙니다. 자세한 이유는 말씀드릴 수 없지만, 당분간 한국에 머물 예정입니다."

다른 볼일도 있는 건가. 노아의 상태창을 확인해 보고 싶지만 리에트가 내 스킬에 대해 말한 건지 안 한 건지 모르겠다. 일단 자세히 듣지는 못했다는데, 동생 상대로도 비밀을 지켜 준 걸까. 그렇다면 태도완 달리 믿을 만은 하구만.

"누님분께서 제게 맡기고 싶은 몬스터가 있다고 들었습니다."

"예. 동행하지는 못했지만요. 조만간 몬스터를 배편이 아닌 비행기로도 나를 수 있게 될 예정입니다. 우선적으로 S급 헌터 동행에 전용기, 혹은 전세기 사용이 조건이며 차츰 완화해 갈 거라고 하더군요."

그럼 한동안은 해외 몬스터 사육 의뢰는 S급 헌터가 직접 납셔야겠군. 가만히 앉아서 유명한 얼굴들 구경할 수 있겠네. 개인적으로 팬인 헌터도 있는데, 오려나.

"물론 저도 구할 수만 있다면 기승수 사육을 부탁드리고 싶습니다."

노아가 부드럽게 미소 지으며 말했다. 서글서글하기도 하지. 앞으로 올 다른 S급들도 이랬으면 좋겠다.

"언제든 환영합니다. 오신 김에 시설도 확인하시고 가세요. 아, 혹시 어디 머무시는지 알 수 있을까요?"

오늘 키워드 적용 못 하면 한번 찾아가야지.

"일단 저 혼자 들어왔기에 아직 정해 두지 않았습니다. 숙소야 많으니까요. 신경 써 주셔서 감사합니다."

"천만에요. 노아 씨도 사랑하는 제 고객님이신걸요."

한 번에 될까 안 될까. 그보다 이름이 두 갠데 아무거나 써도 되는 건가. 노아의 반응을 살피는데 엉뚱하게도 예림이가 내 팔을 쿡 찌른다.

"아저씨, 사랑한단 소리 너무 가볍게 막 하는 거 아니에요? 세성 길드장한테도 그러더니."

"그냥 비즈니스인데, 뭐."

"그래도 마음에 안 들어요."

이런, 예림이 앞에서는 키워드 적용 삼가야겠다. 최근에 얘 앞에서 자주 말하긴 했지.

"알았어. 하지만 서양 쪽에선 예사로 말하지 않나? 인사말이나 감탄사로 쓰는 거 많이 본 거 같은데. 그러니 내가 '사랑해요, 노아 씨'라고 말해도 별거 아니게 느껴질 수도 있지."

"…그런가요?"

나도 모른다. 어쨌든 키워드는 더 말하면 안 될 듯하고, 나중에 예림이 없을 때 따로 만나든가 해야지.

그렇게 생각하며 노아를 돌아보는데, 분위기가 좀 이상했다. 미소 띤 낯으로 날 마주 보던 사람이 시선을 테이블에 못 박고 있다. 표정도 딱딱하게 굳었다.

"…노아 씨?"

키워드가 적용된 반응은 아닌 듯하고. 혹시 사랑 타령이 거슬렸나. 재차 말을 걸려는데.

파직!

노아의 손이 닿아 있던 테이블 모서리가 으스러진다. 파편이 모래알처럼 우수수 떨어져 내렸다.

예림이가 먼저 자리에서 일어나고, 나도 따라 몸을 일으켰다. 은회색 눈은 여전히 테이블만 쳐다보고 있었다. 아주 작게, 중얼거리는 소리가 들려온다.

"…나보다 약해."

무슨 헛소리-.

"아저씨!"

예림이의 손이 내 팔을 잡고 뒤로 당긴다. 거의 동시에.

콰득!

테이블이 부서지고 가슴팍이 화끈해졌다.

"윽!"

강하게 뒤로 내던져진 내 몸뚱이가 바닥을 두어 번 구르다 멈추었다. 무슨 영문인지 생각할 겨를도 없이 몸을 일으키려다가 가슴에 강한 통증을 느끼고 주저앉고 말았다. 바닥에 흩뿌려진 피가 눈에 들어왔다. 내 건가. 포션, 아니 그보다- 얼른 예림이를 향해 선생님 스킬을 썼다.

"이 미친 새끼가!"

카강!

얼음나무 창이 공격을 막는다. 창대에 부딪친 것은 길게 돋아난 날카로운 손톱이었다. 힘을 이기지 못한 예림이가 순간이동으로 훅 물러난다.

콰드드!

예림이가 있던 바로 그 자리를, 엄청난 힘의 손톱이 파헤쳤다. 흙과 잔디가 높게 솟다 못해 그 아래에 감추어져 있던 건물 천장까지 마구 긁혀 파편이 튀어 오른다.

그림자 없는 낮은 이미 펼쳐져 있고 탄식의 안개가 그 위를 넘실댄다. 서슬 퍼런 안개 사이로 노아의 모습이 보였다.

파충류의 것처럼 변한 두 눈, 짐승의 발톱과 금색 비늘이 돋아난 한쪽 팔. 무엇보다 그 얼굴이, 표정이 광인처럼 일그러졌다. 대체 무슨 일이 벌어진 거지.

"예림아!"

포션을 상처에 대충 뿌리고 일어났다.

"아저씨 거기 있어요!"

훅 일어난 냉기가 여기까지 느껴지고.

쏴아아-!

얼음의 비가 노아를 향해 쏟아진다. 하나 노아는 아무렇지 않게 팔을 휘둘러 공격을 부수듯 막아 냈다. 반짝거리는 얼음조각이 사방으로 흩어졌다. 그림자 없는 낮의 저지 효과가 발동했지만 노아의 발을 잠깐 붙잡을 뿐이었다.

그에 비해 예림이는, 이미 피투성이다. 아니, 부상만 입었다면 다행이었다. 크게 할퀴어진 왼쪽 팔에서 흘러나오는 피가 검다. 독이다.

젠장, 역시 수준 차이가 컸다. 레벨과 경험도 문제지만 심지어 예림이가 전력을 다하기엔 냉기 저항 없는 내가 걸리적거렸다.

"멈춰, 노아!"

대충 소리치며 인벤토리에서 정신력 위주 장비를 꺼냈다. 이건 진짜 쓰면 안 될 거 같은데, 어쩔 수…….

"…어?"

"어라?"

예림이와 내 입에서 동시에 당황한 소리가 새어 나왔다. 노아가 진짜 멈췄어?

시선을 바닥으로 팍 떨군 채 뒷걸음질을 친다. 심지어 몸을 떨고 있었다. 작게 중얼거리는 소리가 예림이의 귀를 통해 들려왔다.

"…괜찮아, 저건 약해. 나보다 약해, 괜찮아, 죽일 수 있어……."

대체 왜 저런 소리를 하는 건진 모르겠지만, 틈이 생긴 사이 초기 스킬이라도 확인하기 위해 떡잎 스킬을 썼다.

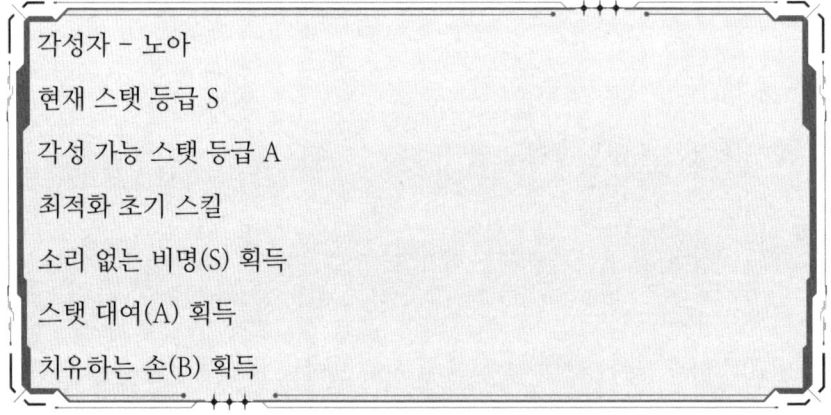

각성자 - 노아

현재 스탯 등급 S

각성 가능 스탯 등급 A

최적화 초기 스킬

소리 없는 비명(S) 획득

스탯 대여(A) 획득

치유하는 손(B) 획득

…순간 눈을 의심했다. 각성 가능 스탯 등급이 A다. A~S가 아닌 A. 최적화 각성을 했다 하더라도 A급이어야 하는데 현재 스탯은 S급이었다.

길어야 3년 만에 S급으로 성장했다. 절대 정상적인 속도가 아니다.

황급히 내새끼 스킬창도 확인했다.

{(노아-S)}

역시 키워드가 적용되었다. 노아의 저 반응, 스탯 S급으로의 성장, 제가 동생을 키웠다는 리에트의 말. 그리고 그는 지금 나를 제 누나로 느끼고 있었다.

…미친. 리에트, 대체 무슨 짓을 한 거냐.

쿠웅!

그리 멀지 않은 곳에서 묵직한 것이 떨어진 듯한 소리가 들려왔다. 정원의 조경 사이로 사람의 그림자가 보인다. A급 헌터들이다.

그리고 얼마 지나지 않아.

"뒤로 물러나십시오."

김성한이 옥상정원의 벽을 넘어 내 곁으로 다가왔다. 난리 난 지 얼마 지나지도 않았는데, 엘리베이터 타고 빙 돌아 나온 속도는 아니고 뛰어내린 건가. 조금 전 그 소리의 범인인 모양이었다.

노아는 아직 움츠리듯 멈춰 서 있었다. 그 발치로 눈에 보일 정도로 짙은 독기가 어른거린다.

"예림아, 이리 와."

약간 비틀거리며 잔디밭 위로 내려서는 예림이에게 손을 뻗었다.

"안 돼요. 이 독, 제가 가진 해독제가 안 들어요."

"독 저항 있어. 당장 와!"

속성 저항은 B급 이상이면 범위가 넓어진다. S급만 되어도 옷과 장비는 물론 신체 주변까지 미미한 영향을 준다. 내 독 저항은 L급이니 사람 하나쯤은 충분히 적용시킬 수 있을 것이다.

명령조로 강하게 말하자 예림이가 망설이면서도 다가온다. 얼른 팔을 뻗어 피투성이 소녀를 품에 끌어안았다.

"팔은 어때?"

예림이가 내 가슴께에 뒤통수를 댄 채 중독된 팔을 살펴본다. 파헤쳐져 검게 물든 상처에 절로 눈가가 찌푸려졌다. 이 정도 상처는 흔히 봐 왔음에도 속이 쓰리다. 차라리 내가 다치는 게 마음 편하지.

"더 퍼지진 않는 거 같아요. 통증도 가셨고요. 헌터용 진통제 먹었는데도 좀 아팠거든요."

"다행이다. 혹시 속에서 피 올라오거든 참지 말고 뱉어 봐."

"음, 속은 괜찮은데요."

내상은 없는 모양이었다. 민첩 특화 순간이동 스킬에 상대의 발까지 묶을 수 있다 보니 저보다 훨씬 강한 상대로도 잘 버텨 냈다. 기특하기도 하고 안쓰럽기도 했다. 아무리 각성자라지만 어린애가 무슨 고생이야.

텅!

김성한의 앞으로 가로세로 1.5미터쯤 되는 철판 같은 것이 나타나 땅을 내리찍으며 세워졌다. 그 소리에 노아가 고개를 들었다. 여전히 눈이 정상이 아니었다.

'저게 어딜 봐서 착하고 말 잘 듣는 동생이냐.'

아니, 리에트 앞에서는 고분고분했겠지. 제가 당해 낼 수 없는 무서운 상대라고 못 박혀 있었을 테니까. 그런데 그 누나가, 누나로 느껴지는 상대가 약하다고 판단되자마자 이성을 잃고 덤벼들다니. 평소에 얼마나 억누르고 살았던 건지 짐작도 잘 안 가는구만.

라우치타스의 천적 효과 두 배에 더해 드래곤 슬레이어 칭호가 리에트 때처럼 호감이라도 일으켰는지 키워드가 쉽게 적용된 것까진 좋았는데, 이 난리가 날 줄이야. 양육자가 다 좋은 사람일 리 없는데 제대로 알아보지 않은 내 잘못도 있었다. 양육자가 아닌 피양육자의 말을 들어 봤어야 했어.

"다른 S급 헌터가 도착하려면 얼마쯤 걸리겠습니까?"

"소식은 들어갔겠지만 바로 출발했다 해도 십 분 안팎은 걸릴 겁니다."

갓 S급이 된 김성한이지만 방어 적성 헌터이니 그 정도쯤 버티는 것은 가능할 터다. 그래도 노아가 김성한 상대로 더 날뛰었다간 주변이 남아나질 않겠지. 예림이와 달리 힘과 힘이 부딪치게 될 테니. 이사한 지 하루 만에 집 날아가는 꼴은 피해야 하지 않겠는가.

한숨을 삼키며 휴대폰을 꺼내 들었다. 다행히 멀쩡했다.

'증오의 대상은 분명 리에트겠지.'

오늘 처음 본 나를 눈 뒤집어 가며 죽이려 들 리 없었다. 노아가 무서워하면서도 덤비고 싶어 하는 상대는 틀림없이 제 누나다. 그럴 만도 한 게.

'A급 헌터가 S급으로 성장하는 건 쉽지 않아.'

김성한만 해도 5년이 넘도록 A급에 머물러 있었다. 방어형이라 성장이 느린 탓도 있었겠지만, 공격 적성이라고 해도 가장 빠르게 A급에서 S급으로 성장했다 알려진 헌터가 5년 반 걸렸다.

그런데 노아는 길어야 3년 만에 S급이 되었다. 대체 얼마나 혹독하게 굴려야 저런 빠른 성장이 가능할까. 리에트가 지옥에서 올라온 양육자 같은 칭호를 가지고 있다 해도 놀랍지 않을 것이다.

[안녕, 자기야~.]

스피커로 최대한 소리를 키운 휴대폰에서 발랄한 목소리가 흘러나왔다. 동시에 김성한에게 덤벼들기 직전이던 노아가 다시금 흠칫 동작을 멈춘다.

"리에트."

[응, 응~ 동생은 만났어? 귀엽지?]

"지금 여기 있어. 문제가 좀 있지만."

[무슨 문제?]

"날 공격하던데."

[으응? 그럴 애가 아닌데. 페블?]

한 톤 높아진 목소리의 부름에, 노아의 두 눈이 크게 떠진다. 그 눈동자에 뚜렷한 두려움이 맺히는 것을 보고 나와 예림이를 공격한 놈임에도 불구하고 약간의 동정심이 들었다.

[내가 우리 자기한테 공손히 대해 달라고 부탁했잖아. 듣고 있어?]

노아가 숨을 훅 들이켰다가, 작게 대답한다.
"…네, 누님."

[목소리가 왜 그렇게 작아? 자기 말이 사실이니?]

"…네, 죄송합니다…….."
꺼질 듯 가느다란 목소리였는데도 휴대폰 너머까지 용케 닿은 모양이었다.

[착한 내 동생이 왜 그랬을까. 미안해, 허니. 괜찮아? 당연히 괜찮겠지만, 혹시나 싶어 말이야.]

"…괜찮아."
완전히 겁먹은 노아의 표정에 무심코 거짓말이 튀어나왔다. 피해자는 난데 왜 자꾸 노아에게 못 할 짓 하고 있다는 기분이 드는 거지.
그때 지금만큼은 반가운 목소리가 들려왔다.
"도련님이 부재중이라는 게 아쉽군. 재미있는 구경을 할 수 있었을 텐데."

성현제였다. 예상보다 빨리 나타난 데다가 힐러까지 대동했다. 가슴에 힐러 표식을 단 피부가 까뭇한 갈색 머리 남자는 다름 아닌 세성의 A급 힐러였다. 현재로서는 국내 단둘뿐인 A급 힐러로 인도인이었던 걸로 기억한다.

"중독되었습니다. 어느 정도 해독된 듯하지만 치료 부탁드립니다."

내 말에 성현제가 나와 예림이를 번갈아 바라보곤 입꼬리를 올린다.

"독 저항. 최소 S급은 되겠군. 우리 한유진 군이 재주가 참 많단 말이야."

어째서인지 만족스러워하는 목소리에 시선이었다. 내 스킬인데 왜 지가 기분 좋아해? 손 덜 가게 됐다는 건가.

그보다 눈치 한번 더럽게 빠르구만. 단순히 해독제 먹이고 부축하고 있는 거라고 생각할 수도 있을 텐데 어떻게 바로 알아챈 거지.

[어머나 어머나 어머나, 이게 누구 목소리야. 자기야, 저 아저씨랑 놀지 말어. 속이 아주 음흉한 인간이야. 위험하다구.]

사돈 남 말 하시네.

"한국까지 왔으면 얼굴은 비치고 가지 그랬나. 소식 듣고 섭섭했다네, 리에트 양."

[저런, 이사 계획이라도 있으셨나 봐. 아니면 재건축?]

"그 정도로 끝내겠다니 성질 많이 죽었군. 하긴 슬슬 철들 때도 되었지."

[왜 휴대폰을 통해서는 스킬을 쓸 수 없는 걸까. 자기야, 나 대신 칼침 한 방만 곱게 놓아 주라.]

둘이 사이좋구만. 그러니 나 빼고 직접 연락하지 그러냐. 폰 번호도 알고 있는 사이일 거 같은데.

예림이를 힐러에게 맡기고 노아를 향해 시선을 돌렸다. 완전히 전의가 사라졌는지 수화되었던 손도 원래대로 돌아왔다. 아직 퍼져 있는 독기 때문에 A급 헌터들은 접근할 엄두를 못 내고 있었다.

내 시선을 느꼈는지 노아가 슬쩍 고개를 들었다가, 다시 바로 숙인다.

'…쟤를 대체 어쩐다.'

이미 키워드 적용된 거 물릴 수도 없고. 리에트를 믿는 게 아니었다. 그 여자는 진심으로 동생이 착하고 자기를 잘 따른다고 생각하는 듯하지만. 심지어 환장하게도 동생에게 호의적이기는 했다.

문득 물방울의 상급 각성자들의 호의는 폭력이 될 수도 있다는 말이 떠올랐다. 리에트와 노아는 둘 다 상급 각성자인데, 한쪽이 태생 S급이라서인가.

'어떻게든 잘 설득을 해 봐야 하나.'

말이 통할지는 모르겠지만 그냥 둘 수는 없었다.

그때 사람들이 더 도착했다. 이번에는 협회 측에서 온 건지 송태원의 모습도 보인다. 그가 노아를 잠시 바라보다가 내게로 다가왔다.

"괜찮으신 겁니까."

"네, 멀쩡…하지는 않지만 괜찮습니다."

상의 앞판이 너덜너덜해진 데다가 피투성이다. 그래도 포션을 써서 출혈은 멎었고 상처도 그럭저럭 회복했다. 독 저항이 없었으면 요단강 건너갔을지도 모르지만.

[오오, 공무원 씨 안녕!]

리에트가 또 아는 척을 했다.

"한국에서 불법 계약서 거래하지 마십시오."

[어머, 벌써 들켰어? 빠르기도 해라. 나름 조심했는데.]

까르르 웃는 걸 흘려들으며 노아에게로 발걸음을 옮겼다. 하나 딱 한 발 내딛자마자…….

턱.

하고 어깨가 잡혔다. 그것도 양쪽 다. 성현제와 송태원이 동시에 나를 내려다본다. 둘의 표정이 다르면서도 어딘가 비슷하게 느껴졌다.

"사람이 하루 만에 변할 리 없긴 하지만 무방비한 건 여전하시군요."

"이번만큼은 송 실장 말에 동의하네. 굳이 접근하고 싶다면 잠시만 기다려. 무력화시켜 놓을 터이니."

무력화… 음, 굳이 묻진 말자.

"그럴 필요 없습니다. 대화만 해 볼 생각이니까요."

내가 바보도 아니고 무턱대고 다가가겠냐. 그냥 대화하기 좋을 정도로만 접근하려 한 거지. 성현제에 송태원도 있으니 일정 거리만 유지하면 위험하지도 않을 테고.

무엇보다 지금의 노아는 완전히 풀이 죽었다. 이따금 내가 아닌 성현제에게도 시선을 두는 것이 아는 사이인 건가. 리에트와도 안면 있으니 그럴지도.

"리에트, 네 동생이 너한테 유감이 많은 거 같은데."

상황을 정확히 알기 위해 물었다. 내 말이 떨어짐과 동시에 노아가 어깨를 파득 떨었다.

[그럴 리가? 내가 동생을 얼마나 잘 돌봤는데!]

"잘 돌봤다고? 어떻게?"

[어떻게긴, 보면 몰라? 약해 빠진 애 버리지 않고 잘 키워서 저렇게 만들어

났잖아. 나 진~짜 고생했어. 어찌나 허약한지 걸핏하면 죽을 것처럼 굴잖아. 동생 사랑하는 마음이 아니었으면 일찌감치 내다 버렸을걸? 그치, 페블?]

동생 사랑하는 마음, 그 말이 나오는 순간 노아가 아랫입술을 짓씹었다.
"네, 누님."

[거봐, 그렇다잖아.]

"…그래도 동생이 아직 어려 보이는데 좀 심했던 거 아니냐. 각성했을 땐 더 어렸을 텐데."

[어려 보여? 곧 스물인데. 걔, 열아홉 살이야.]

명랑한 어조의 대답에 뒷목이 다 아파 왔다. 겉으론 스물 초반쯤은 되어 보였는데 유현이보다 한 살 어리잖아.

[내가 키워 주지 않았으면 여전히 제 몫도 못 한 채 빌빌대고 있었을걸. 지금도 내 눈에 차지는 않지만~ 오늘도 봐, 고작 자기 좀 만나라는 부탁이 얼마나 어렵다고 실수를 해? 사랑하는 우리 페블, 넌 대체 언제쯤 쓸 만해지겠니.]

리에트가 아무렇지도 않게 난도질할 때마다, 노아의 눈이 어둑하게 죽는다. 스탯 S급으로 성장시키느라 육체적으로만 괴롭혔을 거라 생각했는데. 그게 아니었던 모양이었다.

[쓸데없이 길드 같은 거나 만들고. 게으르게 소꿉장난질이나 하는 거 보면 답답해진다니까.]

…이 여자는 S급 헌터다. 그것도 SSS급 칭호 가진 헌터다. 지금 랭킹전이 있다면 분명 1, 2위를 다툴 능력자다. 건드리면 망한다. 잘 지내야 한다.
…시발 몰라 내 경고등은 꺼져 있다고.
"리에트 너, 누나가 되어서 친동생한테 무슨 개소리야!"

[응? 갑자기 왜 그래 자기야?]

"갑자기는 무슨 갑자기! 도대체 애를 어떻게 굴리고 닦달하면 저 지경이 되냐! 한 마디 한 마디 할 때마다 애 얼굴이 완전 죽어 간다. 동생이 저 꼴인 거 진짜 몰랐어?"

[아니, 애 키우다 보면 혼낼 수도 있는 거지. 안 그래?]

"동생 너만 키웠냐, 나도 키웠다! 난 우리 유현이한테 그런 식으로 말한 적 없어!"
어릴 때야 당연하고 사이 틀어진 뒤에는 애초에 깎아내릴 입장이 아니었다. 아니, 설사 내가 더 잘났다고 해도 저런 개소리는 당연히 안 했을 거다.

[하지만 자기야, 애가 약하잖아. 원래 죽을 고생 좀 하면 강해지는 거고 험한 세상 살아가기도 편해지는걸.]

리에트가 당황해하며 변명을 늘어놓았다.
"동생이 약하면 보호를 해! 사지에 몰아넣지 말고! 넌 충분히 지켜 줄 수 있을 만큼 강하잖아! 게다가 쟤가, 이제 겨우 열아홉인데 각성했을 때면… 시발, 너 진짜 미쳤지? 각성했을 때 A급은 되었을 텐데 그 정도면 뛰어나지 고작 제 눈에 안 찬다고 죽을 고생이 뭐?"

[A급이면 약하잖아. 내 동생인데.]

"안 약해! 그리고 네 동생이면 뭐? 자식도 부모 맘대로 휘두르려 들면 안 되는데 동생 가지고 제멋대로 재단질한 게 자랑이냐? 됐고 너, 한국 들어올 생각 하지 마라."

[자, 자기야? 그럼 곤란한데?]

"그 미친 정신머리 고치고 동생한테 진심 어린 사과 할 마음 들지 않는 한 얼굴 들이미는 건 꿈도 꾸지 마!"

[잠깐-!]

통화를 끊었다. 리에트가 전화를 걸어왔지만 무시했다.
음, 한동안 몸조심해야겠군. 리에트가 나를 강하다고 착각하고 있어서 그나마 다행이다. 설사 약한 거 눈치챘다 하더라도 키워야 할 몬스터가 있댔으니 대뜸 죽이려 들진 않겠지.
"…누나가."
그때 희미한 중얼거림이 들려왔다. 노아다. 놀란 듯, 혹은 넋이 나간 듯 멍하게 나를 바라보고 있다.
동생 앞에서 누나한테 너무 막말을 했나. 평범한 남매 관계는 아니긴 하지만.
"노아는 어떻게 되는 거죠?"
송태원에게 물었다. 부상자가 있으니 그냥 넘어가는 건 당연히 무리고, 일단 구속 조치 되려나. 해외 헌터라고 추방되면 곤란한데.
"비각성자의 피해는 없기에 구속 후 합의 요청이 들어갈 겁니다. 이번 일의 경우 외국인 헌터가 한국 헌터를 공격한 것이기에 원하실 경우 즉각 추방 및 해당 국가 협회에 항의할 수도 있습니다."

"추방은 바라지 않습니다. 그 반대로 출국 금지 같은 것도 될까요?"

"합의 처리 되기 전까지 최대 30일까지 가능합니다."

"그럼 그렇게 부탁드리겠습니다. 감사합니다."

"아닙니다. 제가 해야 할 일입니다."

일단 시간은 벌었고, 천천히 설득해 봐야겠다.

"두 사람이 사이가 좋군. 나도 목이라도 졸라야 하나."

성현제가 헛소리를 했다. 역시 저 인간 귀에도 들어갔구만.

"그럼 신고해야죠. 철창살 사이에 두면 확실히 전보다 편한 관계가 되긴 하겠네요."

"차별 대우가 심한데."

그사이 송태원이 노아에게 특수 수갑을 채운다. 헌터용으로 만들어졌다고 해도 S급에게는 별 소용 없겠지만 노아는 얌전했다. 어른거리던 독기까지 완전히 사라진 채, 무슨 엄마 잃은 어린애처럼 나만 쳐다보고 있었다.

…갑자기 유현이가 보고 싶어지네. 이 자식 대체 언제 나오는 거야.

옥상정원은 엉망이었다.

제 형체를 찾아볼 수 없게 된 테이블, 파헤쳐진 바닥과 부러진 나무, 독기가 진득하게 늪처럼 고이기까지 해 그 근처론 A급 헌터들도 쉽게 접근을 못 할 정도였다.

거기에 더해 아직 얼어붙은 잔디와 정원수가 여름 햇살 아래 물방울을 뚝뚝 떨어뜨린다.

바로 어제 이사 왔는데.

'건물이라도 멀쩡하니 다행이지만.'

S급 헌터끼리 붙었는데 이 정도면 무척이나 양호하긴 하다. 예림이가 레벨 낮은 동결 위주 마법계고 노아도 최적화 초기 스킬 보면 원래는 보조계였던 덕분이겠지. 공격할 때 쓴 스킬이 전부 디오 발쉐시스 칭호와 관련된 듯하니 아직 스킬 사용에 숙달되지도 못했을 테고.

 노아는 송태원을 포함한 협회 측 헌터들과 함께 떠났다. 누나 일만 아니면 멀쩡하게 성격 좋아 보였으니 괜찮겠지.

 "아저씨! 아저씨도 치료받아야죠!"

 완전히 쌩쌩해진 예림이가 얼른 오라고 손짓한다. 정원에 있는 수돗물을 뒤집어썼는지 홀딱 젖어 있었다. 핏물이 씻겨 나간 팔이 언제 다쳤었냐는 듯 흠 하나 없이 매끈하다.

 역시 상급 힐러가 좋긴 좋구나. 마나 포션만 챙겨 주면 귀한 상급 생명력 포션을 펑펑 쓸 수 있는 거나 마찬가지니.

 "난 이미 포션 썼-."

 촤악.

 다가가자마자 예림이가 물 양동이를 내 머리 위로 뒤엎었다. 여름이라지만 쏟아지는 물이 차갑다.

 "에이, 아직 흉터 남았네. 힐러 아저씨, 여기요!"

 공중에 살짝 뜬 채 내 상처를 확인한 예림이가 힐러를 부른다. 힐러나 포션 있을 땐 상처를 빠르게 씻어 내어 확인 후 치료하는 게 맞긴 하다만 정말 거침없구나. 애가 좀 터프해.

 덕분에 나도 상흔을 깨끗이 지웠다. 성현제는 일이 있다며 힐러와 함께 돌아가고 뒤처리를 위한 사람들만 몇 남았다.

 들어가서 씻고 옷 갈아입어야 하는데 뭔가 피곤해져서 그냥 근처 벤치에 걸터앉았다. 젖은 채로 들어가면 물기 흘린 것도 닦아야 하잖아. 여름 볕도 좋겠다 좀 말리고 가자.

 "아저씬 또 언제 그런 이상한 여자랑 알게 된 거예요?"

예림이가 옆에 걸터앉으며 물었다.

"SNS."

"이게 바로 SNS의 폐해라는 거구나."

예림이가 독 처리 중인 헌터들을 바라보며 중얼거렸다. 좀 다르다고 생각한다만.

"암튼 역시 사랑 소리 쉽게 하지 마세요. 아까 봤잖아요, 이상한 여자가 사랑한다니까 그 미친놈 눈 돌아가는 거. 왜 애꿎은 아저씨한테 화풀인지는 모르겠지만. 미친놈이라서 그런가? 자기 상태가 이상하면 금지어 같은 거 미리 전달해 줬어야지."

"나도 이젠 할 생각 없어."

그냥 마음 편히 몬스터나 키우고 말란다. 5년 안에 채울 수 있겠지. 오늘 일도 그렇고, 예림이만 봐도 키워드 자꾸 꺼내는 거 슬슬 위험할 듯도 하고.

'처음엔 분명 키워드 남발할 생각 없었는데, 이것도 공포 저항 영향인가.'

겁 없이 뒷감당 생각 않고 저지르고 있잖아. 가만히 생각해 보면 성현제한테 키워드 말한 것도 진짜 미친 짓인 거 같다. 그 인간한테 키워드 적용시켜서 뭐 하려고. 정기적으로 만남 가지며 내새끼 스킬 써 줘서 키워 주게?

이젠 이미 S급인 인간들은 건드릴 생각도 말아야지. 비각성자도 최적화 각성 힘들 거 같은 S급 이상 특수 스킬 보유자한테나 쓸 테다. 물론 뒷조사 철저히 해서.

'칭호가 완벽한 양육자라서 긍정적인 쪽으로만 생각했는데.'

부정적이더라도 양육자로서의 영향력이 크면 키워드 효과가 나타나는 거였나.

따지고 보면 리에트도 제 나름 정성 들여 동생을 키운 거긴 할 터다. 학원 뺑뺑이 돌리고 자식 일거수일투족 감시하며 쉬지 못하게 닦달하는 부모의 S급 심화 편쯤 되려나. 다 너 잘되라고 하는 일이야, 나도 힘들어, 돈도 들이고 시간도 들였잖아.

그래서 A급이 S급 되긴 됐다. 그 속을 모르고 겉만 보면 성공한 거다.

"…내가 좀 안일하긴 했지."

"좀이 아니죠. 요즘 아저씨 보면 토끼 같아요."

"뭔 소리냐."

"간을 배 밖에 두고 다닌다고요. 아까도 그래요. 미친놈 누나도 S급일 텐데 막 화내고. 화낼 만했지만, 아니지, 아저씨는 남이잖아요."

"나도 동생 있는 입장에서 남 일 같지가 않아서 그래."

이미 키워드 적용되었으니 완전 남도 아니고. 스킬 명도 내새끼… 아니, 진짜 그런 건 아니지만. 스킬창 명단 생각하면 스킬명이 영 떨떠름하긴 하다. 사슴새끼 진짜.

"남 일 맞는데. 게다가 동생을 무슨 자식 키운 것처럼 말해요? 아저씨 고딩 때 부모님 돌아가셨다고 했잖아요. 그럼 길드장님 열서너 살쯤 되지 않았어요? 그 정도면 거의 다 컸죠. 나도 열다섯 살인데."

"다 크긴 무슨. 그리고 유현이는 유치원 들어갈 즈음부터 내가 돌봤어. 어버이날 카네이션도 나한테 줬는데."

홧김에 그거 다 내다 버린 게 가슴 아프다. 5년 말고 7년 전으로 돌려 달라고 할 걸 그랬나.

내 말에 예림이가 눈을 동그랗게 떴다.

"부모님 멀쩡히 계신데 왜요? 아저씨도 애였을 거잖아요. …혹시 집안 분위기가 좀, 안 좋았어요……?"

"그런 건 아니고. 맞벌이셨으니까……? 어쩌다 보니? 부모님은 사이좋으셨어. 퇴근하면 하루가 멀다 하고 두 분에서 같이 외식하고 주말에 놀러 가고. 동시에 세상 떠나신 것도 여행지에서 사고당한 탓이었으니까. 주위에 소문 자자할 정도로 잉꼬부부셨지."

"…좀 특이한 거 같은데요."

예림이가 미간을 살짝 좁히며 말했다.

뭐, 세상엔 자식한테 관심 없는 부모도 있긴 하니까. 기본적인 건 다 챙겨 주기도 했고, 주위에선 행복하게 잘 사는 집이란 평이라 나도 그러려니 했다.

'그러고 보니 소원석 쓸 때 부모님 생각은 전혀 안 났었네.'

유현이밖에 안 보이는 상황이긴 했지만 그렇지 않더라도 부모님 돌아가시기 전으로 돌아갈 생각은 안 했을 것 같다. 내가 여행 말리거나 충고한다고 해도 들을 것 같지도 않고, 뭣보다 던전 쇼크를 다시 겪고 싶진 않았다.

같은 일이 반복된다고 해도 결과까지 같으리란 법은 없잖은가. 만약 유현이가 미처 각성하지 못하고 몬스터에게 공격받기라도 하면… 안 되지.

'그래도 새삼 죄송스러워지는구만.'

유현이 나오면 납골당에 한번 가 봐야겠다.

상급 각성자를 구속하기 위한 시설은 아직 미흡했다. 특히 S급 전투 헌터라면 갇혀 있어 주는 것이나 마찬가지였다. 국가기관 소속 S급 헌터는 단 한 명뿐이라 일대일로 24시간 감시할 수도 없다. 하여 오늘같이 S급 헌터가 잡혀 들어오는 날이면 헌터용 구치소 전체에 은은한 긴장이 감돌았다.

노아 루히르는 면회실 의자에 앉아 있었다. 날뛰던 때에 비해 많이 차분해졌지만 아직 혼란스러워하는 기색은 남은 얼굴이다.

잠시 후 문이 열리고 세성의 길드장 성현제가 안으로 들어섰다. 주위의 소리를 차단시키는 아이템을 테이블 위에 던지듯 내려놓은 그가 노아의 맞은편에 앉는다.

"입국하자마자 사고 치라는 소리는 한 적 없는데."

약간 어이없는 듯한 말투였다. 실제로 그로서는 드물게 당황하긴 했다.

노아의, 디오 발쉐시스의 쌍둥이 칭호에 따른 독 스킬은 S급이었다. 웬만큼 등급 높은 독 저항 아이템을 갖췄다 하더라도 스탯 F급이 버텨 낼 수준은 아니다. 그나마 즉효성이 아닌, 서서히 상대의 몸을 지배해 가는 일종의 저주성 독이라 급히 힐러를 데리고 사육 시설로 향한 것이었다.

 도착해서 본 광경은 예상과 전혀 달랐지만.

 "…죄송합니다."

 노아가 말했다. 힘 빠진 목소리였지만 그래도 리에트 앞에서처럼 겁먹지는 않았다.

 "사과보다는 이유가 듣고 싶군. 전혀 이해가 가질 않는 상황이라 말이야."

 노아와 리에트의 관계는 성현제도 대충 알고 있었다. 애초에 노아가 성현제의 밑에 들어간 것도 제 누나를 상대할 힘을 얻기 위해서였기 때문이었다.

 "쓸 만하게 만들어 놓은 지 얼마 지나지도 않아 이렇게 일을 망치는 건 너무하잖나. 이대로라면 한국에서 제대로 활동하기도 힘들어질 테고."

 성현제가 과장되게 한숨을 내쉬었다.

 "대가를 치렀으면 약속을 지켜야지."

 "…대가라고 해도, 결국 제 누님도 같은 것을 얻지 않았습니까."

 노아의 눈에 옅은 날이 섰다. 성현제는 아무렇지 않게 그 눈빛을 받아넘겼다.

 "칭호의 조건이 그런 걸 난들 어쩌겠나. 강해지게 해 주겠다는 말머리에 리에트보다, 라는 조건은 붙지 않았으니 대가가 잘못된 건 아니지."

 속사정 다 알면서 뻔뻔하게 내뱉는 말에 노아의 눈썹이 구겨졌다. 동시에 이해가 가지 않는다는 시선으로 성현제를 바라본다.

 이미 충분히 강한 리에트가 디오 발쉐시스의 쌍둥이 칭호를 얻는 것은 성현제에게도 달가운 일은 절대 아닐 터였다. SSS급 칭호가 아무리 아깝다고 해도 제 목에 칼을 들이댈 수 있는 상대에게 넘기는 행동은 역시 이상하다.

 "대체 왜……."

 "그런 사소한 일보다는 왜 한유진 군을 공격했는지 듣고 싶네만. 벌써 두 번째 물었어."

노아는 입을 다물었다. 테이블 위에 얹힌 그의 손이 무의식중에 작게 꿈틀댄다.

"…처음 마주쳤을 때부터 이상한 느낌이 들었습니다."

"이상한 느낌?"

"예. 누님이나 저와 비슷한, 저주독룡종… 이라고 해야 할까요."

그걸 느낀 순간부터 살짝 긴장하고 있었다. 심지어 그 이상한 기운만큼은 리에트보다도 강력했다.

"분명 약해 보이고, 약한 것도 맞음에도, 상위종처럼 생각되었습니다."

"그래서 자네 누님이라도 떠올랐다는 건가?"

"…아마도요."

고개를 약간 갸웃하며 노아가 대답했다. 스스로도 확신이 없는 목소리였다.

한유진을 리에트로 느낀 것은 확실하다. 지금도 그를 생각하면 가슴이 두근거린다. 노아의 두 손이 꽉 맞잡아 얽힌다.

"저주독룡종이라, 칭호인가? S급 이상의 독 저항이 갑자기 어디서 나왔나 했더니. 자네나 리에트처럼 저주 저항도 있으려나. 그건 좀 귀찮겠군."

성현제가 나직이 중얼거렸다. 스탯 F급이 도대체 어떻게 그런 칭호를 얻게 되었는지는 짐작조차 가질 않는다. 심지어 노아의 말에 따르면 디오 발쉐시스보다 상위였다. 비슷하다더라도 SSS급인 것이다.

'그런 것치곤 공격형 스킬은 없는 듯하던데… 납치되었을 때?'

분명 사망자 둘은 독에, 나머지는 저주 스킬에 당했다고 보고받았다.

골똘히 생각에 잠겨 있던 성현제가 몸을 일으켰다. 노아를 잠시 내려다보다가 테이블 위의 아이템을 집어 든다.

"한동안은 이대로 관계가 없는 것으로 해 두지."

노아의 입국 때, 사육 시설 방문 때 반응을 보이지 않았으니 의심받을 일은 없을 것이다. 사건 관계자로서의 호기심 섞인 면회는 이상할 것도 없고.

성현제가 떠난 후에도 노아는 꼼짝 않고 자리에 앉아 있었다. 밖에서 나오라는 신호가 들려왔지만 무시했다. 섣불리 들어오지는 못한 채, 문 밖에 발소리들이 어지럽게 오간다.

'…한유진.'

리에트의 목소리가 귓가에 쨍쨍 울린다. 분명 단단히 화가 났겠지. 노아는 무심코 어깨를 움츠렸다.

한유진을 향해 드문 호감을 나타내며 잘 대하라고, 잘 보이라고 몇 번이나 당부하던 말이 떠올랐다. 그런데 자신 때문에 사이가 틀어진 것을 넘어서 아예 내쳐졌다. 한국에 들어올 생각 말라던, 얼굴 들이밀 꿈도 꾸지 말라던 화난 목소리가, 리에트의 목소리와 뒤섞인다.

그러다가, 리에트의 목소리가 점점 작아지고, 결국엔 끊어졌다.

단호하게.

"아……."

노아는 어느새 날카로워진 손톱에 찍힌 자신의 손등을 바라보았다. 피가 흐르고 있다. 하지만 마취라도 된 듯 통증은 느껴지지 않았다.

통증 대신 전신을 가득 채운 것은 두려움 섞인 조급함이었다.

덜컹.

그는 결국 더 참지 못하고 자리를 박차고 일어났다.

"준비는 완벽해."

각종 놀이 도구를 거실에 펼쳐 놓고 만족스럽게 중얼거렸다.

"역시 푹 자게 하려면 실컷 놀아 주고 힘을 빼는 게 최고지."

지난밤 코메트가 가장 오래, 한 시간 동안 잠들었던 건 신나게 놀고 난 다음이었다. 그 뒤에도 한 시간 동안 놀았지만 지쳐 적당히 받아 줬더니 삼십 분 만에 깨어났다.

그러니 있는 힘껏, 최대한 긴 시간을 놀아 주면 길게 잠들어 있을 것이다. 제발 그래라.

'유니콘들처럼 사육장에 맡기기엔 애가 너무 어리고.'

게다가 유니콘은 둘이 딱 달라붙어 있어 별로 날 찾지도, 외로워하지도 않았다. 반면에 코메트는 깨어났을 때 내가 안 보이면 삑삑 울며 여기저기 날 찾듯 날아다녔다.

하니 어쩔 수 있나. 한동안 낮잠 자며 버텨야지. 그나마 블루는 낮에 사육장에 맡길 수 있어서 다행이었다. 삐약이야 먹보 모드일 때만 아니면 얌전하고. 요즘 아동용 장난감에 재미 들려서 혼자서도 잘 논다.

― 삐약!

삐약이가 종종종 다가와 발치에서 다시 한번 삐약, 울었다.
"왜 그래, 삐약아. 퍼즐 다 맞췄어? 엎어 줄까?"

― 삐약삐약!

파닥거리며 뛰는 포즈가 안아 달라는 거로구만. 폴짝이는 솜털 뭉치를 들어 올리자 이내 얌전해진다. 블루는 이미 잠들었고, 삐약이도 슬슬 재울까.

그때 휴대폰이 울렸다. 전화를 받자 살짝 굳어진 송태원의 목소리가 흘러나온다.

[지금 집에 혼자 계십니까?]

"네? 일단은요."

유명우는 있는 것도 아니고 없는 것도 아닌 상태라. 어느샌가 나타나서 밥해 주고 사라진다. 우렁각시인가.

[노아 루히르가 사라졌습니다. 혹 모르니 절대 밖으로 나오지 마십시오. 해연에 연락했으니 곧 김성한 헌터가 도착할 겁니다.]

"…예, 알겠습니다."
사라졌다니, 어디로 간 거지. 칭호가 같으니 노아에게도 리에트처럼 몸을 숨기는 스킬이 있었을지도. 그럼 찾기 힘들 것이다.
'구치소에 넣어 놓고 천천히 달래 보려 했는데, 곤란하네.'
안정된 줄 알았는데 이러다 또 날 찾아오거나… 설마?
삐약이를 내려놓고 현관으로 다가갔다. 현관문 바로 앞은 물론이요, 미니 포털 입구 주변도 확인할 수 있는 모니터가 벽에 붙어 있었다.
선명하게 비치는 화면 너머로, 포털 옆에 웅크리고 앉아 있는 백금발 청년의 모습이 보인다.
'…아니, 무슨 내쫓긴 강아지도 아니고.'
왜 저기서 저러고 있냐. 일단 김성한에게 건물 밖에서 잠시 기다려 달라고 문자를 보냈다. 둘이서 건물 내에서 싸우기라도 했다간 순식간에 홈리스 된다고.
이어 미니포털 쪽과 연결된 인터폰 수화기를 들었다.
"노아 씨?"
노아가 무릎 사이에 파묻고 있던 고개를 든다. 내 목소리만 듣고 흥분하지 않을까 걱정했지만 다행히 살짝 겁먹어 보일 뿐이었다.
"무슨 일 있었어요?"
최대한 상냥하게 묻자 슬금슬금 몸을 일으킨다.

[…아니요, 그냥. 조금 무서워져서요…….]

"리에트가요?"

고개를 끄덕인다. 하긴 일 크게 쳤으니 후환이 두렵긴 하겠지. 눈동자가 잘게 떨리는 것이 절로 혀를 차게 만들었다. 하여간 리에트 진짜.

"들어올래요?"

무심코 말했다가 당황했다. 아니, 이건 아니지. 다행히 노아가 먼저 고개를 저었다.

[아뇨… 또, 못 참을지도 몰라서……. 그냥 여기에 잠시 있으면 안 될까요……? 아침까지만이라도요.]

"네. 괜찮아요. 하지만 아침에 얌전히 구치소로 돌아가야 합니다."

노아가 끄덕거리는 것을 보며 한숨을 삼켰다. 불편할 텐데.

수화기를 내려놓고 송태원에게 전화했다. 노아가 포털 앞에 있으며 아침에는 얌전히 돌아가기로 약속했다니까 한참 침묵하다가 알겠다고 말한다.

[순순히 협조하겠다면 기다리는 편이 낫겠지요. 저도 그리로 가겠습니다.]

"아침에 오셔도 될 것 같은데요. 김성한 헌터도 이미 와 있습니다."

[만약의 사태 때 최소한의 피해로 제압하려면 저도 합세하는 편이 좋습니다.]

"…구치소로 바로 돌아가라고 설득해 볼까요?"

[아닙니다. 밤새 뒤지고 다니는 것보다야 낫지요.]

그야 그렇지만. 직원용 숙직실이 잘되어 있어서 다행이야.

김성한에게도 비슷한 내용의 말을 전달하고 다시 모니터로 시선을 돌렸다. 노아는 처음 본 그 자세 그대로 웅크리고 있었다.

그리고 아침에, 약속대로 얌전히 구치소로 돌아갔다.

한숨 돌리기가 무섭게 이번에는 유현이가 던전을 나왔다는 연락이 들어왔다. 예상보다 너무 빠르게.

3장 형제와 남매

3장
형제와 남매

"저도 함께 가겠습니다."

[예. 모시러 가겠습니다.]

김성한과의 통화를 끊고 곧장 외출 준비를 했다. 집을 나서는 내내 머릿속이 어지러웠다.

'일주일도 채 안 지났는데.'

설마 정상적으로 공략을 끝낸 것이 아니라, 도중에 빠져나온 것일까. 게이트석을 써야만 했을 상황이라면 멀쩡히 나왔다고 생각기건 힘들었다.

"하여간 동생 새끼 진짜!"

이래 놓고 나한테 위험하다느니 어쩌니 잔소리해 댄 거냐. 너부터 잘해라!

밖으로 나가 대기하고 있던 차에 올라탔다. 유현이가 들어간 S급 던전은 길이 막히지 않더라도 30분 이상 걸렸다.

"다른 소식은 없습니까?"

내 말에 김성한이 휴대폰으로부터 시선을 뗀다.

"게이트실의 감시카메라는 보안상 즉각적인 확인이 불가능합니다. 또한 던전의 등급 대비 공략팀의 전력이 공략 최소 기준과 비슷하거나 못 미칠 경우 게이트 주위에 접근할 수 없도록 정해져 있습니다. 특히 상급 헌터일수록 공략 직후, 또는 탈출 직후 피아 구분을 제대로 하지 못하고 공격해 오는 경우가 많아 섣부른 접근은 절대 금물입니다."

그건 나도 알고 있었다. 목숨이 오가는 격전 직후 잔뜩 예민해져 있을 때 낯모르는 놈들이, 그것도 위협이 될 수 있는 헌터가 접근해 오면 칼부터 날리고 보는 경우는 꽤 흔했다.

심지어 이번에는 S급 헌터에 예상 공략 기간보다 빠르게 나왔으니 섣불리 접근할 생각은 아무도 못 하겠지.

"그래도 상태는 확인해 봐야 하는 거 아닙니까."

규정을 알고 있음에도 어쩔 수 없이 볼멘소리가 나왔다. 윤윤이 있었으면 먼저 들여다봐 달라고 할 수 있었을 텐데.

"공략이든 탈출이든 게이트가 활성화되었다는 것이 확인된 이상 큰 문제는 없을 겁니다. 게이트실에 만일을 대비한 상급 포션도 준비해 두었고요. 그리고 개인적으로는 공략에 성공하셨을 거라 생각합니다. 인원이 적긴 하지만 오히려 그래서 거리낄 것도 없고, 기승수도 있지 않습니까."

…하긴 전에 기승수가 있으면 던전 공략 시간이 절반까지도 줄어들 수 있다고 했다. 원래 예상이 열흘 이상이었으니 진짜 절반으로 줄었다면 공략 끝내고 나왔을 가능성도 얼마든지 있었다.

그럼 다행이지만. 아니, 다행 맞긴 한가? 보스 몬스터까지 잡았다는 건데, 그럼 심각한 중상을 입었을 확률은 중도 탈출보다 높지 않나?

진짜 미친 새끼. 시발, 5년 후나 지금이나 누가 똑같은 새끼 아니랄까 봐 제 몸 안 챙기고 지랄이야.

별다른 소식은 더 없이 던전 건물에 도착했다. S급 던전이니만큼 저번 A급 던전보다 건물이 더 크다. 주위도 휑했다. 거리에는 인기척이 거의 없으며 폐업한 가게들도 보인다.

터질 일도 거의 없고 문제가 생긴다 해도 빠른 처리가 가능한 중하급 던전과 달리 상급, 특히 S급 던전 주위는 집값이 곤두박질친다. 손님이 없으니 가게는 문을 닫고 그나마 주거지는 싼 맛에 잠만 자는 용도로나 쓰였다.

좀 더 시간이 지나고 나서는 이런 현상이 덜해졌지만 아직은 던전 브레이크의 공포가 짙었다.

텅 빈 거리와 달리 게이트 건물 앞에는 사람이 득시글하다. 돌아가며 대기 중이었던 해연의 헌터들에 더해 협회 측 사람들도 보였다.

차에서 내리자마자 곧장 입구로 향하자 몇몇이 나를 막아선다.

"위험합니다!"

"안에서 먼저 연락해 올 때까지 기다리십시오."

뭘 더 기다려. 여기서 쪼그리고 앉아 밤새 울리? 난 이미 반쯤 밤새웠다.

그래도 막아서는 게 이해는 가니.

"김성한 씨, 앞장서 주시겠습니까?"

"네. 절대 제 앞으로 나서지 마십시오."

S급 방어 헌터가 동행한다고 하자 더는 막는 사람이 없었다. 못 막는 것일 수도 있고.

닫혀 있던 문이 열리고 안으로 들어섰다. 건물이 큰 만큼 복도도 더 길었다. 중하급 던전에 비해 다른 시설이 더 있는 건 아니다. 겹겹의 벽이다.

그 탓인지 가뜩이나 공기가 답답하건만, 걸어가려니 한층 더 속이 막혀왔다. 너무 신중하신 거 아니냐고 입술이 무심코 달싹거린다.

드디어 마지막 문이 열리고, 피 냄새가 확 덮쳐든다. 공략이 끝나 안정화에 접어든 푸른빛 게이트 앞에 한유현이 서 있었다. 역광 탓에 표정은 잘 보이지 않지만 일단 두 다리로 서 있으니 큰 부상은 없는 듯했다.

그 옆에 피스도 보였다. 아성체 정도의 크기로 나와 눈이 마주치자 꼬리를 살랑 흔든다.

진짜, 망할 것들.

"한유현 너!"

"안녕, 형. 마중 나와 준 거야?"

"마중은 무슨! 네가 기어 나올 생각을 안 하니까-!"

그리고 보니 이 자식 왜 안 나온 거지, 라는 생각도 잠시. 유현이의 얼굴이 두 눈에 제대로 들어왔다. 오른쪽 눈가부터 귀까지 길게 상처가 나 있다. 조금만 더 안쪽으로 들어갔다면 눈까지 다쳤을 정도로 아슬아슬한 위치였다.

무심코 손이 상처로 향했다.

"그러다 옷에 피 묻어."

"포션은 어디다 팔아먹고 이 꼴이야?"

"별로 큰 상처도 아니고 피스도 있으니 아꼈지. 인벤토리가 하나뿐이니 혹 모르잖아."

"그러게 왜 무모한 짓을 해! 잠시만, 포션이-."

포션을 꺼내 상처를 치료하고 나서야 밖에 힐러가 대기 중이라는 사실이 떠올랐다. 뭐, 포션 아낄 형편도 이제는 아니고.

- 끄응, 낑.

그때 피스가 작게 낑낑거렸다. 아래를 보자 어느새 유체 크기로 작아진 피스가 한쪽 앞발을 들어 올리고 있었다. 조그만 앞 발등에 길게 그어진 상처가 보인다.

이런 젠장.

"피스야! 내 동생이 미친놈이라 미안해. 애먼 네가 고생하고."

얼른 피스를 안아 들어 앞발의 상처를 치료해 주었다. 털 지저분해진 것 좀 봐라. 핏덩이도 군데군데 엉켜 있다. 심지어 내 품에 머리를 파묻는 게 어째 영 기운이 없었다.

"왜 그래, 피스야."

- 끄앙.

"피곤해?"
"피곤하기보단 졸려서 그럴걸."
"제대로 안 잤, 아니 당연히 못 잤겠지. 둘뿐이었으니."
서로 말도 안 통하니 불침번 세우고 눈 붙일 수도 없었을 거다. 혀를 쯧쯧 차는데 유현이 녀석이 투정이 약간 섞인 목소리로 말했다.
"나도 졸려."
"그러게 왜- 아니, 일단 나가자. 꼴도 엉망이고, 가서 씻고 자는 게 좋겠다. 다른 다친 곳은 없어?"
"응, 없어."
피스를 다독이며 돌아서자 뭔가 모호한 표정을 짓고 있는 김성한이 보였다. 문 안쪽으로 들어왔을 텐데 언제 밖으로 나갔지.
"길드장님, 무사하셨군요!"
"공략을 끝낸 겁니까? 아니면-."
건물을 나서자마자 사람들이 우르르 몰려들… 진 않고 멀찍이 떨어진 채 질문만 던졌다. 우리에서 맹수 끌고 나온 줄. 우리 애 안 뭅니다. 그렇게 경계하다가 괜찮은 듯싶으니 하나둘 접근해 온다.
해연 길드원들은 안심하고 다행이란 말을 건네 왔지만 협회 쪽은 달랐다. 공략한 거 맞다는 김성한의 대답에 열을 내며 달라붙었다. 무려 S급 던전의 예상 공략 기간을 절반이나 단축시켰으니 눈이 뒤집힐 만도 하지만.
"곧바로 헌터협회로 가 주시겠습니까? 위쪽에서 최대한 빠르게 상황을 정리하여 발표하길 바라고 있습니다."

"S급 던전의 관리가 종전보다 훨씬 안정화될 수 있다는 사실이 알려지면 국민들도 한층 안심할 수 있을 겁니다. 기승수도 함께 데리고 가시지요."

그래, 뭐 좋은 말이긴 하다만. 며칠간 잠도 못 자고 고생한 사람에게 뭘 더 하라고. 심지어 반쯤 잠든 피스까지 끌고 가겠다니 미쳤나. 까짓것 하루 늦추면 S급 던전이 줄줄이 터져 나가기라도 한다냐.

"바로 못 가니까 내일 다시 연락하시죠."

내 목소리에 절로 짜증이 섞여 들었다. 협회 측 남자가 당황한다.

"예? 아니, 해연 길드장님께 말씀드린 겁니다만. 대답을 해 주시면……."

"그런 권유 자체가 무례하다는 사실, 모르십니까? 지금 상황이 이해가 안 돼요? 아니면 명색이 헌터가, 헌터협회 사람이 던전 한 번 안 돌아 보고 책상머리나 지키며 종잇장만 들여다보고 살았습니까? 아, 신인 교육용으론 한 번 돌긴 했겠네요. 목에 걸고 있는 협회 소속 헌터증 도박판에서 딴 게 아니라면."

고작 둘에서 S급 던전 빠르게 클리어한 게 뭘 뜻하는 건지 모르는 건가 진짜. 대가리가 없나. 생각할수록 열이 받아 목소리가 높아지자 품 안의 피스가 눈을 떴다.

- 끼앙.

"아냐, 괜찮아. 신경 쓸 거 없어."
"그리 오래 시간을 뺏지는-."

- 크르르.

남자가 조금 더 가까이 다가오자 피스가 대뜸 이를 드러냈다. 그러자 남자가 화들짝 놀라 뒷걸음질 친다.

많이 졸린가 보다. 예민해졌잖아. 피스를 달래며 혹시나 싶어 유현이를 돌아보았다.

"혹시 갈 생각 있어?"

"아니, 전혀."

그래, 당연히 가기 싫겠지. 유현이까지 고개 젓자 협회 측 사람들도 더는 달라붙지 못했다. 그래도 혹시 또 귀찮게 굴세라 얼른 차에 올라타 자리를 떠났다.

[-따라서 이번 해연 길드의 S급 던전 공략 시간 단축은 상급 던전 주변 기피 현상에도 긍정적인 효과를 가져다줄 것으로 예상되고 있습니다.]

9시 뉴스 앵커의 차분한 목소리와 함께 헌터협회 측에서 보내온 자료화면이 TV 가득히 띄워진다. 공략 당사자가 협조를 거부했지만 제 나름 조사하여 급한 대로 발표한 모양이었다.

한유현은 1인용 소파에 기대어 앉은 채 뉴스를 적당히 흘려들었다. 새로울 것도, 중요한 것도 없는 이야기다. 그러다 문득 인벤토리에서 공략 보상으로 얻은 아이템 중 하나를 꺼내 들었다.

손가락 세 마디 정도 되는 길쭉한 타원형의 붉은색 알. 그것이 불이 꺼져 어둑한 거실에서 희미하게 빛난다.

┌─────────────────────────┐
│ 붉은색 알 - SSS급
└─────────────────────────┘

아무런 설명 없이 그저 이름과 등급뿐이다. 등급이 높으니 예사 물건은 아닐 텐데 사용처도 방법도 알 수 없었다.

잠시간 알을 들여다보다가 다시 인벤토리에 집어넣었다. 그리고 길게 놓여 있는 소파로 시선을 돌렸다.

소파에는 그의 형이 잠들어 있었다. 한유진의 품에 안겨 있는 화염 뿔사자의 털이 반지르르하다. 피스를 씻기고 나서 피곤한 얼굴로 소파에 앉아 새로 들어온 새끼 드래곤 때문에 잠을 제대로 못 잔다고 한탄하더니, 잠깐만 눈 붙이겠다고 하고는 곯아떨어져 버렸다.

블루 잠들기 전에 돌아가야 한다고 8시에 깨워 달라고 했지만 벌써 9시가 지났다. 잊은 것은 아니다. 애초에 깨워 줄 생각이 없었다.

'적당히 해도 될 것을.'

어차피 새끼 때만 잠시 맡는 것을 정성을 들이다 못해 다 키워 놓고도 저렇게 끌어안고 있었다. 심지어 힘의 차이로 본다면 고양이가 다 큰 호랑이를 귀엽다고 핥아 주는 꼴이다. 한유현으로서는 이해할 수 없는 동시에 이해가 가는 모습이었다.

그의 형은 원래 저랬으니까.

"형이 이상한 거야."

낮은 목소리로 조용히 중얼거렸다. 어릴 때부터 그랬다.

형제의 부모는 둘째가 자신들과 다르다는 것을 빠르게 눈치챘다. 물론 뚜렷한 무언가를 느낀 것은 아니다. 꺼림칙함, 불길함, 또는 두려움. 제 자식이지만 그렇지 않은 것 같은, 일종의 강박증과 비슷한 느낌이었다.

아예 타인이었다면 그냥 조금 대하기 불편하다는 정도로 끝났을 것이다. 하지만 제 손으로 돌봐야 하는 혈육이라는 사실에, 자식에게 그런 감정을 느낀다는 죄책감까지 섞여 부모에게는 끔찍한 악몽처럼 다가왔다.

별다른 일이 없었더라면 둘째는 버려졌을지도 모른다. 그렇지 않더라도 가능한 없는 셈 치고 눈과 귀를 막았을 것이다.

하지만 첫째가 동생을 아무렇지 않게 대해 버렸다. 혼란에 빠진 부모 대신 동생을 챙겼다. 그 모습에 부모는 첫째마저 외면했다. 부모인 자신들에게 문제가 있다고 말하는 듯한 그 현실을 견딜 수 없었기 때문이었다. 하지만 둘 다 이상한 것으로 치면 편해질 수 있었다.

그렇게 결정짓고 나자 부모는 오히려 편해졌다. 부부가 같은 감정을, 같은 죄를 공유하고 훨씬 끈끈해진 사이가 되어 신혼 때처럼 즐겁게 살았다.

한유현은 그 모든 과정을 기민하게 눈치채고 있었다. 반면에 한유진은 다른 가정에 비해 좀 특이하다고 생각은 해도 별로 신경 쓰지 않았다. 사이좋은 부모님에 착하고 말 잘 듣는 동생. 그걸로 만족해 버렸기 때문이었다.

만약 한유진이 평범하게 동생을 거부했더라면. 그랬더라면 행복한 부부가 아닌 행복한 세 가족이 되었을 것이다. 사고로 부모를 잃지 않았을지도 모른다. 한창 공부에 집중해야 하는 사랑하는 외동아들을 두고 잦은 여행을 다니진 않았을 테니까.

평범하게 자라서 평범하게 대학에 들어가고, 던전 쇼크를 무사히 넘겼다면 각성 브로커를 찾아다닐 일도 없이 평범한 학생의 신분으로 머물러 있었을 것이다. 한유현의 각성 소식을 듣고도 조금 놀랄 뿐 남 일처럼 넘겼을 터다.

그것을 알면서도 붙잡고 있었다.

한유현은 약간의 죄책감이 따끔거리는 것을 느끼며 쓰게 입꼬리를 올렸다. 그가 아닌 그 누구라 하더라도 순수하게 주어지는 애정과 돌봄이 달갑지 않을 리 없다. 심지어 그것이 유일하다면 더더욱 움켜쥐고 있을 수밖에.

"…그러니 참아야겠지."

한숨을 섞어 투덜거렸다.

자신의 것을 타인과 나누는 건 당연히 싫다. 부모가 갑자기 네 동생이 생겼단다, 사이좋게 지내렴 하고 생판 모를 남을 들이미는 것과 비슷한 기분이었다. 심지어 줄줄이 늘어나고 있다.

짜증스러운 상황이다. 그래도 자신이 가장 우선이라는 것을 알고 있고, 그 떨거지들이 한유진의 안전에 도움이 되기에 그럭저럭 눈감을 수 있었다.

어쩔 수 없이 손 놓고 있을 때보단 나았으니까.

'자리 비운 사이 별일도 없었던 듯하고.'

빠른 공략을 위해 피스는 필요했지만 김성한은 일부러 두고 갔다. 해연의 다른 상급 헌터들도 고스란히 남겨 두었고 미숙하나마 박예림도 있다. 그리고 성현제. 그의 성격상 확실하게 쓸모 있다고 판단된 한유진을 지켜 주지 않을 리 없었다. 설사 다른 꿍꿍이가 있다고 하더라도 당장의 안전은 보장해 줄 것이다.

송태원 또한 스탯 F급인 준비각성자를 버려두지 않을 것이며 문현아 또한 계약에 따른 의무를 거부하지 않을 사람이었다.

그러니 괜찮다고 생각한 바로 그때, 테이블에 올려놓은 휴대폰이 작게 울렸다. 한유현은 휴대폰을 들어 메시지를 확인했다. 아무런 내용 없는 세 장의 사진이다. 첫 번째 사진은 병실이었다.

"…여긴."

벽에 금이 가고 문이 부서진 특실. 매끄러운 곡선의 눈썹이 대번에 찌푸려진다. 이어 다음 사진은 한유진이었다. 사진 속 목에 난 손자국이 뚜렷하다. 마지막 사진 또한 그의 형이었다. 가슴팍을 무언가에 의해 공격당한 듯 옷이 찢어지고 핏자국이 흥건한 채의.

콰직!

손아귀의 휴대폰이 단숨에 일그러졌다.

콰직!

무언가 부서지는 소리에 반사적으로 눈이 떠졌다. 블루인가. 또 뭐 부쉈냐고 말하려다가 테이블을 보고 유현이 집이라는 것을 생각해 냈다. 켜진 TV에서는 9시 뉴스가 흘러나오고 있었다.

…9시? 유현이 녀석 집에 오니 안 졸리다고 고집 피우더니 결국 잠들었나? 귀찮다고 그냥 자지 말고 알람 맞춰 놓을걸.

얼른 몸을 일으키는데 소파에 앉아 있는 유현이가 보였다. 안 자잖아.

"야, 너 왜-!"

안 깨워 줬냐는 말은 입 밖으로 나오지 못했다. 나를 바라보는 두 눈이 새카맣게 식어 있다. 무릎 위의 피스가 희미하게 으르렁거리는 것이 들려온다. 유현이의 손안에서 으스러지다시피 한 휴대폰이 보인다.

"손은 괜찮, 아니 당연히 괜찮겠지만."

일단 피스부터 품에 안아 달랬다. 나는 잘 못 느끼겠지만 저 자식 꽤나 살벌한 상태인 듯했다. 이유는 모르겠지만.

…사실 열받을 만한 이유가 너무 많아서 잘 모르겠다. 뭐가 걸린 거지. 심각한 거 보니까 노아인가.

"저기……."

"형한테 들을 생각 없어."

딱 잘라 말하며 유현이가 자리에서 일어났다. 부서진 휴대폰을 테이블에 던지듯 내려놓곤 거실 한쪽 장식장을 연다. 답지 않게 힘 조절을 잘못하기라도 했는지 장식장 문고리가 부서졌다. 안쪽으로 포장도 안 뜯은 휴대폰 상자들이 보였다.

"그게 다 뭐냐."

"잘 망가지니까."

대답은 하는데 목소리가 영 정상이 아니다. 유심칩만 갈아 끼울 생각인 모양인데 칩이 살아 있기는 할까. 그때 또다시 으적거리는 소리가 났다.

툭.

유현이의 발치로 박스와 함께 박살 난 휴대폰이 떨어진다.

"…야."

"포장이 잘 안 뜯어져서."

그러면서 두 번째 휴대폰도 으깨 버린다. 작게 한숨 소리가 들려왔다. 일부러 저러는 게 아니다. 그렇게 생각하자 걱정이 덜컥 들었다.

"유현아."

"잠시만."

아까부터 목소리에 고저가 없다. 세 번째 휴대폰은 그래도 무사히 꺼내졌다. 하지만 유심칩 핀이 엉뚱한 곳에 꽂혀 버렸다. 핀을 쥔 손이 약하게 떨린 듯도 했다. 금이 간 폰을 내려다보다가 이를 으득 간다.

"…내가 해 줄까?"

"됐어."

그리고 마지막 휴대폰이 부서졌다. 묵직하게 침묵이 내려앉았다. 한유현이 제 손안에 으스러진 휴대폰을 뚫어져라 노려본다. 태엽이 죄다 풀려 버린 인형처럼 꼼짝도 않고서.

"유현아, 한유현."

"……."

역시 반응이 이상하다. 피스를 소파에 내려놓고 자리에서 일어났다. 내가 한 발 옆으로 다가갈 때까지 유현이는 아무런 움직임이 없었다.

"나한테 들을 생각 없다고 해도 들어. 우선 숨길 생각은 없었어. 어차피 금방 들통날 거 뻔한데 뭐 하러 숨기겠냐. 그냥 잠깐 잊은 거야. 너랑 피스 나왔다는 말 들은 뒤부턴 너희 둘 생각밖에 안 나서."

실제로 까맣게 잊고 있었다. 기억하고 있었다면 이 사달 나기 전에 먼저 변명 준비하고 설명했겠지.

"…잊었다고?"

"그래. 네가 뭘 알게 되었는지 모르겠는데, 별일 아니었어."

유현이의 눈이 간신히 나를 향한다. 화가 난 듯 굳은 눈빛이었지만 아주 희미하게 겁먹은 듯도 보였다.

"어떻게 별일이 아니야. 그나마 안심할 수 있었던 건 형이 목숨을 위협받을 일은 없다고 생각했기 때문이야. 최소한 상급 헌터들은 이용 가치를 생각해서 살려는 놓을 테니까."

역시 노아 일이군.

"날 공격한 게 아니야."

"…아니라고?"

"그래. 내가 아니라 다른 사람에게 덤비고 싶어 한 거지."

나를 그 다른 사람, 리에트로 여기고 있다는 게 문제지만. 유현이가 짧게 숨을 토해 내곤 부서진 휴대폰을 장식장에 내려놓았다.

"누구였는데."

"다 안 듣고 휴대폰 부순 거야? 노아 루히르. 우리나라 사람은 아니고, 해외의 아크라는 길드 길드장이라던데."

모르는 눈치였다. 동생이 눈썹을 살짝 찌푸리며 다시 내게 묻는다.

"확실해? 혹시 다른 이상한 소리는 하지 않았고?"

"이상한 소리?"

"…사이비 종교에 빠진 것 같은, 그런 소리."

갑자기 웬 사이비 종교냐. 일반적인 사이비를 말하는 건 아닐 테고, 던전 시스템을 신으로 모시는 그쪽 말하는 건가. 아니지, 그건 아직은 세를 키우기 전일 텐데?

"그게 뭔진 몰라도 전혀 아니야. 그냥 남매 다툼 같은 거였으니까. 난 운 나쁘게 휘말린 거였고 예림이가 지켜 줘서 별로 다치지도 않았어. 치료도 확실히 받았고. 이거 봐."

지금은 흔적 하나도 없다. 애초에 심한 부상도 아니었고. 예림이가 훨씬 더 많이 다쳤지.

"그보다 사이비 종교는 대체 뭐야? 네가 경계하는 건 다른 길드나 헌터 관련 사람들 아니었어?"

"나도 정확히는 몰라. …유교 같은 거?"

"아니, 그건 사이비가 아니지."

공자님께서 한탄하시겠다. 그 전에, 유교 때문에 심각해질 일이 있나. 유현이 반응만 보면 무슨 SSS급 몬스터 튀어나오기라도 한 것 같았는데.

좀 더 자세히 캐물어 봐야겠다고 생각하고 입을 떼려는데 유현이가 선수 쳤다.

"그래서 노아라는 놈은 죽었어?"

"…사지 멀쩡하게 구속만 됐는데."

"도망친 것도 아닌데 멀쩡하다고?"

유현이가 의아하다는 듯 고개를 갸웃했다.

"순순히 잡혀간 데다가 사망자도 없고 비각성자 피해도 없었는걸. 유현이 너도 괜히 건드릴 생각 하지 마. 알고 보면 불쌍한 사람이야."

"세성 길드장 다시 던전에 들어갔어?"

"아니. 힐러 데리고 와 줬어."

"그런데 별일 없었다고? 그놈과 관계가 있는 건가."

…사람 멀쩡하게 두면 관계가 있는 거냐. 무슨 억지야.

"제압해 주겠다곤 했었어. 내가 거절했지만. 아무튼 실수한 거고 지금은 얌전하니까 내버려둬."

"봐서. 그런데 목의 손자국은 뭐야?"

…그것도 알게 된 건가. 그나마 유현이는 내게 공포 저항이 있다는 사실을 알고 있기에 설명하기 편했다. 송태원이 해 준 말을 전해 주자 기분은 나빠도 납득은 간 표정이었다.

"그래서 집에서라도 공포 저항은 꺼 놓고 있으려고. 내 상황상 상급 헌터들과 마주칠 일이 많으니 평소에는 켜 두는 게 좋겠지만."

"…한번 꺼 봐."

"지금?"

안 될 것도 없지만. 고개를 끄덕이곤 공포 저항 스킬을 껐다. 당장 별 차이는 없었다. 그냥 유현이와 피스의 존재감이 약간 더 강하게 느껴지는 정도다. 고양이와 삵 정도의 차이랄까.

내 반응을 살피려는 듯 빤히 쳐다보던 유현이가 살짝 눈웃음 짓는다.

"달라진 건 없는 것 같은데."

"당연한 소리. 혹시나 싶어 덧붙이는 건데 병실에서는 진짜 별일 없었다. 도깨비가 장난친 거야. 삐약이까지 있었지만 솜털 하나 안 다쳤어."

먼저 털어놓으며 발치에서 어슬렁거리고 있던 피스를 안아 들었다. 그새 시간은 열 시에 가까워져 있었다. 블루는 이미 잠들었겠군.

"난 슬슬 집에 가 봐야겠는데 더 물어볼 거 있어?"

"데려다줄게."

그러면서 내게 손바닥을 내민다.

"뭐?"

"열쇠."

당연하다는 듯 요구하네. 두 개 남은 현관 열쇠 중 하나를 내민 손바닥 위에 얹어 줬다.

바로 옆 건물이니만큼 그냥 걸어서 가기로 했다. 유현이에 피스도 있으니 안전 걱정할 필요 없기도 하고.

공포 저항이 꺼지자 도중에 마주친 A급 헌터로부터 약간의 위압감이 들었다. S급 옆에 두고 A급 상대로 쪼는 게 언밸런스하긴 했지만 회귀 전부터도 그랬다. 유현이보다야 차라리 김성한이나 석시명이 무섭고 꺼려졌지. 어렸을 때부터 봐 온 탓일까.

유심칩은 살아 있었고 마침 건너편에 휴대폰 가게도 있어 유현이 녀석 새 휴대폰을 산 뒤 길을 따라 걸어갔다. 아직 밤공기는 그럭저럭 시원해 기분 좋게 느껴졌다.

"오랜만이네, 이런 거."

별다른 일 없이 평범하게 같이 길을 걸어가는 거. 유현이에게도 오랜만이겠지만 나한테는 진짜, 엄청나게 오랜만이다. 해연 길드 근처라서인가 의외로 접근해 오는 사람도 없어서 더더욱 옛날 생각이 났다.

"세상이 예전 그대로였으면 오랜만일 일도 없었을 텐데."

왜 이렇게 된 것일까. 시스템 관리자들에게 그건 묻지 않았다. 물었다고 해도 제대로 된 대답이 돌아올 거 같진 않았지만.

"형은 던전 같은 거 없는 편이 더 좋은 거야?"

"그야 당연하지. 뭣보다 위험하잖아."

"스킬이나 스탯이 잘 나온 사람들은 보통 그 반대던데. 직접적인 피해를 입은 게 아니라면 말이야."

하긴 그러려나. 나도 처음부터 A급쯤 되었다면 인생 개꿀이라고 생각했을지도 모른다. 지금은 A급이고 S급이고 간에 지긋지긋하지만.

이미 꽤 지치기도 했고 앞으로 어떻게 될지 걱정도 든다. 과연 시스템분들이 말한 대로 50명 모으기만 하면 다 잘 끝날까, 의심스럽기도 하고.

…갑자기 앞날이 영 깜깜해지는 게 이것도 공포 저항 끈 영향인가. 뒷전으로 밀어 놓았던 근심거리가 한 번에 몰려드는 기분인데.

"던전 보상으로 뭐 특별한 거 안 나왔어?"

얼른 화제를 바꿨다. 고작 두 명이서, 피스를 제외한다면 혼자 S급 던전을 깬 거니 평소보다 보상도 좋았을 텐데. 칭호 같은 건 안 나왔으려나.

내 물음에 유현이가 잠깐 머뭇하다가 인벤토리에서 무언가 꺼내 들었다.

"처음 보는 게 나오긴 했는데 용도는 모르겠어."

녀석의 손에 들린 건 빨간색 작은 알이었다.

"붉은색 알이라는 이름만 있는 SSS급 아이템이야."

"그거……."

본 적 있다. 회귀 전에. 아주 가끔 나오는 정체불명의 알 시리즈. 붉은색 파란색 초록색 등 다섯 개 정도가 나왔지만 아무것도 밝혀진 게 없는 아이템이었다. 단단해서 깨지지도 않고 별짓 다 해 봐도 아무런 반응이 없어 무용지물 판정 났었는데.

"글쎄다, 나도 통 모르겠는데. 잠시만 줘 봐."

알을 건네받고 혹시나 싶어 내새끼 스킬을 써 보았다. 하지만 키워드 미적용이라는 알림창조차 뜨지 않았다. 역시 안 되는구나. 성장 스킬이 통한다 해도 귀가 없는 알 상대로는 키워드 적용이 불가능하겠지만.

이어 떡잎 스킬도 써 봤지만 이번에도 아무것도 나타나지 않았다.

"평범한 몬스터 알도 아닌 거 같아. 진짜 그냥 아이템인가?"

살아 있는 거라면 떡잎 스킬은 써질 법도 한데 반응이 없다.

"혹시 모르니 명우에게 줘 볼까. 재료로 쓸 수 있을지도."

"마음대로 해."

알을 인벤토리에 넣으려는데 피스가 관심을 보였다. 코앞에 내밀어 주자 덥석 물어 아득아득 이로 갉는다. 그래 봤자 흠집 하나 안 나긴 했지만. 5년 후의 지금보다 능력치 뛰어난 S급 헌터들이 갖은 수를 써 봐도 끄떡없던 알이다.

"떨어뜨리진 마라."

― 그릉.

바로 옆 건물이라고 해도 사육 시설이 넓은 데다 앞쪽의 빌딩까지 돌아가야 하다 보니 제법 오래 걸어야 했다. 아직 잠들지 않았을 삐약이에 곧 깨어날 코메트가 신경 쓰이긴 했지만 마음과 달리 걸음은 느긋했다.

이런저런 잡담이 오가는 사이 어느새 사육 시설 앞까지 도착했다. 어쩔까, 자고 가라고 할까. 하지만 코메트가 문제다. 오늘 하루만 사육장에 부탁할까. 하루 정도는 괜찮을 거 같은데.

그때 폰이 울렸다. 꺼내 보자 송태원으로부터 문자가 들어와 있었다.

[노아 루히르가 또다시 사라졌습니다. 확인 부탁드리겠습니다.]

또? 아니, 왜 자꾸 탈출을 하냐.

'…설마 또 미니포털 앞에 죽치고 앉아 있는 건 아니겠지.'

순간 등골이 서늘해졌다. 옆으로 고개를 돌렸다. 눈이 마주치자 유현이가 미소 짓는다. 일단 공포 저항 스킬부터 다시 켰다. 마음이 차분해지자마자 아무렇지 않은 척 마주 웃어 보였다.

"유현아, 다시 해연 길드로 돌아가면 안 될까?"

"응? 갑자기 왜?"

"그냥 하루 정도는 푹 쉬고 싶어서. 지금 들어가면 또 애들 돌봐야 하는데 생각하니 피곤해지네."

내 말에 동생 놈이 의아해하는 표정을 짓는다.

"사육장 있잖아. 담당 헌터도 있고. 어차피 맡겨 두고 나온 거 아니었어?"

"그렇긴 한데……."

젠장, 어쩌지. 이대로 들어갔다가 노아와 마주치면 무슨 일이 일어날지 알 수 없었다. 유현이 녀석이 얌전히 인사만 하고 지나칠지도 모르겠거니와 노아도 날 보고 누나를 떠올리지 않을 거라는 확신이 없으니.

…이틀 연속으로 박살 날 위기에 마주쳐야 하다니, 불쌍한 내 집. 이사한 지 얼마나 되었다고.

"얼른 들어가자."

"잠깐, 잠깐만-."

유현이가 입구의 유리문을 열었다. 말리는 걸 듣지도 않고 몇 발 걸어가더니, 우뚝 멈추어 선다. 목을 약간 느릿하게 기울인다.

"낯선 기색인데."

"내 친… 구는 아니고 아는 사람 동생이야!"

"S급 헌터를 동생으로 둔 사람을 안다고? 내 기억에는 없는데."

"최근에, SNS로 친해졌으니까."

조금 친해졌다가 지금은 틀어졌지만. …리에트 이야기도 해야 하나. 통화

내용 들은 사람이 많으니 숨기는 건 글렀고. 고작 며칠 사이에 왜 이렇게 일이 많았냐.

"그런데 왜 여기에 와 있어? 그것도 밤중인데."

"몬스터 사육 관련으로 방문한 건데, 음, 성의를 보여 주는 거라고 해야 하나……."

이걸 대체 뭐라고 설명하나. 말을 정리하는 사이 유현이가 멈추었던 걸음을 다시 옮기기 시작했다. 아, 진짜!

유현이는 아직 노아의 얼굴을 모르니 운 좋게 적당히 넘어갈 수도 있겠지만.

'차라리 콩 심은 데 팥 나길 기대하지.'

눈치 못 챌 리가 있겠냐. 내 집 앞에 버티고 앉은 외국인 S급 헌터. 힌트 주다 못해 이름표 붙여 놓은 꼴이지. 애초에 현재 국내에 있는 외국인 S급 헌터가 노아밖에 없었다.

피스를 내려놓고 송태원에게 재빨리 문자를 보낸 뒤 유현이의 팔을 붙잡았다. 뿌리치고 뭐고 할 것도 없는 힘의 차이지만 순순히 멈춰 서 준다.

"너, 아무 짓 안 할 거지?"

"그건 예의가 아니잖아. 인사 정돈 해야지."

뉘 집 자식인지 예의도 참 바르구나. 진짜 고개 꾸벅 숙이고 끝나는 인사라면 말이다.

"나 없는 사이 형이 신세를 졌는데 어떻게 그냥 지나치겠어."

…역시 눈치 깠구나. 얼굴 보기도 전인데 빠르기도 하지.

"덤으로 박예림 헌터도 해연의 길드원이잖아. S급 헌터 상대로 형까지 보호했다면 분명 부상을 입었을 텐데, 그놈은 사지 멀쩡했다며. 말해 봐, 형. 박예림 헌터는 어딜 다쳤어?"

"…팔."

대답해 주지 않을 수가 없었다. 나는 그렇다 쳐도 예림이 일은 길드장으로서 간과해서는 안 된다. 내가 참견할 입장도 아니다.

잡았던 팔을 놓고 한숨을 내쉬자 유현이가 눈을 둥글게 휜다.

"걱정하지 마. 브레이크 지역도 아니고 정도는 지켜. 게다가 형도 있잖아. 위험한 짓 함부로 못 하지."

"송 실장님이 너 상대하려면 팔 하나 날릴 각오 해야 했다고 그러시더라."

"쓸데없는 소리를 하셨네. 그때야 나도 아직 어렸고."

지금도 어리다만.

"나 이사한 지 이틀 됐다. 집은 그렇다 쳐도 애들도 있어."

웃지 말고. 그때 유현이의 표정이 순간 싸늘해졌다. 이내 다시 미소를 머금지만 조금 전의 것과는 확연히 다른 분위기다. 피스도 내 옆으로 다가붙어 아성체 정도로 커졌다.

고개를 돌리자 로비 쪽으로 걸어 나오고 있는 노아가 보였다. 조명 아래의 은회색 눈동자가 기묘한 빛을 반사한다. 십여 미터쯤 떨어진 채 멈추어 우리를 바라본다.

"어리네."

"너보다 한 살 적다더라. 아직 애야."

겉보기론 둘이 별 차이 안 나지만. 고작 한 살 차이기도 하고.

"해연 길드장인 한유현입니다. 저희 형과 박예림 헌터가 신세를 졌다고 하더군요."

콕 집어 신세 소리 하긴 했지만 아직까지는 평범한 인사다. 노아는 약간 몽롱한 표정으로 나와 유현이를 번갈아 바라보았다. 저러다 갑자기 발작하는 건 아니겠지.

"…형제?"

작게 중얼거리더니 잘 이해가 안 간다는 듯 고개를 갸웃한다. 나와 해연 길드장 관계도 모른 채 왔을 리는 없고, 형제로 안 보이나. 그래도 나름 닮긴 했단 소리 많이 들었는데.

"상태가 좀 이상한데?"

유현이가 나직하게 말했다.

"내가 불쌍한 애라 그랬잖아. 그러니 웬만하면 봐줘라."

리에트가 주원인이긴 하지만 내 스킬 탓도 있었으니.

"정상이 아니라면 더 위험한 거 아닌가. 송 실장님도 태만해지셨군."

"은신 스킬 가지고 있을걸. 잡아 두기 힘들 수밖에."

애초에 S급 각성자를 가둬 두는 것 자체가 어려운 일이고.

"그 외엔?"

물으면서 인벤토리에서 코트를 꺼내더니 내게 걸쳐 준다. 당연하지만 이놈 옷도 크군. 역시 조용히 넘어갈 생각은 없는 모양이다.

"…독 스킬에 용족으로 일부 수화 가능해. 독 스킬은 아마 S급일걸. 웬만한 해독제는 통하지 않지만 퍼지는 속도는 느려. 저주독룡종이니 저주 쪽도 신경 쓰는 게 좋을 테고, 치유 스킬도 가지고 있는 듯하고."

소리 없는 비명은 무슨 스킬인지 모르겠다. 어제 쓰지 않은 걸로 보아 공격 스킬은 아닌 듯한데.

"독기를 퍼뜨리긴 하지만 원거리 공격 스킬은 없을 거고 보조 쪽 특화일 거야."

있었다면 어제 내가 무사하긴 힘들었겠지. 노아는 근접 공격밖에 하지 않았다.

"무기가 없지는 않을 텐데 어제는 꺼내지 않았어. 수화 상태의 손톱이 가진 무기보다 더 강해서일 수도 있고 적당한 걸 꺼내 들 겨를이 없었을 수도 있지. 아마 전자겠지만."

정상이 아니었으니 후자였을 수도 있다. 내 말에 유현이 놈이 퍽 만족해하는 얼굴을 한다.

"기대했던 것보다 훨씬 자세한데. 괜한 욕심 날 거 같아."

아 뭐, 랭킹전이 생기면 조언해 줄 순 있겠지.

"퍼지는 게 독기뿐이면 신경 덜 써도 되겠네."

"대화부터 해라, 대화부터."

괜히 다 털어놓았나. 한숨 한번 삼키고 혹시나 싶어 선생님 스킬을 유현이와 피스에게 걸었다. 상황이 심각해지겠다 싶으면 둘이 합세해서 얼른 노아를 제압해 버리는 편이 낫겠지. 노아에게도 쓸 수 있다면 좋겠지만 십중팔구 거부할 것이다.

나더러 물러나 있으라고 하고 한유현이 앞으로 걸어간다. 둘의 사이가 다섯 걸음 정도로 좁혀졌다.

"노아 루히르 씨?"

부름에 내 쪽을 향해 있던 시선이 유현이에게로 옮겨 간다. 색 짙은 동공이 살짝 날카로워졌지만 아직은 인간에 더 가깝다.

"…당신이 동생 쪽?"

"그렇습니다만."

왜 자꾸 물어보지. 게다가 여전히 혼란스러워하는 얼굴이었다. 대체 왜…….

'아, 혹시.'

나와 유현이한테 자기 상황을 비추어 보고 있는 건가.

노아가 리에트로 느끼는 사람은 나지만, 정작 리에트와 같은 태생 S급은 유현이다. 그런데 형제지간이기까지 하니 머릿속이 어지러울 법도 했다.

비슷하지만 상반된 관계. 만약 키워드 효과가 없었더라면 노아는 내가 아닌 한유현에게 리에트를 비춰 봤을지도 모른다. 우리 형제야 별문제 없지만.

"…한유진 씨."

무슨 생각인지 노아가 다시 나를 바라보았다. 약간 젖어 든 목소리에, 눈동자가 불안하게 흔들리고 있다. 해연 길드 일이니까 참견 안 하려고 했는데, 이거 아무래도 안 되겠다.

"유현아, 잠깐만 물러나 볼래?"

노아 입장에서는 지금 누나와 비슷한 인간이 둘이나 버티고 있는 거나 다름없었다. 그러잖아도 리에트의 부탁을 망쳐 놓은 것 때문에 두려울 텐데, 지금 상황은 상당한 압박감으로 다가올 것이다.

"왜?"

"아니면 나라도 자리 피할게. 그편이 나을 거 같아."

"하긴 형은 약하니까. 역시-."

말이 뚝 끊어지며, 유현이가 움직였다. 아니, 노아가 먼저였지만 한발 앞선 감각이 뒤섞여 거의 동시로 느껴졌다. 다섯 걸음 사이가 순식간에 좁혀지고 백금색 비늘 아래 날카로운 손톱이 번뜩인다.

맨손과 짐승의 손톱이다. 그대로 맞부딪치면 손톱 아래 갈기갈기 찢어지는 연약한 손만이 떠오른다. 하지만 한유현의 손은 미끄러지듯 비늘 위를 스쳐 지나가며 노아의 팔목을 움켜쥐었다.

직후, 살이 타는 냄새와 함께.

쾅!

노아의 팔을 그대로 뒤로 꺾으며 다른 쪽 손으로 뒷머리를 잡아 바닥에 처박았다. 매끄럽던 대리석 바닥에 금이 길게 간다. 거기서 멈추지 않고 아예 잡은 팔을 부러뜨릴 양으로 힘을 주지만…….

쉬익!

등 뒤쪽에서 쏟아지듯 덮쳐드는 기척을 느끼고 유현이가 재빠르게 옆으로 물러난다. 하나 그 짧은 사이 한유현의 팔에 긁힌 자국이 검게 남았다. 독이다.

"꼬리도 있을 줄은 몰랐는데."

느긋하게 말하며 단도를 꺼낸 동생이 긁힌 상처를 단숨에 도려내 버린다. S급 독에 퍼지는 속도가 느린 편이었으니 저게 가장 빠르고 정확한 처치지만… 젠장. 포션으로 바로 치료하는 꼴을 봐도 속이 영 안 좋아.

그사이 노아가 몸을 일으켰다. 동공을 바늘처럼 가늘게 좁힌 채 으르렁거리는 그의 뒤쪽으로 백금색 비늘의 용의 꼬리가 흔들린다.

"반쯤은 몬스터 같은데 죽여도 되지 않을까."

"안 돼, 절대 안 돼. 옆 구역에 애들 있다. 여기 내 집이다. 지반 탄탄하댔으니 바닥까진 괜찮아도 벽과 천장은 봐주라."

이제 겨우 악수 정도 한 셈인데 벌써 바닥에 구멍 났다. 게다가 노아가 여기서 죽는다면 나도 문제다. 아직 잘 알지도 못하는 사이니 기억 전해 받아 봤자 힘 조절이 잘 안될 텐데, 쟤 S급이잖아. 심지어 라우치타스 때문에 두 배다.

…진짜 위험하네. 괜히 키워드 적용했나.

"노아 씨, 진정하세요!"

아슬아슬하다 싶었지만 왜 갑자기 터진 거야. 깜빡이라도 넣고 들어와 줘.

내 외침에 유현이를 노려보던 노아가 내 쪽으로 고개를 돌린다. 긴 꼬리 끝이 드드득 바닥을 긁었다.

어쩌지. 리에트한테 다시 전화라도 걸어야 하나. 그럼 리에트가 셋이 되는 건데 더 미쳐 날뛰진 않을까.

"차분하게 말을 해 보세요. 우리가 어떻게 해 줬으면 좋겠어요?"

"최대한 건물에 피해 없이 잡을게. S급치곤 힘은 좀 약한 편인 거 같은데."

"부탁이니 너도 진정하고 좀 기다려 주라."

잡긴 뭘 잡아. 몬스터 아니다, 사람이다.

"…한유진 씨는, 저 사람이 아무렇지도 않아요?"

그때 노아가 말했다.

"네? 혹시 유현이가 리에트처럼 느껴져서 공격한 겁니까?"

"공격한 적 없습니다."

응?

"한유진 씨에게 가려고 한 거였어요."

"…유현아?"

"그 손을 하고서 형한테 접근하려 들었잖아. 당연히 막아야지."

유현이가 난 아무 잘못 없다는 얼굴로 말했다. 그건 그러네. 다시 노아를 돌아보자 어깨를 축 늘어뜨린다.

"이번에는 해칠 생각 없었어요. 다만 저 사람이 너무 위험해 보였습니다. 그래서……."

말하면서 유현이 눈치를 살핀다.

"한유진 씨, 정말로 괜찮아요?"

걱정이 가득한 목소리였다. 의외네. 키워드 효과보다 나와 유현이의 관계가 더 크게 다가간 건가. 내가 자기처럼 가족한테 약하다고 구박이라도 받는다고… 아, 유현이 녀석이 약하단 소리도 해 버렸지.

"걱정 마세요. 제 동생은 나쁜 사람이-."

유현이가 들고 있던 단검을 던졌다. 노아 쪽은 아니고, 입구 방향이다.

탁!

정확히 송태원의 목덜미 앞쪽에서 단검이 멈추었다. 힘이 상당히 들어간 터라 날에 닿은 손가락에서 피가 배어난다. S급 헌터라 저 정도지 평범한 사람 상대였다면 손가락을 죄 자르고 목을 꿰뚫고도 남았을 것이다.

"답례는 이걸로 끝입니까?"

송태원이 단검을 다시 유현이에게 던져 주며 차분히 말했다.

"부족하다고 생각하지만 형이 싫어할 것 같아서 말입니다."

"한유진 씨에게 감사해야겠군요."

…여기 터가 안 좋은가. 송태원은 내가 부르긴 했지만 저런 걸 기대한 건 아닌데. 마음의 안정을 위해 손을 뻗어 피스의 머리를 쓰다듬었다. 역시 우리 피스가 제일 착하다.

"노아 루히르 씨, 계속 이러시면 곤란합니다."

송태원이 노아 쪽으로 다가가며 말했다. 노아는 송태원은 신경도 쓰지 않은 채 여전히 유현이를 경계하며 나를 바라보고 있었다.

"정말 이상한 사람이네. 왜 이제 와서 형을 걱정하지?"

송태원과는 반대 방향으로, 유현이가 내게 다가왔다. 동시에 진정되었나 싶었던 노아의 얼굴에 불안이 깃든다.

"야, 잠깐만."

"게다가 위험하다니, 내가 형을 해치기라도 할 거라고 생각하나."

내 저지에도 아랑곳없이 바로 한 발 앞까지 접근한다. 안되겠다 싶어 반사적으로 물러섰다가, 아차 했다. 노아의 눈에는 내가 피하는 것처럼 비칠 텐데.

그리고 내 목에 손이 와 닿았다. 천천히 스치기만 했지만 명백히 도발적인 의미를 담았다. 심지어 이어지는 말은.

"어차피 약해 빠져서, 아무것도 못 할 텐데."

대놓고 싸움을 걸고 있다. 미친, 노아가 날 해치지 않을 듯하니 거리낄 거 없다 이건가.

"유현아!"

"손대지 마!"

크르르, 외침이 짐승의 것으로 바뀌었다. 노아의 신체가 완전히 변화하고, 유현이 놈이 웃는다.

"송 실장님은 사람들 대피나 시키시죠."

송태원이 굳은 표정으로 물러났다. 그사이 인간의 모습은 사라지고 백금색 작은 용의 형체를 한 노아가 이를 드러낸다.

수화 스킬은 극히 드물지만 없진 않다. 완전히 짐승화하면 분명 인간의 육체보다는 강해진다. 하나 노아가 디오 발쉐시스 칭호를 얻은 것은 채 한 달도 지나지 않았다. 네발에 꼬리, 날개까지 달린 몸뚱이를 곧장 능숙하게 다루긴 힘들다.

심지어 날개를 가지고 있는데 실내다.

차라리 인간 모습이 더 나을 텐데, 이미 당해 내지 못했다 생각한 탓인가. 무리하는 게 분명했다.

"죽이지 마, 이 미친놈아!"

"봐서."

시발, 더럽게 말 안 듣네!

펄럭!

그때 노아가 날개를 펼치며 날아올랐다. 그나마 천장이 높고 몸집도 인간의 두 배 정도인지라 그럭저럭 비행 가능했지만 역시 움직임이 영 불안하다. 비행 스킬이 없는 상대라면 공중이 더 유리하긴 하겠지만.

"푸른 버들잎."

너른 로비를 가득 메울 듯, 푸른 잎새가 나부끼기 시작한다. 시야 교란까지 더해져 노아가 당황한 사이 유현이의 몸이 위로 솟구쳤다. 접근하는 기색을 느끼지 못할 리 없으니 당연히 피하려 들었지만, 서툰 날갯짓보다는 공중을 달리는 속도가 훨씬 빠르고 기민했다. 심지어 유현이 놈 짧은 사이에 버들잎 쓰는 솜씨가 완전 능숙해졌다.

"제대로 놀아 주기엔 장소가 협소해서."

얕보는 투가 가득한 가벼운 목소리와 함께.

카드득.

긴 칼날이 날개를 찢고 뼈까지 긁어낸다.

- 캬아악!

금빛 작은 용이 몸을 뒤틀며 추락한다. 안개처럼 독기가 솟고 극독이 섞인 피가 튀었지만 유현이 주위로 불길이 일며 몸에 닿기 전 모조리 태워 버린다.

쿵!

대리석 파편이 튀어 올랐다. 한유현의 발이 용의 머리를 강하게 짓밟는다. 그 아래로 바닥이 다시 으직거리며 부서져 내렸다.

- 크륵!

찢긴 날개에 빛이 감돌더니 빠르게 회복되었다. 치유 스킬을 쓴 모양이었다. 날개를 퍼득거리고 네발로 땅을 긁으며 노아가 뒤로 물러난다. 하나 완전히 몸을 피하기도 전에 굵은 줄이 용의 목을 휘감았다. 동시에 강하게 당겨 내던진다.

콰앙!

"미안. 벽 좀 부서졌네. 그래도 저긴 훈련실 쪽이니까 지금은 아무도 없지?"

유현이 녀석이 여유롭게 와이어를 거두며 말했다. S급 헌터 간의 전투가 아니라 일방적인 사냥으로 느껴질 정도였다.

"스킬을 최대한 안 쓰려니까 좀 오래 걸리네. 비늘이 제법 단단해. 그냥 형도 피해 있지 않을래?"

무너진 벽 사이에서 노아가 몸을 일으킨다. 쉽게 덤비지 못하고 웅크려 으르렁거리는 게 애처로울 정도다. 같은 S급이라 해도 원래 보조계에 각성했을 땐 A급이었으니 차이가 크겠지.

그쯤 했으면 충분하다 싶건만 동생 놈은 멈출 생각이 없어 보였다. 젠장.

급히 선생님 스킬을 노아에게 써, 유현이와 연결했다. 두 놈이 동시에 멈칫한다.

"이제 그만해."

"형."

"계속할 거면 노아에게만 일방적으로 감각을 전해 줄 거다."

그러면 유현이가 확실하게 불리해진다. 노아는 한유현이 어떻게 움직일지 느낄 수 있지만, 한유현은 모르니까. 물론 힘의 차이가 큰 만큼 지진 않겠지만 지금처럼 쉽게 상대하는 건 불가능해진다.

그렇게 되면 당연히 피해도 커지고 내 집도 날아가고, 아무튼 바로 옆에 길드 건물 둔 길드장으로서는 자제해야지.

"…그런 식으로도 쓸 수 있었네."

유현이가 부루퉁하게 나를 쳐다보곤 뒤로 물러난다. 어휴, 진짜. 동생 놈 정말……

선생님 스킬을 해제하고 주위를 살펴보았다.

운석이라도 떨어진 듯 움푹 패고 쩍쩍 갈라진 바닥에 시원하게 뚫려 무너진 벽. 참으로 기가 차는 광경이었다. 옥상정원에서 그 난리 난 지 얼마나 지났다고. 이러다 건물 수리비로 돈 다 털어 넣겠다.

금빛 작은 드래곤은 벽이 부서진 그 자리에 웅크리듯 엎드려 있었다. 어찌할 바를 모르는 듯 눈을 굴린다.

"스킬까지 써서 막다니, 너무 감싸는 거 아냐?"

유현이 놈이 다가와 불만 짙은 얼굴을 쑥 내밀었다.

"감싸긴 무슨."

"그렇잖아. 먼저 피해를 입힌 건 저놈인데. 게다가 형, 박예림 헌터 꽤 아끼지 않았어?"

"예림이가 다쳤으니까 죽이지 말라고 한 거지. 사람 패지 말라는 게 아니라."

어차피 나야 자업자득인 셈이고.

"그리고 상대가 누가 되었든 가족이 사람 죽이겠다고 날뛰는 걸 반길 사람이 어디 있냐. 보통은 기겁하지. 맨손 주먹질 싸움이라도 하지 마 소리부터 나올 텐데."

일반인이면 그렇다. 그리고 나는 각성했다고 해 봤자 정신력 스탯 보정도 얼마 못 받는 스탯 F급에 던전도 신줏단지 모시듯 보호받으며 돈 게 다였다. 눈앞에서 사람 잡아 죽이겠단 소리 하면 질색하는 게 평범한 반응이라는 소리다.

내 말에 유현이가 아차 하는 표정을 지었다.

"…미안. 무섭지 않다고 해서 괜찮다는 건 아닌데. 형이 헌터에 너무 익숙해 보여서 깜박했어."

"뭐, 비각성자 수준은 아니니까. 내가 깜박할 만하게 행동하기도 했고."

생각해 보면 상급 헌터들 중에 내가 좀 이상하다는 걸 눈치챈 사람은 송태원뿐이었다. 정확히는 눈치채고 신경 써 준 사람, 이라고 해야 하나. 성현제도 모를 것 같진 않은데 신경 안 쓸 거 같고 문현아는 겁 없으면 좋은 거잖아, 하고 넘어갈 거 같지.

유현이와 예림이야 그런 거 세세히 챙기기엔 아직 어리고.

"아무튼 이 정도면 충분하다고 생각해. 그렇지 않냐?"

화상에 날개도 찢어졌고 많이 맞았다. 유현이도 떨떠름하게나마 고개를 끄덕였다.

"또 형을 해치려 들지 않을 거라고 확신할 수 있다면."

"오늘 일은 그 반대였잖아."

"그것도 이상해."

"노아 씨가 너를 보고 자기 누나를 떠올려서 그런 거야."

나를 리에트라고 생각하고 덤벼든 건 키워드 효과 없이는 솔직히 그냥 미친놈이네 싶어 설명하기 곤란했다. 하지만 유현이와의 관계까지 더해지자 그럭저럭 해명할 만해졌다.

노아가 원래 A급 헌터였다는 것도, 리에트의 목소리만 듣고도 얼마나 겁먹었는지도 털어놓았다. 당사자 앞에서 아픈 속사정 늘어놓기 좀 그래서 통역 아이템은 벗어 둔 채였다. 노아에게도 통역 아이템이 있었지만 용으로 변한 지금은 벗겨지기라도 했는지 못 알아듣는 눈치였다.

"그래서 약하다는 소리에 나를 자신과 겹쳐 본 게 아닐까 싶어. 그러잖아도 누나의 부탁을 망쳐 놓은 것 때문에 불안해진 탓도 클 거고."

"나한테 덤벼드는 거야 환영이니 상관없지만."

유현이가 어깨를 으쓱하며 말했다. 환영할 일이냐. 던전 안에서는 얌전한 척하더니, 이 녀석도 싸우는 거 어지간히도 좋아하는 모양이었다. 랭킹전 빨리 안 생기면 사고 치는 거 아닐까 몰라. …이미 송 실장님 고생 많이 시킨 모양이지만.

"아무튼 그런 사정도 있고 너랑 나이도 비슷하다 보니까 신경이 쓰일 수밖에. 따지고 보면 학대받은 어린애잖냐. 잘해 주라고까진 말 안 하겠다만 아까처럼 도발하고 그러진 마라."

통역 아이템을 다시 착용하며 노아를 돌아보았다.

"노아 씨."

늘어져 있던 용의 머리가 약간 움직이며 눈을 깜박인다.

"일단 유현이는 리에트 씨와 다릅니다. 제게 나쁘게 대한 적 없어요."

- 그르르.

무어라 웅얼거리지만 알아들을 수 없었다.

"말을 만들어 낸다고 생각하고 해 보세요. 스킬 사용하듯이요."

전신 수화 했을 때는 평범하게 사람 말을 할 수 없다. 노아가 머뭇거리다가 다시 소리를 내었다.

- 역시 전 약합니다…….

완전히 풀이 죽은 목소리였다. 다가가서 머리라도 쓰다듬어 주고 싶어진다.

"약하다니요, 전혀 아니에요. S급 헌터가 뭐가 약합니까. 저만 해도 스탯 F밖에 안 되는걸요. 노아 씨가 비교도 못 하게 더 강하죠."

내 말이 끝나기가 무섭게 은회색 동그란 눈이 젖어 든다. 그러곤 뚝뚝 서러운 눈물이 굴러떨어지기 시작했다.

헉, 아니 울긴 왜 울어. 내가 뭐 잘못 말했나?

"노아 씨?"

무심코 다가가려다가 겨우 참았다. 이러면 안 되지.

― 그러니까 더 약합니다. 한유진 씨는, 아무렇지도 않은데……. 저보다 훨씬 약해도 아무 문제 없는데. 역시 누님 말대로 제가 잘못된 거겠죠.

"아뇨, 아니에요! 잘못된 건 리에트죠!"
나랑 유현이가 잘 지낸다더라도 모든 S급 헌터와 그보다 약한 가족도 멀쩡하리란 법은 없었다.
"사람은 다 달라요. 헌터가 아니라 일반적인 가족이라 해도 마찬가집니다. 똑같은 가족 구성에 환경이라도 사이가 나쁠 수도 좋을 수도 있어요. 그뿐만 아니라 좋다가도 나빠질 수도, 나빴다가도 좋아질 수도 있죠."
우리도 갈등이 없었던 건 아니다. 조금 전만 해도 말 더럽게 안 듣는다고 투덜거렸었고.
"그런 사람 관계는 한쪽의 문제일 수도, 양쪽 모두의 문제일 수도 있지만 제가 보기엔 노아 씨가 아니라 리에트의 문제로 보였습니다. 물론 제가 두 사람 사이를 그렇게 잘 아는 것은 아니지만, 확실하게 느낀 건 있어요. 리에트는 노아 씨의 말을 듣지 않아요. 자신의 의견이 우선이고 자신의 생각이 절대적이었죠. 귀를 틀어막은 상대가 힘마저 훨씬 강한데, 대체 어떻게 상대하겠습니까."
내가 강하고 내가 잘났고 보호자이기까지 하니까 무조건 따라오라는 식이다. 그게 물속이든 불속이든 가시밭길이든 간에.
"그러니까 노아 씨는 약한 게 아니에요. 오히려 그 반댑니다. 강하게 잘 버텨 왔어요. 포기하지 않고 자기 길드도 만들었고, 저까지 도와주고 싶어 했잖아요. 그냥 손 놓는 게 더 편했을 텐데 그러지 않았어요. 노아 씨는 충분히 강합니다. 정말 잘 버텼어요."

― …한유진 씨.

그만 울어라. 왜 달래도 소용이 없냐.

- 가까이 와 주면, 안 될까요……?

울먹이는 말에 유현이를 돌아보았다.
"…그 스킬 다시 써. 그러고 보니 이름이 뭐지?"
"선생님."
앞부분은 잘랐다. 살벌한 병아리반 선생님이라니, 웃기지도 않는다고. 조금 전까지 살벌하긴 했지만.
스킬을 다시 노아와 유현이에게 사용했다. 노아는 이번에도 아무런 거부감 없이 잘 받아들여 주었다. 유현이에게 노아의 감각을 일방적으로 연결해 준 뒤 웅크리고 있는 드래곤에게 다가갔다.
멀리서 볼 때보다 가까이서 보니 되레 더 작아 보인다. 전체 길이가 대략 5미터쯤 될까. 몸통만 치면 그리 크진 않았다. 촘촘하고 매끄러운 비늘은 금빛을 띠고 있었지만 그 빛이 줄어들 때면 백색에 가까워졌다. 날렵한 몸의 예쁜 용이다.
날개 크기와 몸의 형태를 보아선 익숙해지기만 하면 상당히 빠른 속도로 날 수 있을 터다. 저주독룡은 날개가 없는 경우가 많은데 특이하다. 여기에 S급 독 스킬에 독기까지 뿌려 대니 독 저항이 높은 헌터에겐 정말 좋은 기승수… 아니, 사람이지만.
'치유 스킬에 스탯 대여는 보조일 거 같고. 그 밖의 보조 스킬도 있을 거 같은데.'
사람이지만 아무리 봐도 정말, 진짜 좋은 기승수처럼 느껴진다. 원래 S급인 데다가 전신 수화까지 했으니 튼튼하기도 튼튼할 테고.
다만 독 저항 강한 헌터가 내가 아는 사람 중에선 리에트 외엔 없었다. 국내엔 확실히 없고, 해외엔 있겠지. 유현이도 중독 상처 잘라 낸 걸로 봐선 웬만한 아이템으론 못 막을 듯하고. 그 전에 사람이지만.

- 한유진 씨는, 정말로 그렇게 생각해요……?

이제 눈물은 얼추 그쳤지만 눈을 깜박일 때마다 고여 있던 물기가 방울이 되어 또르르 구른다. 반짝거리는 비늘 위라, 무슨 보석처럼 덩달아 빛을 낸다. 쓸데없이 예쁘네, 정말.

"그럼요. 물론이죠. 남을 생각하는 사람치곤 약한 사람은 없다고 생각해요."

- 누님이 여전히 무서운데도요?

"저도 노아 씨였으면 무서웠을걸요. 그리고 장담하건대 노아 씨 말고도 리에트 무서워하는 사람 널리고 널렸을 거예요. 틀림없습니다."

전 세계 이곳저곳에 못해도 백 단위로 있을 거다.

나를 가만히 바라보던 노아가 머리를 앞으로 조금 내밀어 왔다. 바로 옆에 버티고 선 유현이와 반대쪽에 붙어 선 영 심기 불편해진 피스 눈치를 살피며 손을 뻗었다.

파충류라 차가울 줄 알았는데 의외로 온기가 서려 있다. 아직 어린 코메트보다 훨씬 단단한 비늘이었다. 강소영이 노아를 타도 드래곤 라이더 스킬 적용될까.

- 누님이 무서워지지 않을 때까지, 옆에 있고 싶어요.

"안 돼."

유현이 놈이 딱 잘라 말했다. 어찌나 단호하신지 슬쩍 들어 올려졌던 노아의 날개가 다시금 축 처진다.

"왜, 괜찮지 않냐? 어쨌든 S급 헌터잖아. 물론 여기는 좀 그렇고 옆의 빌딩 쪽에 있어 줬으면 하는데. 피해 보상 받긴 해야 하니까 공짜로 경비나 서 달라고 하지 뭐. 어때요, 노아 씨?"

- 좋아요.

유현이도 빌딩 쪽이라는 말에 더 반대하지 않았다. 안 그래도 S급 몬스터든 헌터든 하나 어떻게든 들여놓고 싶었는데 알아서 굴러들어 와 주면 나야 고맙지.

"노아 씨, 치유 스킬 다른 사람에게도 적용 가능해요?"

― 네. B급입니다.

"정말요? 대단하네요."

― 다른 힐러계 스킬은 없어요.

"그것만으로도 충분해요!"

기본 치유만 가능해도 그게 어디냐. 심지어 S급 헌터다. 몸 사릴 필요도 없으니 그야말로 비상시에 최고였다.

"혹시 괜찮으시다면 다른 스킬도 말해 주실 수 있을까요? 물론 안 해 주셔도 됩니다. 스킬이야 감추는 게 기본이니까요."

― 그게…….

노아가 유현이 눈치를 살핀다.

"유현아, 통역 아이템 잠깐만 벗어 줄래?"

그럼 내 말이야 알아듣겠지만 노아 말은 못 알아들을 테니. 유현이가 순순히 통역 아이템을 벗었다. 그러자 노아가 다시 입을 연다.

― 대부분 보조 스킬입니다. 디오 발쉐시스의 쌍둥이 칭호로 독과 수화를 얻기 전까지는 제대로 된 공격 스킬이 없어서, 길드 자체도 그리 키우진 못했습니다. S급 던전 공략을 하기엔 부족했으니까요…….

하긴 보조계 S급이라면 괜찮은 A급 헌터를 모으기 힘들었을 거다. S급 헌터가 길드장인 것치곤 작았겠지.

노아는 당황스러울 정도로 술술 자기 스킬에 대해 털어놓았다. 이래도 괜찮은 건가 싶었지만, 스탯 대여 스킬의 설명에 귀가 번쩍 뜨였다.

무려 지정 스탯을 절반이나 빌려줄 수 있단다.

"정말로 반이나요?"

─ 네. 빌려오는 것도 가능한데 상대가 동의해야만 합니다. 지속 시간은 30분이고 하루에 한 번 가능해요.

30분이면 그리 길지 않지만 무려 S급 헌터의 스탯 절반이다. 보조계면 정신력도 높은 편이겠지. S급 정수 증가 아이템을 박박 긁어모아 최대한 착용해 봤자 노아의 스탯 반의반도 채 못 될 텐데. 이거 다른 헌터에게도 좋긴 하지만 나한테는 진짜 대박 아니냐. 노아가 내게 스킬을 쓰는 거니 라우치타스의 천적 스킬 두 배 효과는 아쉽게도 못 받겠지만.

'…잠깐, 스킬 칭호 공유로도 두 배 효과 적용이 되나?'

그럼 베테랑 F급 공격 스킬 강화 효과가 무려 네 배… 참, 이건 칭호지. 그래도 혹시 모르니 써 보고 싶다. S급 독 스킬이 네 배 강해진다면 1급 용종도 독 저항 없이는 녹아내릴 텐데. 공유 스킬은 확실히 두 배 되겠지? 동시에 두 개가 공유되려나, 아니면 대기 시간이 절반으로 줄어들려나.

이거 가슴이 살짝 두근거린다. 쓰기 힘들겠지만 우리애 어쩌고도 스킬 스탯 최대치 200%가 더해지는 건가. 이것도 배수였으면 네 배까지 갔을 텐데 아쉽다. 내새끼 성장 속도도 두 배일 거고.

리에트도 마찬가지겠지만 그 여자한테 키워드 적용할 생각은 눈곱만큼도 없다.

'가만, 독 스킬은 나한테 안 먹히니 독기 두른 채로 용으로 변해 나 태워 줄 수도 있지 않나. 공격 스킬 두 배 적용하면 A급은 물론이고 S급 비행 몬스터도 접근 못 할 거 같은데. 그렇다고 S급 던전에 들어갈 거라는 건 아니고…….'

아니긴 한데, 진짜 좋은 스킬 활용법이 생각났는데. 이거 되면 진짜 대박인데. 아무튼 정말.

"노아 씨, 진짜 최고예요."

- …네?

노아가 당황하더니 꼬리 끝을 살랑 흔든다.

- 그렇게, 쓸모 있지는…….

"아뇨, 진짜 다 좋아요."

- 그, 그리고 칭호 스킬 외에도 S급 공격계 스킬이 하나 있긴 한데요. 제 상처의 통증을 두 배로 상대에게 전달하는 거예요.

"…네?"

그… 소리 없는 비명 스킬인 건가. 스킬명도 살벌하다 생각했지만 효과도 정상이 아닌 거 같다.

"아까는, 안 쓰셨던 거 같은데요."

- 아, 사람한테는 날개가 없어서요. 부위도 같아야 합니다. 횟수 제한이 있어서 자잘한 걸론 쓰기 아까웠고요. 대신 이건 제가 알기론 방어가 불가능해요.

…유현아, 알고 보니 너 좀 위험했다. 근데 비명 스킬도 두 배 공유받으면

네 배네. 노아가 다쳐야 한다는 게 문제지만 장난 아니긴 하다. 내가 노아랑 같이 보조로 던전 공략 참가하면… 던전 깨고 다닐 입장이 아니긴 하지만 한 번쯤 해 보고 싶어지네.

아무튼 정말 대단하다고 재차 칭찬을 쏟아붓는데 유현이가 영 못마땅하게 나를 쳐다보았다.

"저 사람 스킬이 그렇게나 좋아?"

"좋긴 한데. 혹시 질투 나냐? 아무리 좋아도 네가 최고지."

유현이는 만족했고 노아는 침울해졌다. 이것 참. 그나마 피스는 말을 못 알아듣는 게 다행이구만.

송태원은 그새 사육 시설 내의 사람들을 대피시키고 옆 빌딩과 해연 길드를 포함한 주위 건물들에도 비상 대기 연락을 마쳤다. 그 빠른 일 처리를 보니 한두 번 있었던 일이 아니구나 싶어졌다.

이제는 괜찮다고, 헛수고시켜서 미안하다고 말하자 이런 일에 헛수고란 없다는 차분한 대답이 믿음직스러웠다. 언제나 만약이란 게 있으니 예방이 최선이지.

"내일 가서 합의 처리해 줄 테니까 그때까진 얌전히 있으세요. 알겠죠?"

"네. 기다리고 있을게요."

노아가 순순히 고개를 끄덕였다. 옷은 급한 대로 숙직실에 있던 예비용 트레이닝복을 입혔다. 원래 입고 있던 옷은 던전 아이템도 아니었거니와 착용자의 신체에 맞게 변하는 아이템이라 해도 한계가 있다. 그래서 전신 수화 스킬을 지닌 헌터용 장비는 특수 처리가 필요했다.

원래라면 전신 수화 스킬을 가진 헌터는 한참 뒤에나 나온다. 당연히 특수 처리 해 주는 곳도 아직 없을 테고. 내가 따로 알아봐야 하려나. 재료가 뭐였더라?

송태원과 함께 노아를 보내고 나서 애들 중 삐약이만 데리고 왔다. 블루야 이미 잠들었고 코메트를 데려오기엔 돌아갈 생각 없어 보이는 유현이에 더해 피스도 문제였다. 한밤중에 대면시키기보단 일단 푹 쉬고 나서 낮에 천천히 보여 주는 편이 낫겠지. 낮에는 얌전한 코메트니까 정신없는 밤중보다 인상도 좋을 것이다.

― 그릉.

다시 작아진 피스가 입에 붉은색 알을 물고 다가왔다. 안 잃어버리고 잘 챙겼네.
"피스야, 너 없는 사이에 이사했다. 전보다 훨씬 넓어졌으니 너도 편할 거야."
성체까진 좀 그래도 아성체 정도는 넉넉하다. 아래층은 성체로도 충분히 돌아다닐 수 있고 옥상정원에도 언제든지 나가 놀 수 있었다. 전처럼 갑갑하게 지낼 필요 없는 것이다. …비록 둘 다 복구공사해야 하지만.
삐약이를 머리 위로 올리고 피스를 안아 들었다. 유현이 놈이 제집인 양 앞장서 문을 열어 준다. 현관 키는 내가 줬는데 포털 키는 또 언제 받은 거지. 자는 사이에 김성한이 왔다 갔었나.
집을 돌아보라고 피스를 내려놓은 뒤 예림이 SNS에 들어가 보았다. 원래라면 오늘 만나서 노아에 대해 이야기할 예정이었는데 유현이가 나오는 바람에 연락도 못 하고 말았다.
'강소영 씨랑 만났나 보네.'
접시에 탑처럼 쌓인 조각 케이크 사진이 올라와 있다. 그 옆으로 빙수 그릇도 보인다. 점심때는 육회에 육사시미를 먹은 모양이었다. 얘도 가만 보면 확고한 고기파라니까. 반찬은 뭘 가져다주든 잘 먹긴 하지만.
'…S급 헌터라고 해도 달리는 오토바이 위에 서서 셀카 찍진 마라.'
어차피 장식용 수준이라지만 헬멧도 안 썼잖아. 중급 이상 헌터는 안전

장비 단속 대상이 아니긴 하지만. 던전 브레이크 때의 차량 사용을 위한 예외 대상이었다. 몬스터 나타났다는 소리 듣고 차 몰고 가서 안전벨트 차분히 풀고 내리는 건 비효율적이니까. 오토바이 헬멧도 거추장스러울 테고.

예림이도 피해자이니 내일 같이 가야 할 텐데, 잠들었으려나. 요즘 애들 몇 시쯤에 자지. 역시 연락은 내일 하는 게 좋겠지.

"…정원이."

그때 유현이가 작게 중얼거렸다.

"응?"

유현이의 시선을 따라 고개를 돌렸다. 커다란 전면 창, 아니 스크린 속으로 복구하다 만 옥상정원의 모습이 비치고 있었다. 캄캄한 밤중이지만 쓸데없이 멀쩡한 가로등 덕에 부러진 나무며 파헤쳐진 땅이 적나라하게 드러났다.

"생각보다 더 심각했던 거 같은데."

"네가 할 소리냐. 피해 면적은 더 작아. 저쪽 땅 파낸 건 독기 때문이고."

내일부터 블루 내새끼 스킬 써서 훈련 들어갈 생각이었는데 훈련실 벽을 부숴 놓고. 안쪽 시설이야 무사하겠지만.

"졸리다며. 잠이나 자라. 저쪽 왼쪽 침실은 명우가 쓰니까 거기 말고 아무 데나 써도 돼."

"유명우 헌터가 여기 있어?"

"있기도 하고 없기도 하고. 뭐가 그리 바쁜지 가끔 나타나."

침실을 쓴다고 말은 했지만 요 이틀간 자는 걸 본 기억은 없었다.

"뭔가 만들고 있는 거 같은데 비밀이라더라. 혹시 모르니까 마주치면 이번엔 진짜로 잘해 줘. S급 무기까지 나왔으니 언제 SS급 튀어나와도 이상하진 않다고."

피스가 바닥에 떨어뜨려 놓은 알을 주워서 테이블 위에 내려놓았다. 피스는 그새 복층으로 올라가 블루의 쿠션을 물어뜯더니 풀쩍 뛰어내려 작게 그릉거리며 몬스터용 거실 쪽으로 향했다. 그러곤 코메트의 둥지를 물고 와 내 발 앞에 내팽개친다.

― 크흥.

 낯선 냄새를 맡았나 보다. 영 기분이 안 좋아 보이네.
 "새로 온 애가 있긴 한데 내일 소개해 줄게. 코메트라고 까만색 새끼용이야. 이리 와, 피스야. 오랜만에 같이 잘까?"
 기분 나쁘다는 듯 꼬리를 거칠게 탁탁 치면서도 얌전히 안겨 온다. 자꾸 낯선 몬스터가 들어오는 게 당연히 마음에 들진 않겠지. 그래도 어쩌겠냐, 아빠 일이 걔들 키우는 건데.
 "피스 밥은 제대로 챙겨 먹였어?"
 "알아서 잡아먹던데."
 "진짜 다 컸구나."
 어쩌지. 나도 살아 있는 몬스터를 구해다 줘야 하나.
 그때 명우가 불쑥 나타났다. 여느 때처럼 뜨거운 열기와 함께. 그와 거의 동시에 유현이가 내 앞을 막아섰다. 피스도 놀란 듯 귀를 쫑긋 세웠다.
 "…뭐야, 저게."
 "뭐기는, 명우잖아."
 "아니, 평범한 화기가 아닌데."
 그런가? 좀 후끈하긴 해도 사람 다칠 수준은 아닌데. 유현이의 말을 들은 명우가 입꼬리를 올린다.
 "이스무아르의 화기가 대단하긴 하죠. 그 정도로 순도 높은 마력을 품은 불은 이 세상엔 없을 겁니다."
 명우의 말에 유현이가 약간 자존심 상해 하는 표정을 지었다. 그래도 반박 않는 거 보니 뭔가 다르긴 다른가 보다.
 "그런데 저건 뭐야?"

명우가 내 뒤쪽을 가리키며 물었다. 고개를 돌리자 테이블 위에 놓인 알이 보인다. 금이 쩍 가 있는 붉은색 알이.

"…저게 왜 금이 갔지. 절대 깨지지 않기로 유명한 알이었는데. 반사적으로 집어 들려 했지만 유현이의 손이 더 빨랐다.

"뭐가 나올지 모르니 손대지 마. 위험할 수도 있어."

그러면서 뒤로 물러선다. 유현이의 손아귀에서 알이 작게 흔들렸다. 금이 더욱 커지며 투둑, 조그만 틈이 생겨났다. 그 안쪽에서 불꽃이 작게 날름거린다.

재차 날름날름, 알껍데기를 핥고 녹이듯 삼키더니.

화르륵!

완전히 불타올랐다. 순간 조금 놀랐지만 화염 저항 덕분인지 뜨겁진 않은 듯했다.

주먹만 한 불길은 이내 사그라지고, 그 속에서 나타난 것은 조그만 도마뱀이었다. 불꽃으로 이루어진 작은 도마뱀이 유현이의 손을 타고 올라 손목을 빙그르 감아 돈다.

당혹감 속에서 떡잎 스킬을 써 보았다.

```
불의 정령 - F급
계약자 한유현
```

"…불의 정령?"

중얼거림에 유현이와 명우가 동시에 나를 쳐다보았다.

"불의 정령이라고? 정령 같은 것도 있었나?"

"이스무아르가 이쪽 세계엔 정령이 없을 거라고 했는데?"

없긴 없었지. 5년 후까지도 정령 같은 거 나타난 적 없다. 정체불명의 알만 있었을 뿐.

설마 그 알들이 정령의 알 같은 거였나.

"…명우 네가 나타나기 전까진 알에는 아무런 변화가 없었어. 조금 전의 열기가 이스무아르의 것이라고 했었지?"

"어. 지금 만드는 건 이스무아르의 화력이 강하게 필요하다 보니 넘쳐 새어 나온 건데… 그것 때문에 저게 깨어난 건가?"

"아마도. 같은 정령의 힘이 닿아야만 깨어나는, 그런 게 아닐까?"

그렇다면 정체불명의 알들이 수년간 별의별 짓을 다 해 봐도 꿈쩍도 하지 않았던 게 이해가 간다. 이 세계에는 정령이 없으니까.

유현이는 자신의 손을 빙글빙글 맴돌아 기는 도마뱀을 신기한 듯 바라보고 있었다. 그러다 손끝에 작게 불꽃을 만들어 낸다. 도마뱀이 움직임을 뚝 멈추더니 붉던 불꽃이 검게 물들어 가는 것을 유심히 지켜본다. 불꽃이 완전히 까맣게 변하자, 입을 크게 벌려 덥석덥석 불을 집어삼킨다.

"화속성은 완전 면역인 모양이네. 딱히 쓸데는 없을 거 같지만."

"왜, 잘 키우면 명우네 이스무아르처럼 강해질 수도 있지. 나름 SSS급 알에서 태어났잖아."

"저렇게 조그만 게?"

명우가 못마땅하게 말했다. 그새 이스무아르와 많이 친해지기라도 했나 보다.

아무튼 해당 정령의 힘이 있어야만 부화 가능하다면 다른 색 알들은 앞으로도 영영 정체불명으로 남겠구나. 아깝다.

깨어났을 때는 오전 열 시가 넘어 있었다. 블루도 코메트도 없다 보니 깨어날 일 없이 완전히 푹 자 버린 모양이었다.

- 그르릉.

몸을 일으키자 피스가 기다렸다는 듯이 머리를 비벼 온다. 삐약이도 바구니 속에서 파닥거렸다. 잠에서 깬 지 한참 지난 거 같은데 일어나라 조르지도 않고, 착한 녀석들.

삐약이를 바구니에서 꺼내 주고 거실로 나갔다. 블루가 없으니 좀 휑하게 느껴지긴 하네.

유현이는 이미 길드로 돌아간 모양이었다. 며칠간 자리를 비웠으니 할 일이 많겠지. 협회에도 가 봐야 할 테고. 좀 일찍 일어나서 아침이라도 챙겨 줄걸 그랬나.

밥은 제대로 먹고 나갔나 싶어 주방을 들여다보자 밥솥에 불도 들어와 있고 찌개 냄비도 렌지 위에 올라 있었다. 이 찌개는… 유현이가 끓인 모양이네. 녀석도 참, 출근하느라 바쁠 텐데 아침 준비도 해 놓고 가고. 진짜 내가 차려 줘야 했는데.

"다음번에는 일찍 일어나자."

- 삐약삐약.

거실에서 삐약이가 애완동물용 계단을 밟고 소파 위로 올라가 리모컨 버튼을 눌렀다. 앉아서 TV를 보는 자세가 아주 익숙하다. 머잖아 간식 그릇 옆에 놓고 날개로 집어 먹으며 영화 VOD 사서 보는 게 아닐까 몰라.

TV로 시선을 옮기자 하단에 속보가 떠 있는 것이 보였다.

세성 길드 S급 헌터 영입.

"…잠깐만, 삐약아."

리모컨을 들어 채널을 바꿨다. 헌터 전용 채널을 틀자 자세한 내용이 나온다. 세성 길드에서 해외 S급 헌터를 국내 영입에 성공했다. 에블린 밀러는 원거리 특화 S급 프리 헌터로 바로 오늘 입국 예정이며…….

'…원래보다 빠른데.'

회귀 전에도 에블린 밀러는 세성 길드에 영입되었다. 다만 이렇게 빨리 들어오진 않았다. 해연에 S급 헌터들이 늘어난 것 때문에 예정보다 서두른 건가.
　'에블린 밀러면 S급 전투 헌터치고는 부드러운 성격의 여자였지.'
　키워드 쓰기엔 좋은 조건이긴 한데.
　'됐어, 이제 각성자한테는 안 써.'
　노아가 마지막이다. 다 키워진 S급 날로 먹으려다가 지뢰 밟는 짓은 한 번으로 족하다고. 블루와 코메트나 데리러 가야지.

　하나로 길게 땋아 내린 금갈색 머리카락에 동그랗게 알이 큰 안경 너머의 갈색 눈동자. 일견 수수해 보이는 차림의 에블린 밀러가 공항 출구에 나타나자 모여 있던 기자들이 일제히 플래시를 터뜨린다.
　에블린은 방송국 카메라를 향해 손을 살짝 흔들어 주곤 걸음을 옮겼다. 그녀가 향한 곳에 격을 차린 깔끔한 슈트 차림의 세성 길드장, 성현제가 서 있었다.
　"먼 길 오시느라 수고가 많으셨습니다."
　"천만에요. 이렇게 직접 마중 나와 주시다니, 환대에 감사드립니다."
　부드러운 미소에 역시나 친근감 있게 단 미소가 마주한다.
　성현제는 직접 에블린에게 차 문을 열어 주고 운전석으로 가 앉았다. 차가 출발하자 에블린이 기다렸다는 듯 입을 열었다.
　"소식 들었어요. 노아가 엉뚱한 짓을 저질렀나 보더라고요?"
　"심지어 프리 헌터로 돌아가겠다고 아침에 연락이 왔었지."
　성현제의 말에 에블린이 깜짝 놀란 표정을 지어 보였다.
　"그렇게 갑자기요? 리에트 때문에라도 미스터의 보호를 포기하지 못할 거라고 생각했는데. 속 좀 쓰리시겠어요."

"기껏 훈련 끝내고 이름표 달린 목걸이까지 채워 준 개가 가출해 버린 셈이니, 당연히 속이 쓰리지. 전신 수화까지 들통나 버리고."

성현제가 과장되게 한숨을 내쉬었다.

S급 헌터에 다양한 보조 스킬을 지니고 있어 던전 내에서도 쓸 만한 노아였지만, 던전 밖에서는 더욱 유용하게 사용할 수 있었다.

무엇보다도 전신 수화 스킬의 존재는 아직 세간에 알려지지 않았다. 벌건 대낮에 길드 하나 밟아 버리는 만행을 저지른다 하더라도 어딘가 터져 버린 게이트에서 나온 몬스터의 짓으로 넘겨 버리는 게 가능하다는 뜻이었다.

"노아가 그리 강하진 않지만 독은 쓸 만해서 두엇 정도는 처리해 줄 수 있었을 터인데, 아쉬울 따름이야."

같은 S급 헌터까지는 어찌할 수 없다 해도 그 아래를 죄 쓸어버리면 어떤 길드든 일정 기간이나마 힘을 잃게 될 수밖에 없다. 길드가 아닌, 그 뒤를 받치고 있는 일반인 권력자 상대라면 더더욱 쉽다.

"그런데 대체 왜 그런 겁니까? 한국 공기가 안 맞았나."

"정확한 내막이야 나도 아직 알 수 없지만, 한유진 군과 관계가 있겠지."

"아, 그 마수 사육사요."

에블린의 눈이 살짝 가늘어졌다.

"그러잖아도 흥미를 많이 보이셨지요. 노아를 불러들인 것도, 그 때문이었던가요."

"복합적인 이유였지만 한유진 군의 영향이 컸지."

한유진의 존재로 인해 원래의 계획에 변동이 생기게 되었다. 성현제의 입매가 기분 좋은 선을 그렸다.

예상과는 달라졌지만, 그것이 더욱 마음에 들었다.

"설마 반쯤 몬스터화되었다고 마수 사육사가 노아를 길들여 버린 건 아니겠죠."

"글쎄. 그런 거라면 재미있을 텐데."

에블린이 고개를 갸웃 기울이며 성현제의 표정을 살폈다.

"노아가 도망쳐 버린 게 그리 속상하진 않은 모양인데요, 미스터."

"가출한 개 내놓으라고 새 주인에게 항의라도 해 볼까 싶어서."

"저 같으면 멋대로 들어온 개니까 알아서 하라고 모르는 척할 거 같은데. 스탯 F급이라고 하지 않았어요? 겁먹고 울어 버리는 거 아닐까요."

에블린의 말에 성현제가 나직이 웃었다.

"그보다는 더 귀여운 성격이지."

그러면서 휴대폰을 꺼내 전화를 건다. 얼마쯤 신호음이 들려오다가, 반긴다고는 절대 말 못 할 목소리가 흘러나온다.

[무슨 용건입니까, 세성 길드장님.]

"저녁에 시간 되나, 한유진 군."

[저녁이요? 없지는 않지만 이유부터 말씀해 주시죠.]

"별건 아니고 데이트 신청이라네."

잠깐 침묵이 흐르고 확실하게 짜증 난 목소리가 대답했다.

[길드장씩이나 되시는 분이 더럽게 할 일 없으신가 봅니다. 저는 댁네 애 키우느라 바쁘니 이만 끊겠습니다.]

그러곤 가차 없이 통화가 끊어진다. 성현제가 여봐란듯 휴대폰을 들어 보였다.

"이렇다니까."

"…스탯 F급 맞죠? 좀… 특이하네요. 미스터와 던전에도 같이 갔다고 하지 않았어요? 그런데 어떻게 저럴까."

의아해하는 에블린의 말에 성현제가 재차 웃음을 머금었다.

"다른 쪽으로는 더더욱 특이하지. 기대해도 좋을 거라네."

예림이는 생각보다 훨씬 흔쾌히 노아를 용서해 주었다. 나를 다치게 한 건 화가 났지만 싸운 건 재미있었다, 라는 모양이었다. 그러니 내가 괜찮다면 상관없다고 말했다.

"빚 다 갚고 나면 해독 아이템부터 새로 살 거예요. 제일 좋은 걸로."

─ 꺄아우.

블루를 천장에 닿을 듯 높이 던졌다 받아 주며 예림이가 말했다. 그리고 2차전을 뛰고 싶단다. 처음부터 보통 성격이 아니긴 했지만 날이 갈수록 더 호전적으로 변해 가는 것 같다. S급 전투 헌터치고 호전적이지 않은 경우가 드물긴 하지만.

"그보다는 탄식 컨트롤 연습에 더 집중하는 게 좋을걸. 네 스탯상 공격은 피하는 게 최고고 독기는 얼려서 막을 수 있으니까. 동시에 냉기 저항도 최대한 빨리 S급으로 올리고. 자속성 저항은 익숙해지면 조절도 가능해지거든. 네 경우엔 독에 당한 부분만 저항 낮춰서 얼리는 식으로 응급조치할 수 있겠지."

유현이나 성현제도 장비 외 아이템 사용 금지인 랭킹전에서 그런 식으로 종종 사용했었다. 상처를 지져 버려서 말이다. 응급처치용으로 좋다곤 해도 보는 입장에서는 뭔 미친 짓이냐 싶은 광경이었지만.

자속성이 아니더라도 마력 컨트롤이 천재적인 수준이라면 저항력 조절이 가능하다. 물론 마력 스탯부터가 바닥인 반면 스킬 등급은 더럽게 높은 나야 영영 불가능할 테고. 끌 수 있어서 그나마 다행이지.

"참, 패시브 스킬 끌 수 있더라. 저항 스킬 같은 거 말이야."

"진짜요?"

"어. 두 번 연속 끄려고 하면 꺼져."

신기해하던 예림이가 고개를 갸웃 기울인다.

"안 되는데요?"

"…안 돼?"

"네."

…왜 안 되지. 독 저항을 껐다가 켜 보았다. 잘되는데. 혹시나 싶어 유현이에게 전화해 물어보았다. 아직 꺼 본 적 없다고 확인해 보겠다더니 이내 안 된다는 대답이 돌아왔다.

"너도? …등급에 따라 다른 건가?"

[그럴지도.]

L급 패시브류 스킬 가지고 있는 사람은 나 말곤 없을 테니 확인해 볼 수도 없고. 내 저항 스킬은 죄다 L급이니 스스로도 비교해 보는 게 불가능하다.

어쩐지 5년 뒤에도 스킬 끌 수 있다는 말이 안 나온다 했더라니. 나처럼 엉뚱한 시도 해 본 사람이 아예 없지는 않았을 텐데.

"등급 낮으면 안 꺼지나 보다."

"길드장님 화염 저항 S급 아니었어요? 아저씨 독 저항 등급이 대체 뭐길래요?"

"L급."

"와, 미친. L급도 있네."

"예림아, 고운 말 예쁜 말 쓰자. 독 저항 S급 이상인 건 세성 길드장이 눈치채고 말해 버렸지만 자세한 등급은 비밀이다."

어떻게 정확히 딱 잡아낸 건지는 아직도 의문이지만. 노아의 독 스킬 등급을 알고 있었나? 리에트와 대화하는 거 보면 스킬 털어놓고 지낼 사이는 아닌 듯했는데. 사육 시설 방문 허가도 안 내줬었고.

"아무튼 대부분의 스킬은 많이 사용해서 능숙해질수록 다양한 응용이 가능해. 등급이 오르면 추가 기능이 생기기도 하고. 그러니 아이템 살 생각보다 스킬로 해결할 궁리를 먼저 하는 편이 좋아."

미래의 일들이다 보니 떠오르는 예시를 들 수가 없구만. 지금의 유현이는 아직 혈염은 사용하지 못한다. 바바르 때 보면 흑염까지만 쓸 수 있는 듯했다. 푸른 버들잎도 투명화 조절 못 하고.

등급 올라간 푸른 버들잎 진짜 개 같은 스킬이라고 치 떠는 랭커들 많았는데. 만약 지금 혈염 쓸 수 있었으면 노아가… 정말 위험했겠구만. B급 치유 스킬 정도로는 회복 불가능한 건 물론이요 날개가 아예 녹아내렸을 것이다. 일반 불길과 달리 피해 범위 조절도 쉬워서 주변 피해도 없었을 테니 말리기도 전에 끝장났겠지.

회귀 전의 예림이는 각성이 지금보다 늦어서 스킬의 등급 상승은 없었다. 그래도 탄식과 창백한 비의 조합은 좋았지. 스킬 사용에 능숙해지면 가르쳐 줘야겠다.

"이쪽입니다."

예림이와 함께 헌터용 구치소로 가자 송태원이 직접 마중 나와 있다가 안내해 주었다. 헌터 전용이라고 해도 하급은 보통 인벤토리 봉인 팔찌만 차고 일반 구치소행이다. 그래서 나도 여기는 처음 와 본다.

…유현이 놈은 몇 번이나 와 봤을까. 갑자기 심란해지네.

"예림이 넌 이런 데 잡혀 오면 안 된다."

"저 법 없이도 살아요."

음주에 헬멧 미착용 중학생이 자신 있게 말했다. 아직 위법까진 아니긴 하지.

문 몇 개에 계단까지 거쳐 상당히 깊숙한 곳까지 들어갔다. 안쪽으로 갈수록 지키고 있는 사람들의 낯빛이 영 좋지 않았다. 그래도 나중에는 S급 헌터도 어느 정도 제압 가능한 아이템도 나오니까 조금만 참으세요. …한 사 년쯤.

상급 헌터용 수용실은 지하에 있었다. 총 세 개의 수용실은 들어가는 입구도 각각 달랐다. 한 명이 탈출할 때 다른 두 명까지 나가 버리는 불상사를 막기 위해서였다.

"부끄럽지만 전투 적성 상급 헌터들은 탈출할 것을 상정해 둔 채 감시합니다. 탈출을 막지 말고 빠르게 보고할 것, 이 기본 지침이지요. 물론 이곳이 구치소이기 때문이기는 합니다. 비각성자 살해 건은 바로 특수격리소로 옮겨지니까요. 특수격리소는 상급 헌터라 해도 자력 탈출이 거의 불가능합니다."

특수격리소에 대해서는 굳이 묻지 않았다. 그곳이라고 하여 상급 헌터를 구속할 감옥이나 장비가 있는 것은 아니다. 하지만 상급 헌터라 해도, 사지가 멀쩡하지 못하면 약해질 수밖에 없다.

"노아 루히르의 경우 독으로 잠금장치를 녹이고 은신 스킬을 사용하여 탈출하였습니다. 그래도 얌전한 편이었지요."

송태원이 잠긴 문을 열며 말했다. 독도 뒤처리가 어렵지 않게 최소로 사용했다고 한다. 그래, 애가 갑자기 발작해서 문제였지 첫인상부터가 예의 바르긴 했어.

안은 평범한 방이었다. 십여 평 정도의 심플하게 꾸며진 원룸 같았다. 욕실 따로에 취식 시설이 없어 더욱 넓어 보인다. 상급 헌터들 눈에야 골방 수준이겠지만.

노아는 그 한가운데에 의자를 가져다 놓고 얌전히 앉아 있었다. 아직 어제의 그 트레이닝복 차림이다. 모아 붙인 무릎 위에 두 손도 모아 올린 채 얌전히 있었다고 주장이라도 하듯 이쪽을 바라봐 오는 게, 말 잘 듣는 골든 리트리버가 떠오른다. 손, 하면 줄 거 같은데.

"안녕하세요, 한유진 씨."

인사하는 목소리에 뚜렷한 긴장감이 어려 있었다. 키워드 효과 때문인지, 칭호 때문인지, 아니면 그 밖의 다른 이유가 있는 건지 알 수는 없었다.

나는 최대한 다정하게 미소 지어 주었다.

"약속대로 기다리고 있어 주셨네요."

"네. 전화 통화만 조금 하고 얌전히 기다리고 있었습니다."

전화? 자기 길드에 한 건가. 그러고 보니 얘 길드는 어쩌지. 그냥 다 데리고 오라고 할까. 계속 다른 길드들에게 경비 신세 지기도 그렇고, 믿을 만한 사람들이라면 통으로 옮기게 하는 것도 괜찮을 거 같은데.

합의만 하면 끝나는 일이라 노아를 빼내 오는 절차는 간단했다. 헌터용 계약서 한 장 작성하고 끝이었다. 계약서의 고용 기간은 한 달이었다. 상대가 S급 헌터였으니 피해 금액 대비 한 달은커녕 일주일도 과한 기간이었다.

노아야 자기 누나가 무서워지지 않을 때까지 있겠다고 했지만.

"리에트는 입국 금지 처리되었습니다."

계약서 사본을 챙겨 들며 송태원이 말했다.

"예? 입국 금지요?"

"네. 명목상은 불법 계약서 거래입니다만, 그날의 통화 내용상 한유진 씨에게 해를 입힐 가능성이 크다고 판단되어 입국을 막기로 하였습니다. 혹시 불필요한 조치였습니까?"

"아뇨, 아닙니다. 그렇게 해 주시면야 감사하죠."

한동안은 리에트와 마주치고 싶지 않다. 시간이 적당히 지나면 일단 전화 통화로 대화를 해 본 뒤에 대면할지 말지 결정을 해야지.

"불법 계약서 거래는 경범죄에 해당하기 때문에 입국 금지는 최대 1년까지만 가능합니다. 그리고 이건 독 저항이 통하지 않는 약물 목록입니다. 헌터 전용 병원에 통보도 해 놓았습니다. 독 저항 스킬을 가지고 있다는 사실이 밝혀지면 의료 사고 예방을 위해 자동 등록 됩니다."

"알겠습니다."

고개를 끄덕이며 파일을 받아 들었다. 목록이 제법 많다.

"술도 안 취하던데, 통하는 약물이 있나 보군요."

"술의 독성은 생각보다 강합니다. 통하는 약물은 독성이 거의 없거나 독 저항에 걸리지 않을 만큼 약하기에 인체에 해를 끼치지는 않습니다. 대부분이 의료 보조용이지요. 또한 헌터용 진통제처럼 던전 부산물로 만들어진 특수한 약물도 있습니다."

"저도 그 진통제 가지고 있어요. 해독 아이템이 B급짜리라 독 저항 B급까지 통하는 걸로요."

예림이가 말했다. 나도 회귀 전에 헌터용 진통제를 쓰긴 했지만 제일 싼 거였지. 현재는 S급까지 나와 있다니 저항 스킬 안 끄고는 진통제도 못 쓰겠네.

그 외 독 저항 안 통하는 상비약 추천도 받고 구치소를 나섰다. 내 옆에 바싹 붙은 예림이와 달리 노아는 두어 발 떨어진 채 따라오고 있었다. 멈춰 서자, 역시나 뒤떨어진 채로 멈추어 선다.

"노아 씨."

"네?"

"그렇게 떨어져서 걸을 필요는 없지 않을까요."

"아… 이게 더 편해서요. 안 됩니까?"

편하다, 라. 아마 리에트와 함께 다닐 땐 항상 뒤쪽에서 쫓아다녔던 모양이지. 뒤 한 번 돌아보지 않고 당당하게 앞장서는 리에트의 모습이 너무 잘 떠오른다.

당장 억지로 고치라 할 필요는 없기에 괜찮다고 하고 다시 주차장으로 발길을 옮겼다. 예림이도 나도 아직 운전면허증은 없었기에 김지연 헌터가 따라와 주었다. 면허 딸 거라고 하자 예림이가 자기도 딸 거라며 다음 주 주말에 내 몫까지 같이 시험 신청을 해 놓았다.

"그래서 스크린 게임장엘 갔는데요, 나름 재밌긴 했지만 역시 현실이 최고긴 해요. 다음에 사격장 같이 갈래요? 저녁 내기 어때요?"

"그냥 내가 사마."

내기가 되겠냐. 저녁까지 시간 꽤 남았으니 노래방 가자는 예림이의 조름에 노아를 힐끗 돌아보곤 고개를 끄덕였다.

"한국 헌터협회에 항의 좀 해 달라니까. 응?"

"제 권한이 아니라, 잠시만 기다려 주시면……."

멕시코 헌터협회 직원이 쩔쩔매며 말했다. 로비의 일반 직원들은 이미 자리를 피하고 헌터들만 남아 소동의 원인, 리에트를 주시하고 있었다.

알록달록한 판초에 뾰족한 솜브레로까지 맞춰 쓴 리에트가 손끝을 팔랑팔랑 흔들며 미간을 살짝 찌푸렸다. 그녀의 동작 하나하나마다 주위 사람들이 흠칫흠칫 몸을 떤다.

"그간 많이 도와줬는데 이런 것도 하나 못 해 줘?"

신규 불법 던전 공략을 주로 즐기는 리에트였지만 프리 헌터로서의 활동도 했다. 미국과 유럽 쪽으로 죄다 빠져나가는 바람에 S급 헌터를 단 두 명밖에 보유하지 못한 멕시코도 몇 번 그녀의 도움을 받은 적 있었다. 정확히는 대가가 주어진 거래였지만 리에트의 머릿속에서는 선심 써서 도와줬다, 로 변질된 채였다.

어쨌든 아쉬운 쪽은 멕시코 헌터협회인지라 그녀의 거만한 말에도 반박은 할 수 없었다.

"내가 뭘 했다고 입국 금지라니. 고작 불법 계약서 몇 장 가지고, 정말 너무한 거 아냐?"

— 쉬익쉿!

솜브레로의 너른 챙 너머로 작은 뱀이 머리를 내밀며 맞장구를 쳤다. 전신이 화려하게 반짝거리는 보석뱀이다. 리에트가 손을 올려 보석뱀의 턱 아래를 문질렀다.

"우리 자기가 얼른 널 맡아 줘야 하는데. 너도 빨리 성장하고 싶지, 벨?"

— 쉿쉿.

주인의 것과 닮은 황금색 두 눈이 기분 좋은 듯 가늘어진다.

"자, 얼른 나와 벨라레를 한국으로 보낼 궁리를 해 보라구."

리에트의 눈썹 끝이 치켜 올라가고, 스멀스멀 새어 나오는 살기에 헌터들이 얼어붙는 바로 그때였다.

콰장창!

유리문이 부서지며 헤비 듀티 픽업트럭이 로비로 뛰어든다. 반들한 바닥에 긴 타이어 자국을 남기며 멈춰 선 트럭에서 무장한 남자들이 뛰어나왔다.

두두두두두!

곧장 퍼부어지는 총알에 헌터들이 제각각 몸을 피하거나 방어 스킬, 장비를 쓴다. 불행 중 다행이랄까. 리에트의 횡포 덕에 비각성자는 물론이요 총탄에 피해를 입을 정도의 하급 헌터도 이 자리에 없었다.

"저것들은 또 뭘까."

어느새 벗어 든 판초 자락을 털어 내며 리에트가 고개를 갸웃 기울였다. 판초 자락 사이에 휘감겨 있던 탄환이 우르르 떨어진다. 평범한 천옷이건만 무슨 수를 썼는지 총알을 받아 내고도 구멍 하나 나지 않았다.

"던전 브레이크는 신의 섭리다! 신의 뜻을 거부하지 마라!"

무장한 남자들 중 하나가 수류탄을 꺼내 들며 외쳤다. 다른 남자들도 제각기 폭탄을 꺼내 든다. 긴장하는 다른 헌터들 사이에서 리에트가 입꼬리를 올렸다.

"아아, 요즘 튀어나온다는 테러범들이구나. 쟤들 처리해 줄 테니 한국 보내 주기다?"

멋대로 결정하곤 칼을 꺼내 든다. 기다란 칼이 옆으로 뉘어져 느릿이 움직였다. 마치 장난처럼 허공을 가로로 스윽- 벤다. 갈라진 공기가 작게 흔들렸다. 미세하게, 그리고.

핑-!

팽팽하게 당겨진 실을 튕기는 소리와 함께, 어마어마한 힘이 폭탄을 든 남자들을 덮쳤다. 칼날로 된 폭풍 속의 힘없는 짚단처럼 인간의 몸뚱이가 서걱서걱 잘려 나간다. 팔다리, 머리가 떨어져 나가는데도 피 한 방울 흐르지 않았다. 폭탄 또한 반토막이 났음에도 잠잠했다.

지극히 비현실적인 광경 속에 공기가 한발 늦게 자르르 울린다. 멍청히 서 있던 헌터들이 그제야 마른침을 삼키고 침음을 흘렸다.

리에트는 칼을 인벤토리에 넣으며 인형처럼 흩어져 있는 시체들에게로 다가갔다.

"신의 뜻이라니. 그런 소리 하는 놈들치고 제대로 된 새끼가 없단 말이야."

발끝이 잘려 나간 머리를 툭 쳤다. 옆으로 데굴 구른 머리의 부릅뜬 눈이 리에트를 쳐다보았다.

[리에트.]

"어머나?"

[다시 한번 제안하겠다.]

숨이 끊어진 머리로부터 목소리가 흘러나왔다. 동시에 황금색 눈이 사납게 가늘어졌다.

"꽤 오래 잠잠하더니, 또 무슨 일일까. 나와 내 동생 근처에 얼씬 말라고 경고했을 텐데."

물론 온건히 말로 한 건 아니다. 피가 흐르고 살점이 튀는 경고였다.

[리에-.]

"닥쳐."

콰득, 군홧발이 머리를 짓밟아 깨부쉈다. 신발 바닥을 시체의 옷에 문질러 닦으며 리에트가 뒤를 돌아보았다. 환히 웃는 얼굴이 무섭도록 싸늘하다.

"저주 저항이랑 정신력 바닥 치는 놈, 있으면 알아서 기어 나오지 그래. 안 아프게 죽여 줄게."

"그게 무슨-."

콱. 헌터의 목이 리에트의 손아귀에 눌려 잡히며 말이 뚝 끊어졌다. 그녀가 다가오는 것을 느끼지도 못한 헌터가 당혹감 속에 식은땀을 흘렸다.

"저주 저항 스킬이나 아이템 있어? 정신력은?"

"C급 아이템을……."

"그럼 넌 됐고."

목을 잡은 손을 휙, 흔들어 옆으로 내던진다.

"자, 다음. 빨리빨리 하자. 응?"

아니면 그냥 다 죽일까. 진득해지는 살기에 협회의 헌터들이 반사적으로 뒷걸음질 치는 가운데, 약간 창백한 안색의 남자가 리에트와 눈을 똑바로 마주쳤다.

"너구나."

[저주독룡 디오 발쉐시스의 첫째.]

황금색 눈이 순간 흔들렸다. 리에트의 미간에 골이 깊게 패며 여유롭던 입술 선도 일그러진다.

"방금, 무슨……."

[한국 세성 길드의 성현제를 죽이고 해연 길드 한유현의 형을 사로잡아 와라.]

"이 새끼가 명령질을-!"

이가 으득 갈렸다. 하지만 리에트는 움직이지 못했다. 인간이 아닌 저주독룡으로서의 본능이 그녀의 발을 묶어 놓고 있었다.

완전한 디오 발쉐시스였더라면 공손히 머리 숙였을지도 모른다. 하나 리에트는 입술을 짓씹으며 스킬을 썼다. 무기의 힘을 빌리지 않아도 충분하고도 넘칠 정도의 광포한 기세가 저주독룡왕의 주인이 깃든 남자를 세로로 갈라 찢어 놓는다.

동시에 남자의 몸의 일부가 폭탄의 파편처럼 주위로 튀어 올랐다.

"크악!"

"억!"

리에트의 기세에 짓눌려 있던 헌터들이 방어할 틈도 없이 픽픽 쓰러졌다. 그 주위로 짙은 독기가 흘러넘친다. 리에트의 발치로도 독기가 기어 왔지만 높은 독 저항 덕에 근처만 맴돌 뿐이었다.

"…젠장, 머리 아파."

- 쉬잇.

주인의 모자 속에 숨어 있던 보석뱀이 몸을 길게 빼어 리에트를 바라보았다. 리에트는 입술에 묻은 피를 손등으로 닦아 내며 눈가를 찌푸렸다.

"뭐였지, 방금."

기억이 흐릿하다. 어쨌든 오랜만에 만난 기분 나쁜 놈은 확실히 사라졌을 것이다. 저것은 정신력이나 저주 저항이 낮은 헌터에게만 빙의 가능하며 옮겨 갈 수 있는 거리도 그리 길지 않다. 그러니 리에트 외의 인간이 주위에 없는 이상 떠날 수밖에 없었다.

"완전히 포기한 줄 알았는데 웬 변덕이람."

불쾌하다. 신경질적으로 갈라진 시체를 걷어차는 그때, 한 무리의 사람들이 나타났다. 맨 앞에 선 여자는 멕시코의 S급 헌터였다. 풍채 당당한 그녀가 리에트와 주위의 시체를 보고 인상을 일그러뜨렸다.

"그 잠깐을 못 기다리고 일을 쳤나?"

"뭐? 아냐, 난-."

"이번만큼은 얌전히 감옥에 처박혀라!"

"아, 젠장! 요즘 재수 더럽게 없네!"

한국에 가야 하는데! 이길 자신이야 있었지만 여기서 문제를 더 키우면 곤란해질 따름이다. 아무리 제 맘 내키는 대로 산다 해도 각국의 헌터협회와 죄다 척지는 일까지는 피해야 했다. 리에트는 혀를 쯧 차며 재빠르게 자리를 떠나갔다.

4장 잘려 나간 것

4장
잘려 나간 것

― 꺄아아!

이제는 제법 금빛이 돌기 시작하는 날개가 활짝 펼쳐졌다. 부드러운 털들이 햇살 아래 반짝반짝 여린 빛을 품는다.

내새끼 스킬을 쓰고 나서 3일간 죽어라 훈련시킨 덕에 블루의 덩치는 배 넘게 훌쩍 자라났다. 물론 지난 사흘간 죽을 것 같았던 건 블루가 아니라 나다. 저 꼬마 그리폰은 조금 졸려 하긴 했지만 대체로 신났었다.

그리고 하나 더.

― 크르르.

아성체 크기의 피스가 송곳니를 드러내자 블루가 흠칫 날개를 접는다. 그러곤 피스의 눈치를 살살 살폈다.

"이제 그만 봐줘라, 피스야."

피스의 목을 살살 긁어 주었지만 여전히 분이 안 풀린 기색이었다. 코멧 때문에 그러잖아도 기분이 영 좋지 않았던 피스는 내가 제대로 쉬지 못하고 블루를 훈련시키는 것을 보곤 완전히 열이 뻗쳐 버렸다. 그 와중에 덩치 커졌다고 신난 블루가 피스에게 덤벼들었다.

결과야 뭐, 비 오는 날 먼지 날리도록 처맞았다. 물론 블루가. 그래도 이빨이나 발톱은 쓰지 않고 말 그대로 패기만 해 나도 말리진 않았다.

"그럼 노아 씨, 시작할까요?"

"네."

내 머리 위의 삐약이를 바라보고 있던 노아가 고개를 끄덕였다.

노아는 내가 바빠 신경을 써 주지 못한 와중에도 이곳 생활에 금방 적응했다. 무엇보다도 석하얀의 팀 덕이 컸다. 석하얀 팀원은 죄다 비각성자였지만 노아를 별로 꺼리지 않았다. 정확히는 S급 헌터에다 전신 수화 스킬까지 가진 노아에 대한 흥미와 호기심이 두려움을 앞섰다고 해야 할까.

오히려 와와 하고 잔뜩 반겨 줘서 노아가 당황해하기도 했다. 팀원들 평균 연령에 비해 노아가 한참 어리기도 해 같이 밥도 먹고 생필품 쇼핑도 도와주며 요 며칠간 무척이나 잘 지냈다.

몇 걸음 뒤로 물러난 노아가 용으로 변했다. 태양 아래에서 보니 더욱 눈부시게 아름답다. 황금빛 용이 내려선 정원이라니, 어쩐지 비현실적이다.

"혹시 몸집을 조금 줄일 수 있습니까?"

어느 정도는 가능하다고 알고 있는데. 내 말에 노아가 머뭇거리더니 용의 덩치가 확 줄어들었다. 목과 꼬리를 제외하면 인간일 때의 노아보다 조금 더 큰 정도다.

"잘했어요."

역시 되는구나. 아마 처음 크기는 원래의 디오 발쉐시스와 비슷하지 싶었다. 최상급 저주독룡치고는 확실히 작다.

"여기 블루 보이죠?"

― 꺄우!

자기를 언급하자 블루가 가슴을 쫙 펴며 꺅꺅거린다.
"드래곤은 아니지만 비행 방식은 상당히 비슷할 겁니다. 조류와는 다르게 네발짐승에 날개가 따로 달린 형태니까요. 블루는 비행 실력도 뛰어나니까 잘 관찰해 따라 하면 금방 비행에 익숙해질 수 있을 거예요. 자, 블루야."
날아 보라고 손짓하자 옅은 금빛 그리폰이 이내 훌쩍 공중으로 솟아오른다. 그 뒤를 노아가 뒤따랐다.

― 꺄아우! 꺄꺄!

작은 용이 자신을 어설프게 뒤따르자 블루가 신이 난 듯 곡예비행을 선보인다. 날개를 착 접어 뚝 떨어지다 급정거 후 빠르게 솟아올라 휙 뒤집어 빙글빙글 돌고는 우아한 선회비행으로 마무리 짓는 블루의 모습에 노아가 당황하며 큰 날개를 퍼득였다.
아니, 따라 할 필요는 없어. 어차피 지금은 못 해.
"블루야, 천천히 날아!"
너보다 나이 많고 덩치 커도 비행은 초심자란다. 역시 보는 것만으론 쉽게 따라 하기가…….
'아, 선생님 스킬 써 볼까.'
블루의 비행 감각을 전해 주면 좀 더 쉽게 비행 방법을 배울 수 있을 것이다. 둘을 향해 선생님 스킬을 쓰고 블루의 감각을 노아에게 일방적으로 전해 주었다. 나를 한 번 내려다본 노아가 힘차게 날갯짓한다. 그 움직임이 조금 전보다 눈에 띄게 좋아졌다.

'이런 식으로도 쓸 수 있구나.'

사슴 놈 앞부분만 빼면 스킬 이름 딱 맞게 지었다. 이거 다른 헌터들 교육용으로도 쓸 수 있을 거 같은데. 유현이한테 예림이랑 연결한 채 던전 한번 돌자고 부탁해 볼까.

하늘에서 어지럽게 반짝거리고 있는 둘을 보고 있자니 다음번엔 선글라스라도 써야 하나 싶어졌다. 눈이 좀 부시네.

이참에 눈을 감아 버리자 비행하는 노아와 블루의 시야가 확 다가온다. 약간 어지럽기도 했지만 바람이 스치는 감각이 기분 좋았다. 내게는 없는 부위가 움직이는 것에 괴리감도 느껴졌지만 이 정도는 무시할 만했다.

'여러모로 정신력이 중요한 스킬이긴 하구만.'

자주 쓰다 보면 감각이 나눠지는 것도 적응이 되려나.

그때 문자가 왔다. 눈을 떠 확인해 보니 보안실 쪽이다.

[세성 길드 길드장과 강소영 헌터가 도착했습니다.]

강소영이야 하루가 멀다 하고 코메트 보러 오지만 성현제 이 아저씨는 또 무슨 일이래. S급 헌터 영입해서 새로 S급 팀 구성하느라 바쁘실 텐데 그냥 계속 바쁘시지 뭘 여기까지 오고 그러냐.

"삐약아, 이리 내려온."

- 삐약.

머리 위의 삐약이를 내려 품에 안아 들었다. 그러자 피스가 무슨 일이냐는 듯 쳐다봐 온다.

"손님 올 거야."

내려갈까 그냥 여기서 기다릴까. 마중까지 나가 주긴 역시 싫다. 얼마 지나지 않아 성현제가 옥상정원에 나타났다. 강소영은 바로 사육장에 있는 코메트에게 갔는지 보이지 않았다. 급회전을 연습하던 노아가 정지비행을 하며 성현제를 주시한다. 날개의 움직임이 많이 익숙해졌는걸.

"한창 바쁘실 텐데 편한 전화 놓아두고 뭐 하러……."

아니, 저건 또 뭐야. 웬 꽃바구니야. 카네이션을 중심으로 한 이름도 모를 비싸 보이는 꽃이 한가득 담긴 바구니가 성현제의 손에 들려 있었다.

"블루의 성장을 축하한다고 소영이가 전해 달라 했다네."

"아, 예. 감사합니다."

강소영 씨가 보낸 거였구나. 뭔가 했네. 꽃바구니를 받아 들자 삐약이가 그 위로 폴짝 뛰어들었다. 꽃향기가 짙었는지 삐츄 하고 작게 기침을 한다.

"노아가 한유진 군을 잘 따르는 모양이더군."

성현제의 말이 떨어지기가 무섭게 노아가 곤두박질치듯 아래로 내려왔다. 동시에 들이닥친 거친 풍압에 약간 비틀거리자 내 등 뒤로 내려선 노아가 앞발을 뻗어 감싸듯 붙잡아 준다. 그러곤 머리를 내밀어 성현제를 향해 이를 드러냈다.

- 한유진 씨를 끌어들이지 마십시오.

경계하는 노아의 모습에 피스가 내 옆으로 바싹 붙는다. 꽃바구니 속의 삐약이도 삐약삐약 울었지만 아무런 효과가 없었다. 아직 공중에 떠 있는 블루는 왜들 저러나 의아해하는 기색이었다. 그러게, 무슨 일이지.

"그 말은 멋대로 빠져나가서 꼬리 치기 전에 했어야지. 그래도 정 따로 이야기하고 싶다면 응해 줄 마음은 있네만, 한유진 군은 어떻게 생각하나."

"여기서 말씀하시죠."

노아가 낮게 으르렁거리고 성현제가 입꼬리를 올렸다.

- 그럴 필요 없습니다.

"아뇨. 자세한 상황은 모르겠지만 저는 노아 씨를 무사히 붙잡아 두고 싶습니다. 그걸 위한 대가는 달게 치러야지요. 어디까지나 제 욕심이니 너무 신경 쓰지 마십시오."

노아 같은 S급 헌터를 어디 가서 또 구하겠냐. 나도 아니고 내 건물에 세 든 사람들 지켜 달라고 하면 유현이나 예림이도 싫어할 텐데. 그러니 감당할 만한 수준의 문제라면 얼마든지 대신 떠맡아 줄 수 있다.

"그래서 대체 무슨 일입니까?"

내 어깨 너머로 내밀어진 노아의 머리를 쓰다듬어 주며 물었다. 우리 둘을 유심히 살펴보고 있던 성현제가 입을 뗀다.

"투자자가 부도 처리 하고 도망친 채무자 잡으러 왔다, 라고 해야 할까."

예림이에 이어 빚쟁이가 하나 더 늘어났군.

― 도망친 건 아닙니다. 약속도 지켰고요.

노아가 조금 부루퉁하게 말했다.

"한유진 군에게 그렇게 달라붙어 있으면서도 아무 말 안 한 건 기특하지만, 지금으로서는 내가 제대로 된 대가를 받을 길이 요원해 보이네만."

"그냥 뭘 원하시는 건지 바로 말씀하시죠."

빙빙 돌아갈 필요 없이. 내 말에 성현제가 한숨을 작게 내쉬었다.

"여전히 나한테만 차갑군그래. 나는 상대가 한유진 군이라 좋게 대화로 해결하려는 것인데."

"다른 사람이었으면 어떻게 할 생각이셨습니까?"

"적어도 별 좋은 옥상정원에서 담소하는 일은 없었겠지."

담소는 무슨.

"노아는 리에트로부터 벗어나고 싶어 했고 보조계라 해도 S급 헌터인 만큼 잘만 키우면 쓸 만하지 싶어 거래를 받아들였지."

성현제가 노아와 자신 간의 일을 대략적으로 설명해 주었다. 들어 보니 노아가 리에트의 곁을 떠나 자기 길드를 만든 것도 그의 도움이 컸던 모양이었다. 그래서 길드를 아무렇지 않게 해산시켜 버릴 수 있었던 건가.

그 밖에도 자세한 설명은 생략했지만 상당히 큰 대가도 주었다고 하였다. 그 말에 노아도 부정하진 않았다.

아무튼 채무라는 게 크긴 큰 모양이었다.

"이제 겨우 쓸 수 있을 만큼 자리 잡게 해 주었는데, 하루아침에 공든 탑 무너지다 못해 남은 주춧돌까지 다른 집 마당으로 빼돌려진 꼴이니 내가 얼마나 당황했겠나. 너무 어이가 없어서 그날은 잠도 제대로 못 잤다니까."

"아, 네."

엄살이 과했지만 당황할 만하다 싶긴 했다. 예언자쯤 되지 않고서야 조금도 예상치 못한 상황이었겠지.

- 그래도 저는 아직 S급 헌터입니다. 대가를 치르지 못할 건 없습니다.

"미안하지만 지금의 자네는 내게 그리 매력적이지가 못해. 길드라는 세력도 없고 수화 스킬까지 다 털렸지. 나와의 관계도 한유진 군이 알게 되었으니, 기껏해야 던전 공략 보조용으로밖에 더 쓸까. 하나 세성은 던전 공략용 헌터가 부족하지 않거든."

성현제가 냉정하게 말했다. 들어 보니 성현제는 노아를 자신과 관계없는 길드로 두고 써먹을 생각이었던 모양이다. 근데 노아와의 관계는 지금 자기가 밝혀 놓고 그것도 탓하고 있네. 치사하게.

"그러나 한유진 군에게는 노아가 쓸 만하겠지. 지금처럼 집 지키는 용으로도 좋을 거고 높은 독 저항이 있으니 기승수로도 쓸 수 있지 않나."

"사람입니다만."

"비행형 몬스터가 없거나 적은 던전이라면 A급은 물론이요 S급도 하위까지는 들어갈 수 있을 테고."

"들어갈 일 없습니다만."

가 보고 싶은 마음이 없는 건 아니다만 내가 가서 뭐 하게. 관광? 나중이라면 몰라, 처리 못 할 수준의 던전은 아직 없으니 더더욱 나까지는 필요 없다.

"하니 아쉬움을 무릅쓰고 내가 물러나 주겠네. 이런 식의 양보는 잘 안 하는 편인데."

"양보라면 그냥 넘어가 주시게요?"

"그건 너무 양심 없지 않나."

상큼하게도 웃는다. 그러면서 뭔 양보야. 한숨 한 번 삼키고 입을 열었다.

"저도 세성 길드장님께 그리 큰 도움은 못 될 겁니다만. 몬스터 사육이야 이미 계약이 되어 있고 일반적인 헌터는 필요 없다고 하셨으니, 뭘 더 해 드리겠습니까."

지금 내가 할 수 있는 거야 기승수 키우는 것과 쓸 만한 비각성자 찾아내는 것밖에 더 있나. 물론 특수 스킬 좋은 거 발견하면 도움이 되긴 하겠지만 쉬운 일은 아니지.

"겸손하군. 그럼 이렇게 하는 건 어떻겠나. 내가 한유진 군을 필요로 할 일이 있을 때 도와주는 것으로. 한 번은 섭섭하고 세 번 정도?"

"범위가 너무 넓습니다만. 정확하게 조건을 정해서 계약서를 쓰시죠."

계약서라는 말에 성현제가 가느다란 눈웃음을 짓는다.

"그럴 것까지야. 나는 한유진 군을 믿고 있다네."

"…진짜 안 써요? 나중에 가서 모른 척해 버립니다?"

"그럼 내 마음이 아프겠지."

좀 당황스럽다. 아무튼 계약서고 뭐고 없는 단순한 약속이라면 나야 좋지만. 그래도 진짜 모르는 척할 생각은 없었다. 저 인간이 정말로 마음만 좀 아프고 넘어갈 리 만무하니까.

"제가 감당 못 할 수준이거나 주위에 피해가 가는 유의 일은 미리 거절해 두겠습니다."

"걱정 말게. 해가 될 짓을 할 생각은 조금도 없으니까. 한유진 군을 아끼는 마음은 누구에게도 지지 않을 자신이 있다네."

…멀쩡한 얼굴로 헛소리 한번 수준급이다. 아니, 자기가 뭐라고. 유현이나 예림이면 또 몰라. 피스와 삐약이는 물론이요, 내 식탁을 책임져 주는 명우에 건강 챙겨 주는 김성한도 있는데 뭘 지지 않을 자신이야.

"참, 같은 스킬은 공유 대기 시간이 15일이라고 했었지? 얼마 안 남았군."

"예. 어차피 그때 그 팔찌가 없으니 제대로 쓰긴 힘들겠지만요."

"그런가. 혹 유명우 헌터가 비슷한 아이템을 만들어 낸다면 알려 주게나."

알겠다고 고개를 끄덕이자 내 표정을 잠시 살피더니 순순히 돌아선다.

'…대기 시간은 이미 지나긴 했지만.'

노아에게 스킬 공유를 하자 두 배 효과로 대기 시간이 절반으로 줄어들었다. 그리고 그 절반으로 줄어든 시간은 다른 사람 대상으로도 유지가 되었다. 다만 아쉽게도 공유된 스킬은 두 배 효과가 나타나질 않았다.

그러니 이젠 7.5일에 한 번 스킬 공유가 가능한 셈이지만.

'명우가 팔찌 비슷한 아이템을 또 만들어 낼 수 있을까.'

저녁에 얼굴 보면 한번 물어봐야겠다. 요즘 대체 뭘 만들고 있는지도. 비밀이란 소리가 대체 며칠째야.

성현제가 돌아간 뒤 자기가 쓸모없는 탓이라고 우울해하는 노아를 달래느라 애를 먹었다. 따지고 보면 내가 빼내어 고용한 거나 마찬가지니 내가 책임질 일 맞다고 몇 번이나 말해도 울상 된 얼굴이 펴질 줄을 몰랐다. 정말로 괜찮다고, 노아의 가치에 대해 길게 늘어놓고 나한테는 이득인 거래라며 하나하나 짚어 가며 설명을 해 주고 나니 겨우 납득하는 표정이 되긴 했지만.

실제로 손해 보는 일은 아니었다. 도리어 성현제가 너무 순순히 물러나 줘서 찝찝할 정도였다.

'이러니저러니 해도 S급 헌터인데 그렇게 쉽게 손을 떼다니.'

대체 얼마나 대단한 요구를 하시려고. 하지만 강제적인 것도 아니다. 증거 하나 없이 말만 오간 데다가 감당 못 할 거 같으면 거절하겠다는 소리도 흔쾌히 받아들였다. 아직까지는 나한테만 너무 유리한 조건이었다.

…손해 볼 짓 할 인간이 아닌데 무슨 꿍꿍이지. 설마 진짜로 호의인가? 혹시나 싶어 내새끼 스킬 상태창을 확인해 보았지만 성현제의 이름은 없다.

'내가 너무 선입견에 빠져 있었나.'

모르겠다. 나한테 뭘 요구하는지 보면 확신할 수 있겠지.

그보다 유현이한텐 비밀로 해야 하나 자진 납세 해야 하나 …나는 왜 이런 걸로 고민을 해야 하나. 그래도 내가 형인데. 숨기지는 않을 거지만 일일이 보고해야 할 이유도 없잖아.

물어보면 말해 줘야지.

성현제가 왔다 갔다는 소리를 듣지 못했을 리 없는데 저녁때까지 유현이로부터 연락은 없었다. 하긴 멀리서 보기엔 그냥 꽃바구니 전해 주고 몇 마디 대화 후 얌전히 떠나간 거니까. 그걸 일일이 캐묻는 것도 이상하겠지.

대신 헌터협회로부터 재촉하는 전화는 왔다. 슬슬 특수 스킬 각성자들 배출해 내야 하지 않겠냐면서. 비각성자 감별도 언제부터 다시 시작해 줄 건지도 물어 왔다. 내가 하겠다고 나선 일이긴 하지만 공으로 떡고물 얻어먹으려 혈안인 거 보니 기분이 좋진 않았다.

애초에 저 인간들이 각성센터 관리만 양심적으로 했어도 내가 나설 필요까지는 없었을 텐데.

'송태원이 살아 있으면 협회도 그대로일 테고, 그렇다고 죽게 내버려두기도 뭣하고.'

차라리 송태원이 협회를 삼켜 버리면 안 될까. 애초에 왜 국가직 S급 헌터가 협회장이 아닌 건지가 의문이다. 왜 저 사람은 권력욕이 없지. 나라를 위해서라도 협회 먹어 버리라고 설득이라도 해 볼까.

아무튼 이제 막 세워진 사육소 일로도 바쁘다며 뿌리쳤다.

그 외에 예림이가 던전 갔다 올 테니까 피스 꼭 끌어안고 있으라고 당부해 왔다. 유현이와 S급 던전 빡세게 돌고 나온 피스는 레벨이 올랐는지 스탯도 더 높아졌다. 그에 더해 노아까지 상시 대기 중이니 이제 내 안전은 진짜 신경 안 써도 되지 싶었다.

- 갸르르릉.

피스가 기분 좋은 목 울림을 내며 내 다리에 머리부터 꼬리 끝까지 길게 몸을 비볐다. 블루가 집에 없다는 사실이 무척이나 마음에 든 모양이었다. 나름 사이좋아진 줄 알았는데.

블루는 옥상정원 원형 파고라 위에 자리를 잡았다. 덩치가 커지자 집은 물론이고 사육 시설도 갑갑해하더니 실내에는 잘 들어오려 하질 않았다. 그래서 옥상정원에 따로 그리폰의 둥지를 본뜬 집을 만들어 줄 예정이었다. 나무를 꺾고 쿠션을 얻어 가 제 나름 둥지를 짓긴 했지만 비바람이 불면 죄 날아갈 수준이라.

"피스 너처럼 몸집을 줄일 수 있으면 편할 텐데."

블루는 피스와 달리 훈련 기간 내내 쉼 없이 쑥쑥 크는 걸로 보아 어린 모습으로 돌아가는 재주는 없는 모양이었다. 코메트도 비룡종이니 좀 더 크면 밖으로 나가려 들려나.

SNS에 덩치가 커진 블루가 애교 부리는 영상을 올렸다. 완전히 자라면 비행 범위를 더 늘리고 싶어 할 텐데 벌써부터 걱정이다. 저번 유현이의 던전 공략 시간 단축 이슈 덕분에 몬스터 사육에 대한 법은 곧 유하게 고쳐질 것이라 하였다.

그래도 도심에 대형 몬스터가 날아다니는 걸 우려하는 사람은 많겠지.

방송 출연이라도 더 해서 우리 블루가 이렇게 착하고 순해요, 라고 알리기라도 해야 하나. 나와 달라는 요청은 많긴 한데.

'정 안 되면 사람 없는 곳에 땅 사서 목장 같은 거라도 만들까.'

해변 쪽도 괜찮을 것이다.

슬슬 해외에서 몬스터 사육 요청이 들어오고 있었지만 일단 전부 미뤄 두었다. 해연에서 사들인 몬스터들도 속속 도착하고 있었지만 데리고 오진 않은 형편이다. 유니콘들도 키워드 등록되었으니 그 녀석들에 이어 코메트까지 1차 훈련 마치고 나면 새로 데려오든가 해야지.

"삐약아, 마석 먹을래?"

― 삑.

테이블 위의 꽃바구니에서 꽃을 하나하나 꺼내어 늘어놓고 있던 삐약이가 짧게 대답했다. 싫다는 뜻이었다.

보면 볼수록 진짜 이중조격이 아닌가 싶을 정도로 성격 차이가 크다. 마석 좋아하고 이리저리 삐약삐약 뛰어다니며 노는 삐약이와 마석은 먹지 않으면서 얌전하고 호기심 많은 삐약이. 성격은 그렇다 쳐도 얌전한 삐약이는 왜 마석을 안 먹는 걸까.

명우는 밤이 꽤 늦어서야 나타났다. 공포 저항을 끄고 있었더니 새어 나오는 열기에 약간의 위압감이 느껴졌다. 그냥 열기일 뿐인데 크게 타오르는 불을 가까이서 보는 것과 비슷한 느낌이었다. 공포 저항 없이 이스무아르와 마주치면 꽤 무섭게 생각될지도 모르겠다.

"너 괜찮아? 제대로 쉬기는 하는 거냐?"

"괜찮아."

명우가 뒷머리를 긁적이며 말했다. 말은 저렇게 해도 얼굴은 피로를 감출 수가 없다. 스탯이 올랐다고 해도 하루 이틀도 아니고, 계속해서 무리해도 괜찮은 수준은 아니건만.

"대체 뭘 만드느라 그 고생이냐. 아이템이 아무리 좋다고 해도 몸부터 챙겨."

혀를 쯧쯧 차며 쌓여 있는 보약을 뜯어 컵에 따라 주었다.

"지금 만드는 게 생각보다 더 까다롭더라고. 이렇게 오래 걸릴 줄은 나도 몰랐지."

"S급 무기 만든 지 얼마나 되었다고 벌써 SS급 시도라도 하는 거냐? 잘 안되면 쉬운 거부터 만들어서 숙련도 올리고 다시 잡아."

"이왕 시작한 거 끝은 봐야지."

그러면서 웃는 모습이 고집을 꺾을 생각은 전혀 없는 듯했다. 레벨 올리러 같이 던전 가려고 했더니 이대로면 한참 더 걸리겠네. 이럴 줄 알았으면 내새끼 스킬 성장으로 써 줄걸. 숙련도 올리는 데 도움이 되었을 텐데.

"참, 전의 그 팔찌는 더 없지?"

"그거?"

명우가 인벤토리에서 백 원짜리 동전만 한 투명한 구슬을 다섯 개 꺼내었다.

"깎아 내고 남은 부스러기로 만든 거야."

"깎아 냈다고? 뭘?"

"나중에 말해 줄게. 이것도 저번 팔찌와 비슷해."

일단 두 개만 받아 들었다. 피해 무효화라면 명우도 비상용으로 가지고 있는 편이 좋을 테니까.

| 샬로스의 구슬 |

이번에는 이름이 제대로 붙어 있었다. 효과 설명은 없었지만.

"샬로스? 깎아 냈다는 재료 이름인가?"

"어. 그런 셈이지. 난 바빠서 이만."

빈 컵을 내려놓은 명우가 도망치듯 사라졌다. 역시 수상쩍다. 미간을 좁히며 손안의 구슬을 들여다보았다. 이 비슷한 걸 어디서 본 거 같은데.

"…재료가 뭔지는 몰라도 부스러기로 이런 아이템을 만들어 냈다니."

그럼 본체로는 대체… 뭐가 나오는 거지?

'명우 저 녀석……'

약간 무서워질 정도인데. 좋은 아이템이 나오는 거야 환영할 일이지만 스킬 얻은 지 얼마나 지났다고 너무 무리하는 거 아닌가 몰라.

"안녕, 형님. 건강해 보여서 다행이네."

다음 날 오후, 던전 공략을 끝낸 문현아가 방문했다. 블루가 제집 지어 주는 사람들에게 자꾸 장난을 치려 들어 실내로 데리고 들어온 김에 훈련시켜 주고 있을 때였다.

- 꺄우꺄!

"오, 그리폰도 많이 컸구나. 나도 빨리 몬스터 새끼 구해다 맡겨야 하는데. 형님 때문에 세계적으로 품귀 현상 일어났다니까. 경매장에 나오질 않아. 완전 씨가 말랐어!"

투덜대는 문현아를 무심코 멍하게 쳐다보았다. 아니, 머리 꼴이 저게 뭐야. 오른쪽 머리칼을 3분의 2가량 화끈하게 밀어 버렸다. 남은 왼쪽 머리칼은 붉은 기 강한 적갈색으로 염색해 더욱 파격적으로 느껴진다.

"헤어스타일이 좀… 바뀌었네요?"

"그날 불에 타 버렸잖아. 이참에 확 쳤지."

그렇게 많이 탔었나. 문현아가 흘러내린 머리카락을 스윽 쓸어 넘기며 미소 지었다.

"어때? 어울려?"

"…어울리긴 하는데, 주위에서 말리진 않았어요?"

"잔소리 많이 들었지! 특히 나이 잡수신 분들이 말이야, 그 꼴로 길드장이랍시고 나설 거냐고 불만 많~ 았어."

즐겁게 웃어 대는 태도를 보니 주위의 핀잔 따위 전혀 개의치 않는 게 분명했다. 그래도 공석에 나서긴 확실히 좀 문제 되는 모습이긴 했다. 멋있긴 하지만.

…잘 어울리네. 개인적으로는 지금이 더 괜찮은 거 같기도 하고. 멋있네.

"왜 그래, 형님? 자꾸 흘끔흘끔 쳐다보고. 반했어?"

"쳐다볼 만하잖습니까. 그리고 몬스터 새끼는 정 안 되면 저한테 대신 먼저 맡겨 준다는 조건으로 구해 보시죠. 최근 들어온 해외의 사육 의뢰는 다 거절했거든요."

"그래? 가능하면 한동안 더 거절해 줄 수 있을까? 그럼 구하기 좀 쉬워질 거 같은데. 상급 몬스터 새끼 여럿 데리고 있는 해외 길드도 몇 있거든."

"여력이 안 되서라도 당분간은 못 맡아 줘요. 세성도 이번에 들어간 A급 던전에서 새끼 몬스터 데리고 나올 확률이 높다 그러고."

다른 두 길드가 잠잠한 게 그나마 다행이다.

"그러고 보니 이번에 관리 들어간 S급 던전, 첫 공략 아니었어요? 좋은 거 나왔을 거 같은데."

알면서도 슬쩍 물어보았다. 분명 축제의 흰고래 눈물이었지. 장비에 스킬을 부여할 수 있는 소모성 아이템으로 문현아와는 맞지 않는 빙 계열 스킬이라 경매장에 내놓았었다. 그때 정말 떠들썩했었는데. 원래는 해외에서 낙

찰받아 갔지만 지금은 예림이가 있으니 사고 싶다. SS급인 인어여왕 귀걸이에 쓰면 완전 딱 맞춤 아니냐.

"물론 나왔지! 엘릭서!"

"…엘릭서요?"

"아, 형님은 잘 모르겠구나. 엄청 귀한 거거든. 여분 목숨이라 해도 과언이 아닐 정도로 좋은 포션이야. 지금까지 딱 두 개 나왔을걸. 국내에선 최초라고."

아니, 엘릭서 귀하다는 거야 잘 아는데… 왜 그게 지금 나와?

"다른 건요? 예를 들어 스킬 부여 아이템이라거나요."

"스킬 부여? 그런 게 나왔으면 이미 쓰고 신나게 자랑했지. S급 장갑은 하나 나왔어. 등급치고 성능은 그리 좋은 편이 아니지만."

…진짜 안 나온 건가. 유현이처럼 달랑 둘이서 뛰어 들어간 것도 아니고, S급 신규 던전 공략은 준비 기간 길게 잡아 여유 시간 얼마 안 남겨 두고 들어가니 조건도 회귀 전과 같았을 텐데.

당혹감 속에서 휴대폰을 꺼내 지난 한 달여간의 던전 공략 결과를 찾아보았다. 한창 브로커 찾아다니고 각성하려 애쓰던 때라 던전 정보를 많이 찾아보긴 했지만, 오 년이나 지났다 보니 생각나는 건 몇 없었다. 하지만 그 몇 안 되는 모두가 기억 속과 같았다. 미국의 백색 산크로스 방패, 필리핀의 자장가를 부르는 책, 인도의 바람을 이끄는 활까지.

유명한 아이템이며 장비 모두 제대로 나왔는데, 왜 흰고래 눈물은 사라진 거지.

'회귀한 탓인가? 아니면 다른 이유가 있는 건가.'

다른 셋은 제대로 나와서 더 헷갈린다. 그냥 우연이라면 상관없지만… 이것도 시스템분들에게 물어볼까.

기승수 관련 이야기를 조금 더 나누고 문현아가 돌아간 뒤 유현이에게 문자를 보냈다.

[내일이나 모레쯤 F급 던전에 들어갈 거야. 피스랑 같이. 레벨 올릴

목적은 아니고.]

　[시스템?]

　답장은 금방 왔다.

　[ㅇㅇ]
　[나도 갈게.]

　아직 바쁘지 않다. 혹시 또 문제가 생기더라도 피스용 게이트석만 하나 더 챙기면 괜찮을 거 같은데. 명우가 준 샬로스의 구슬도 있고.
　그래도 뭐, 이참에 스킬 봐주기로 한 약속이나 지키자. 이번에는 별일 없었으면 좋겠다.

　원래는 적당한 F급 던전을 입찰할 생각이었지만 유현이가 끼어든 덕분에 해연 관리하 D급 던전으로 목적지가 바뀌었다. 별다른 이상이 없다면 F급이나 D급이나 그게 그거인 수준이겠지만.
　'이러다 쓸데없이 눈만 높아지겠네.'
　주변에 S급이 너무 많다. 사육 시설에서는 상급 헌터 말고는 볼 일도 없다 보니 기준이 이상해져 버릴 것만 같았다. 예전에는 그 반대였는데.
　따라오고 싶어 하는 삐약이를 달래 놓고 피스만 안아 들고 빌딩 쪽 주차장으로 향했다. 삐약이만 떼 놓기 미안했지만 어떻게 쟤를 데려가겠냐. 장비도 하나 못 걸치는 보송보송한 솜털 뭉치를. 명우한테 삐약이용 아이템 만들어 줄 수 없냐고 물어볼까. 일단 지금 만드는 거 끝이 나야 하겠지만.

명우와 연락하고 싶어 안달 난 헌터들이 가여워질 정도다. 일부러 사육 시설 경비 서는 사람들도 많은데 명우 놈이 나가질 않아.

 주차장에 도착하자 차에 기대어 서 있던 유현이가 이쪽을 돌아본다. 그냥 흰 여름 셔츠에 편한 바지 차림이건만 무슨 패션화보에라도 나올 것 같은 모습이었다. S급 스탯빨만이 아니라 저놈은 각성 전에도 잘생기긴 했어. 태생이 S급이니 영향이 없진 않았겠지.

 "형은 여전히 피곤해 보이네. 괜찮아?"

 "낮잠을 덜 자서 그래. 이제 블루는 정원으로 나갔으니까 괜찮아."

 코메트까지 성장하면 해방이다… 라고 해도 또 언제 야행성 새끼 몬스터가 튀어나올지 알 수 없지만.

 차에 올라타 던전 건물을 향해 출발했다. 유현이 놈 안전벨트 안 매는 것 좀 봐라. 평소엔 좀 챙기지. 윗물이 맑아야 아랫물이 맑은 법 아니냐.

 운전대를 잡은 손 위로 불도마뱀이 스르륵 기어올랐다. 며칠 전에 비해 크기는 그대로지만 색은 조금 옅어졌다. 아니, 노란빛이 섞였다고 할까. 혹시나 싶어 떡잎 스킬을 사용해 보았다.

┌─────────────── +++ ───────────────┐
| 불의 정령 - E급 |
└──────────────────────────────────┘

 그새 등급이 올랐다. 여전히 낮은 편이긴 하지만 되게 빠르네.

 "그 정령, 좀 성장한 모양이다?"

 "그런가? 이것저것 잘 받아먹긴 하던데."

 "불 말고 다른 것도 먹어?"

 "주로 먹는 건 불이지만 마석이나 잡다한 아이템도 삼켜. 일반적인 물건은 거들떠도 안 보지만."

 던전에서 나온 것만 먹는 건가. 유현이의 손가락 주위를 배회하던 도마뱀이 다시 팔을 타고 목 부근까지 기어 올라간다. 목을 한 바퀴 돌고는 귀 뒤쪽으로 올라가더니 오른쪽 눈가에서 돌연 사라졌다.

"…야, 너 눈이."

오른쪽 눈이 붉게 변했다. 스킬의 영향으로 약간씩 검붉은 기가 돌 때도 있긴 했지만 지금은 완전히 확 달라졌다.

"피부에 문신처럼 스며들기도 하는데 눈에 들어가는 걸 더 좋아하더라고."

유현이가 여상스럽게 말했다. 정령이란 거 특이하구나.

붉어진 눈을 무심코 빤히 쳐다보는데 도마뱀이 다시 나타났다. 무언가 마음에 들지 않는다는 듯 꼬리를 탁탁 치면서.

"신경 쓰여?"

"응? 아, 혹시 네가 나오게 한 거냐? 조종도 가능해?"

"어느 정도는."

붉게 일렁이는 도마뱀이 빠르게 기어 내려오더니 내 쪽으로 건너왔다. 내 무릎 위에 얌전히 앉아 있던 피스가 눈을 반짝이며 앞발을 뻗는다.

― 그르릉.

알일 때부터 관심을 보이더니 불의 정령이 꽤나 마음에 든 모양이었다. 하지만 도마뱀은 이내 몸을 휙 돌려 유현이에게로 가 버렸다. 멀어지는 도마뱀을 피스가 아쉽게 바라보았다.

"…시스템 제작자는 확실히 믿을 만한 거야?"

신호에 걸렸을 때 유현이가 물었다. 빨갛게 들어와 있는 불을 바라보던 시선을 동생에게로 돌렸다.

"글쎄다. 믿고 안 믿고 이전에 자세히는 말 못 해도 일단 시스템에 관여한다는 것만큼은 확실하니까. 나한테 뭐 이상한 거 시키는 것도 아니고."

S급으로만 50명 채우라는 말에 기겁하긴 했지만 따지고 보면 그냥 내 스킬 착실히 쓰라는 거나 다름없었다. 기간도 넉넉하고 몬스터도 해당되고 딱

히 위험할 일도 없었다. 노아 건이 있긴 했지만 괜한 욕심 안 내고 기승수만 키우면 안전할 테니까.

'소원석으로 사기 친 거 외의 다른 수작은 안 부린 듯하고.'

회귀한 게 여러모로 나으니 그에 대한 불만은 없다. 스킬 설명 부족이야 그 사람들도 어쩔 수 없는 일이었다고 했고. 사슴 놈만 어떻게 해 줬으면. 뿔 진짜 잘랐을까.

"지금으로서는 그냥 내 할 일 하며 살면 그만이야. 따로 해야 될 일도 없어. 기껏해야 좀 부담되는 정도? 오늘도 내가 궁금한 게 있어서 가 보려는 거고. 혹시 너도 물어보고 싶은 거 있냐?"

대답해 줄지는 모르겠지만. 사실 이번에도 저번처럼 대화할 준비가 되어 있을지는 알 수 없다. 그냥 한번 찾아가 보는 거지.

"…물어보고 싶은 거야 너무 많아서 고르기 힘들 정도지. 나 말고 다른 사람들도 마찬가지일걸."

"하긴 석하얀 씨에게 말해 주면 눈을 번뜩이며 석 달 열흘쯤 읽어 내려야 할 질문지 더미를 가지고 올지도."

그쪽 팀원들이 단체로 만세 삼창이라도 하며 기뻐 날뛰는 모습이 절로 눈앞에 그려진다.

"형, 저주 저항도 L급이야?"

유현이가 문득 물어 왔다. 그때 독 저항 말고는 등급까진 자세히 말 안 해 줬던가.

"응. 다른 사람에겐 말하지 마라. 너야 알아서 잘하겠지만."

독 저항은 그렇다 쳐도 저주 저항 등급은 들키면 진짜 귀찮아진다. 지금도 인벤토리나 계약을 비롯해 쓰이는 곳 많은 게 저주 스킬인데 앞으로는 더 다양하게 이용될 예정이다. 그런데 S급도 아니고 무려 L급 저항 스킬이면 나를 묶을 수 있는 저주 스킬은 없는 것이나 마찬가지였다. 그것도 스킬 영향 범위 내에 드는 다른 사람까지도.

"걸리면 S급이라고 해 둘 거야."

환경상 끝까지 들키지 않는 건 무리고, S급 저주 저항이면 사람 하나 커버할 정도로 범위가 넓진 않은 데다가 나 하나야 스탯 F짜리니 크게 신경 안 쓰겠지. 리에트도 그 정도로 알고 있을 테다. 어쩌면 더 낮게 예상하고 있을 수도 있고. 아직 스킬 사용 능력이 떨어져서인지 저렴하게 만든 것인지 리에트의 계약서 등급은 B였으니까.

"그 정도면 계약서 쓸 때만 조심하면 등급 들킬 일 없을걸. 계약서도 S급짜리 찢어 버리는 짓만 안 하면 티 안 날 거고."

헌터의 저주 스킬이야 조건 수락만 아니면 등급 대비 효과가 낮으니 문제없다. 내가 뭐 공격형 저주 스킬 주렁주렁 달고 있는 몬스터 잡으러 갈 것도 아니고.

"그래도 네가 SS급 이상 저주 풀어야 할 일 있으면 도와줄게. 성녀님도 S급까지밖에 커버 못 하잖아."

들키면 평화로운 은퇴 계획이 좀 더 멀어지기는 하겠지만. 예림이한테도 말해 둬야 하나, 고민이네. 독과 달리 저주는 불법 계약서만 조심하면 되니 괜찮으려나.

"계약서는 SSS급까지 막아 줄 수 있겠네."

"당사자가 동의한 조건 저주는 한 단계 위의 저항이나 해주 스킬로만 막을 수 있으니 그렇겠지. 어차피 아직 SS급도 없지 않나?"

"없지."

어쩐지 대답하는 목소리가 시들하다. 있나? 내 기억으로는 없지만 모를 일이긴 했다.

그러는 사이 던전 건물에 도착했다. 나는 푸른색 게이트 앞에 멈춰 서고 유현이가 먼저 들어갔다. 10분쯤 기다렸다 따라 들어가기로 했는데.

"···유현아?"

유현이가 도로 게이트 밖으로 나왔다. 살짝 당황한 표정으로.

"…혹시 우리가 던전을 잘못 찾아온 건가?"

"아니, 맞는데? 애초에 다른 던전이었으면 건물 안에 들어오질 못했겠지."

게이트 옆 벽에 붙어 있는 일련번호도 오기로 한 던전의 것이 맞았다. 일련번호 아래로 사막환경 D급이라고 적혀 있다. 유현이도 그것을 보곤 멍하게 중얼거렸다.

"눈이… 내리던데."

"…눈?"

"눈 덮인 숲이었어. 몬스터도 안 보이고."

…던전 환경이 바뀌었단 소리는 또 처음 듣는다. 혹시 시스템분들과 관련 있는 건가.

"나도 들어가 볼게."

"안 돼. 위험할지도 몰라."

"게이트 열려 있잖아. 이것도 있고."

샬로스의 구슬을 꺼내 저번의 팔찌와 같은 효과라고 하자 승낙을 한다. 하여간 까다로운 놈. 유현이가 먼저 안으로 들어가고 나도 피스를 안아 든 채 게이트를 넘어섰다.

"정말로 겨울 숲이네."

새하얗게 눈 덮인 고요한 숲이 눈앞에 펼쳐졌다. 마치 크리스마스카드 속 그림 같았다. 희뿌연 하늘에서 눈송이가 사락사락 떨어져 내린다. 잠시간 보일 듯 말 듯 작게 흩날리더니, 이내 그쳐 버렸다.

"좀 춥다."

"냉기 저항 붙은 건 없는데. 상쇄하기 쉬워서."

예림이가 들으면 투덜거릴 소리로군. 그러면서 코트를 꺼내서 내게 걸쳐 주었다. 이어 불도마뱀이 다가와 내 목에 감기고 피스까지 커져서 감싸듯 기대와 주자 금방 추위가 가셨다. 눈에 신발이 젖는 것까진 어쩔 수 없었지만.

숲 안쪽으로 조금 더 들어가 봤지만 여전히 주위는 조용하기만 했다. 몬스터가 없는 던전이라니. 역시 이상하다. 심지어 인사 메시지창도 뜨지 않았다.

나가는 게 좋으려나 싶던 그때.

콰득!

"유현아!"

소리도 없이 날아온 날카로운 얼음 창이 한유현의 팔뚝을 꿰뚫었다. 팔을 노린 것은 아니었다. 정확히 머리를 향한 것을 팔로 막았다.

불길이 팔을 휘감으며 얼음을 순식간에 녹인다. 동시에 유현이가 발끝으로 쌓인 눈을 강하게 걷어찼다.

촤악-.

거대한 파도처럼 앞으로 십수 미터 덮쳐든 눈이 다시 바닥으로 쏟아져 내린다. 하지만 일부는 공중에 둥둥 떠 있다. 아니, 투명한 무언가에 쌓였다. 이 미터가량 높이의, 사람과 비슷하게 머리와 어깨의 형태를 가진 것에.

"은신 스킬 등급이 높아. 절대 D급은 아니야."

유현이가 포션병을 열며 나직이 말했다. 샬로스의 구슬은 이미 꺼내 들었다. 이어 떡잎 스킬을 썼다.

```
장난감 병정 6호 - S급
계약자 - □□□□□
```

'…정령?'

유현이의 불의 정령 때와 비슷한 상태창이 떴다. 그보다 S급에 6호? 설마 1~5호도 있다는 건가. 어쩌면 그 이상도…….

최대한 빨리 게이트로 탈출해야겠다는 결론을 내리는데.

[죄송해요오오~~.]

메시지창이 떴다. 이거 설마.

"…유현아, 잠깐만 기다려 봐."

내가 구슬을 쓰면 바로 공격할 태세 만만이던 유현이가 의아해하는 눈빛을 보내왔다. 이어 메시지창이 다시 뜨며 저 멀리서 무언가가 통통 튀어 오는 게 보였다.

[애들이 허니 동생을 공격할 줄은 몰랐어요~~.]

통통통, 눈코입이 그려진 배구공이 다가온다. 유현이가 눈살을 조금 찌푸렸다. 아니, 웬 배구공인가 싶지만 그 전에.

"죄송하다면 답니까? 남의 동생 팔에 구멍 내 놓고선!"

배구공에 그려진 동그란 눈이 ㅠㅠ 모양으로 변했다. 웃고 있던 입도 쭈글쭈글해졌다.

[허니 동생 잘못도 있는데…….]

"잘못? 갑자기 공격해 오더니 떠넘기기까지 해?"

바로 앞에까지 온 배구공을 붙잡고 짤짤 흔들었다. 어디서 말도 안 되는 변명질이냐.

[아뇨, 그게요…….]

"너, 신입이지."

[윌슨인데요!]

…윌슨? 그건 또 누구냐.

[…신입 맞아요ㅠ0ㅠ]

역시 맞잖아. 아무튼 적은 아니다.

"유현아, 이거 시스템-."

시스템 쪽이니 괜찮다고 말해 주려고 고개를 돌리자 어느새 몇 발짝 물러서 있는 유현이가 보였다. 그것도 당황해하는 표정으로. 피스도 마찬가지였다. 나를 애처롭게 쳐다보며 허공을, 투명한 벽 같은 것을 박박 긁고 있었다.

[대화를 들으면 곤란해지잖아요.]

"그래도 설명은 해 주고 내보내야죠."

소리는 안 통하는 모양이고, 메모장과 펜을 꺼내려는데 인벤토리가 작동되지 않는다. 하는 수 없이 쪼그려 앉아 눈 위에다 괜찮다고 적어 주었다. 손 시리다. 그나마 도마뱀은 아직 목에 감겨 있어서 다행이지.

"공격은 왜 했고 여기는 또 뭡니까?"

[그건요, 허니 동생이 서로 언급하지 않기로 한 누군가들과 관계가 있어서예요. 여긴 허니를 위한 던전이랍니다. 게이트 앞에서 노크를 세 번 하면 이쪽으로 들어올 수 있어요. 열심히 만들었죠!]

"노크한 기억은 없습니다만."

[처음에는 그냥 들어와야 알려 주죠. 언급할 수 없는 쪽이 최근에 간섭을 좀 크게 해서 만들 수 있었어요.]

언급을 못 한다니 당최 알아들을 수가 없었다. 게다가 유현이랑 관계가… 잠깐만. 예전에 유현이가 했던 엉뚱하고 수상쩍은 소리가 퍼뜩 떠올랐다.

"…그 언급 어쩌고가 혹시 사이비 종교 같은 겁니까? 유교 같은?"

유교는 사이비가 아니지만. 내 질문에 신입은 아무런 대답도 하지 않았다. 말 못 하는 거 보니 맞구만.

[아무튼 여기는 청소를 잘해 놨으니까 위험한 일은 생기지 않을 거예요. 오래 열어 둘 수는 없지만요. 한 30분쯤?]

이미 십 분은 지난 거 같은데. 빨리 물어봐야겠다.

"그 사이비 종교는 많이 위험합니까? 저한테 S급 모으라고 한 이유는 아직 설명 못 해 줘요? 제 일 대신해 줄 수 있는 다른 사람은 없고요? 혹시 일본 쪽에 스태미너 포션 재료 나오는 던전 빨리 나오게 할 수는 없을까요. 그리고 삐약이라고 새끼 새 몬스터가 있는데 상태창 정보가 제대로 안 뜹니다. 키워드 적용은 되지만 테이밍이나 내새끼 스킬 적용도 안 되고요. 또-."

[잠깐만요! 위험, 위험은… 지금 수준으로는 괜찮아요. 자세히 설명하면 더 위험해져서 안 되고요. 허니를 대신해 줄 사람은… 아직은 없네요. 하지

만 허니가 찾아낼 수는 있지 않을까요? 그럼 좋을 텐데!]

찾아낼 수 있다고? 나와 비슷한 특수 스킬 가진 사람 말인가.

[스태미너 포션 재료… 아, 여기요. 보름 전후로 나올 수 있게 조정해 볼 게요. 삐약이요? 어… 음… 어……? 키워드 적용 되었다고요?]

"네."

[…안 보이는데요?@△@??]

안 보인다고? 상태창… 도 안 열리네. 하지만 분명 삐약이도 있었다. 등급은 □로 표시되었지만.

[이상하네. 가지고 오면 확인해 보고 삭제 처리 해 드릴게요.]

…미친?

"됐습니다!"

시발, 삭제 처리라니 미쳤나 진짜. 삐약이를 던전에 데리고 올 일은 절대로 없을 거다. 애가 버그 좀 있을 수도 있지 뭘 삭제야, 미친.

"그리고 최근에 S급 던전 첫 공략 보상이 회귀 전과 달라진 일이 있었습니다만, 원래 그럴 수도 있는 겁니까?"

[혹시 소모품이에요?]

"예."

[소모품이면 사용되었기 때문이에요. 아이템은 물론이고 다른 것도, 예를 들면 죽은 것도 다 잘려 나갔거든요. 똑같은 게 여럿 있으면 대체하지만 없으면 다른 아이템을 넣어 놓았죠.]

"…잘려 나갔다고요?"

[네. 회귀가 원래 그렇잖아요. 참, 허니는 잘 모르겠구나. 회귀를 해도 대상은 허니 한 명뿐이기에 남은 건 그대로예요. 5년의 시간이 흘러간 세계는 그대로 두고, 허니만 다시 5년 전으로 돌아온 거죠.]

순간 속이 메슥거렸다. 그대로라니. 그게 다, 그대로 남았다고. 없어진 게 아니라?

"남은, 건, 그럼……."

[당연히 그냥 두면 안 되죠. 그대로 두면 같은 세계가 둘이 되는 셈인데. 그래서 전부 현재와 겹쳐지게 돼요. 기본적으론 동일하니까 욱여넣어도 별문제 없거든요. 사과나무에다가 사과나무의 정보를 넣어도 변함없이 그대로 사과나무인 것처럼요. 다만 던전은, 특히 상급 던전은 허니 세상과 좀 달라서 겹쳐진 영향을 받게 되고, 그래서 난이도가 더 빨리 상승하게 되는 거예요. 음, 이 정도는 말해 줘도 괜찮겠죠!]

"…겹쳐졌다는 건, 결국 사라지긴 한 겁니까?"

[말하자면 같은 이름의 파일을 덮어쓰기 한 셈이니까 사라졌다고도 볼 수 있겠죠? 사실은 합쳐진 것이지만 그 사실을 느끼지도, 알아채지도 못하니 사라진 것이나 마찬가지예요. 아아주 예민한 사람은 괴리감을 느낄 수도 있겠지만 보통은 몰라요.]

덮어쓰기. 나는 미래의 파일을 과거의 파일에 덮어쓴 거고, 다른 사람들은 그 반대라는 뜻인가. 그렇기에 미래의, 없어졌을 거라 생각했던 일들로 비롯된 칭호가 그대로 남아 있었던 거였구나.

나는 미래의 파일 그대로니까.

"그럼 현재 시점 이후에 태어난 사람들은, 그리고… 죽은 사람들은. 그, 잘려 나갔다는 게…….''

[현재 정보는 없으면서 회귀 전에 사망하지 않은 생명의 정보는 사라지지 않았어요. 이건 설명하자면 조금 복잡한데, 겹쳐진 영향이 아예 없는 건 아니라서 결국은 대체로 비슷하게 태어나고 최소한 대체할 정보는 나오게 되거든요.]

메시지창이 계속해서 이어졌다.

[반면에 사용되어 사라졌거나 죽은 생명은 회귀 전에 이미 제외되어 버린 거라서요. 가령 A라는 사람과 B라는 사람이 있다고 해요. 1년 차에는 A와 B 모두 존재하죠. 하지만 5년 차에는 A는 그대로 있지만 B는 죽어 버렸어요. 이때 1년

차와 5년 차가 합쳐지게 되었는데, 5년 차의 A는 존재하지만 B는 죽어 정보가 사라진 거죠. 존재하는 5년 차 A는 무사히 1년 차 A와 합쳐지게 되겠지만, 5년 차 B는 이미 삭제된 정보로 처리되어 허니의 세상에서 잘려 나가는 거예요.]

"그러, 니까. 5년째의 B가."

5년 후의, 스물다섯 살의 유현이가.

"죽은, 상태라면. 그러면 살아 있는 사람과 다르게, 지금 이곳으로 돌아올 수 없다는… 거라고요?"

잘은 모르겠지만, 중요한 건 그 부분이었다. 배구공이 고개를 끄덕거리듯 흔들렸다.

[네. 허니가 회귀하기 전에 잘려 나가 떨어져 나간 거니까요. 그 시점에선 허니 세계에 속해 있지 않은 거예요. 그런 삭제된 정보를 1년 차의 멀쩡한 정보와 합칠 순 없잖아요? 말씀하신 아이템의 경우엔 1년 차 정보도, 5년 차 정보도 없으니 아예 나타나지도 못한 거고요.]

삭제된 정보. 머릿속이 어지러웠다. 1년 차 B도 B다. 단지 5년이란 시간이 지워졌을 뿐일지도 모른다. 그렇게 생각하면서도 어쩔 수 없는 후회가 고개를 들었다.

잘려 나갔다니.

"…그냥 살렸어도 좋았을 텐데."

[네? 어, 설명이 좀 어렵죠? 자세히 가르쳐 드리기엔 너무 많이 알려 드려야 해서 힘들어요8ㅅ8]

"아뇨, 괜찮습니다. 충분해요."

더 자세히 알고 싶은 마음도 없다. 이제 됐다고 하자 오 분쯤 뒤에 원래 던전으로 돌아갈 거라는 말을 남기고 배구공이 사라졌다.

"형, 괜찮아?"

– 캬흥.

유현이와 피스가 곁으로 다가왔다. 고개를 들어 동생을 올려다보았다.

"물론 괜찮아. 그냥 대화만 나누었을 뿐이니까. 아, 오 분 뒤에 원래 던전으로 돌아간다더라."

"…표정은 별로 안 좋은 거 같은데."

"추워서. 그래서 그래. 안아도 돼?"

"나보단 피스가 더 따뜻할걸."

이상하다는 듯 말해도 거절하진 않는다. 팔을 뻗어 동생을 끌어안았다. 확실한 온기가 느껴졌다. 이거면 된 거 아닐까.

동생은 이곳에 있다. 분명히 존재한다.

"넌 나보다 일찍 죽지 마라."

"갑자기 무슨 소리야?"

"피스 너도 마찬가지고."

이번에는 피스의 목을 끌어안았다. 역시 피스가 더 따뜻하긴 하구만.

원래는 유현이 스킬을 봐줄 생각이었지만, 그러려면 자연히 회귀 전 일을 떠올려야만 했다. 그게 조금 힘겨워서 감기 기운이 있다는 핑계로 던전만 빨리 깨고 돌아왔다. 추운 데 꽤 오래 있어서 그런지 실제로 좀 으슬으슬하기도 했고.

"독 저항 끄고 먹어. 끌 수 있어서 그나마 다행이지, 스탯 F면 면역력은 비각성자와 별 차이가 없다더라."

나를 침대에 밀어 넣은 동생 놈이 감기약과 물컵을 내밀며 말했다. 약 먹을 정도는 아니었지만 순순히 받아 삼켰다. 독 저항 끈 거 잊지 않도록 휴대폰 첫 화면에 메모도 해 놓았다. 공포 저항은 한동안 집에서도 끄지 말아야지. 우울 저항 같은 건 아니지만 도움이 되긴 될 거다.

"너도 어릴 때는 감기 걸리곤 했는데."

"마지막으로 감기 걸린 지 오 년은 더 넘었을걸?"

물컵을 치우는 유현이를 멍하게 쳐다보았다. 회귀했으니까 지난 5년은 없어졌다고 생각했다. 그런데 사실은 다른 세계로 분리되어, 지금 시점의 세계와 합쳐졌다고 한다.

하지만 이미 죽은 내 동생은 그것이 불가능했다. 합쳐지지 못하고 사라졌다.

'…없어진 거나 사라진 거나 별 차이도 없을 텐데.'

그런데도 뒤통수를 강하게 맞은 것 같은 기분이다. …머리보다는 가슴일까. 배구공의 단어 선택이 문제일지도 모르겠다.

삭제되었다도 그렇지만 잘려 나갔다가 뭐냐. 자꾸 버려진 것 같은 기분이 들잖아. 그 던전에서, 내가 눕혀 놓은 그대로, 아직도 그대로 있을 것만 같아서. 차갑고 딱딱한 바닥이었는데. 그렇게 빨리 회귀하지 말걸. 독 저항도 생겼었는데. 좀 더 있어도 괜찮았는데.

- 삐약.

손에 부드러운 것이 닿았다. 나를 올려다보는 동그랗고 까만 두 눈이 보인다. 손을 들어 삐약이를 쓰다듬었다.

상념은 많았지만 지금의 이 현재가 더 중요하다.

"유현아, 그 사이비 종교라는 거 정확히 뭐야?"

"나도 잘 모른다니까."

"아는 대로라도 말해 봐."

유현이가 목을 비스듬히 기울이며 나를 바라보았다.

"갑자기 왜 그래? 뭐 이상한 소리라도 들은 거야?"

"이상한 소리… 라고 해야 하나."

회귀할 때는 조용히 살 생각이었다. 어쩌다 보니 이런저런 일들이 눈덩이 구르듯 커졌지만 기본적인 마음가짐에는 변함이 없었다. 시스템이 접촉해

온 뒤에도 여전히 느긋한 편이었다.
 나만 얌전히 있는다면 별다른 문제 없었을 5년을 알고 있으니까.
 "그냥 너와 관계 있다는 정도."
 "관계야 당연히 있지. 하지만 형이 신경 쓸 정도는 아니야. 얼른 자."
 그렇게 말하곤 나가 버린다. 문이 닫히고 피스가 침대 위로 올라왔다. 피스를 쓰다듬어 주며 생각을 정리했다.
 '서로 언급하지 않기로 했다, 라는 건 시스템 제작자들과 비슷한 수준은 된다는 뜻이겠지.'
 그냥 사이비 종교가 아니라. 그런 수상쩍은 놈들이 유현이와 관계가 있다. 심지어 이미 간섭을 했다. 시스템 제작자들이 나를 위한 던전을 만들 수 있을 정도로.
 무엇보다도, 이번에 말한 간섭은 회귀 전과는 다른 진행일 것이다.
 두 달이 채 안 되는 시간 동안 많은 것이 바뀌긴 했지만 긍정적인 방향이라고 생각했다. 나라는 장애물이 사라지고 오히려 도움을 주고 있으니, 당연히 유현이는 훨씬 더 빠르고 수월하게 성장할 것이라고.
 아무 문제 없이. …아무 문제 없어야지. 이번에는.
 이번에는.
 휴대폰을 들었다. 잠깐 미간을 좁혔다가 전화를 걸었다. 얼마 지나지 않아 익숙한 목소리가 들려왔다.

[웬일로 먼저 전화를 다 하는 거지.]

"물어보고 싶은 게 있습니다."
 성현제. 이 인간이라면 아는 게 있을 거라는 확신이 들었다. 회귀 전의 행보만 보아도 수상한 점이 많았던 남자다. 갑자기 한국에서 물러난 것도, 얼마 지나지 않아 행방이 묘연해진 것도.

믿을 만하냐고 묻는다면 모르겠지만, 호랑이 굴에 들어가야 남은 터럭이라도 만져 보지.

"유교 같은 사이비 종교에 대해 알고 있습니까?"

대답 대신 나직한 웃음소리가 돌아왔다. 그것을 듣자마자 제대로 짚었다 싶었다.

[종교 권유라도 받았나?]

"아니요. 개인적인 호기심입니다."

[한유진 군의 개인적인 호기심이라면, 도련님 관련이겠군.]

"알면서 굳이 확인하지 마시고 대답부터 해 주시죠."

[평소보다 날이 섰군. 애지중지하는 형님 괜한 일에 끌어들였다간 도련님이 화낼 텐데.]

"제가 화내는 건 괜찮습니까?"

짧은 침묵 뒤, 흥미 깃든 목소리가 흘러나왔다.

[그럴 리가. 가진 걸 강가 조약돌처럼 흩어 놓기만 하더니, 무슨 바람이 분 건지. 우리 한유진 군이 어린 도련님보다야 훨씬 위험하지. 말해서 무엇 할까.]

성현제의 말대로다. 나는 내내 손 놓고 있었다. 쓸데없이 예리한 이 남자가 생각하는 것 이상으로.

마음만 먹으면 얼마든지 세력을 키워 나갈 자신이 있다. 이미 자리는 잡혔다. 블루를 성장시키면 피스를 제외한다더라도 내 소속인 S급이 둘이다. 그에 더해 유일한 아이템 제작자인 명우도 있다. 또 다른 S급인 윤윤을 정식으로 데려오는 것도 어렵진 않을 터다.

뿐만일까. 다른 S급 헌터들에 대한 정보도 차고 넘친다. 특수 스킬 헌터도 얼마든지 키워 낼 수 있다. 계약으로든 또 다른 무엇으로든 헌터들을 묶어 놓기도 쉽다. 던전에 대한 정보에 아이템도, 그 밖의 다른 많은 것들도. 휘두를 수 있는 무기는 많고 많았다. 심지어 시스템 제작자들에게 부탁하여 내게 유리하게 던전 출현 시간을 맞출 수도 있지 않은가.

하지만 나는 그냥.

유현이가 성장하는 것을 보고 싶었다. 다시 한번, 5년 후의 내 동생을. 그리고 그 이후의.

이번에는 순수하게 뿌듯해하고 감탄하며 지켜볼 수 있을 텐데.

"그럼 말씀해 주시죠."

[말로는 설명할 수 없고, 보여 줄 수는 있을 듯하네만.]

말로 할 수는 없다, 라. 사이비 종교도 시스템 측처럼 정보를 누설하지 못하게 제재하기라도 한 모양이다. 어쩌면 유현이도 잘 모르는 게 아니라 입막음당한 것일지도.

"그것도 나쁘진 않죠. 어떻게 보여 주실 겁니까?"

[그때 그 팔찌와 공격 스킬 효과 두 배 공유를 준비해 두게. 그리고 노아도.]

"전부 준비되었다고 치고, 다음은요?"

[미끼를 물기 위해 S급 던전엘 들어가야지. 그 전에 날뛰는 도련님부터 진정시켜야 하겠지만.]

…하필 S급 던전이냐. A급 정도라면 설득할 수 있을 텐데 S급은 좀. 게다가 던전이라는 것도 꺼림칙하다.
"A급 이하는 안 됩니까? 제 안전이 보장될지도 궁금합니다만."

[걱정 말게. 그쪽에서도 자네를 해칠 생각은 없으니까. 그건 확실해.]

목숨은 챙길 수 있다는 소리구만. 도하민과 윤윤에 대해 유현이에게도 말해 둬야겠다. 윤윤이 바로 연락이 될지가 문제지만, 중국 가서도 SNS 업뎃은 꾸준히 하고 있으니 괜찮겠지. 부하 찾으러 간 건지, 관광하러 간 건지. 중국은 SNS 차단되어 있을 텐데 잘도 관광 기록을 남기고 있다.
날 해칠 생각이 없다고 자신하는 이유를 물어보았지만 이번에도 제대로 된 대답은 들을 수 없었다. 시스템도 그렇고 입에 바느질을 해 놨나, 죄다 두리뭉실하다.

[던전은, 바꾸려면 핑계가 필요한데. A급 이하 던전에 한유진 군을 굳이 데리고 갈 이유가……. 데이트 신청이라도 해야겠군.]

…왜 갑자기 이상한 쪽으로 튀어 버리는 건데. 이 인간 진짜. 확 끊어 버리고 싶은 마음을 꾹꾹 억누르며 들어 보자 나름 그럴듯한 핑계긴 했다.

[저번 A급 던전에서 유적들에 꽤 흥미를 보였지 않나. 구경하기 좋은 곳을 한 군데 알고 있어. A급 하위 던전의 호숫가 성이지. 높은 탑이 여럿 솟아 있고 중앙의 가장 큰 탑은 훼손도 거의 되질 않았다네. 날씨도 좋고 비행형 몬스

터도 없지. 물속의 몬스터만 잠시 잊으면 관광지로 손색이 없는 풍경이야.]

"S급 헌터가 관광 가이드라니, 사치스럽군요."

[그러게 정성이 대단하지 않나? 한유진 군을 위해 내가 이 정도까지 해 줄 수 있다는 거지.]

잘나셨어, 정말.
 아무튼 약간의 억지를 덧붙이면 이삼일 놀러 갔다 올게, 할 수 있는 수준이다. A급이라도 하위에 비행 가능한 노아가 있으니 빠르면 이틀 안에 나올 수 있겠지. 물속에 몬스터가 몰려 있는 식이라면 더 빠를 테고. 전기에 독. 수중을 분탕 쳐 놓기 딱 좋은 속성이다.

"인원이 더 늘어나는 건 안 되겠지요."

[A급 헌터 몇 정도는 괜찮겠지만 도련님은 안 돼. 감당해 볼 만해야 찔러 주지 않겠나. 노아도 약간 불안하지만 안전상 어쩔 수 없으니.]

적당한 인원으로 던전에 들어가면 그쪽에서 접촉해 올 거라 이건가. 대충 봐도 위험한 방법이긴 하다. 성현제가 그쪽과 손잡지 않았으리란 법도 없고. 말하는 내용을 보면 유현이보다도 관계가 깊은 것은 확실했다.
 '윤윤이 도깨비왕이 되지 않았더라면 뛰어들기 꺼려졌겠지만.'
 목숨만 붙어 있으면 구해 주겠지. 혹여 날 죽일 생각이라면 이런 수고까지 들일 필요는 없을 것이다. 호랑이가 토끼 사냥에 최선을 다하는 것도 정도가 있지, 함정까지 공들여 설치하겠는가. 그냥 툭 치면 죽는데.

"그럼 기대하고 있겠습니다."
 전화를 끊고 휴대폰을 던지듯 내려놓았다. 알아내면, 그다음은 어떻게 할까. 배구공의 말과는 다르게 위협적이라면.

상태창을 열고 칭호를, 스킬 목록을 들여다보았다.

┌─────────────────────────────────────┐
│ 마지막 보은(L)   │
└─────────────────────────────────────┘

키워드 감화 대상이 사망할 시 대상의 스킬과 능력치를 두 배로 전이받는 스킬. 보은이라니, 새삼 어이없어지는 이름이었다. 보은 소리 할 거면 기억 전이라도 없애 주든가. 완벽한 양육자 칭호 스킬 이름은 사슴 놈이 지었다고 했지만 이건 아닐 거라는 생각이 들었다. 양육자 칭호 스킬인 마지막 보답에서 약간 바뀌기만 했을 뿐이기도 하고.

'…A급으로도 충분하겠지.'

공격 스킬 효과 두 배도 있으니까. 그리고 A급 수준을 적용받으면 S급까지 구할 수도 있을 것이다. 송태원이 언급한 특수격리소를 떠올렸다. 상급 헌터에게 달콤한 사회임에도 특별한 처리까지 받아야 하는 범죄자. 쓸 수는 있겠지. 스킬 이름들을, 키워드를 생각하면 정말 웃기지도 않는 아이러니함이지만.

─ 삐약삐.

한참을 스킬창만 바라보고 있자 무릎 위의 삐약이가 고개를 갸웃갸웃거렸다. 불현듯 상태창을 닫고 삐약이를 내려다보았다.

"괜찮아."

─ 삐약.

"삐약이 너도 괜찮을 거야. 던전에는 실수로라도 들어가지 말고."

- 삐약삐약!

사랑스럽게 벌어지는 노란 부리도, 동글동글 보드라운 몸뚱이도 눈에 넣어도 안 아플 거 같다. 어떻게 이렇게나 귀엽게 태어났을까, 우리 삐약이. 배구공 그 새끼, 진짜 여러모로 마음에 안 든다.

"아빠가 너 하나 못 지켜 주겠냐."

물론 다른 애들도. 무슨 짓을 해서라도.

5장 전통극

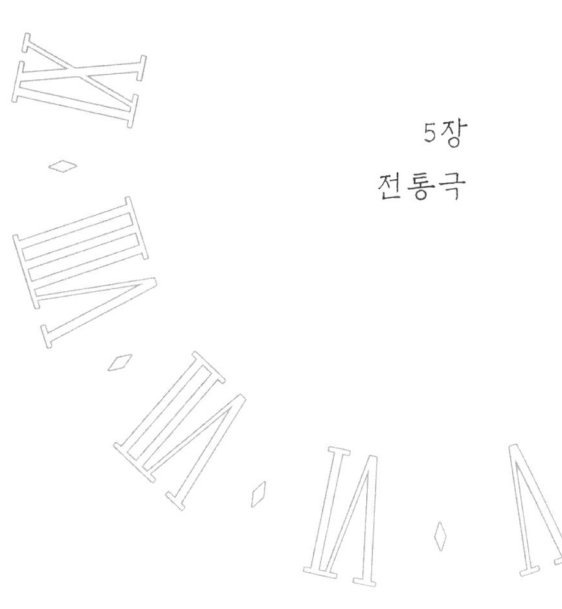

5장
전통극

　세성 길드장과 데이트… 가 아니라 관광 간다는 소리에 유현이는 당연히 반대했다. 저놈이 순순히 괜찮다 했으면 내가 더 놀랐을 거다.
　비행형 몬스터 없고 노아도 있고 독 스킬 독 저항에 구슬까지 줄줄이 늘어놓고 나서야 그럼 괜찮겠지, 가 나왔지만 당연한 수순으로 자기도 가겠다는 말이 따라붙었다. 그걸 또 좋은 말로 거절하느라 진땀을 빼야 했다.
　"그러니까 내가 실종되거나 하면 도하민과 도깨비에게 연락하면 돼. 바로 찾아서 무사히 빼낼 수 있으니 걱정 그만해라."

　[그렇다고 해도 너무 안이하게 생각하는 거 아냐? 그사이 무슨 짓을 당할 줄 알고. 형 저항 스킬이 좋은 건 알지만 만능은 아니잖아.]

　"만약 내 상태가 이상하면 나 데리고 아무 던전 게이트로 가서 노크 세 번 하게 하고 들어가. 시스템 관리자가 도와줄 거야."

아직 날 대신할 사람은 없다고 했으니 무슨 수든 써 주겠지. 이 정도면 거의 완벽한 대비다. 물론 죽으면 끝이지만.

유현이 녀석 설득하고 명우에게도 말해 두고 애들도 맡겨 놓고. 이런저런 정리 다 끝내고 노아와 함께 건물을 나섰다. 물론 노아에게도 네 탓이 아니란 말을 덧붙였다.

"이건 제 개인적인 일이에요. 노아 씨와는 관련 없습니다. 오히려 저 때문에 노아 씨를 번거롭게 만드는 거라 미안한걸요."

"아니에요, 전혀요."

세성 길드장과 던전에 들어간다는 말에 안절부절못하던 노아가 그제야 진정했다. 그런 그에게 샬로스의 구슬이 달린 목걸이를 효과 설명과 함께 건네주었다. 내 일에 휘말려 위험에 처할 수도 있으니까 대비를 해 줘야지.

"게이트석 있다고 했죠? 혹시 위험하다 싶으면 이걸 쓰고 게이트로 가서 탈출하세요."

"한유진 씨는요?"

"제 것도 있어요. 여기."

똑같은 목걸이 형태로 인벤토리에 여분이 하나 더 있다. A급 던전에 들어간다고 하자 명우가 쓰기 쉽게 목걸이로 만들어 주었다.

주차장으로 가자 성현제가 먼저 와서 기다리고 있었다. 답지 않게 들뜬 기색이다. 신이 난 거 같아 보이기도 하고. 차 문까지 직접 열어 주며 눈웃음을 짓는다.

"즐거운 시간이 될 것 같지 않나?"

"추가 비용 덕지덕지 붙는 옵션 관광이 아니길 바랍니다."

"팁 정도만 받겠네."

한 재산 넘칠 만큼 있으실 분이 뭔 팁이야. 나름 첫 해외(?) 관광이니 노 팁 노 옵션 원합니다.

투덜거리며 차에 올라탔다. 목적지는 A급 던전, 호수의 성. 아직 만나 보지 못한 국내 S급 헌터, 윤경수가 길드장으로 있는 수담 길드가 관리하고 있는 곳이었다.

차 트렁크에서 나오는 피크닉 바구니에 뭐 하자는 건가 싶어졌다. 진짜 놀러 오기라도 했냐. 하지만 노아가 은근히 들떠 하는 것을 눈치채고 입을 다물었다. 그래 뭐, 던전에 꼭 간편식만 가져가라는 법은 없고. 물론 이틀 안팎 예정이니 따로 짐을 챙기긴 했다.

피크닉 바구니를 든 성현제가 흰 코트를 꺼내 걸쳤다. 직물도, 가죽 재질도 아닌 비현실적으로 깔끔하게 하얀 옷이다. 저 인간이 쓰는 장비니 기본 S급은 되겠지.

반면에 노아는 브이넥 티도, 바지와 우리 세계 양식이 아닌 짧은 로브 가디건도, 전부 B급이었다. 물론 노아에게 S급 장비가 없는 건 아니었다. 옵션 좋고 잘빠진 레이싱 슈트도 가지고 있었지만, 문제는 전신 수화였다.

기억력을 짜내어 전신 수화용 특수 처리 하는 방법을 생각해 내긴 했는데 재료가 부족했다. 정확히는 A급 이상 장비 특수 처리를 할 재료가. 재료 수배를 해 놨으니 머잖아 구할 수 있긴 할 텐데, 성현제와 비교하니 괜히 미안해지네.

덧붙여 나는 물론 평범한 옷이었다. 마력과 정신력 장비야 챙겨 왔지만 의복 옵션은 방어 쪽이 기본이라 스탯 F로 선 A급 던전쯤 되면 입으나 마나 별 차이 없이 한 방에 골로 간다. 폭풍 속에서 비 막겠다고 신문지 펼쳐 드는 꼴이라고 할까. 저항류 제외 상급 스킬이 붙은 거라면 쓸 만하겠지만 그런 건 드물다. 게다가 스킬 붙은 상급 장비 생기면 던전 도는 애들 먼저 줘야지, 내가 쓰긴 아깝잖아.

'예림이 S급 풀셋 맞춰 주고 싶다.'

성한 씨도 장비 업그레이드해야 하는데. 역시 명우에게 읍소하는 게 제일 빠르겠지. 그 전에 지금 만들고 있는 무언가가 끝이 나야 하겠지만.

"이참에 전신 수화 상태의 전투 연습을 해 보는 것도 좋을 거예요."

A급 하위 몬스터니까 연습용으로 적당하다.

"하지만 유진 씨를 두고 자리를 떠나기엔······."

노아가 말끝을 흐리며 성현제를 힐끔거렸다. 경계심 가득한 시선에 성현제가 비스듬히 입술 끝을 올린다.

"곁에 있으면 지킬 수 있을 거라 생각하다니. 자신만만하군."

대놓고 긁어 대는 말에 노아의 눈빛이 사나워진다. 아니, 노아도 나름 S급이긴 한데, 음······. 짜증 나지만 성현제 저 인간이 유현이보다 강해서. 행방묘연해지기 전까지 랭킹전 1위 붙박이였고.

"괜찮아요, 노아 씨. 저 인간이 말은 저렇게 해도 절 해치진 않을 겁니다."

"세성 길드장을 믿을 수 있다고 생각하세요?"

"믿는다기보다는 자기 손해 볼 짓은 안 할 거라고 생각하는 거죠."

이렇게 단순한 함정을 팔 만한 남자도 아니다. 노아는 머뭇거리다가 고개를 끄덕였다. 이참에 내새끼 스킬을 쓰자 성장 속도가 두 배인 +200%로 적용되었다. 심지어 재사용 대기 시간도 15일로 반토막 났다. ···유현이 녀석도 어떻게 저주독룡종 수화 스킬 못 얻나. 되게 좋네.

아무튼 성현제 저 인간은 진짜.

"어른이 되어서 한참이나 어린 애를 비꼬는 게 재밌습니까?"

"어른스럽게 사지 멀쩡히 내버려두고 있지 않나. 한유진 군이 나를 좋은 어른이라 생각해 주는 건 영광이지만."

성현제의 말에 아차 싶어졌다. 나한테 가볍게, 장난스럽게 대해 온다 해도 진짜 그런 인간은 아니건만. 그가 제 뒤통수치고 도망간 거나 다름없는 노아에게 관대히 대해 줄 이유는 별로 없었다. 심지어 조금 전처럼 이까지 드러낸다면 더더욱.

"이번 던전에서는 좋은 어른인 척이라도 해 주시길 부탁드리겠습니다."

"누구 부탁인데 거절을 할까. 노력해 보지."

상냥한 척 웃지 마라, 정들라. 혹시 모르니 노아와 성현제를 둘만 두는 건 최대한 피해야겠다.

던전 건물로 들어서려는데 누군가가 다가왔다. 서른 초반쯤의 싸늘한 인상의 남자였다. 아니, 인상보다는 나를 향한 눈빛이 차갑다.

'저런 시선 받는 것도 오랜만이네.'

요샌 다들 친절하기만 해서. 노아도 리에트를 향한 거였지 내게 유감이 있었던 건 아니었고. 어쩐지 정겨워져서 남자, 수담 길드장 윤경수에게 미소로 답해 주었다.

"한번 뵙고 싶었는데 이렇게 마주치게 되어 반갑습니다."

내 인사에 윤경수가 입만큼은 웃었다.

"저야말로 먼저 찾아갔어야 했는데 인사가 늦어져 죄송합니다."

그러게 왜 연락 한번 없으셨을까. 이어진 대화는 의례적으로 평범했다. 수담 관리하 던전이니만큼 관련 이야기 조금 나오고 이런저런 안부 묻고 무사히 공략 끝내길 바란다는 정도였다.

다시 말해 길드장이 여기까지 와서 말할 내용은 아니었다. 너무 한가해서 산책이라도 하고 싶었을 수도 있겠지만.

던전에는 노아가 먼저 들어가 주위를 정리해 놓기로 했다. 성현제와 둘만 남게 되자 바로 궁금했던 것을 물었다.

"수담 길드장은 해연에 유감이 많은 모양이더군요?"

나한테 적의를 보일 만한 이유는 유현이밖에 떠오르지 않았다. 지금의 나야 거대 길드들의 보호하에 얌전히 몬스터나 키우고 있으니까. 수담 쪽과는 연락 한번 한 적 없고. 써먹기 좋은 스킬 보유한 스탯 F짜리에게 S급 헌터가 악감정 가질 이유는 별로 없지.

그러니 내가 아니라, 내 보호자에게 유감이 있다고 보는 편이 맞을 터다.

"윤경수가 도련님을 얕본 게 먼저였지. 그러다 호되게 물렸고."

"그럼 자업자득 아닙니까. 보기보다 속 좁은 사람이군요."

"도련님이 워낙 어리다 보니까 더 자존심 상한 거겠지. 윤경수도 나름 홀로서기를 하려고 접근했다가 되레 발판이 되어 밀려났으니 이를 갈 만은 해. 한유현이 자기 자리를 가로챘다고 생각하고 있을걸? 그래 봐야 이만 갈 뿐이지만."

브레이커나 MKC와 달리 스스로 길드를 만들려고 어려서 만만해 보이는 유현이를 이용하려다가 반대로 당했다, 이건가.

"유현이가 별말 없이 여길 보내 준 게 신기하네요."

"한유진 군에게만 별말 없었던 거지, 이미 한바탕했다네. 저번 납치 건 때도 혹시나 싶어 수담을 쥐 잡듯 잡아 놓았었고."

"그랬습니까? 같은 S급 헌터이니 반발이 심할 것 같은데… 혹 해연에 위협이 될 일은 없을까요."

회귀 전에는 별문제 없었다. 하지만 지금은 내가 있으니 유현이의 태도도 상당히 달라졌을 것이다. 납치도 이번 던전행도 원래는 일어나지 않았던 일이니까.

하니 전과 다른 과도한 억압에 윤경수가 독한 마음을 품고 해연을, 유현이를 공격할 가능성도 충분히 있을 것이다. 윤경수의 주요 스킬이 뭐였더라. 그리고 성현제는 왜 대답이 없어?

꽤 길어지는 침묵에 옆을 돌아보자 나를 유심히 관찰하는 듯한 시선과 마주쳤다.

"왜 그렇게 보십니까?"

"신기해서."

신기할 것도 많다. 사는 게 즐거우시겠어.

"굴복해 배를 까뒤집은 개가 다시 이빨을 드러내기란 그리 쉽지 않지. 확실하게 승기를 잡게 해 줄 무언가가 뒷받침되지 않고서야 얌전할 거야. 그걸 잘 알고 있기에 도련님도 윤경수를 살려는 두고 있는 거고."

"그래서 굳이 수담 소속 던전으로 온 겁니까? 뒷받침해 줄 무언가와 손잡지 않았을까 싶어서요?"

미끼 운운에 다른 길드 소속 던전행. 심지어 인원도 적다. 노리는 자가 있다면 이 기회를 놓치지 말고 공격해 와 주세요, 하고 경광봉 흔드는 거나 마찬가지다. 물론 S급 헌터가 둘이니까 적다고 하기엔 애매하지만 상대도 그 정도 전력은 된다는 뜻이겠지.

이거 역시 위험할 수도 있지 않을까. 하지만 노아에겐 구슬 챙겨 줬고 성현제야 알아서 잘하겠지. 아무 생각 없이 행동할 인간은 아니니.

"그럴 수도 있고, 아닐 수도 있고. 오늘 별일이 없다면 다음엔 MKC로 가 봐야겠지. 그리고 한신과 브레이커도 체크해 보고. 해연은 내가 알기론 확실하게 아니라네."

…수남으로 끝내자, 제발.

십 분쯤 지난 뒤 게이트 안으로 들어갔다. 이번에는 인사 메시지창이 뜨지 않았다. 내 전용 던전을 만들어 놓았으니 이제 평소엔 개입하지 않을 생각인 걸까.

푸른 하늘 아래에 드넓은 초원이 펼쳐져 있다. 눈부시게 새파란 하늘을 가로지르던 황금색 용이 공중에서 휙 몸을 틀어 내 앞으로 내려섰다. 착지하는 동작이 전에 비해 확실히 능숙해졌다. 금빛 몸에 휘두르고 있던 옅은 독기가 스르르 사라진다.

─ 근처에 있는 몬스터들은 전부 처리했습니다.

"수고 많았어요."

연회색 눈이 가늘어지며 미소 지었다. 드래곤 모습이다 보니 자꾸만 잘했다고 머리라도 쓰다듬어 줘야 할 거 같은 생각이 든다. 목도 좀 긁어 주고. 코메트는 뿔 사이 문질러 주는 거 좋아했는데 노아도 그럴까.

"1층의 몬스터를 전부 처리할 필요는 없으니 우선 호수 쪽으로 이동하지. 게이트에서 그리 멀지 않아."

성현제가 말했다. 그러면서 당연하다는 듯 노아에게로 다가간다.

"두 명이나 태우면 노아 씨가 힘들 것 같습니다만. 멀지도 않다니까 천천히 걸어오시죠."

"용종을 너무 만만하게 보는군. 제 덩치의 서너 배쯤 되는 몬스터도 가볍게 들고 날아오르니 걱정 말게나."

그냥 노아한테 댁 태우게 하기 싫은 건데 알면서도 저러지. 노아 씨, 제가 미안해요. 이번만 참아 주세요.

아직 활성화 상태에 놓인 게이트가 푸른빛을 발하고 있다. 닫히기까지 앞으로 이십여 분쯤. 게이트 에너지의 희미한 파열음만이 울리는 고요한 공간에 사람들이 하나둘씩 들어서기 시작했다.

MKC의 길드장 최석원과 수담의 길드장 윤경수를 중심으로 한 헌터들이다. 힐러와 보조계를 제외하곤 모두 A급 이상인 헌터가 열다섯 명. 거기에 S급 헌터 두 명이 더해졌으니 현존하는 던전은 그 어디든 수월히 공략 가능한 전력이었다.

그럼에도 불구하고 사람들의 표정에는 짙은 긴장감이 어려 있었다. S급 헌터인 최석원 역시 불안감을 완전히 감출 수 없는 기색이었다.

"이런 식으로 성현제와 다시 붙게 될 줄이야."

던전 브레이크가 빈발하던 시기, 브레이크 지역에서의 헌터 간의 전투는 잦은 편이었다. S급 헌터끼리야 그 수가 적은 만큼 맞붙는 일도 드물었지만 없지는 않았다. 최석원 또한 성현제와 맞붙은 적이 있었다.

싸움은 그리 길지 않았고, 최석원은 확실하게 패배했다. 메울 수 없는 간격을 느낀 그가 성현제에게 덤비는 일은 두 번 다시 없었다.

"성현제에 한유현, 그리고 문현아까지. 그 세 놈은 확실히 미쳤어."

최석원이 군소리처럼 중얼거렸다. 특히 뒤의 둘은 시비 걸 상대를 적극적으로 찾아다니기로 유명했다. 성현제는 그나마 자기 구역 밖으론 잘 나오지 않았지만 한유현과 문현아는 언제 어디서 재수 없게 마주쳐 버릴지 알 수 없었다. 물론 자기들끼리도 불꽃 튀기긴 마찬가지였다.

A급 이하는 시시해서인지 건드리지 않았지만, 다른 S급들에게는 재앙도 그런 재앙이 없을 지경이었다. 이름에 현 자가 들어가는 게 문제 아니냐는 헛소리도 나올 정도였다.

"벌써부터 겁먹은 건가. 한심하군."

윤경수의 이죽거림에 최석원도 지지 않고 비웃음을 던졌다.

"열 살은 더 어린 놈한테 꼼짝 못 하고 눈치만 살피는 것보다야 낫지."

"닥쳐."

"스탯 F급짜리가 눈앞에서 무방비하게 오가도 손가락만 쭉쭉 빨고 말 정도로 쫄아 있잖아. 그러니 한유현이 수담을 그냥 내버려뒀지."

이 가는 소리가 으드득 들려왔다. 얼굴은 흉흉하게 일그러져 있었지만 윤경수는 더 대꾸하지 않고 게이트를 노려보았다. 최석원의 말대로 그는 한유현에게 완전히 짓눌렸다. 운 좋게 S급으로 각성한 어린애. 그 짧은 평가가 공포심으로 바뀐 후부터 반항은 꿈도 못 꾼 채 속으로만 삭여 왔다.

"애지중지하는 피붙이를 손가락부터 하나하나 잘라 보내 주면 그놈 얼굴도 볼만해질 거다. 벌써부터 기대되는군."

"죽이지 말라고 했을 텐데."

"목숨만 붙어 있으면 되는 거 아닌가. 직접 보니 생각보다 더 한유현과 닮았더군. 그러니 더더욱—."

윤경수가 말을 끝맺지 못하고 두 팔을 교차해 얼굴 앞으로 들어 올렸다.

퍼억!

"큭!"

반사적인 가드에 날카로운 킥이 내리꽂혔다. 완벽한 자세로 막아 냈음에도 윤경수는 강한 통증을 느끼며 뒤로 밀려났다. 그런 그를 황금색 눈동자가 경멸 어린 비웃음을 담아 바라보았다.

"약해 빠진 것들이란."

들어 올렸던 다리를 내리며 리에트가 혀를 쯧 찼다.

"저보다 강한 상대에게 겁을 먹었으면 꼬리 말고 그대로 구석에 처박혀야지, 엉뚱한 사람에게 분풀이할 생각이나 해? 어쩜 저렇게도 한심할까. 그러고도 S급 전투 헌터랍시고 목에 힘주고 다녔겠지. 거시기 떼 버리지 그래? 응?"

"…젠장할."

윤경수가 이를 갈며 리에트를 사납게 노려보았지만 그뿐이었다. 접근해 온 것을 제대로 감지하지도 못한 상대다. 심지어 단 한 번의 공방으로도 힘의 차이가 확실하게 느껴졌다. 다른 때라 해도 쉽게 덤벼들지 못하겠지만, 지금은 더더욱 싸울 때가 아니기도 했다.

그런 남자의 모습에 리에트가 시시하다는 듯 입꼬리를 내렸다.

"아이 참, 정말 재미없네. 어쩌다가 이런 시시한 애들과 합류하게 되었을까."

뒷머리를 거칠게 긁적이다가 한숨을 푹 내쉰다.

"전용기 보내 준 건 고마웠어, MKC."

"천만에. 잘 부탁하지."

윤경수와 달리 최석원은 한결 안심하는 표정으로 리에트를 바라보았다. 이제야 좀 해볼 만하겠다 싶어졌다.

리에트는 몸을 휙 돌려 게이트 쪽으로 걸음을 옮겨 갔다.

"자자, 얼른 가서 일 끝내자고. 우리 자기 오래 기다리게 하면 안 되지."

그녀가 먼저 던전에 발을 들이고 남은 사람들도 하나둘 게이트 너머로 사라져 갔다. 실내는 다시금 침묵에 잠기고, 예정보다 이르게 게이트가 비활성화되었다.

"눈앞에 펼쳐진 호수는 면적 9.3㎢, 최고 수심 25m의 담수호로 대표적인 서식 생물은 3급 담수도롱뇽종인 아부스입니다. 붉은 점이 박힌 끈적끈적한 갈색 피부가 마치 독룡종처럼 보이지만 실제로는 독에 아주 약하죠. 일종의 위장술이라 볼 수 있습니다."

관광 가이드 씨가 설명했다. 작은 산을 낀 호수는 그림처럼 아름다웠다. 제법 멀쩡하게 남은 성까지 곁들여지니 던전이 아니라 유럽 관광이라도 온 것 같은 기분이 들었다.

"호수 면적과 수심까지 일일이 재 봤다니. 수담도 한가하군요."

"그냥 대충 말해 본 거네만."

"그러고도 팁 받을 생각을 하십니까."

"까다로운 관광객이로군. 이것이 바로 서비스업의 고충이라는 건가."

"그딴 헛소리를 들으니 온 마음을 다해 진상 고객이 되어 드리고 싶어지네요. 세성 고객센터 번호 부르세요."

"연결되었습니다. 말씀하시지요, 고객님."

더럽게 잘났음 꼬리표를 주렁주렁 매단 인간과 영양가 제로 헛소리나 주고받고 있다니. 세상 오래 살고 볼 일이다. 별로 오래 살지도 않았지만.

"뭐든 나타나긴 나타날까요. 너무 대놓고 빈틈 보여 주고 있습니다, 인데. 바보가 아닌 이상 눈치채지 않겠습니까."

성 가운데 유독 높게 솟은 탑을 바라보며 말했다. 이러다 진짜 관광만 하고 끝내는 건 아니겠지.

"눈치야 당연히 챘겠지. 다만 서로의 패를 모르니 유리할 거라고 생각하면 덤비는 거고, 아니면 넘어갈 테고. 슬슬 게이트가 비활성화될 시간이니 곧 알 수 있겠지."

성현제가 인벤토리에서 회중시계를 꺼내 확인하며 말했다. 던전 아이템이 아닌, 인벤토리에 넣을 수 있도록 던전 부산물로 특수 제작 된 시계다. 넘버링 9까지 있는 바쉐론의 헌터 컬렉션이었지, 저거.

"그쪽에서 흔들어 보이는 열매는 헌터로서는 거부하기 힘들 정도로 매력적인 것이라. 우리가 맞게 찾아왔다면 약간 무리해서라도 뛰어들기는 할 거야."

매력적인 열매라. 시스템 제작자들과 비슷한 족속이라면 일종의 정보 같은 것일까. 좋은 아이템이나 칭호를 얻을 수 있는 방법 정도만 알려 준대도 침 흘릴 헌터는 많을 것이다.

"그래서 세성 길드장님께서도 그 열매 받아 잡수셨습니까?"

"준다는데 거절할 이유는 없지."

"공짜는 아니었을 텐데요."

"그게 애매하단 말이야."

성현제가 고개를 갸웃 기울였다. 그답지 않게 영 감이 안 온다는 표정이다.

"아직까지는 받아먹기만 한 거나 마찬가지니 앞으로 사오 년 정도는 이어질 관계다 싶었는데, 갑자기 태도가 바뀌었어. 나도 슬슬 질리던 참이니 나쁠 건 없지만… 내가 그렇게나 허술했나."

두루뭉술한 말이었지만 대략 성현제는 사이비 종교인지 뭔지를 적당히 뜯어먹다가 팽할 생각이었던 모양이다. 그런데 예상보다 빨리 덜미를 잡혀서… 잠깐만.

'…시스템 제작자들은 회귀 전의 세계를 기억하고 있었지.'

그럼 사이비 종교 역시 미래 정보를 알고 있을지도 모른다. 성현제가 자신들을 배신한다는 사실을. 사오 년쯤 이어질 관계라 하였으니 행방이 묘연해졌을 때가 딱 배신하고 사라진 시기가 아닐까.

'그래서 과거로 돌아온 지금 태도를 바꾸어 성현제를 처리해 버리고 싶어 하는 건가.'

이거 조금 미안해지는데. 나만 아니었으면 걸릴 일 없었을 테니까. 하지만 사이비 종교가 이상한 낌새를 보이지 않았더라면 성현제도 내게 입을 다물었을 것이다. 내 물음에 아무렇지도 않게 모르는 일이라고 하며 넘어갔겠지.

─ 한유진 씨!

그때 몬스터 잡으러 갔던 노아가 빠른 속도로 이쪽으로 날아왔다. 바로 내 앞을 향해 급하강하는 것에 밀려들 풍압을 대비하는데, 5미터쯤 되는 높이에서 인간으로 돌아오더니 가볍게 내려선다. 처음엔 수화 푼 직후에는 몸을 잘 못 가누었는데, 이젠 모드 변화가 무척이나 자연스럽다. 기특하기도 해라.

"사람들이 이쪽으로 오고 있습니다."
"몇 명쯤 되는데요? 아는 얼굴이 있었습니까?"
"열일곱 명에, 던전에 들어오기 전 마주친 남자가 섞여 있었습니다. 그리고 MKC 길드장도요."

수담의 운경수에 MKC 최석원이라. 일단 S급이 둘이네. 어쩔 거냐는 표정으로 성현제를 돌아보았다. 나와 눈이 마주친 성현제가 눈매를 휜다.

"관광 코스에 잡상인이 끼어들지 않으면 아쉽지. S급 천연 라텍스 매트리스가 딱 두 개 남았다네."

"노 옵션이라더니. 라텍스 안 사요."

"동생 기념품 정도는 챙겨 주지 그러나."

"우리 유현이 정체도 모를 관광지 옵션 쇼핑 상품 안 써요."

물론 진짜 여행 가면 선물 사 올 거지만. 긴장감 하나 없는 헛소리 속에서 노아 혼자 불안해하며 나와 초원 저편을 번갈아 바라보았다.

"유진 씨는 피해 있는 게 좋지 않을까요."

"따로 떨어져 있는 게 더 위험할 겁니다. 열일곱 명이 다가 아닐 수도 있으니까요."

샬로스의 구슬은 피해만 무효화할 뿐 내게 손대는 건 가능하다. 그러지 않고서야 공유 스킬을 쓸 수 없으니까. 다시 말해 나 혼자 떨어져 있다면 들고 가기 쉽게 포장해 놓은 선물상자나 다름없어진다.

게다가 근처에 있어야 여차할 때 두 배 스킬을 공유해 주지. 노아한텐 우리 애가 잘났다 스킬도 써 줄 수 있으려나. 나랑 노아 빼고도 열여덟 명이니 18% 추가되겠네. 쪽팔림을 무릅쓰기엔 애매한 수치다. 이왕 올 거 백 명 꽉 채워서 오면 성현제는 공격 스킬 두 배, 노아는 전부 두 배로 신나는 파티가 될 텐데. 입장 제한 수 때문에라도 불가능하지만.

"그래도 혹 피해야겠다 싶은 상황이 되면 부탁드리겠습니다, 노아 씨. 저 아저씨는 그냥 버리고 가도 되고요."

"네, 맡겨 주세요."

노아가 고개를 끄덕이곤 다시 용의 모습으로 변했다. 그러곤 내 옆에 거의 붙듯이 바싹 다가와 선다. 여차하면 태우는 게 아니라 들고 튈 태세다.

"버리고 가겠다니, 너무하지 않나."

"그만큼 믿는다는 거죠. 손발 다 묶은 채 불구덩이에 굴려 넣어도 멀쩡히 살아 돌아올 것이라 굳게 믿고 있습니다. 파이팅."

농담이 아니라 진짜로 멀쩡할 인간이지만.

그러는 사이 내 시야에도 다가오는 사람들이 들어왔다. 노아의 말대로 모두 열일곱 명으로, 선두에 최석원과 윤경수가 보인다. 떡잎 스킬을 써 보고 싶은데.

'이 아저씨가 신경 쓰인단 말이야.'

다른 S급들 앞에서도 그렇지만 성현제는 특히나 더 위험할 거라는 직감 같은 게 들었다. 이미 한번 걸릴 뻔한 적도 있었고.

피크닉 바구니를 바닥에 고이 내려놓은 흰 코트의 남자는 지루함이 약간 섞인 눈으로 헌터 무리를 바라보고 있었다. 뭐랄까, 기대보다 시시하다는 투다.

"저 정도는 만만하신가 봅니다."

"도련님을 끌어들이지 않았을까 하는 기대를 조금 했었지. 조금. 그럼 정말 재미있었을 텐데."

아니, 여기서 유현이가 왜 나와.

"해연은 확실하게 아니라면서요."

"그렇긴 하지만 한유진 군이 여기 있으니 일시적으로 설득해 볼 여지는 있었을 거고. 그럴 능력까지는 안 되었던 건가. 고작 이 정도라면 너무 얕보여서 기분 나쁠 정도야."

재수 없을 정도로 자신만만하게, 성현제가 앞으로 두어 걸음 나섰다. 호수 구경 하느라 약간 솟은 언덕에 올라와 있어 이쪽의 위치가 더 높다. 덕분에 신중히 접근해 오는 사람들을 내려다보는 그의 시선이 더더욱 오만하게 비추어졌다.

약 오십 미터의 거리를 두고 최석원과 윤경수 무리가 멈추어 섰다. 이어 최석원이 인벤토리에서 무언가 꺼내 들었다. 주먹만 한 푸른색 수정구의 등장에 노아가 한쪽 날개를 펼쳐 나를 반쯤 감싼다. 잘 안 보여. 그보다 성현제 이 인간, 막을 생각 진짜 하나도 없네. 그렇게 방심하다가 골로 가지.

파직!

수정구에 금이 가고, 이내 산산이 부서졌다. 이어 기묘한 파동이 넓고 빠르게 퍼졌다가 사라졌다. 나한테는 아무 영향이 없는 거 같은데, 뭘까 저거.

"전(電)속성 봉인 아이템이군. 저런 것도 있었나."

성현제가 작게 중얼거렸다. 전속성? 전기 쪽 말하는 거겠지. 속성 봉인 아이템이라니, 나도 처음 들어 본다.

"내려와라, 성현제! 아니면 도망이라도 칠 텐가?"

최석원이 기세등등하게 외쳤다.

"스킬 공유해 줘요?"

"벌써부터 믿음이 흔들리면 안 되지. 게다가 오늘은 좋은 어른이 되기로 하지 않았던가. 사소한 트러블은 어른답게 알아서 처리하겠네."

성현제가 나를 돌아보며 웃었다.

"그리고, 더 좋은 것도 하나 가르쳐 주지. 한유진 군에게만 특별히."

"필요 없습니다만."

"글쎄. 알고 나면 오히려 매달리고 싶어질 텐데. 그 감각 공유 스킬을 써 보게."

찜찜함 속에서 선생님 스킬을 사용했다. 설마 이 판에 거부하진 않겠지.

성현제가 몸을 돌렸다. 보스 몬스터 레이드라도 하듯 준비를 끝마친 헌터들을 향해, 산책이라도 하듯 가벼운 발걸음을 옮긴다. 한 가지 속성만 막혔다고 해도 페널티가 꽤 클 텐데 여전히 여유만만하다.

자르륵.

전과 달리 둔탁한 빛을 머금은 고상한 수색자의 사슬이 헤엄치는 뱀처럼 그의 주위를 휘감았다. 짧은 침묵 직후.

텅!

먼저 움직인 것은 최석원이었다. 그의 발이 강하게 대지를 박찼다. 그러잖아도 강력한 S급 전투 헌터의 육체가 최대한의 버프를 받고 탱크처럼 돌진한다. 성현제의 감각이 아니었다면 느끼지도 못했을 엄청난 속도였지만.

'…미친.'

확실하게 알 수 있었다. 그것도 한발 먼저.

최석원이 어떻게 달려들고, 어느 방향으로, 무슨 수로 공격해 올지를. 선생님 스킬의 감각 공유 이상으로 뚜렷하게.

일종의 예지력이었다.

성현제가 가지고 있는, 상대의 공격을 먼저 감지할 수 있는 전투 예지 스킬.

시퍼렇게 날 선 마력을 담은 주먹질을 성현제는 일부러 아슬아슬하게 비껴 피했다. 풍압에 그의 머리칼이 살짝 흔들리고, 최석원의 발끝에 뭉개진 대지가 솟아오르는 그 순간에. 모두의 눈을 피해 수색자의 사슬이 땅속을 파고들었다.

콰과광! 쾅!

한 방 한 방이 무시무시한 위력을 담은 공격이 연신 성현제를 향해 폭풍처럼 몰아쳤다. 성현제는 그 공격을 계속해서 한 끗 차이로 피하기만 했다. 모르고 보기엔 최석원이 우세하게 느껴질 것이었다. 성현제는 속성을 봉인당해 제대로 된 반격을 하지 못한 채 도망 다니기에 급급하다고.

'…저 성질 더러운 인간이 진짜.'

하나 실상은 성현제가 최석원을 가지고 놀고 있었다. 심지어 공격을 피하면서도 거리를 벌리지 않아 원거리 스킬을 가졌을 A급 헌터들의 손도 묶어 버린 채다. 끼어들 틈이 없다, 틈이.

예지류 스킬이라니, 진짜 미쳤나. 사기 아닙니까. 게다가 더 대단한 것은.

'감각 스킬… 이니까. 선생님 스킬로 공유가…….'

가능하다. 지금의 나처럼.

와 씨, 미친. 진짜… 미친 거 아니냐.

오히려 매달리고 싶어질 거라던 자신만만한 목소리가 귀에 맴돌았다. 진짜 끝내주긴 하네요, 망할 놈아.

'성현제가 랭킹전 1위 붙박이였던 건 저 스킬 덕이 크겠지.'

그걸 다른 사람들에게도 공유가 가능하다는 거다. 일순 소름이 다 돋았다. 손발 딱딱 맞고 전투 예지까지 갖춘 S급 헌터들. 여기에 기승수까지 맞춰진다면 난이도가 올라가든 말든 못 깰 던전이 없지 않을까. S급 던전 막 하루 컷 가고…….

시발, 어쩌지. 좋잖아. 신이시여, 왜 하필 저 인간입니까. 스킬 뜯어다 유현이한테 주고 싶다.

쾅! 콰광!

최석원의 발아래, 비껴 나간 공격 아래 땅이 지진이라도 일어난 것처럼 쩍쩍 갈라졌다. 여기까지 흔들림이 느껴져 피해야 하는 게 아닌가 싶을 정도였다. 나와 노아를 주시하던 윤경수도 합세하기 위해 기다란 박도를 치켜 드는 그때.

"으아악!"

"커억!"

헌터 무리의 뒤쪽에서 비명이 솟았다. 힐러와 버프 보조계 헌터들. 그들의 가슴을 꿰뚫은 사슬이 피를 흩뿌리며 다시 땅속으로 사라진다.

"뭐–."

버프가 풀리는 것을 느낀 최석원이 당황했다. 하나 그가 멈칫하기도 전에 성현제의 손아귀가 약화된 팔목을 붙잡는다.

으드득!

버프가 풀렸다 해도 S급, 그것도 육탄전 적성 헌터의 팔이다. 그럼에도 가볍게 비틀어 꺾곤 부드럽게 이어지는 동작으로 최석원의 복부를 걷어차 뒤로 날려 버린다.

"큭!"

약간 비틀거리면서도 제대로 착지한 최석원이 빠르게 어긋난 팔을 틀어 맞춘다. 성현제는 공격을 잇지 않고 고개를 돌려 윤경수를 쳐다보았다.

"고작 이것뿐이라면 실망인데."

차르륵.

땅속에서 솟아오른 수색자의 사슬이 주인의 손목에 한쪽 끝을 휘감는다. 수색자의 사슬이 어느 정도 스스로 움직인다는 건 알고 있었지만 저 정도 먼 거리에서도 위력을 발할 줄은 나도 몰랐다. 힐러에 보조계니 약하긴 하겠지만 그래도 장비까지 포함하면 최소 스탯 B급은 되었을 텐데.

'실망이고 뭐고 댁이 사기잖아.'

공격이 맞지도 않는데 어쩌라고. 심지어 효율적으로 딱딱 흘리다 보니 회피 때 생기는 빈틈 같은 것도 없다. 피하기 힘든 광역 스킬이라면 모를까, 근접계에겐 완전 상극인 예지 스킬이었다.

…광역 스킬도 미리 눈치채고 튀어 버리겠지만. 그래도 예림이라면 성현제를 어느 정도 붙잡아 둘 수 있겠지. 저기에 윤경수 대신 동 레벨의 예림이가 있었다면 성현제도 꽤 애먹었을 테지만, 지금으로선 글러 먹었다.

"같이 덤비는 건 추천하지 않아. S급 둘이 손발 맞기가 어디 쉽나."

그러면서 나를 올려다본다. 어떠냐는 듯 감상을 묻는 눈빛에 가운뎃손가락을 올려 줬다. 댁 스킬 최고긴 한데 짜증 나네요.

"이 정도 퍼 줬으면 넘어올 만도 하건만."

안 그래도 심란하니 입 다물어라. 만약에 선생님 스킬이 던전 밖에서도 초장거리 사용이 가능했다면 미친, 아니 생각을 말자. 확인해 보진 않았지만 범위가 그리 넓진 않을 거다. 눈에 보여야 쓸 수 있는 건 확실하고.

아, 왜 저 인간은- 어.

"노아!"

나와 같은 것을 느낀 성현제가 소리쳤다. 하지만 이미 늦었다.

퍼억!

사람보다 훨씬 덩치 큰 용이 강한 충격을 받고 나뒹군다.

- 크르르!

바닥에 발톱을 세우며 몸을 멈춘 노아가 이를 드러냈지만, 그 사나운 기세는 이내 풀이 죽어 버렸다. 연회색 눈동자에 짙은 두려움이 깃든다.

"안녕, 자기야~."

등 뒤쪽에서 팔을 뻗어 내 목을 휘감은 여자가 발랄한 목소리로 인사를 건네 왔다.

"…리에트."

네가 왜 여기 있냐. 노아 때문에 화를 내지 않을까 했는데 의외로 리에트는 그때 일을 싹 잊은 듯한 태도를 보였다.

"세성 길드장도 안녕, 페블도 안녕~."

"리에트 양이 끼어들 줄은 몰랐는데. 이건 정말로 예상 밖이로군."

성현제가 놀라움을 감추지 않으며 말했다. 그러게 정말로 의외다.

"여긴 무슨 일이야? 설마 저놈들과 같은 편인 건 아니겠지."

내 물음에 리에트가 미간을 살짝 좁혔다. 물론 내 눈으로는 볼 수 없었다. 성현제의 시선이다.

"같은 편이라기보다는, 어떤 재수 없는 놈이 성현제를 죽이고 자기를 납치해 오라고 명령을 했는데… 나도 모르게 따랐다고 해야 하나? 근데 자기를 끌어안으니까 머리가 맑아졌어! 신기해라. 여전히 냄새 좋네."

리에트가 웃으며 뺨을 내 머리에 문질렀다. 명령에, 머리가 맑아졌다니. 저주나 세뇌 같은 거였나. 하지만 리에트에게 통했다고? 의아했지만 지금은 그게 중요한 게 아니니.

"괜찮아졌다면 이제 저놈들과 같이 행동하진 않을 거라는 거지?"

"명령 같은 건 당연히 안 따르지!"

안심하려는 찰나.

"하지만 이렇게 재밌는 판이 깔린 걸 보고 어떻게 그냥 지나치겠어. 그치, 자기야?"

리에트가 활짝 미소 지으며 황금색 두 눈을 번득였다. 그녀의 몸이 순식간에 부풀어 오르고 목을 휘감은 팔 대신 커다란 손아귀가 내 몸뚱이를 움켜쥐었다. 고개를 돌리자 시커먼 비늘이 두 눈을 가득 채운다.

 붉은 기를 띠는 칠흑색의 드래곤. 단단한 네 다리에 굵은 꼬리, 커다란 머리에는 무시무시한 뿔이 가득 솟아나 있었다. 뿐만일까, 창과 같은 가시가 드드득 거슬리는 소리를 내며 등선을 따라 일어났다.

 날개는 없다. 하나 크기는 노아의 수배 이상 되었다. 어디 한 군데 건드리기 힘들 정도로 전신이 폭력적인 형태를 취하고 있다. 그야말로 살벌하게 흉포한, 모범적인 저주독룡의 모습이다.

 "쌍둥이라며!"

 색 반전 정도일 줄 알았는데 아예 종이 다른 수준이잖아! 억울함 담긴 외침에 칼날 같은 이를 드러내며 검은 드래곤, 리에트가 미소 지었다.

 - 크아아아아!

 거대한 흑룡이 울부짖었다. 묵직한 위압감을 담은 포효에 A급 몇이 무심코 뒷걸음질 친다. 내 눈앞에도 공포 저항 메시지가 떴다가 사라졌다. 귀 아파.

 - 자, 그럼.

 리에트가 긴 목을 치켜들며 인간들을 내려다보았다. 화창한 봄날 알프스 같은 배경만 제외한다면 그럴듯한 드래곤 VS 인간의 광경이다. 비록 나는 그 VS에서 쏙 빠져 있지만. 연관이 없는 건 아니고 우승 상품쯤 되려나.

 새파랗게 맑은 하늘 아래 용 앞발에 움켜쥐어져 있자니 기분 정말 째지네.

- 공주님은 내가 납치하겠다! 나를 상대할 자신이 있다면 부하들을 물리치고 저 탑 꼭대기로 와라!

유현이는 지금쯤 뭐 하고 있을까. 애들은 안 싸우고 잘 놀고 있겠지.

- 자기야, 이럴 땐 살려 주세요, 왕자님! 하고 비명을 질러 줘야지.

"싫어."
성현제 저 인간은 왜 구경만 하고 있냐. 물론 리에트가 이대로 빠져 주면 편하긴 편할 거다. 그래도 팝콘 봉지 뜯을 표정으로 쳐다만 보는 건 너무하잖아.
그그그극.
리에트의 뒷발이 바닥을 긁었다. 단단한 비늘 아래 꽉 짜인 다리근육이 꿈틀거린다.

- 잘 잡고 있어, 허니~.

잡긴 뭘, 시발. 잠깐만.
쿠-웅!
세 개의 발이 언덕을 강하게 박찼다. 우르릉, 천둥이 울리는 것 같은 소리와 함께 땅이 흔들리고 갈라지며 토사가 쏟아져 내린다. 작은 언덕을 모래성처럼 짓밟아 부수며 새카만 거체가 공중으로 솟아올랐다.
귀가 멍해질 정도로 압력을 느끼길 잠시, 또다시 주위가 무너져 내리는 굉음이 들려왔다. 성벽이다. 그나마 멀쩡했던 성벽은 물론 그 주위의 건물에 상대적으로 작은 탑 하나까지. 리에트의 발걸음 아래, 꼬릿짓 한 번에 와르르 무너진다.

그사이 선생님 스킬의 연결이 끊어져 흙먼지와 검은 비늘 외에는 제대로 보이질 않았다. 리에트에게 선생님 스킬 걸어 볼까 하는 유혹이 들었지만 지금 자칫 기절이라도 했다간 진짜 감당 안 되겠지. 치렁치렁한 드레스 차림으로 탑 꼭대기에 묶인 채 눈뜨게 되더라도 놀라지 않을 자신이 있다. 주위에 번개가 내리치고 용이 날뛰고 독기 자욱하고 노아는 울고 있고… 뭐 그렇지 않을까.

정신 똑바로 차리고 있다고 해서 다른 결과가 나오냐고 하면, 음. 드레스는 안 입을 수 있겠지. 아주 큰 차이다.

- 한유진 씨!

그때 노아의 목소리가 들려왔다. 쫓아와 준 건 고맙지만, 겁먹은 눈을 떠올리자 걱정부터 들었다. 노아가 나 때문에 무리하는 건 바라지 않는다.

"노아 씨, 혼자선 안, 윽!"

나를 움켜쥔 앞발이 크게 흔들리며, 리에트가 몸을 일으켜 뒷발로만 섰다. 그녀의 한쪽 앞발이 거대한 탑의 밑동을 콱 찍어 잡는다. 검게 요동치는 비늘 너머로 노아의 모습이 언뜻 보였다. 백금색 용도 인간에 비하면 절대 작지 않건만 지금은 독수리 앞의 병아리 같았다.

- 크르르!

사나운 목 울림을 내며 노아가 검은 용의 머리에 달라붙었다. 발톱을 세우고 이로 비늘을 갉았으나 리에트의 거친 머릿짓 한 번에 획, 떨어뜨려진다. 리에트에게도 독 저항에 저주 저항이 있으니 노아에게 남은 건 육탄전뿐인데… 누가 봐도 상대가 안 되었다.

진짜 어딜 봐서 쌍둥이냐.

"전 괜찮으니 성현제와 함께 오세요!"

주위를 빙글빙글 맴돌던 노아가 어쩔 수 없다는 듯 방향을 틀었다. 탑을 기어 올라가던 리에트가 반짝거리는 눈으로 나를 내려다보았다.

- 자기, 진짜 애 키우는 데 소질 있구나? 쟤가 나한테 덤벼든 게 대체 얼마 만이래.

즐거워하는 말투에 절로 어이가 없어졌다. 이 인간 양육 기준은 대체 뭐야.
거대한 드래곤이 발톱 팍팍 박아 가며 기어오르는데도 중앙탑은 용케 잘 버티고 있었다. 리에트는 탑 꼭대기의 둥근 발코니 안쪽으로 나를 살짝 던지듯 내려놓았다.
탑이 큰 만큼 안의 방도 제법 넓었다. 희미하게 남은 조각의 흔적이나 둥글게 높은 천장의 꾸밈새 등을 보면 원래는 상당히 화려했을 것이다. 흠집투성이인 테이블과 의자, 문이 떨어져 나간 장식장 등도 죄다 고급스러워 보이고. 장식은 다 떨어져 나가고 뼈대와 상판만 남았지만 침대 또한 크기만 봐도 예삿것은 아니었다.
"자기야~."
무심코 방 안쪽으로 걸어 들어가 주위를 살펴보고 있는데 등 뒤에서 인간으로 돌아온 리에트의 목소리가 들려왔다. …뒤돌아봐도 되는 건가. 시선을 내려 발 쪽만 슬쩍 돌아보자 멀쩡히 신발도, 옷도 입고 있다.
"전신 수화 했는데도 옷 멀쩡하네."
"저주 스킬 응용했지. 아직 A급 장비밖에 적용 못 하지만."
그렇게도 쓸 수 있냐. 능력 한번 좋긴 좋다. 척척척 걸어 들어온 리에트가 피크닉 바구니를 테이블 위에 내려놓았다. 저건 또 언제 챙긴 거야.
"다섯 살 때 장래 희망이 동화책 속 사악한 용이었거든~."
"꿈을 이루신 것을 축하드립니다."

"다 좋은데 날개가 없는 거, 그거 딱 하나가 아쉬웠어. 원래 거기선 멋지게 날개 쫙 펼치고 날아올랐어야 완벽한 거였는데! 다음번에는 좀 더 멋있고 완벽하게 퇴장해야지. 비행 스킬을 구해 볼까?"

뭘 다음번에야. 한 번으로 끝내라.

"그럼 이제 어떻게 해야 하지? 잡아먹나?"

리에트가 고개를 갸웃 기울이며 말했다.

"인질을 왜 잡아먹어. 구하러 올 때까지 고이 보관해 둬야지. 배고프면 바구니 속 샌드위치나 먹든지."

샌드위치가 있을진 모르겠지만. 성현제가 대체 뭘 싸 왔을지 문득 궁금해졌다. 설마 직접 챙기진 않았을 테고 비서라든가 주위의 다른 사람이 준비했을 테니 의외로 평범할지도.

하나 있는 의자는 리에트가 차지했기에 침대로 가 걸터앉았다. 성현제는 알아서 잘할 테고, 여유 생긴 김에 정리나 해 보자.

'원래 사이비와 손잡은 건 성현제고, 나중에 배신하게 되는데 내가 회귀를 해 버리는 바람에 들통나 버렸다 이거지.'

사이비도 회귀 전 일을 아는 건 확실한 듯했다. 그러니 MKC와 수담에 리에트까지 끌어들여 성현제를 죽이려고 한 거겠지. 나한테는 왜 관심을 보이는지 모르겠지만. 회귀한 걸 아나?

'그럼 성현제는 시스템 쪽 편… 이라고 해야 하나?'

아직 확신은 못 하겠다. 어느 쪽 편을 들기보다는 그냥 떡고물이나 먹고 팽할 생각이 아니었을까. 아니면 자기 맘 내키는 대로 손들어 준다거나.

"무슨 생각을 그렇게 해, 자기야?"

소리도 없이 다가온 리에트가 내 앞에 멈춰 섰다. 고개를 들자 묘한 빛을 발하는 황금색 눈동자가 보인다. 조명 없이 약간 어둑한 실내다 보니 고양이처럼 빛을 머금고 있었다.

"리에트, 넌 어쩌다가 저주인지 세뇌인지에 걸리게 된 거야?"

이것도 중요하다. S급, 그것도 태생 S급인 리에트가 누군가의 명령을 따랐다니. 그 말인즉슨 다른 S급에게도 같은 방법이 통할 수도 있다는 뜻 아닌가.

내 물음에 리에트가 기분 상한 듯 입술을 삐죽거렸다.

"나도 잘은 모르는데, 전부터 어슬렁거리던 기분 나쁜 놈들 있거든. 처음 알게 된 건 3년 전쯤? 각성하고 얼마 안 지나서였어. 남들보다 빠르게 강해지도록 해 주겠다고 접근해 오기에 기분 나빠서 걷어찼지. 그다음엔 세상이 이렇게 변한 이유가 궁금하지 않느냐고 치근대고, 아이템이나 스킬 정보를 주겠다고도 했고."

3년 전이면 완전 초기군. 리에트에 성현제, 그리고 유현이까지. 태생 S급들에게만 먼저 접근한 건가.

"잘도 거절했네."

나 같으면 혹했을 거 같은데.

"시시하잖아. 차라리 싸워서 이기는 쪽의 말을 듣는 거다! 했으면 받아들였을지도? 물론 리벤지 가능한 조건 붙여서. 아무튼 내가 자꾸 거절하니까 동생까지 건드리려 들기에 보이는 족족 다 패 잡았거든. 그랬더니 한동안 조용해졌어. 한 2년 넘게?"

동생까지 건드리려 들었다는 말에 절로 인상이 찌푸려졌다. 유현이도 비슷한 상황이어서 더더욱 날 멀리한 게 아닐까. 윤경수 같은 적도 있기는 있었을 것이다. 하지만 주된 문제는 사이비인지 뭔지가 아니었을까, 하는 생각이 들었다.

입막음 같은 걸 당해 제대로 말할 수도 없었던 듯하고.

"그런데 얼마 전 갑자기 나타나서는 명령을 했는데. …저주독룡 디오 발쉐시스의 첫째에게."

리에트의 목소리가 확 낮아졌다. 두 눈이 은은한 살기를 띤다.

"그래, 그놈. 그놈도 자기와 좀 비슷한 느낌이었어. 나보다 상위의 저주독룡종."

"저주독룡종?"

그것도 상위라면, 리에트가 명령에서 풀려나게 된 것은 드래곤 슬레이어 칭호 때문인 건가. 아니면 라우치타스의 천적과 저주 저항의 조합일지도 모른다. 만약 리에트를 묶은 것이 저주독룡종의 저주라면 내 저주 저항 스킬은 두 배의 효과를 발휘했을 테니까.

어느 쪽이든 간에 정말 다행인 우연…….

'…우연인가?'

저주독룡종. 다른 용종도 아닌 유독 이 용종만 계속해서 튀어나오고 있다. 회귀 전의 라우치타스에 이어 원래는 없었어야 할 디오 발쉐시스, 그리고 사이비 쪽까지. …깜둥이는 진짜 우연이겠지만.

만약에, 아주 만약에. 내가 들어간 던전에서 저주독룡종인 라우치타스가 나타난 것이 우연이 아니라면.

"자기야!"

"…응?"

리에트가 몸을 숙이며 한쪽 손으로 내 뺨을 문질렀다.

"역시 자기는 특이한 거 같아."

"아, 뭐, 평범하진 않지."

"그런데 전이랑 다르게, 물렁해졌다?"

리에트의 입꼬리가 스윽 올라갔다. 불길한 예감이 뒤통수를 후려쳤다. 다시 만나게 되면 내 상태가 금방 들통나고 말 것이라 예상은 했지만.

"다들 자기 스탯이 F급이라고 해도 아니라고 생각했거든. 근데 오늘은 나한테 꼼짝을 못 하네? 아까는 다른 사람들 눈이 있어서 그랬다고 해도… 지금도 물렁한 거 같은데. 어때?"

"어떻기는."

목걸이의 구슬을 만지작거리며 입을 열었다.

"너랑 처음 만났을 때 속인 거지."

"진짜? 신기하네. 지금은 스탯 F급, 맞아?"

"어."

그리고 몸이 뒤로 밀쳐졌다. 야, 잠깐만.

"뭘 하려고!"

"그때 하려다 만 거~."

속였다고 화내지 않을까 했는데 예상과는 너무 다르시네요. 시발, 놔라. 내 셔츠 찢지 마.

"용으로 돌아가서 탑에나 매달려 있어! 장래 희망이라며!"

"뭐라고? 수화 상태가 좋다고? 자기 취향 독특하다. 맘에 들어."

…미친, 성현제 왜 안 오냐. 이미 다 쓸어버리고도 남았을 시간이잖아. 설마 또 불쌍한 사람들 가지고 논다고 허송세월 보내고 있는 건 아니겠지.

그때 타이밍 좋게 노아의 날갯짓 소리가 들려왔다. 이어 성현제가 발코니 안쪽으로 뛰어내린다. 속성 봉인 아이템을 어떻게 해제시켰는지 팔뚝에 휘감긴 사슬에 다시금 뇌기가 깃들어 번뜩거렸다.

예상보다 늦긴 했어도 제때 왔네.

"구하러 왔습니다, 공주님!"

…망할 인간이 신나게 외쳤다. 도로 꺼지라고 할 수 없는 내 처지가 슬프다. 배역이라도 바꿔, 이 아저씨야. 그 나이에 왕자님 노릇 하고 싶냐. 노아랑 교체해라.

- 한유진 씨! 괜찮…….

발코니 안쪽으로 머리를 들이밀던 노아가 당황하며 파드득 도로 나가 버렸다. 젠장, 리에트. 애가 당황했잖아. 노아 눈에는 누나가 누나와… 이 정도로 생각을 끝내자.

성현제도 의외라는 듯 우리 둘을 쳐다보았다.

"페어리테일을 가장한 성인물이었나."

"헛소리 마시고 역할 따라 용이나 퇴치해 주시죠."

"같이할래?"

리에트! 무슨 미친 소리냐고 외치려는데 성현제가 고민 어린 표정을 지었다. …야 이 진짜 미친놈들아!

"이게 고민할 거립니까? 무슨 생각을 하는 거냐고, 진짜!"

기겁하며 빼액 소리치자 리에트가 까르르 웃으며 튕기듯 몸을 일으켰다.

어느새 그녀의 손에 들린 장검이 공기를 가르고 성현제의 모습이 순식간에 그 자리에서 사라졌다.

서걱.

마치 종이를 자르는 듯한 소리가 들렸다. 하나 무너지는 것은 돌덩이였다. 비스듬히 잘려 나간 발코니가 추락하고 이어 벽과 천장이 갈라진다.

"자, 이제 엔딩을 위한 춤을 춰 볼까. 미안해, 공주님. 댄스 파트너를 가로채게 되어서!"

"저딴 자격도 없는 왕자님 따위 얼마든지 데려가! 반납할 필요도 없으니까."

스킬만 놓고 가라 그래라.

무너지는 탑 사이로 리에트가 훌쩍 뛰어올랐다. 그녀의 몸이 순식간에 아래로 사라졌다. 이어 성현제가 한 손에는 나를, 다른 손에는 피크닉 바구니를 들고 뛰어올랐다.

콰르르르!

리에트가 밑에서 무슨 짓을 했는지 거대한 중앙탑이 윗부분만이 아닌 전체가 허물어져 내린다. 무너지는 벽을 밟고 공중으로 몸을 솟구친 성현제가 주위를 비행하고 있던 노아의 등 위에 내려섰다.

"우리 점심을 잘 부탁하지."

피크닉 바구니에 인벤토리에서 꺼낸 셔츠를 얹어 내게 안겨 준 성현제가 몸을 확 틀어 아래로 떨어졌다.

"실례할게요, 노아 씨."

노아에게 선생님 스킬을 쓰고 상황을 확인했다. 중앙탑은 완전히 무너져 내리고 흙먼지가 안개처럼 피어올랐다.

차르륵!

수색자의 사슬이 끝없이 늘어나며 건물과 건물 사이에 박혀 공중을 가로지른다. 그 위로 성현제가 뒤집어진 몸을 바로 돌리며 가볍게 내려섰다. 발끝이 사슬에 닿기 무섭게 미끄러지듯 달려 나가고, 바로 그 빈자리를.

콰과과!

흙먼지를 허리케인처럼 휘감은 검격이 덮쳤다. 사슬이 잘려 나가고 땅이 뒤집어진다. 그나마 멀쩡하던 건물들도 죄다 서걱서걱 종잇장처럼 잘려 나갔다. 주변 백수십여 미터 반경의 모든 것이 현란하게 조각나 흩어졌다.

"…노아 씨, 정말 고생이 많으셨겠어요."

노아가 묵묵히, 그렇지만 뚜렷하게 고개를 끄덕였다. 최석원의 공격도 제법 위력적이긴 했지만 저건 뭐… 거의 등급 하나가 다른 수준인데.

노아의 시선을 빌려도 흙먼지 가득한 안쪽까지 꿰뚫어 볼 수는 없었다. 하지만 성현제도 가만히 공격을 받아 주고만 있진 않았다. 잘려 나간 사슬이 어느새 사라지고 빛이 휘몰아쳤다.

쿠르르릉!

공기가 먼저 겁에 질린 듯 떨리고, 이어지는 것은 전격의 폭풍이었다. 무너진 탑의 잔해가 팝콘용 옥수수처럼 튀어 오르고, 그을리다 못해 까맣게 타고, 산산이 으깨진다. 시신경을 태울 듯 강렬한 빛에 나도, 노아도 반사적으로 눈을 감았다 뜬 직후 보인 것은 검게 쓸려 나간 건물 터였다.

흙먼지도 건물의 잔해도 거슬린다는 듯 죄다 쓸어버린 성현제가 파괴의 흔적 가운데 우뚝 서 있었다. 위치가 애매해 잘 보이진 않았지만 틀림없이 웃고 있을 거다, 저 인간.

리에트도 마찬가지였다. 쓸려 나간 건물 무더기 위에 쪼그리고 앉아 키득 키득 웃으며 독기를 슬금슬금 흘려 내고 있었다. 그녀의 뒤쪽으로 길게 흔들리는 꼬리가 보인다. 검은색 가시를 흉악하게 세운 채 벽돌 덩어리를 툭툭 삶은 달걀 으깨듯 부수고 있다.

 그리고 또다시, 광포한 힘과 힘이 부딪쳤다. 공포 저항 메시지가 또다시 뜬다. 몇 번째야, 이게.

 음… 저것들을 내가 뭐 어쩔 순 없고. 피크닉 바구니에 뭐가 들었는지나 살펴나 볼까.

6장 저주독룡종의 주인

6장
저주독룡종의 주인

이 정도면 사기 관광이라 할 수 있겠다.

고풍스럽던 옛 성은 집중 폭격이라도 맞은 듯 폭삭 무너져 내렸다. 부수고 자르고 갈고 태우고. 전문 철거팀이 총출동이라도 한 듯 깔끔하게 밀려 나갔다.

고즈넉하던 호수 또한 마찬가지였다. 리에트가 몇 번 빠졌더니 푸르던 수면이 탁한 회색빛으로 물들었다. 수중의 도롱뇽들은 독기운에 기겁하며 떠올랐다가 싸움의 여파에 갈려 나갔다. 몬스터의 수가 일정 이하로 줄어들자 등장한 1층 보스 몬스터의 신세 또한 마찬가지였다.

나름 멋지게 고개를 치켜든 수룡은 리에트의 발판이 되어 물속에 처박혔다. 이어 성현제의 전격에 스쳐 맞곤 까맣게 그을려 발악하려다가 걸리적거려, 라는 한마디와 함께 세로로 갈라졌다. 거기까지 채 3분도 걸리지 않았다.

그래도 A급 던전 중간 보스인데 새우 등 터지는 꼴로 골로 가다니. 내가 다 미안해질 지경이었다.

아무튼 성현제 씨가 추천하던 관광지는 돈 받고도 구경하기 싫은 몰골이 되고 말았다. 호숫가에 사체 쌓인 것 좀 봐라. 리셋되는 게 다행이지, 아니었으면 수담 길드에게 민폐가 장난 아니… 참, 이미 길드장 패 잡았구나. 더 끼칠 민폐도 없는 수준이네. 걔들 살아는 있으려나.

'저런 인간들이 둘이나 더 있다니.'

남은 두 명은 누굴까. 짐작 가는 사람이 없는 건 아니지만 확실히는 모르겠다. 랭킹전 상위권이지 싶지만 참가 자체를 안 했을 가능성도 있으니까. 랭킹전 참가는 뒤로 오가는 이권 목적도 커서 리에트 같은 성격의 홀로 다니는 헌터라면 관심이 없었을 수도 있다.

준비된 링 위에서 규칙 지켜 가며 싸우는 것과 지금의 저 개싸움은 전혀 다른 느낌일 테니.

"슬슬 가라앉은 거 같죠?"

내 물음에 노아가 머리를 살짝 기울였다.

– 그래도 섣불리 접근했다간 위험해질 수도 있습니다.

"내려간다면 세성 길드장 쪽이 좋겠죠."

리에트보다는 성현제 쪽이 제 감정에 덜 휘둘릴 것이다. 일단 나이도 있으시고.

– 세성 길드장과 생각보다 더 친하신 거 같아요.

날개 끝을 움직여 방향을 틀며 노아가 말했다. 아니, 그 무슨 뒷목 잡을 오해를.

"철저한 비즈니스 관계일 뿐입니다. 서로 득 될 게 없다 싶으면 그 순간부터 생판 모를 남이에요."

내가 회귀 전처럼 평범한 F급 헌터였으면 저 인간이 날 거들떠나 봤을까. 예전에는 애초에 접점도 없었지. 성현제야 내게 관심 하나 없었을 테고, 나에게 그는 좀 멋있긴 한데 더럽게 재수 없는 랭킹 1위, 딱 그 정도 감상이었다. 지금은 짜증 나게 잘나서 더 짜증 나는 인간쯤 되겠다.

왜 하필 저 인간과 내 스킬 궁합이 잘 맞는 거지. 아니, 나한테는 쓸모없는 스킬이긴 하지만… 차라리 나한테만 좋은 스킬인 게 낫지. 애들한테 좋아서 문제다.

아, 짜증 나.

"치즈케이크 더 드실래요?"

성현제 저 인간 케이크를 한 판이나 챙겨 온 거 보니 좋아하는 게 아닐까. 노아 씨에게 한 조각 먹여 주고 남은 하나는 내 입에 넣었다. 비어 버린 상자와 판은 공중에 내던졌다. 쓰레기 처리는 던전 리셋으로.

실제로 몇몇 F급 던전은 쓰레기 매립장 대신 쓰이고 있다. 부작용이 생기는 건 아닐지 우려하는 목소리가 있긴 하지만.

성현제와 리에트는 성이 있던 터에 백여 미터 이상 거리를 둔 채 서 있었다. 그나마 덜 쓸려 나간 부분이라 군데군데 건물 잔해가 보인다.

결과를 말하자면 성현제의 우세승쯤 될까.

리에트의 공격력은 장난이 아니었지만 그것도 적중을 해야 효과가 있는 법이다. 속도가 압도적으로 우세한 것도 아니니 전투 예지란 사기 스킬이 있는 한 성현제에게 그럴듯한 피해를 입힐 수가 없었다.

반면에 성현제야 상대의 움직임을 미리 알 수 있으니 리에트에게 훨씬 불리한 싸움이었다. 독만 아니었다면 말이다.

'S급 독 스킬은 만만한 게 아니지.'

유현이라면 태워 버릴 수 있을 텐데 성현제의 스킬로는 말끔히 밀어 버리는 것까진 힘들었던 모양이었다. 안개처럼 퍼지는 독기는 예지해 봤자 소용없는 광역기인지라 성현제도 제대로 접근하진 못하고, 멀리서 공격해 오는 거야 리에트 능력으로 피하지 못할 리도 없고. 결국 두 사람보다는 애꿎은 주변만 파괴된 셈이었다.

그래도 부상 정도는 리에트가 더 컸다. 성현제는 재수 없을 정도로 멀쩡했다. 심지어 저놈의 흰 코트는 더러워지지도 않았다. 청결 스킬 같은 거라도 붙어 있나.

"다가가도 됩니까?"

성현제로부터 약간 떨어진 곳에 내려서서 물었다. 이쪽을 돌아보는 눈이 서늘하게 사납다. 수화를 푼 노아가 반사적으로 한 발 물러난다.

"물론 되고말고. 오히려 와 달라고 청하고 싶군."

목소리가 평소보다 한층 낮다. 위협적으로 내리깔리면서도, 우아한 어조였다.

"새끼용은 그대로, 움직이지 말고. 독 때문에 애를 먹어서 그런지 거슬리거든."

그에 더해 스탯 차이도 있을 테고. 노아가 불안해한 눈을 했지만 왜 오라는지 짐작이 갔기에 걸음을 옮겼다.

가까이 다가가서 보자 성현제도 아주 멀쩡한 건 아니었다. 그러니까 날 부른 거겠지만. 독기를 완전히 피하진 못해 중독된 모양이었다. 특히 직접적으로 상처가 옅게 난 왼손은 혈색이 확연히 다르다.

"해독 아이템 성능이 생각보다 별로인 모양입니다."

"별로였으면 이만큼 멀쩡하지도 못했어. 같은 S급 독 스킬이라 해도 저주독룡종의 것은 훨씬 독하지. 스탯까지 따라 주면 더더욱 위험해지고."

성현제가 왼팔로 나를 감싸듯 하며 말했다. 그야 그렇다. 공격 스킬은 스탯 영향을 많이 받으니까 노아보다 리에트의 독이 더 강하겠지. 애초에 종류도 다를 가능성이 크고. S급 해독 아이템이라 해도 해독에 시간이 꽤 걸릴 것이다.

저주독룡종 이야기가 나오자 잠시 제쳐 두었던 것이 떠올라 절로 미간이 찌푸려졌다. 그때 리에트가 성큼성큼 다가왔다. 옷이 군데군데 찢어진 데다가 아직 다 치료 못 한 상흔도 보인다. 한 손에 빈 포션병을 들고 약간 상기된 채 걸어오는 모습이 뭐랄까, 주정뱅이를 연상케 했다.

기분은 확실히 취한 듯 좋아 보였다.

"뭐야, 독기운이 완전히 사라졌네? 좀 분한걸."

5미터가량 간격을 두고 멈추어 선 리에트가 투덜거렸다.

"포션 모자라면 빌려줘?"

"괜찮아, 자기야. 넉넉해. 바로 싹 지워 버리기엔 아쉽잖아. 포션 성능이 너무 좋아서 즐거운 추억거리가 하나도 남질 않는다니까."

즐거운 추억거리냐. 말을 말지 진짜.

"그보다 디오 발쉐시스가 나온 던전은 어떻게 들어가게 된 거야?"

우연이라기엔 타이밍이 너무 좋다. 리에트가 새 포션을 꺼내 들며 대답했다.

"페블이 일러 줬어."

노아 씨가? 털 세운 고양이처럼 리에트와 성현제를 경계하며 천천히 다가오던 노아가 우뚝 멈춰 섰다. 그러곤 성현제를 힐끔 쳐다본다.

대충 감이 오는데. 성현제가 노아에게 한 투자 중 하나가, 디오 발쉐시스의 쌍둥이 칭호였나 보군.

코앞에 서 있는 남자를 올려다보았다. 무언의 질문에 그린 듯한 눈웃음을 짓는다.

"정답이라고 대답해 주겠네."

"노아에게 던전을 알려 줄 때에는 팽당할 거 몰랐습니까?"

"나는 예언자가 아니야."

그때까지는 눈치를 못 챘다는 거로군. 사이비가 성현제를 통해 남매에게 디오 발쉐시스 칭호를 준 것은 확실하다. 성현제를 제거하고 그 대신 써먹을 S급 헌터를 만들어 내기 위함이었겠지.

리에트가 준비되자 MKC와 수담까지 끌어들여 성현제를 처리할 낌새를 내보였고. 아마 사이비 쪽에서 일부러 티를 냈을 가능성이 컸다. 회귀 전까지 포함하여 오래 알아 온 사이이니 성현제가 이런 식으로 나오리란 것도 예상했을 터다.

예상외라면, 나일까.

'내 칭호에 대해서는 모르는 건가.'

알고 있었다면 내가 없을 때를 노렸겠지. 그럼 성현제를 처리하는 데 성공했을지도 모른다.

두 명의 싸움에서 성현제가 우세하다 말은 했지만 중독시켜 시간을 끈다면 리에트에게도 충분히 승산이 있었다. 다른 헌터들과 협조해 보조까지 받았다면 더더욱 리에트가 유리해졌겠지.

'리에트가 앞에 나서고 최석원과 윤경수가 힐러, 보조 및 원거리 헌터들을 보호하는 식으로 제대로 팀을 짰더라면 진짜 위험했겠는데.'

하지만 리에트는 상위 저주독룡종의 명령에서 벗어났다. 그리고 그 상위 저주독룡종은······.

"리에트, 디오 발쉐시스가 나타났을 때의 상황을 자세히 말해 줄 수 있을까? 혹시 특이한 점은 없었어?"

"특이한 점? 던전이 사라진 거 말고는⋯ 아, 디오 발쉐시스가 나오기 전에 보스 몬스터 같은 게 하나 더 있었어."

"보스 몬스터가 하나 더?"

"커다란 호랑이 같은 거였는데, 걔 잡으려는데 갑자기 검은 용이 나타나더니 호랑이를 찢어발기더라고. 금색 용도 같이 나왔고. 그리고······."

리에트가 고개를 갸웃하며 말을 이었다.

"디오 발쉐시스가, 생각보다 잡기 쉬웠지. 공격을 별로 안 하던데? 그게 좀 이상하긴 했어. 어디 아팠나."

잡기 쉬웠다, 라. 그녀의 말에 무심코 어금니를 꽉 깨물었다.

약간 의아스럽기는 했었다. 5년 후 S급 던전의 저주독룡종. 분명 지금보다 난이도가 높았을 그곳에서 리에트와 노아 단둘이서 디오 발쉐시스를 무사히 사냥했다는 사실이.

물론 리에트는 충분히 강하고 노아의 스킬도 유용하다. 하지만 5년의 격차를 메울 정도는 아니었을 것이다.

'심지어 원래의 보스 몬스터도 따로 있었다면, 상위 저주독룡종인 누군가가 리에트 남매의 칭호를 위해 디오 발쉐시스를 일부러… 던전에 나타나게 했다는 건가.'

저주독룡을 던전에 나타나게 할 수 있다. 고의적으로.

그 사실을 인식하는 순간 전신의 피가 차갑게 식었다.

D급 던전이었다. 엉뚱한 몬스터가 나타나는 일이 잦아진 시기라고 해도 그 정도로 심하게 차이가 나는 경우는 없었다. 내가 들어간 던전에서 나타난 라우치타스와 짜기라도 한 듯 구하러 온 한유현.

퍼즐 조각이 맞춰지며 나타나는 결론에 목 안쪽이 타는 듯 메말라 간다.

"…성현제 씨, 말해 주세요."

"뭘 말인가."

"뭐든지, 그놈들에 대해서 알고 있는 대로요."

성현제가 과장되게 곤란하다는 표정을 지어 보였다.

"말할 수 없다고 하지 않았던가."

"혹시 계약 같은 것으로 입막음당했다면 풀어 드리겠습니다."

"역시 저주 저항 스킬도 가지고 있었군."

…역시라니. 덕분에 정신이 조금 들어 뒤로 한 발 물러났다. 성현제는 흥미 가득한 눈길로 이쪽을 쳐다보고 있었다.

"짐작하고 있었습니까?"

"SSS급 칭호인 디오 발쉐시스의 쌍둥이보다 우위에 있다면 최소 SSS급 칭호겠지. 독 저항은 확실히 있으니 저주 저항도 같이 붙었을 확률이 높고. 거기에 한둘 정도는 더 있지 않나? 관련 공격이나 특수 스킬은 없는 듯하니 저항이나 보조류에, 등급도 높겠지. 디오 발쉐시스는 수화 스킬이 주라 나머지는 S급 정도에 그쳤으니, 한유진 군의 저항 스킬은 아마도 SSS급, 어쩌면 L급. 그 정도일까."

"예언자 아니라시더니."

"추측이라네. 정답이었다면 기쁘군."

정말 상종하기 싫은 인간이다. 저 인간에게 키워드를 내뱉었다니, 과거의 나에게 미친 거 아니냐고 묻고 싶어지는구만.

"추측하기 이전에 어떻게 그런 칭호를 얻었는지 의아스럽지도 않습니까? 보통은 불가능할 거라 단정 지을 텐데요."

"성능만 좋으면 됐지 그런 사소한 이력에는 관심 없어서."

정말로 관심이 없을까. 이미 내 과거 샅샅이 다 뒤져 봤다, 에 피크닉 바구니를 건다. 아무튼 알고 있다니 설득하기는 편하게 되었다.

"저주 저항 스킬 L급입니다. 그러니 말씀해 주시겠습니까?"

"미안하지만 부족해."

…뭐? 순간 놀랐지만 동시에 얼마 전 유현이의 태도가 뒤늦게 이해되었다. 저주 저항도 L급이냐고 물어보곤 어쩐지 시무룩해하던 녀석의 반응이. 유현이도 성현제와 같은 등급의 저주 계약으로 입막음당한 모양이었다.

"L급 계약서입니까? 대가는요?"

"오른쪽 팔과 눈. 하나씩."

…젠장, 유현아. 저런 미친 불법 계약서에 서명하면 안 되지!

"잘도 그런 계약을 받아들였군요."

"하이 리스크 하이 리턴이라는 거지. 입조심만 하면 되는 거라 그리 위험하지도 않고. 무엇보다도… 뒷수작 부리려는 게 뻔한 놈들이 명함 흩날리는 데도 눈 뜬 봉사 노릇 하는 건 너무 시시하잖나."

"그래서 재미 좀 보셨습니까?"

"…아니."

성현제가 시무룩하게 대답했다. 연기가 아니라 진심으로 실망한 기색이다.

"이득은 봤지만 재미는 별로 없더군."

"그럼 이참에 확실하게 끊어 내시죠."

"말했듯이 L급 저주 계약서라 같은 L급 저항으로는 힘들어. 직접 동의 서명 한 조건 저주는 등급 대비 위력이 강해진다네."

"저주독룡종을 상대할 시 스킬 효과가 배가 되는 스킬도 있습니다."

약간 놀란 눈빛이 리에트와 노아를 번갈아 바라보았다.

"공격 스킬 효과 두 배에도 적용되나?"

"그건 제 스킬을 공유하는 거지 저주독룡종 대상으로 쓰는 게 아니라서요. 공유 스킬 자체에는 두 배 효과 들어갑니다."

그러니 L급 저주 계약이라고 해도 충분히 파훼할 수 있다. 그 상대가 저주독룡종인 것이 확실하다면.

"자신만만한 건 좋다만 확인해 본 건 아니지 않나. 무엇보다 계약서를 작성한 자가 저주독룡종인지도 알 수 없고."

"그래서 계속 입막음당하고 있을 겁니까? 그 정도밖에 안 돼요? 한쪽 눈과 한쪽 팔, 잘못된다면 무슨 짓을 해서라도 책임지겠습니다. 브레이커 길드의 엘릭서라도 뜯어내 드리죠. 아니면 다른 어떤 것으로라든 만족하실 만큼 보상해 드리겠으니 말해 주시죠."

나를 이용해 내 동생을 죽인 놈을 가르쳐 줘.

"내가 한유진 군을 무척이나 아끼긴 하지만."

느릿하게 흘러나오는 목소리와 함께 성현제의 손이 내 목을 움켜잡았다. 그러곤 가볍게 제 쪽으로 끌어당긴다.

"유진 씨!"

"괜찮으니까 가만히 있어 주세요."

노아 씨를 말리며 성현제를 똑바로 마주 보았다. 속을 꿰뚫을 듯 들여다봐 오는 시선은 공포 저항이 없었으면 틀림없이 오싹하게 느껴졌을 터다. 아니, 그 이상으로 겁에 질려 피해 버렸을지도 모른다.

하지만 나는 떨림 하나 없이 마주 대할 수 있었다. 정상은 아니지만 그래서 다행이다.

"내 몸의 일부를 내어 줄 정도는 아니야."

"정말로 그렇게 생각하십니까? 목숨도 아니고 팔 하나에 눈 하나일 뿐인데요? 성현제 씨, 전 아직 숨기고 있는 게 많답니다."

입꼬리를 올려 웃었다.

"그러니 앞으로가 더 재미있을 텐데."

고작 신체의 일부 때문에 기회를 놓칠 거냐고, 도발하듯 던졌다. 내 가치를 어쩌면 나보다도 더 잘 알고 있을 인간에게.

나를 차갑게 품평하던 눈빛이 일순 부드러워진다. 목을 쥐고 있던 손이 풀어지며 가볍게 뺨을 두드렸다.

"말만으로 끝나지 않길 바라지."

"고삐를 쥐고 있는 건 그쪽이니 걱정 마시죠. 되레 멀쩡하게 계약 해지된 후에도 입 다무실까 봐 불안합니다만."

"그런 시시한 짓을 할까. 하지만 한유진 군, 한 가지는 기억해 두게. 무사히 해주에 성공한다 해도 나는 자네를 위해 팔과 눈을 걸었어."

나를 향해 고개를 숙이며 그가 말을 이었다.

"이 빚은 확실하게 갚아 주리라 기대하고 있겠네."

"명심해 두지요."

왜 하필 이 인간 상대인 건지 신에게 항의부터 하고 나서 말이다.

"저주 파이팅~. 최고급 맞춤 제작 의수에 안대까지 세트로 예쁘게 리본 달아 선물해 줄게!"

리에트가 신나 하며 외쳤다. 그러지 마라. 자칫하다간 내 남은 인생 저당 잡힐 거 같다는 불길한 예감이 든단 말이다. 심지어 노아는 장날에 팔려 나가는 어미 소 쳐다보듯 안절부절못하고 있었다. 저러다 울겠다.

"도박은 오랜만이라 떨리는군."

성현제가 긴장감이라곤 개미 눈곱만큼도 찾아볼 수 없는 낯짝으로 말했다. 진짜 떨기라도 하면 미안해지기라도 하겠건만. 정말이지 내 양심 건강을 세상 그 누구보다 잘 챙겨 주는 인간이다.

"결과가 어떻게 나든 챙길 거 다 챙겨 가실 분이 엄살 한번 과하십니다."

"포장은 해 주겠지?"

"영수증도 끊어 드리죠."

물론 서로에게 제일 좋은 건 무사히 해주가 되는 결과지만. 만약 잘못된다 하더라도 엘릭서에 시스템 제작자들이라는 비벼 볼 언덕이 남아 있기는 했다. L급 저주 후유증에 통할지는 알 수 없지만.

한숨 한번 삼키고 손을 내밀었다.

"계약서 주시죠. 찢게."

성현제가 인벤토리에서 계약서를 꺼내었다. A4 용지 크기의 얇고 검은 판에 읽지 못할 문자가 새겨져 있다. 종이도 양피지도 아닌 그것을 내밀며 어디 한번 찢어 보라는 듯 흥미 어린 시선을 던져 온다. 아, 진짜.

아니나 다를까, 잡은 손아귀에 아무리 힘을 줘도 얇은 판은 끄떡도 하지 않았다. 칼을 꺼내 찔러 봤지만 긁힌 자국 하나 안 난다. L급 계약서라 내구도도 L급이냐.

"…계약 어겨서 깨는 쪽으로 가죠. 저주 저항 범위가 어디까지인지 정확히 모르니까 허리 좀 숙여 보세요. 아님 어디 앉든가."

독 저항 쓰듯 달라붙는 수밖에. 눈이랑 팔이라서 다행이지 다리까지 포함한 계약이었다면 우스운 꼴이 되었을 거다. 성현제가 건물 잔해를 의자 삼아 걸터앉았다. 제 몸의 일부를 건 계약을 어기기 직전이건만 여전히 태연한 얼굴이다. 진짜 걱정 하나 안 드나.

'성현제가 무사하다면 유현이의 계약도 풀어 줄 수 있겠지.'

아마도 동일인에 의한, 비슷한 조건의 계약일 테니까.

"또 동생 생각 하고 있군."

"…예?"

성현제가 목을 비스듬히 기울인 채 나를 올려다보며 말을 이었다.

"내가 무사하면 쪼르르 달려가 한유현 계약도 풀어 줘야지, 하고."

"남의 생각 멋대로 읽지 마세요."

"얼굴에 다 나타나는 걸 어쩌겠나."

내 얼굴이 뭐. 손을 뻗어 성현제의 오른쪽 어깨에 얹었다. 접촉해야 한다는 핑계로 뒷머리를 콱 잡아 실수인 척 뜯어 버릴까 하는 충동이 살짝 들었다. S급은 모근도 튼튼하려나.

"다른 사람을 위한 실험 대상이 되는 건 별로 내키지 않는데."

"어차피 유현이는 아는 거 몇 없지 않습니까. 초반에 손 털고 나온 기색이었어요."

"그 말대로야. 도련님은 빠르게 끊어 냈지. 리에트처럼 아예 무시한 것도 아니고, 어중간한 태도가 의아했었는데. 지금 생각해 보면 한유진 군 때문이었어."

또 나 때문이냐. 그래, 항상 내가 문제였지.

"내가 말실수를 했나?"

"아니니까 계속 말씀해 주시죠."

내 표정을 슬쩍 훑던 성현제가 다시 입을 열었다.

"그것들이 접근해 오는 방식은 단순해. 아이템이나 스킬에 대한 정보를 먼저 들이밀지. 어느 던전을 어떤 식으로 공략하면 무엇을 얻을 수 있다, 라는 식으로."

리에트로부터 들은 것과 비슷했다. 시스템 제작자들처럼 시스템에 대해 잘 알고 있는 것일까. 하지만 나에 대해서는 모르는 것으로 보아 정보력은 뒤떨어지는 듯했다.

대신 던전 밖에서는 편법 메시지만 보낼 수 있는 시스템 제작자들과 달리 우리 세상에 직접적으로 간섭 가능한 모양이었다.

"처음 한 번은 미끼로 던져 준 다음 계약서를 내밀어 오지. 내용은 간단해. 자신들의 정체와 알게 되는 정보에 대해 함구할 것. 물론 나는 좀 더 세밀하게 조건을 조정했지만. 이 정도 이야기는 할 수 있을 수준으로."

"입만 다물면 유리한 정보를 계속 얻을 수 있다는 겁니까? 너무 퍼 주는 조건인데요?"

"조건이 가벼울 만한 이유가 있지. 그러니까 그, 자칭 효도중독자들은."

낮게, 웃음기 어린 목소리가 말하는 순간 강한 반발력 같은 것이 느껴지며 메시지창이 떠올랐다.

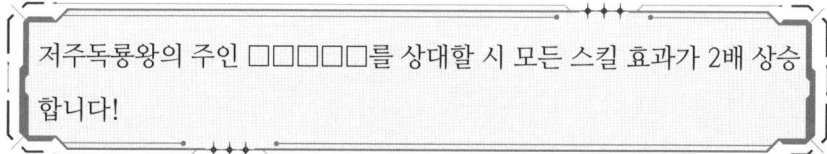

저주독룡왕의 주인. 무심코 웃음이 새어 나왔다. 너였구나.

주인이 있는 줄은 까맣게 모른 채, 그저 운이 나빴다고만 생각했는데. 네 놈의 빌어먹을 도마뱀 새끼가 내 동생을 물었으니 얼굴 마주하고 보상 받아 내야지. 안 그래?

"그래서 그 새끼와는 어떻게 만날 수 있습니까?"

"전과 기록은 분명 없었는데. 손 더럽힐 일 없이 평범하게 살아온 것이 확실하건만 이따금 사람 한둘 죽여 본 게 아닌 듯한 눈을 한단 말이야."

"…무슨 엉뚱한 소립니까?"

"마음에 든다는 거지."

성현제가 자리에서 벌떡 일어났다. 대비치 못해 비틀거리는 나를 커다란 손이 붙잡아 준다. 멀쩡한 오른쪽 손이다. 눈도 물론 멀쩡하다. 2배 스킬 효과가 떴으니 당연한 결과였다.

"그들이 조건을 가볍게 거는 이유는 단순해. 자기들 도움 없이는 이 세계를 빠져나가지 못하기 때문이지."

나를 바로 세워 주며 그가 말을 이었다.

"머잖아 사라져 버릴 이 세계를. 축약하자면 죽기 싫으면 순순히 시키는 대로 해라, 랄까. 지루하고 재미없는 소리야."

"그게 무슨 말이야?"

여전히 거리를 둔 채 쌓인 돌무더기 위에 앉아 있던 리에트가 끼어들었다.

"지구 망한대? 언제쯤? 그럴 줄 알았으면 좀 더 막 살걸."

충분히 막 사신 거 같은데.

"그 효도중독자들을 도와주면 탈출할 수 있게 해 준다, 이겁니까?"

"그런 셈이지. 다만 보통 사람은 안 돼. 최소한 스탯 S급, 그것도 상위권에 속해야만 세계를 벗어나는 충격을 버틸 수 있다고 하더군. 도련님도 그 말을 듣고 손을 뗀 거겠지. 소중한 형님이 스탯 S급으로 각성할 가능성은 전무해 보였을 테니까. 한유진 군의 스킬처럼 정확히 알 수는 없지만, 스탯 중상급들은 각성 전에도 어느 정도 두각을 나타내지. 유명 스포츠 선수들이 죄다 중급 이상인 것처럼."

나야 평범했고, 결과도 평범한 F급이었다. 유현이 녀석, 진짜…….

"도와 달라는 일은, 이 동네 망하게 하는 거고요?"

"굳이 손댈 필요 없이 망해 가고는 있다네. 앞으로 던전이 더 늘어나고 몬스터가 강해져서 버틸 수 없어지면 끝나는 거지."

"그럼 대체 뭘 하려는 겁니까, 그 이름 이상한 집단은. 설마 능력 되는 사람 구조반은 아닐 테고."

혹여 진짜 구조반 같은 거라면 유현이를 어떻게든 설득해 다시 손잡게 만들어야 하나.

"순리대로 망하게 내버려두는 것. 그것을 방해할 수 있는 특정 요소를 제거하는 게 목적이라 할 수 있겠지. 그걸 원하는 이유는 글쎄, 나도 거기까지는 듣지 못해서. 효도중독자라니까 그네들 부모님이 세계 멸망 같은 걸 바라기라도 하는 게 아닐까."

부모님 얼굴이 궁금해지는군.

아무튼 시스템 제작자들이 일단 우리 세계가 멀쩡하길 바라는 쪽인 건 맞는 듯했다. 세상이 망하지 않으려면 던전을 계속해서 터지지 않도록 공략해야 하고, 그러려면 강한 헌터가 많이 필요하겠지.

그래서 내게 S급들 모으라고 한 듯하고.

"방해할 수 있는 특정 요소라는 게 유독 강한 헌터를 뜻하는 겁니까?"

"아마도 그렇겠지. 접근해 온 상대들만 보아도 평범한 S급이 아니니까. 끌어들이는 데 성공만 한다면 방해물을 제거할 말도 얻고 특정 요소 자체도 하나 사라지는 거고, 일석이조지. 그러니까 열과 성을 다해 영업 뛴 게 아니겠나."

"정보 던져 주며 키워 주다가 성현제 씨처럼 배신하면 어쩔 생각이었을까요."

"그들과 계약하는 것만으로도 특정 요소는 될 수 없다던가, 그렇다더군."

그 말에 눈 덮인 던전에서 유현이가 공격받았던 것이 떠올랐다. 효도중독자들과 엮이면 시스템 제작자들의 배척을 받게 된다. 아마 그 때문인 듯한데, 시스템 제작자들의 도움 없이는 특정 요소인지 뭔지가 될 수 없는 것일까.

아무튼 유현이는 이미 계약했으니 특정 요소인지 뭔지도 아니게 되었을 텐데.

그런데 왜 그 새끼들은 유현이를 죽이려고 든 거지.

"접촉할 수 있는 방법은─."

턱.

성현제의 손이 내 가슴을 밀어냈다. 뒤로 크게 밀려나 나뒹구는 내 귓가로 땅이 거칠게 긁히는 소리가 들려왔다.

머릿속은 혼란에 빠져 있었지만 반사적으로 선생님 스킬을 사용했다. 우선 가장 안전한 상대인 노아에게. 직후 상황이 보였다.

어느새 멀리 떨어진 성현제의 가슴에 큰 상흔이 생겨 있었다. 제 피에 젖어 있는 모습이 낯설게 느껴진다.

그리고 내 앞쪽, 성현제가 서 있었던 자리를 누군가가 대신 차지하고 있다, 라고 제대로 인식하기도 전에.

콰득!

"유진 씨!"

타는 듯한 통증이 전신을 내달렸다. 눈앞이 순간 아찔해진다. 공격… 이라기보다는 누군가의 손이 내 다리를 움켜잡았다. 날카로운 손톱이 피부를, 살을 꿰뚫고 뼈까지 파고든다. 절로 튀어나오려는 비명을 힘겹게 삼키고 서둘러 소리쳤다.

"오지 마, 노아!"

성현제가 공격을 제대로 피하지 못한 적이라면 노아는 당연히 상대도 안 된다. 이어 성현제와 리에트에게도 선생님 스킬을 썼다. 곧장 성현제의 전투 예지 스킬이 느껴진다.

"…뭐야, 저게?"

성현제의 스킬을 공유받은 리에트가 당황하며 중얼거렸다. 스킬을 의아해하는 것이 아니다. 나를 붙잡은… 용인종, 빈틈을 찾기 힘든 괴물에 놀란 것이었다.

셋 다 쉽게 움직이지 못하는 사이 용인종이 나를 잡은 손을 들어 올렸다.

"…크읏."

꿰뚫린 상처가 당겨지며 다문 잇새에서 절로 신음이 새어 나왔다. 기다려요, 노아 씨. 참아.

덜덜 떨리는 상체를 어떻게든 팔로 지탱하며 고개를 돌려 용인종을 바라보았다. 뿔에 꼬리, 전신을 덮은 비늘. 인간과 용을 적당히 섞어 놓은 모양새지만 날개는 없는 그자를 향해 떡잎 스킬을 사용했다.

┌─────────────────────────────┐
2급 독과 저주의 고대용인종 - 비쿠스
현재 스탯 등급 SS
└─────────────────────────────┘

> 각성 가능 스탯 등급 S
> 최적화 초기 스킬
> 용의 비늘(SS) 획득
> 녹아내린 도시(SS) 획득
> 전룡화(SS) 획득 실패
> 그림자 주술(S) 획득
> 전투 고양(S) 획득

…저 스탯과 스킬을 하고 2급이라. 멋지네. 각성 가능 스탯 등급이 S인 건 의외였다. 손을 뻗어 목걸이에 달린 샬로스의 구슬을 잡았다. 지금 써 봐야 상처가 회복되는 것도 아니니, 아껴 둬야 할까. 노아 씨의 것까지 합쳐 봐야 고작 30분이다.

'날 죽이려면 벌써 죽였을 거고.'

성현제가 분명 그쪽, 효도중독자들이 나를 사로잡길 원한다고 했었지. 리에트도 납치라고 말했다. 그보다 이런 놈을 보낼 수 있으면서 왜 처음부터 안 보내고. 성현제 계약 풀린 거 알고 급해서 무리했나?

그때 용인종이 입을 열었다.

"□□□□□□□□."

…말했어? 못 알아듣겠지만. 통역 아이템도 통하질 않았다.

상처를 치료한 성현제와 리에트가 천천히 접근해 오고 있었다. 노아는 섣불리 나서지 않고 두 사람에게 보조 스킬을 걸어 주고 있다. 하지만 역시 불리하다. 전투 예지 스킬이 이거 답 없겠는데, 하고 말해 주고 있었다. 아주 상대가 안 될 정도는 아니지만, 둘이 교묘히 합을 맞추어 공격한다 해도 양측 피해가 70 대 30쯤 될까. 우리가 70이고.

긴장감으로 팽팽히 떨리는 공기 속에서 용인종이 이를 드러내며 웃었다. 자신만만하다. 놈의 주위로 독기가 일렁거리기 시작한다.

'이대로는 안 돼.'

아까 라우치타스 스킬 메시지도 떴고 상태창 설명도 그렇고, 이놈도 저주 독룡종이었지. 스킬 효과 두 배가 적용되는.

'…선생님 스킬.'

전투 예지에 더해 용인종의 감각까지 일방적으로 받을 수 있다면. 그럼 우리 쪽이 확실하게 유리해질 것이다. 노아도, 리에트도 선생님 스킬에 조금의 저항도 없었다. 저 용인종은 거부하겠지만 스킬 효과가 두 배라면 그럭저럭 버틸 수 있지 않을까.

다른 방법이 있는 것도 아니니. 결론을 내리자마자 용인종을 향해 선생님 스킬을 썼다. 놈의 감각을 세 사람에게 일방적으로 전달해 주며 샬로스의 구슬을 사용했다. 두통이 느껴졌지만 스킬에 대해 잘 몰라서인지, 생각보다 저항은 약했다.

성현제와 리에트, 둘 다 용인종의 감각을 전해 받기 무섭게 소극적이던 태세를 뒤바꾸고.

차르륵!

전류를 띤 사슬이 용인종의 발치를 파고들었다. 사슬을 막으려는 움직임을 리에트의 칼날이 튕겨 낸다.

파지지직!

국소 부위로 좁혀 위력을 더욱 올린 전류가 용인종을 잠깐이나마 마비시키고.

카가강!

내 다리를 꿰뚫은 손톱을 리에트가 잘라 낸다. 충격으로 인한 통증이 뇌에 닿기도 전에 짜맞춘 듯 다가와 있던 성현제가 나를 낚아채 뒤로 물러났다. 쫓아오려는 용인종을 리에트가 아슬아슬하게 저지한다.

"괜찮은가?"

"…대충 살아는 있습니다."

일단 샬로스의 구슬부터 사용을 멈췄다. 빛이 사라진 구슬에 금이 살짝 가긴 했지만 그럭저럭 멀쩡하다. 시간을 정확히 쓰기 위해 새 구슬을 꺼내 목에 걸고 다리를 내려다보았다. 잘려 나간 손톱이 그대로 박혀 있었다. 금속성 회색빛을 띈 손톱 끝을 따라 피가 계속해서 흘러나온다.

…출혈을 막으려면 치료하긴 해야 하는데. 이물질부터 제거하고 포션을… 젠장. 저 망할 도마뱀 인간이 독 뿌려 대서 독 저항 끄지도 못하고. 속으로 욕을 내뱉으며 성현제에게 말했다.

"만에 하나 제가 정신을 잃거든 무슨 짓을 해서라도 바로 깨워 주세요."

자칫 스킬이 꺼졌다간 리에트가 위험하다. 지금도 아슬아슬하다 못해 노아의 치유 스킬로 버티고 있는데 선생님 스킬이 없다면 당하고 말 거다.

"도련님이 알게 되면 길길이 날뛰겠군."

"서로를 위해 비밀로 해 두죠."

성현제가 나를 고쳐 안아 들었다. 그리고 이내 섬뜩한 소리와 함께 다리에 박혀 있던 손톱이 빠져나간다. 비명을 지른 것도 같다. 그래도 정신은 잃지 않았다. 스킬도 유지되고 있었다. 입안에 단내가 짙게 맴돈다.

잠깐 아찔해진 사이 포션이 다리를 적시고 상처가 아물었다. 망할 도마뱀 새끼, 잡으려면 곱게 잡을 것이지. 내 스탯 F란 말이다, 과다 출혈로 죽어. 주인이란 새끼는 왜 저런 멍청한 도마뱀을 보낸 거냐. 주인 머리통도 도마뱀 수준이라서 그런가?

"피해 무효 구슬 10분짜리 두 개에 하나는 잠깐 썼으니까 대략 17분이라고 칩시다. 노아에게 하나 더 건네받으면 27분이에요. 넉넉하죠? 아니면 하나는 댁이 직접 쓰고 10분간 공격 무시한 채 패 잡아도 괜찮겠네요."

좋은 방법이다. 이를 으득으득 갈며 말하는데 성현제가 나를 빤히 쳐다보고 있었다.

"왜 그렇게 쳐다봅니까?"

"반할 거 같아서."

"이미 반했다더니."

"또 반할 수도 있지."

"재밌어 죽겠죠, 아주? 눈하고 팔도 멀쩡하겠다, 이 정도면 대가 치른 거 아닌가."

"내 가치를 그렇게나 낮게 치다니, 슬프군."

"됐고, 일단 저 새끼나 잡아 죽이죠."

댁네 애완 도마뱀 두 마리째 잡아 족쳐 드리겠습니다. 그러니 면상이라도 한번 보자, 빌어먹을 주인 새끼야.

챙! 그그극!

칼날과 손톱이 부딪치고 갈리듯 거친 소리와 함께 흘러내린다. 용인종의 잘려 나간 손톱은 그새 재생되고 주위에는 진득한 독이 넘쳐 나고 있었다. 독의 범위는 빠르게 퍼져 나가 반경 백 미터는 됨직했다.

녹아내린 도시, 아마도 그 스킬일 터다. SS급 독 스킬이지만 광범위라서인지 리에트는 S급 독 저항으로도 잘 버티고 있었다. 노아의 보조 덕도 크고.

'역시 리에트도 대단하구나.'

힘도 속도도 분명 부족하다. 그 차이가 작은 것도 아니라, 원래라면 용인종을 저렇게 붙잡아 놓기란 불가능한 일이었을 것이다.

하지만 리에트는 기대 이상으로 완벽하게 적의 발을 묶었다.

으드득.

칼과 발톱이 부딪치는 힘을 감당 못 한 팔이 비명을 울린다. 하지만 리에트는 흔들림 하나 없이 몸을 뒤틀며 근접 타격 스킬, 눈부신 오라를 담은 발길질을 날렸다. 그사이 딜레이 없이 들어온 노아의 치유 스킬이 팔을 치료하고 다시금 칼날이 경쾌한 소리를 높인다.

찢기고 치유하고 부러지고 치유하길 계속해서 반복한다.

치유 스킬을 믿은 무식한 돌격으로 보일지도 모른다. 하나 실은, 냉정하리만치 정확한 계산에 따른 부상이었다.

 피하지 않고 막아서는 이상 부상을 입지 않을 수는 없었다. 하지만 곧장 회복 가능한 부상이 아니라면 용인종을 계속 막아 붙잡아 두는 것도 불가능하다.

 그렇기에 리에트는 용인종의 앞을 무리하지 않고 아슬아슬한 정도로 방해하며, 동시에 노아의 치유 스킬로 일정 시간 이내에 치료 가능한 수준의 부상만 입도록 조절하고 있었다. 용인종의 힘과 자신의 힘, 내구력, 노아의 치유력까지 모두 정밀하게 계산하여 예술적이리만치 정확한 줄타기를 하고 있는 것이다.

 나와 성현제의 스킬이 바탕이 되곤 있다지만 타고난 전투 센스 없이는 불가능한 일이다. 그녀에게 쌓여 있는 유감이 일순 잊힐 정도로 멋있긴 멋있다.

 "노아의 스탯 대여는 마력이 좋겠지요."

 끼어들면 화내겠다 싶을 만큼 즐기고 있는 리에트지만 오래 내버려둬 좋을 건 없다. S급도 체력에 한계는 있으니까. 성현제와 한바탕하기도 했고.

 "시계 좀 빌려주세요. 스톱워치 기능 있습니까?"

 "물론 있지."

 더럽게 비쌀 회중시계를 받아 혹여 놓치지 않도록 체인을 손목에 감아 움켜쥐었다. 샬로스의 구슬 효과 범위가 어느 정도인지는 모르겠지만 저번 바바르 사냥 때도 옷과 신발이 멀쩡했으니 손안의 시계도 무사하겠지.

 그리고…….

 "저를 방패막이로 쓸 수 있을 겁니다."

 모든 피해를 무효화시킨다. 이보다 더 좋은 방패가 또 있을까. 바바르 때는 공격받을 일이 없으니 미처 생각지 못했지만 지금은 다르다. 이렇게 뛰어난 성능을 가지고서 가만히 들려만 있는 건 심각한 낭비다.

 내 말에 성현제가 그도 그렇군, 하고 작게 감탄 어린 목소리로 중얼거렸다.

 "공격 스킬 두 배 공유는 접촉 부위가 바뀌어도 효과가 이어집니다. 왼손을 잡은 채로 오른손을 잡은 뒤, 왼손은 뗀다 해도 괜찮다는 거죠. 완전히 떨어지는 일 없도록 주의만 기울이면 다양하게 활용이 가능할 겁니다."

노아 씨에게 공유 스킬 효과 확인해 볼 때 같이 시험해 보았다.

"다만 적에게 빼앗기면 망해요. 바바르 때도 그랬지만 피해 무효라는 게 일정 이상의 타격이 들어올 때만 반응하는 것 같으니 그냥 잡아 든다거나 당기는 건 가능합니다."

아예 모든 외부 자극을 막아 버리는 아이템이었다면 듣지도 보지도 느끼지도 못했을 것이다. 그건 피해 무효가 아니라 사람 잡는 아이템이지. 모든 감각이 일시에 사라지는데 맨정신으로 어떻게 버티냐.

"다행인 건 저놈 손은 평범하게 잡을 수 있는 몰골이 아니란 거죠. 날 선 손톱으로 붙잡으려고 들면 공격 판정 받고 막힐 테니 조금만 조심하면 괜찮을 겁니다."

평범한 손으로 잡아당기면 힘에서 밀려 빼앗기고 말겠지만 용인종의 손 구조로는 불가능하다. 설명을 가만히 듣고 있던 성현제가 내 왼쪽 손목을 잡아 들었다.

"춤출 줄 아나?"

"갑자기 또 무슨 헛소리신지."

"서로의 동작과 호흡을 맞추는 데 그보다 더 좋은 게 없지. 또한 무용과 무술은 상통하는 점도 많아. 카포에라 같은 것도 있잖은가."

서로 호흡을 맞춘다면 뭐, 댄스스포츠 같은 거 말하는 건가.

"누구 씨처럼 한가하고 여유로운 인생이 아니었던지라 잘 모르겠네요."

"걱정 말게. 지금부터라도 배우면 되니까."

걱정이겠냐. 거절한다. 성현제의 헛소리를 귓등으로 흘리며 드래곤의 모습으로 비행 중인 노아를 불렀다.

"노아 씨! 이 인간에게 마력 스탯 대여 부탁합니다!"

노아가 이쪽으로 방향을 틀고 리에트 또한 꽉 짜맞춰졌던 공방을 느슨히 하며 우리 쪽으로 걸음을 옮긴다. 머리 위까지 다가온 노아의 눈가가 축축

이 젖어 있었다. 그렇게까지 걱정할 필요 없는데.

- 괜찮으세요?

"보시다시피 멀쩡합니다."

진통제를 못 쓴 거 빼곤 새삼스럽지도 않은 수준이고. 샬로스의 구슬은 일단 노아가 계속 가지고 있도록 했다. 감각을 공유하여 완벽한 타이밍으로 치유 스킬을 써 주는 힐러가 잘못되기라도 하면 곤란해지니까.

노아가 스탯을 대여해 주고 공격 스킬 효과 두 배 또한 공유했다. 그사이 리에트는 용인종과 함께 점점 접근해 오고 있었다. 내 스킬과 아이템에 대해 잘 알지 못할 텐데도 미리 계획한 것처럼 움직이고 있다.

금색 용이 다시 안전거리를 벌리고 스톱워치를 누름과 동시에 샬로스의 구슬을 사용했다. 앞으로 십 분, 그리고 칠 분.

수색자의 사슬이 보다 강력한 뇌기를 머금으며 물결친다. 바로 수 미터, 단숨에 좁힐 수 있는 거리의 용인종을 향해 성현제가 발을 내디딘다.

격전의 장소로 돌입하기 직전, 그가 나를 향해 입꼬리를 올렸다.

"Shall we dance?"

…내가 이러려고 회귀했나 자괴감 드네. 좀 닥칠 수 없냐는 내 대답 대신.

쿠르르릉!

묵직한 울림과 함께 빛이 땅을 내달렸다. 미리 알고 빠르게 몸을 피한 리에트와 달리 정통으로 뇌격에 맞은 용인종의 전신을 파직거리는 전류가 휘감는다.

"□□□□!"

스킬 효과가 배로 올랐음에도 그리 큰 타격은 없어 보였다. 무어라 소리친 놈이 전신에서 독기를 흩뿌리며 돌격해 왔다.

치유 스킬이 없었더라면 리에트의 몸을 갈가리 찢어 놓았을 칼날 같은 손톱을 성현제는 피하지 않고 맞받아쳤다. 내 팔로, 한쪽 팔로 몸을 받쳐 잡고 다른 쪽 손으로 내 손목을 잡아 든 게 제 말대로 춤 동작과 비슷해 보이긴 했다. 망할.

"우와, 뭐야 자기야?"

몸을 피했던 리에트가 다시 접근하며 놀라 외쳤다. 용인종도 당황했는지 공격이 이어지질 않는다. 그사이 성현제가 인벤토리에서 금빛 띠는 기다란 장침 같은 것을 꺼내 들었다.

– 크르륵!

제 공격이 무산된 것에 열받은 용인종이 전신의 근육을 부풀린다. 손톱, 발톱, 뿔과 꼬리. 단단한 비늘과 군데군데 솟은 가시까지, 온몸이 무기라 해도 좋을 그 흉악한 형태가 더더욱 거친 기세를 뿜어냈다.

반면에 성현제는 정말로 춤이라도 추듯 우아하게 스텝을 밟았다.

"전류는 그냥 쓰면 주위로 퍼져 버려 손실이 크지."

텅! 당기는 대로 휙 끌려간 내 등으로 가시 돋친 꼬리 끝이 내리쳐졌다. 이어 빙그르 몸이 돌며 맞잡힌 손등이 무시무시한 독기를 담은 손톱을 막아낸다. 연이은 공격 무효화로 용인종이 빈틈을 보이기가 무섭게.

콱!

금색 장침이 비늘 틈새를 파고들었다. 칼날이 부딪치는 소리, 사슬이 긁히는 소리. 장침을 제거할 틈을 주지 않기 위해 리에트와 성현제가 동시에 용인종을 몰아갔다.

"덕분에 공격력을 집중시키려면 준비가 필요하다네."

"거참 번거로운, 윽, 속성이네요."

어지러워. 발이 한순간 땅에 닿았다가도 제대로 딛고 서기도 전에 다시 휙 옆으로 당겨 빙그르 돈다. 망할 인간이 어떻게 움직이려는지 미리 알 수 있으면 뭐 하나. 몸이 안 따라 주는데.

- 크아아!

 용인종이 괴성을 지르며 코뿔소처럼 돌격해 왔다. 단순한 발 디딤에 지진이 일어난 것처럼 땅이 파이고 갈라진다. 우르릉! 동작 하나하나에 천지가 울린다. 하나 그것도 전부 소용이 없었다. 오히려 큰 동작의 공격에 빈틈만 더 커져 가시 돋친 등줄기에 침이 줄줄이 셋이나 더 꽂혔다.
"그래도 집중만 시킬 수 있다면-."
 그리고 그 위로.
 차르르-.
 뻗어 나간 사슬을 따라 전격이 내달렸다. 손실을 최소화한 날카로운 전류가 파지지직, 단숨에 튀어 오르며 용인종의 몸 이곳저곳에 박힌 침을 파고든다.
 두꺼운 비늘을 통과해, 그 안쪽으로, 거침없이.

- 캬아악!

 겉으로 보이는 섬광은 처음의 뇌격에 비해 훨씬 초라했다. 그저 전류가 조금 튄 정도였다. 하나 용인종은 전과 달리 몸을 뒤틀며 피를 토해 냈다.
 그 감각을 알고 있는 내가 반사적으로 움츠러들 정도였다. 고통까지 전해지진 않았지만 눈앞이 새하얗게 점멸하고 몸속을 칼날 같은 전류가 튀어 다니는, 그 사실은 느껴져 입안이 다 말라붙는다.
"다른 그 어떤 속성보다 강력한 파괴력을 지니지."
 나직하게, 동시에 자신만만하게 성현제가 말했다. 확실히 대단하다. SS급 저주독룡종. 종족도 종족이지만 스킬 상태만 봐도 바바르보다 윗급인 최상위 개체다. 비늘을 뚫고 체내에 직격했다 해도 그런 무시무시한 상대를 한 방에 무력화시키다니.

그러나 아직 죽진 않았다. 진득한 독처럼 속을 헤집는 공격에 일순 약화되었지만 지니고 있는 강력한 회복력 혹은 스킬이 고개를 치켜든다.

괴롭게 비틀거리지만 결국 쓰러지진 않은 용인종의 머리 위로.

콰과과!

얇은 칼날이 아닌, 묵직한 거인의 망치가 내려치는 듯한 소리와 함께 스킬을 휘감은 검이 내리꽂혔다. 약해진 용의 비늘을 파고들어 정수리를 꿰뚫고 뒷덜미를 넓게 가르며 척추를 부숴 들이박힌 칼!

그 손잡이를 놓으며 리에트의 몸이 뒤로 날아오르듯 공중제비를 돈다. 동시에 호쾌하게 소리친다.

"칼까지 태워 버려!"

금속. 그것도 스킬을 받아들이기 좋은 최상급 무기. 그 아낌없는 외침에 사슬의 춤이 대답한다.

또다시 빛이 달린다. 칼이라는 바뀐 매개의 난폭함 때문인지, 한층 더 사납게 으르렁거리며 전격이 사냥감의 전신을 씹어 삼킨다.

- 끄르륵.

비명도 신음도 아닌 맥없는 목 울림이 들려왔다. 엘릭서라도 퍼붓지 않는 이상 확실하게 끝났다. 그렇게 생각한 순간 빛을 잃어 가는 용인종의 탁한 눈과 마주쳤다. 놈이 무어라 입술을 달싹거린다.

'어떻게 알아들을 방법이 없나.'

저놈 주인에 대한 힌트를 얻을 수 있을지도 모르는데. 선생님 스킬을 용인종에게 좀 더 집중해 보았다. 단순히 감각만이 아닌, 더 안쪽까지 파고들 수는 없을까. 죽어 가는 중이라 반발도 없었다. 두 배의 효과도 있으니 혹시나 싶은 그때.

[이렇게 적극적으로 와 주다니, 고맙군.]

누군가의 목소리가 머릿속을 울렸다. 어, 싶은 순간 눈앞이 암전되었다. 아주 잠깐 동안.

그리고 다시 눈을 떴을 땐 낯선 곳에 서 있었다.

'뭐지.'

성현제도, 노아와 리에트도 없다. 손에 쥐고 있던 회중시계도 사라졌다. 통역 목걸이도 샬로스의 구슬이 달린 목걸이도, 다른 아이템들도 없었다. 그나마 옷은 그대로였다. 아니, 찢어졌어야 할 바지가 멀쩡하다.

당혹감 속에서 주위를 살펴보았다. 저만치 앞에 누군가가 서 있는 것이 보였다. 인간 남자에 가깝지만 머리에 굽어진 뿔이 솟아 있다. 그리고 눈까지 인간의 것이 아니었다. 낯선 형식의 제복 비슷한 차림에, 목과 드러난 손목에 길게 갈라진 흉터들이 보였다.

그를 향해 떡잎 스킬을 쓰자, 명우의 대장간에서처럼 정보가 상태창이 아닌 머릿속에 떠올랐다.

'독과 저주의 고대용인종. 아까 그놈보다 더 강하고… SSS급쯤? 그 밖의 정보는… 모르겠군.'

저주독룡왕의 주인이라기엔 좀 약한 거 같은데. 세 번째 애완동물쯤 되나.

그보다 여긴 대체 어디지. 일단 내 몸 자체가 어디론가 옮겨진 건 아닌 듯했다. 아이템도 사라지고 옷도 멀쩡해졌으니. 정신 계통 스킬에 걸린 건가? 등급이 높아도 준비 없인 쓰기 힘든 종류의 스킬인데.

'내가 먼저 파고들려고 한 탓인가.'

그사이 용인종이 내게로 다가왔다. 리에트의 것과 비슷한 금속성 황금색 눈이 나를 관찰하듯 내려다보았다.

"또다시 내 일에 훼방을 놓았군. 덕분에 손해가 이만저만이 아니야. 무리해서 비쿠스를 보내는 바람에 일시적이지만 등급까지 하락했지."

놈이 말했다. 비쿠스, 조금 전에 죽인 용인종의 이름이었다. 그리고 등급 하락. 생각이 정리되기도 전에 놈의 멱살부터 잡았다. 물론 꿈쩍도 하지 않는다. 빌어먹게도.

"네놈이, 내가 들어간 던전에 라우치타스를 보낸 거냐?"

"그 일은 정말로 예상 밖이었지. 한유현이 그렇게 허무히 죽어 버릴 줄이야."

느긋한 목소리가 이어졌다.

"당시 한유현은 SS급에 가까운 상태였다. 저주독룡왕의 앞이라 해도 목숨을 위협받는 수준은 절대 아니었어. 일부러 적당한 수준의 라우치타스를 보내기도 했었고. 그러니 죽는 건 한유진, 너만이어야 했는데."

"무슨 헛소리야. 날 죽일 거였으면 그냥 게이트가 닫힌 후 A급, 아니 B급 수준 몬스터만 보냈어도 됐을 텐데."

"그때 던전 게이트가 열려 있었을 거라고 생각하나?"

놈의 말에 목덜미가 뜨끔해졌다. 회귀 전, 던전에 들어가고 시간이 얼마나 흘렀었지? 그리 오래 지나지는 않았었지만, 한 시간은 생각보다 짧다. 그리고. 유현이는 혼자 들어왔다. 힐러도, 보조도, 그 밖의 헌터들을 수많이 거느리고 있는 길드장임에도. 혼자 들어왔기에 더욱 F급짜리 헌터와 자기 자신의 목숨까지 동시에 챙기는 것은 불가능했다.

"한유현과 새롭게 계약을 했지. 제 형이 위기에 처한, 닫혀 있는 던전에 들여보내 주는 조건으로. 하지만 한유진, 네가 살아 있는 한 한유현이 적극적으로 협조해 올 가능성은 작았기에 형을 지키지 못할 수준의 몬스터를 보내었다. 한유현이야 우리가 보낸 것인 줄은 꿈에도 모르니까, 어디까지나 던전 오류로 인한 사고로 한유진이 사망한 것처럼 느껴지게 만들었지. 원망할 상대는 없으며 지키지 못한 건 스스로의 무력함 때문이니. S급 헌터의 특성상 힘을 갈구하게 되었을 터이고 다루기 무척이나 쉬워졌을 거야. 그런데."

한숨을 섞어 말이 이어졌다.

"제아무리 소중한 피붙이라 해도 태생 S급이 목숨까지 내어 줄 줄은 정말로, 몰랐어."

유현이를 죽일 생각은 없었던 건가. 그렇다 해도 바뀌는 건 없다. 이 새끼를 어떻게 족치느냐, 그 문제만 더욱 선명하게 뇌리에 박힐 뿐이었다.

"그렇게 노려본다 해도 네가 뭘 할 수 있지?"

놈이 비웃음을 흘렸다. 그것이 바늘처럼 날카롭게 가슴을 찔러 들어왔다. 시발, 그래 틀린 말은 아니지. 나 혼자서는 F급 던전에서도 빌빌거리겠지만.

"네놈 애완동물을 두 마리 족치는 것 정도는 할 수 있었지. 쓸데없이 머리통 셋이나 단 비만 도마뱀, 아주 회를 쳐 놨는데 혹시 보셨나? 서커스단 출신인지 두 발로 잘도 걸어 다니는 도마뱀은 또 어떻고. 머리부터 꼬챙이로 푹 꿰뚫어서 통으로 노릇노릇 잘 익혀 놓았는데. 아직 남아 있을 테니 가서 맛이라도 보시지?"

거대 도마뱀 편육과 통구이, 절찬 판매 중입니다. 가지고 올 수만 있었으면 이 새끼 주둥이까지 손수 배달해 줬을 텐데 진심으로 아쉽다.

"간이 부었군."

"내 동생 물어 죽인, 씨발, 도마뱀 새끼 주인 앞에 두고 이 정도면 더럽게 침착한 거지. 너무 침착해서 스스로가 짜증 날 정도다."

나는 왜 약한 거지. 동생 죽게 만든 새끼를 코앞에 두고도 입만 떠드는 신세가 한심하다. 이러니까 유현이도 나한테 아무 말 못 했지.

한껏 이를 으득 갈았다. 안 돼. 지금은 바닥 긁을 때가 아니다. 지난 수년간 충분히 많이, 제 무덤 자리 만들고도 남을 정도로 파헤쳐 놓았으니 지금은 잊자.

"그렇게나 동생을 생각하면서 왜 아직 살아 있는 거지?"

멱살을 잡은 내 손목을 비늘이 드문드문 비치는 손이 움켜잡는다. 손목이 부러질 듯 비틀렸지만 통증은 멀게만 느껴졌다. 대신 놈의 목소리가 귀에 뚜렷이 박혀 들었다.

"너만 없었다면 한유현은 자유로워질 수 있었을 텐데. 우리의 제안 또한 온전히 스스로의 실리만 따져 받아들이거나 거절했겠지. 약해 빠진 피붙이의 걱정은 조금도 하지 않은 채."

문득 성현제가 떠올랐다. 그리고 리에트도. 그 둘에 비해 유현이는… 훨씬 부자유스러워 보인다는 사실을 인정할 수밖에 없었다. 나를 걱정하던 눈빛. 화내고 초조해하고 불안해하는, 다른 두 사람에게서는 찾아볼 수 없는 모습들.

…정말 아픈 곳만 정확히 찌르는구나, 빌어먹을 새끼.

"그래. F급 형이 그렇지 뭐. 멀쩡히 살아 있어서 내가 정말 잘못했다."

맞는 말이라고, 고개 끄덕여 주었다.

"근데 네놈은 그 공기가 아까운 F급한테 두 번이나 발목 잡혔잖아. 등급 떨어지고도 SSS급쯤은 되는 거 같은데, 원래는 L급 정도 되나? 그러고도 F급 때문에 절절매기나 하시고. 나는 등급이라도 낮지 나보단 등급값 하등 못 하는 너 새끼가 마시는 공기가 더 아깝-."

퍽, 소리와 함께 걷어차였다. 나뒹굴어 바닥과 부딪힌 부분이 둔하게 아프다. 틀어 잡혔던 손목도 아려 오고. 진짜 몸뚱이는 아니건만 실감 팍팍 나네.

"심지어 성현제한테도 사기당했다며?"

바닥을 짚어 상체를 일으키며 빈정거렸다. 성현제의 이름이 나오자 놈의 얼굴이 눈에 띄게 굳어졌다. 회귀 전의 현제 씨 리스펙트. 뭔 짓 했는지는 모르겠다만 무조건 잘하셨어.

"퍼 줄 거 다 퍼 줬더니 받아만 먹고 튄 모양이던데 회귀하니까 이때다 싶어 새벽 두 시 구남친처럼 찝쩍대다가 탈탈 털리고. 완전 개호구 아니냐. 이참에 용인종 말고 호구종으로 바꾸지 그래?"

"…성현제는, 예상 밖이었다. 자기 자신이 그 무엇보다 중요한 인간이 불확실한 미래에 기대어 배신을 할 줄이야."

"뭔 허구한 날 그럴 줄 몰랐다, 예상 밖이다냐. 태생 S급이 몇이나 된다고 죄다 틀려먹어? 심지어 리에트도 제대로 못 끌어들이고. 차라리 동전을 던져 결정하는 게 성공 확률이 더 높겠다."

"리에트."

금색 눈이 사납게 치켜 올라갔다. 내 앞까지 다가온 놈이 몸을 굽혀 내려다봐 왔다.

"어떻게 디오 발쉐시스에게 내린 명령을 해제시킨 거냐."

…확실히 이놈들은 시스템 제작자들에 비해 정보가 적었다. 내 스킬도, 칭호도 모르는 게 분명했다.

"라우치타스 앞에서는 또 어떻게 살아남았지? 패륜아들이 협조한 건가?"

"패륜아?"

"시스템을 만들고 관리하는 놈들이다."

그쪽은 왜 또 패륜아지. 진짜 성현제 말대로 세계 멸망이 소원인 부모님을 두고 자식들끼리 편 갈라 다투기라도 하는 건가. 집안싸움에 남의 가족 끌어들이지 마라, 망할 새끼들아.

"서로 언급 못 하는 줄 알았는데."

"밖에서는 그렇지. 하지만 여기는 내 의식 속이다. 혼자 하는 생각에까지 제한이 걸려 있지는 않아. 정확히는 네 의식과 겹쳐 있는 상태지만."

역시 실제는 아니군. 일종의 강한 자각몽 같은 건가. 정신계 스킬이고 진짜 신체는 멀쩡하다는 것을 알면서도 손목의 통증은 쉽게 사라지지 않았다. 비틀리는 것을 눈으로 직접 보고 다쳤다고 믿어 버린 탓이었다.

사실은 가짜, 라고 되뇌어도 이렇게나 생생한 감각을 무시하기란 힘들었다.

"꼬박꼬박 대답 한번 참 잘해 주시네. 그간 꽤나 심심하셨나 봐."

"네 세계와 직접 연결하는 일이 잦진 않을뿐더러 제대로 이야기할 수 있는 게 몇 없으니 무료하긴 했지. 혹은 순순히 덫에 들어와 준 무력한 사냥감을 위한 자비라고 할까."

자비는 무슨. 그러나 무력한 건 사실이라 무심코 한숨이 새었다.

"시스템을 만든 자들에 대해 아는 것을 보니 역시 관계가 있군. 하지만 F급 상대인데, 대체 무엇을 받았지?"

받은 거? 장난치냐 싶은 스킬 명은 여럿 받았지.

"누구처럼 버튼만 누르면 줄줄 대답하는 자동응답기가 아니라서. 말해 줄 것 같냐."

"순순히 대답하는 게 서로 편할 텐데."

놈이 왼쪽 손바닥을 펼쳐 보였다. 손바닥에 나 있는 세 개의 상처 중 하나가 벌어지며 무언가가 기어 나온다. 시커먼 진흙 같은 것이 형체를 이루고, 작게 으르렁거리며 순식간에 덩치를 키웠다.

쿵! 묵직한 소리와 함께 바닥에 내려선 것은 늑대의 두 배쯤 되는 크기의 용이었다. 네 다리와 단단한 비늘, 가시와 긴 꼬리를 갖춘 그리 크지 않은 저주독룡종. 덩치는 작지만 등급은 대략 S급쯤은 되는 듯했다.

'저 상처에 전부 저주독룡종을 담고 있는 건가?'

드러난 부위만 해도 열 개는 넘음직하다. 가려진 몸에는 대체 얼마나 많은 상처가 있을까. 저주독룡왕의 주인이라더니, 라우치타스 말고도 많이도 키우는구만. 애동 부자네.

"조금 전 말했듯이 여기는 의식 속이라 갈기갈기 찢어 기억을 찾아내는 것도 가능하지."

- 크르르.

주인의 옆에 선 드래곤이 번견처럼 이를 드러내며 으르렁거렸다. 자리에서 일어나 뒤로 두어 발 물러섰지만, 역시 대책은 없었다. 혹시나 싶어 인벤토리를 열려 했지만 불가능했다.

"…스탯 F급 상대하면서 아이템도 죄다 빼앗아 가다니. 그러고도 L급이냐."

"비쿠스와는 의식을 연결해 놓았기에 네게 피해 무효화 능력이 있다는 걸 알고 있다. 처음부터 쓰지 않았으니 아이템류겠지. 그런 아이템을 사용해서야 귀찮아질 테니 스킬을 펼칠 때 아이템과 인벤토리에 제약을 걸었다.

그래도 옷은 남겨 주었다만."

그것참 감사합니다.

"혹시 그 아이템을 패륜아들로부터 받은 건가? 하지만 피해 무효화만으로는 라우치타스를 죽일 수 없었을 텐데."

"열심히 고민해 봐, 개새끼야."

대답 대신 드래곤이 움직였다. 아, 진짜 망했군.

비릿한 피 냄새가 지긋지긋하게 느껴졌다. 내 거라서 더욱 거슬린다.

바닥을 온통 시뻘겋게 물들이며 몇 가지를 더 알게 되었다.

하나는 즉사할 정도의 충격을 받게 되면 실제 몸뚱이도 죽을 수 있다는 것이었다. 덕분에 몸통, 특히 머리는 대체로 무사했다. 끝까지 무사하긴 어렵겠지만.

그리고 심각한 부상도 실제는 아니기에 자기암시만 잘하면 금방 멀쩡해졌다. 자잘한 부상보다는 팔다리가 날아간 게 실감이 안 나서인가 더 회복하기 쉬웠다. 눈 감고 내 팔이 없을 리가 없잖아, 하고 다시 눈 뜨면 옷까지 멀쩡하게 돌아왔다.

세 번째로는 원하는 기억을 쏙쏙 골라내는 건 불가능하다는 사실이었다. 저 빌어먹을 도마뱀 새끼가 맨 처음 끄집어낸 것은 처음 몬스터에게 공격받았을 때의 기억이었다. 그리고 10레벨 스킬이 나오지 않아서 좌절했을 때랑 원래 살던 집이 너무 넓고 휑하게 느껴져서 이사했을 때, 처음으로 혼자 보낸 크리스마스 따위였다.

그러다가 겨우 하나 건진 게 라우치타스를 잡고 나온 소원석을 사용할 때의 기억이었다.

"소원석이라니. 심지어 그걸 회귀하는 데 쓴 건가. 자칫 귀찮아질 뻔했군."

개새끼가 기분 나쁘게 웃었다.

"지금 상태를 계속 유지할 수도 있다, 라면 일시적으로 무언가 얻은 모양이로군. 패륜아들의 개입인가? 아니면 한유현이 무슨 수를 쓴 건가."

"비만 도마뱀 새끼가 주인 명령 따르는 게 지겨워졌는지 죽여 달라고 배 까뒤집고 꼬리 치더라. 키우던 애동한테도 배신당하고, 혹시 취미가 배신, 큭!"

내 등을 짓누른 발이 발톱을 세웠다.

"소원석까지 나왔다면 라우치타스를 직접 죽인 건 확실하겠지. 그 밖의 것도 보상으로 나왔을 테고. 칭호인가? 저주독룡종과 연관 있는 상위 칭호. 리에트에 더해 성현제가 계약을 어기고도 멀쩡했던 것도 그 탓이겠군."

놈이 인상을 찌푸린 채 혀를 쯧 찼다.

"아직까지 멀쩡히 나불거리는 걸 보니 정신계 저항류에, 또 뭐가 있지?"

"대답 안 해 줄 거 뻔히 알면서 몇 번을 물어보는 거야? 헛수고 되게 좋아하시네. 아님 머리가 나쁜 건가. 그 애동에 그 주인?"

"정말 귀찮은 스킬이야. 평범한 스탯 F라면 이미 파헤치고도 남았을 것을."

"그러게 아이템 말고 스킬이나 막지 그랬냐."

물론 진짜 그랬다간 내가 곤란해졌겠지만. 탈탈 털리고 그리고, 역시 살려 보내진 않겠지. 망할. 버티는 것 외엔 여전히 답이 없다.

"막을 수 있다면 막았겠지."

놈이 아쉽다는 듯 말했다. 아이템이나 인벤토리는 없앨 수 있어도 스킬은 못 건드린다는 건가. 둘이 뭐가 다르지. 내게 직접적으로 속해 있는 거? 내 몸에서 떼어 내지 못하는 거?

아니, 무슨 차이가 있든 간에.

'애초에 스킬도 아이템도 진짜는 아니잖아. 실제가 아니라 의식 속이니까. 일종의 꿈이라면 내가 있다고 생각하면 있는 거고 없다고 생각하면 없는, 그런 거 아닌가.'

잘려 나간 팔이 있다고 확신하면 멀쩡히 돌아오는 것처럼.

"대체 어떻게 막은 거냐. 내가 아이템을 가지고 있다고 생각하면 뽕 나타나야 하는 거 아닌가? 어차피 머릿속인데 왜 난 계속 약한 거고."

"일종의 강력한 암시지. 아이템을 가지지 못한다는 생각에서 벗어나지 못하도록 하는."

대답은 참 잘한단 말이야.

"꿈속에서 날아오른다 해도 이건 불가능한데, 생각하는 순간 추락하는 것과 비슷하다. 현실감이 강하기에 현실적으로 불가능한 일은 스스로의 고정관념에 얽매여 하지 못하게 되는 거지. 그 고정관념을 더욱 단단히 굳혀 주면 아이템과 인벤토리를 쓰지 못하게 하는 것쯤이야 쉬워."

"잘나셨네요. 뒤집어 말하면 뭐든 할 수 있긴 있다는 건가?"

"이론적으로는. 하나 현실과 다름없는 감각 속에서 직접 체험해 본 적도 없는 능력을 끄집어내기란 불가능하지. 스탯 F가 갑자기 S급이 되는 건 무리라는 뜻이다. 제아무리 상상력이 뛰어나다고 해도 한계가 있으니. 그보다도."

놈이 제 턱 아래를 쓰다듬으며 말을 이었다.

"이대로는 끝이 안 날 듯하니 방향을 틀어 봐야겠군. 예를 들면, 한유현의 시체라든가."

"…그게 왜."

지금 나오는 거냐.

"회귀하면서 없어진 건, 알아."

"원래라면 그랬겠지. 하지만 이미 말했듯이 한유현은 새롭게 계약을 한 상태였기에 죽었다고 해도 계약에 따른 간섭은 가능했다."

여유롭게 까닥이는 손끝을 멍청히 쳐다보았다. 계약해서, 간섭 가능했다고……?

"아니, 오히려 사망했기에 건드릴 수 있었다고 해야겠군. 살아 있었다면 이 세계에서 잘려 나가지 않은 채 손댈 틈도 없이 현재의 한유현과 합쳐졌을 테니까. 하지만 계약에 묶인 시체는 어렵지 않게 손에 넣을 수 있었지."

…무슨 소리를 들은 건지 얼른 이해가 가질 않았다. 그러니까, 그러니까.

"내 동생을… 네놈이 데리고 있다고?"

"계약을 한 건 나였지만 챙겨 간 자는 별을 헤아리는 새다. 그녀가 어째서인지 관심을 보여 가지고 갔지. 나는 시체에는 관심 없어."

발톱이 파고든 등보다 그 아래, 안쪽 깊숙한 곳이 더욱 아팠다. 그런 내 반응을 놈이 달갑게 살펴보았다.

"역시 이쪽이 더 효과가 좋은데. 한유현에 대한 이야기를 좀 더 해 볼까."

"…네 입에서 들을 생각 없어."

머릿속이 약간 멍했다. 조금 붕 뜨는 느낌 같은 것도 들었다.

"그렇게 말하면서도 반응은-."

"체험이라."

쿠르릉!

소리의 울림과 함께 빛이 튀었다.

- 캬악!

나를 짓밟고 있던 드래곤이 전격을 맞고 펄쩍 튄다. 용새끼 주인 또한 갑작스럽게 휘몰아친 섬광을 피해 뒤로 물러났다.

"이건!"

"성현제 그 인간 스킬을 한두 번 겪어 본 게 아니거든."

몸을 일으키며 말했다. 살벌한 병아리반 선생님 스킬. 내게 직접적으로 전해져 오는 감각을 몇 번이나 겪었다. 번개를 다루는 그 움직임 하나하나, 마력의 요동침도, 스킬이 지닌 힘과 더욱 세심한 부분까지.

내가 직접 사용하듯 느꼈다.

"머리에 열이 오르니, 약간 몽롱해지는 게 쓰기 쉽네."

그냥 그때의 감각 그대로 몸을 맡기면 되니까.

- 크르릉!

몸의 절반 가까이가 타 버린 용새끼가 비틀거리며 덤벼들었다. 위로 뛰어오르며, 날개를 펼쳤다. 금빛 용의 날개. 노아의 것이다. 드래곤인 채로, 날개만 꺼낸 채로, 비행 연습 한다고 수없이 감각을 공유했었지. 조교는 블루였고.

파지지직!

공중에 떠오른 채로 다시금 전격을 흩뿌렸다. 사슬도 장침도 없어 퍼져 나가는 전류였지만 효과는 뛰어났다. 용의 비명이 울린다.

그도 그럴 게.

베테랑 F급
라우치타스의 천적

두 배. 그리고 다시 두 배.

웃으면서 망할 도마뱀 주인 새끼를 바라보았다.

"SSS급이었나? L급이라도 상관없지만."

아직 하나 더 남아 있거든. 고작 한 시간이었지만 감각 공유 이상으로, 너무나도 선명하게 내 몸에 직접 깃들었던 힘.

바닥을 붉게 물들이고 있던 피가 검게 변색한다. 이어, 지독하게 불타오르는 흑혈염이 되었다.

- 캬아아아!

아직 숨이 붙어 있던 드래곤이 순식간에 재가 되어 사라졌다. 그 주인 놈도 버티지 못하고 허둥지둥 몸을 피한다.

마지막 보답. 다시 두 배.

"방법을 가르쳐 줘서 정말 고마워."

유현아.

"이번엔 내가 네 기억을 뒤져 볼 차례다."

무슨 수를 써서라도, 형이 데리러 갈게.

"건네주십시오."

이를 악물고서 노아가 말했다. 저보다 훨씬 강한 자들이 전투 직후 식지 않은 기세를 흘려 대고 있음에도 물러서지 않았다.

억지로 버티고 선 그 모습에서 성현제는 바바르를 처치한 직후를 떠올렸다. 상대는 전혀 달랐지만, 엇비슷한 상황이기는 했다.

다만 그때와 다르게 살의 같은 건 들지 않았다. 물론 품에 안아 든 청년을 내어 줄 생각은 여전히 없었지만.

"세성 길드장님."

안달하며 부르는 목소리를 깨끗이 무시하며 성현제는 정신을 잃은 한유진의 얼굴을 들여다보았다. 문득 그 얼굴이 어리다는 생각이 들었다. 좀 더 나이가 든 편이 어울리지 않을까. 대략… 서른 살 정도.

"야, 남의 동생 무시하지 마."

죽은 용인종을 살펴보던 리에트가 한쪽 눈가를 찌푸리며 말했다.

"동생 교육부터 시키지 그러나."

"뭐?"

"남의 것을 탐내면 안 된다고."

"원하는 건 무슨 수를 써서라도 손에 넣어라, 라고는 가르쳐 줬지."

리에트가 튕기듯 자리에서 일어났다. 황금색 눈이 생글생글, 하지만 사납게 웃는다.

"그리고 나도 가지고 싶거든. 우리 자기가, 뭔가 능력이 많은 거 같던데."

"사탕 상자에 개미가 꼬이는 건 어쩔 수 없다지만."

"왜 개미야, 지나가던 드래곤이라고 해 줘."

"일단 어디 눕혀야 하는 거 아닙니까?"

제 누나가 다가오자 움찔 물러났던 노아가 다시금 용기를 내어 끼어들었다.

"그보다 공략을 끝내고 나가는 편이 낫겠지. 저번에도 깨어나는 데 며칠 걸렸고 밖에는 힐러도 있으니까."

"여기 2층까지 있었던가? 연약한 허니를 위해 힘 좀 써야겠는걸."

다시 용의 모습으로 변한 리에트가 자신만만하게 꼬리를 휙- 길게 흔들었다. 속도도 파괴력도 남다르니 그녀가 나선다면 빠른 시간 안에 공략이 끝날 것이었다.

- 태워 줄까?

"챙겨 가야 할 게 몇 있으니 그걸 부탁하지."

- 응? 아, 혹시 걔들 아직 살아 있어? 뭐 하러 살려 뒀대.

고개를 갸웃하던 리에트가 MKC와 수담의 헌터들을 떠올리곤 물었다.

"이 정도로 거하게 일을 쳤으니 앞으로 쓸모 있게 사용할 수 있지 않겠나. 나름 S급 헌터도 둘이나 되고."

- 알뜰도 하셔라.

"쓸 수 있는 건 써야지. 앞으로는……."

성현제는 말하다 말고 입을 다물었다. 어렴풋하게 떠오른 무언가가 이내

하얗게 사라진다. 불쾌한 괴리감을 느끼며 그는 다시 한유진을 내려다보았다.

눈 닿는 곳마다 용의 사체가, 사체의 흔적이 남아 있었다. 크기도 형태도 제각각이었지만 그 모두가 저주독룡종이다.

- 크르륵.

뱀처럼 긴 몸뚱이를 가진 드래곤이 검은 불꽃으로 이루어진 창에 꿰뚫려 펄떡거린다. 이어 내 앞을 막아서는 것은 제법 반가운 얼굴이었다.
라우치타스.
회귀 전에 마주친 놈보다 더 크고 강해 보이는 저주독룡왕이 괴성을 내지른다. 왕이 대체 몇 마리야. 하긴 우리 동네도 한둘은 아니었지만.
"펫 내세우는 거 말곤 재주가 없나. 정말 한심한 주인이네."
공격 스킬이 독과 저주가 주라면 어쩔 수 없긴 하겠지만. 지독한 독기 속에서 숨을 가볍게 들이마셨다. 나한테야 상쾌한 공기다.
날개를 펼쳐 라우치타스를 뛰어넘으며 세 개의 머리를 단숨에 잘라 냈다. 지금 던전 밖에 나타난다면 그 대륙 자체를 포기하고 바다가 있다는 사실에, 날지 못하는 용종이라는 사실에 감사해야 할 재앙 덩어리가 힘없이 무너져 내린다.
쿠우웅.
그에 별다른 감상 없이, 용을 쏟아 내는 주인을 향해 차가운 탄식을 흘려보냈다. 이어 그림자 없는 낮, 마력과 화속성 강화.
하얀 안개를 몰아내리는 놈을 향해.
쏴아아!

차갑게 얼어붙은 빗줄기가 쏟아져 내린다. 후끈하던 공기가 순간 서늘해졌지만, 여기저기서 튀어 오르는 검은 불꽃의 기세를 이기지 못한 채 다시 뜨거워진다.

발이 묶인 놈을 향해 빠르게 날아 다가갔다. 헤르메스의 신발 순간이동은 쓰기가 까다로웠다. 비행 속도야 날개가 더 빨랐고.

"F급한테 발목 잡히고."

수화한 손으로 후려쳐 주자 놈이 데굴데굴 굴러간다. 정말 보기 좋은 광경이다.

"크윽, 젠장!"

"애완동물도 줄줄이 잃고."

날개를 접으며 뿔 달린 머리통 위에 내려섰다. 뭔지 모를 스킬로 공격해 오는 것을 가볍게 맞받아쳐 줬다. 스킬 대 스킬이라면 내가 훨씬 우위다.

"이젠 기억까지 너덜너덜해지게 생겼네. 이쯤 되면 알아서 마이너스 F급, 뭐 이런 거 달아야 하는 거 아닌가."

파짓, 빛이 튀며 놈의 팔이 타들어 갔다. 좀 더 쉽게 기억을 파헤치기 위해 선생님 스킬을 썼다. 여기 끌려오는 데도 도움이 되었다니까 효과가 있지 않을까. 상대의 등급은 높았지만 스킬 효과가 오른 덕인지 무리 없이 파고들었다.

놈의 의식 안쪽, 기억들은 수없이 오래 묵은 먼지처럼 켜켜이 쌓여 있었다. 그 조각들을 억지로 끄집어냈다.

짐작하고는 있었지만 역시 다른 세계들이 존재했다.

'이놈도 태생 S급 비슷한 거였구나.'

어느 세계에서 배척받아 멸종되다시피 했던 독과 저주의 고대용인종. 용종을 길들이고 융합해 새로운 종을 만들어 내는, 일종의 주술사였다.

나름 흥미로운 내용이었지만 내가 찾는 것은 아니다.

"별을 헤아리는 새에 대해 생각해 봐."

그녀가 누구인지, 어디에 있는지, 어떻게 찾아가야 하는지.

다시 기억을 뒤졌다. 이번에는 놈의 스킬에 대한 것이다. 지금 이 정신계 스킬은 양쪽 모두 나가고자 해야만 풀리는 모양이었다. 놈이 도망치지 못한다니, 좋은 정보다.

그리고 다시, 쓸데없는 기억들을 버리고 다시.

"던전을 막지 못하고 잠식당하면 세계가 망하는 거야 이미 알고 있는 내용인데."

그렇게 사라진 세계의 기억도 있었다. 던전이 계속해서 터지고 몬스터가 쏟아져 나오고 대부분의 인간이, 그 세계의 지성체가 사라졌을 때. 터져 나간 던전이 있던 부분들 또한 먹히듯 사라지고 무언가에게 완전히 흡수되어 버리는 세계의 모습이.

"꼭 던전이 있는 것도 아니구나. 던전 없이 몬스터가 그냥 돌아다니는 세계도 있네?"

시스템도 각성도 없는 세계도 있었다. 중세 시대? 판타지풍이라고 해야 할까. 마법이며 검기 같은 걸 처음부터 쓸 수 있었던 세계. 어느 순간부터 몬스터가 점점 강해지고 감당치 못하게 되면 역시나 무언가에게 먹히고 말았다.

그런 세계에서 시스템을 만든 자들, 패륜아들은 시스템 대신 다양한 신으로 위장해 신탁과 업적에 따른 선물을 내려 지성체들을 도와주었다. 결국은 망했지만.

"성공한 사례는 없나."

조금 불안해졌다. 망하면 안 되는데. 적어도 앞으로 백 년, 아니 S급은 수명이 길지도 모르니까 넉넉잡아 이백 년은 버텨야 하는데.

놈이 발악하는 것을 무시하고 다시 기억을 뒤졌다. 쓸데없는 기억, 이것도 별 쓸모없는 기억, 그리고 한유현.

지금보다 나이 먹은 동생이 서늘한 표정을 짓고 있다. 순간 내 가슴도 서늘하게 식었다. …나 때문에 계약할 때는 아닌 듯했다.

[왜 성현제의 소재를 내게 묻는 거지.]

성현제가 사라진 후의 일인 듯했다. 근래의 기억이라서인지 이미지도 목소리도 선명하다. 길게 이야기할 필요도 없다는 듯 차디찬 눈빛만 보내다가 이내 유현이의 모습이 사라진다.

다시 한번 그 기억을 꺼내 보려 했지만 무수히 많은 조각들 사이로 스며들어 버리고 말았다. 잠시 멍하니 선 사이에 몸을 피하려는 용인종 놈을 붙잡아 다시 찢었다.

내게는 아무런 가치가 없는 기억들을 뒤지길 수차례, 드디어 특이한 무언가가 손에 붙잡혔다.

"세 번째, 가장 깊은 샘?"

샘이라는 이름이 붙었지만 떠오르는 이미지는 전혀 달랐다. 마치 블랙홀의 상상도처럼 끝없이 깊은 구멍 속에 물 대신 빛이 흐르고 있었다.

이어.

"다섯 번째, 눈이 내리는 나무."

그 크기를 짐작할 수조차 없는 거대한 나무와, 흩날리는 눈과 같은 입자. 무한히 뻗어 있는 가지 사이로 날아가는 새 한 마리가 보였다.

나무의 크기에 비해 너무나 작아 형체를 제대로 알아보기 힘들었지만, 분명 어지간한 드래곤 이상의 몸집을 지녔을 하얀 새.

별을 헤아리는 새. 틀림없이 그녀일 것이라는 직감이 들었다.

"눈이 내리는 나무가 뭐지? 어디에 있는 거냐?"

"내 입으로 들을 생각, 없다더니."

으르렁거리듯이 말한 놈이 돌연 허탈해하는 웃음을 흘렸다.

"이렇게까지 꼬여 버릴 줄이야. 그래도 확실한 건 한유진, 네가 바로 열쇠라는 거겠지."

"뭐?"

"네놈만 죽이면 이 세계도 끝이라는 소리다."

뭔 헛소리야. 그보다 어떻게 죽이려고. 이미 떡이 되게 처맞은 주제에, 라고 생각하는 순간 공간의 일부가 부서져 내리기 시작했다.

내게 멱살이 잡혀 있던 놈의 형체가 사라진다. 허공의 금이 더더욱 커지고 조각조각 파편이 흩어졌다.

공간의 딱 절반.

부서진 그 너머로, 공허한 또 다른 공간에서 거대한 드래곤이 몸을 일으켰다. 펼쳐지는 날개 너머로 흩뿌려진 빛이 보인다. 아니, 별이다. 그것을 깨닫는 순간 눈앞이 아득해졌다.

"독과 저주의 고대용인종, 디아르마."

내 공간의 더욱 안쪽으로 뒷걸음질 치며 중얼거렸다. 수많은 저주독룡들을 만들어 낸, 주인, 그자의 전룡화. 약화되지 않은 본체. 떡잎 스킬이 간신히 놈을 읽어 낸다.

"…나보다 강한 건 확실하군."

그리고 지금 저 드래곤은 실존했다. 정신체가 아닌 진짜가, 공간을 부수고 난입한 것이었다. 전신이 약하게 떨렸다.

"이래도 되나."

- 대가로 오랜 시간 잠들어야겠지. 하지만 너를 죽이는 것으로 만족하겠다.

"배포가 너무 작으시네."

비꼬듯 말은 내뱉었지만 목소리 끝이 흐려지는 건 어쩔 수 없었다. 드래곤이 움직인다. 그 발톱 끝이 내가 있는 공간을 부수려는 그때.

통!

공이 튀었다. 배구공이다. 그려진 얼굴이 잔뜩 찌푸려져 있었다.

통- 통!

- 반칙입니다!

배구공, 신입이 소리쳤다.

- 너는.
- 반칙입니다! 연결하겠습니다, 물방울 선배님!

그리고 비가 내렸다.

쏴아아-.

불이 꺼지고 독기가 흩어지며 공기가 무겁게 젖어 든 그 속에서. 거대한 형체가 나타난다. 드래곤이 가시를 세우며 소리쳤다.

- 인어여왕!

그 말대로, 인어였다. 하지만 내가 알고 있는 그 어떤 인어와도 다른 이미지였다. 푸른색 비늘과 투명한 지느러미를 지닌 무척이나 아름다운 여성체였지만, 동시에 흉포했다.
세상에서 가장 전투적인 형태의 인어라고 해야 할까.
까드득.
날개처럼 펼쳐진 등의 비늘이 서로 밀려 부딪치며 움직였다. 맑은 소리를 내며 흔들리는 귀걸이가 어쩐지 눈에 익었다. 인어여왕의 손에 기다란 창이 들리고 드래곤이 크게 포효했다.

- 유폐된 패륜아가 밖으로 나서다니!

"엄밀히 말하자면 허니의 의식 속이에요. 우리는 나올 수 없죠. 절대로."

드래곤 사냥에 나선 기사처럼 창이 겨누어졌다. 그녀가 나를 돌아보고, 흰자위 없는 짙푸른 눈이 웃음을 머금는다.

"허락해 주겠어요, 허니?"

"…예?"

"이곳의 주인은 허니니까요."

그녀와, 그 너머의 용을 바라보았다. 허락이라니.

"저보다 더 간절히 저놈 머리를 원하는 사람이 또 있을까요. 그러니 협조 부탁드리겠습니다."

말이 떨어짐과 동시에 창끝이 휘둘러졌다. 마치 수중에 잠긴 것처럼 공기가 묵직하게 흔들리고.

- 크아아!

드래곤이 인어여왕을 향해 덤벼들었다. 놈이 내 공간을 부수지 못하고 들어서는 순간, 크기 또한 줄어들었다. 군데군데 피를 흩뿌리는 몸뚱이가 기껏해야 라우치타스의 배 정도다.

심지어 공포 저항과 팽팽히 맞서던 위압감까지 확 줄어들었다.

"어떻게 된 겁니까?"

인어여왕을 돌아보며 물었다. 그녀 또한 인간보다 약간 큰 정도로 작아진 채였다.

"아무리 의식 속이라고 해도 그대로 맞붙었다간 허니가 위험해질 수도 있거든요. 저와 연결해서 위험하지 않을 수준으로 맞추어 놓았죠. 그리고 협조라고 했잖아요?"

그래, 협조지. 감사합니다. 진심으로.

"디아르마 씨, 다시 한번 갈까요?"

내리는 빗속에서 날개를 펼쳤다. 인어여왕을 경계하던 용이 송곳니를 드러낸다.

- 약화되었다 해도 조금 전과는 다를 거다!

"그편이 더 반가워. 옆구리 정도는 물어뜯겨야 진짜 싸웠다는 기분이 들지."
즉사만 면하면 되는 공간이 아니던가. 그러니 있는 힘껏 나를 너덜너덜하게 만들어 봐라.
차디찬 비를 따라 번개가 쳤다.
세상을 녹여 버릴 듯 흘러넘치는 독기 속에 광포한 바람이 내 몸을 찢었다. 잘려 나간 날개를 접고 용의 머리 위로 떨어져 내렸다. 용의 눈가에 피가 흐른다. 물론 내 것이다. 눈꺼풀 사이로, 비늘 사이로 스며든 피가 불타올랐다.
괴성과 살이 타는 냄새.
타다 못해 녹아내린 틈새에 독기 섞인 피의 창을 박아 넣고, 다시 번개를 내리쳤다. 한곳으로 집중된 전류가 눈부시게 터져 나간다.
그렇게 갉아먹고 갉아먹어 남은 끝에.
금이 간 마석 하나가 내 손에 쥐어졌다. 그리 크진 않았다. 손바닥보다 약간 작은, 탁한 흑색 마석이었다.
투둑 툭.
비는 그치지 않고 계속해서 내리고 있었다. 씻겨 나가는 핏물 속에 서서 인어여왕을 바라보았다. 그리고 물었다.
"별을 헤아리는 새에 대해 아십니까?"

7장 목적지

7장
목적지

"허니의 세계를 구할 방법부터 물을 거라고 생각했는데."

의외라는 듯 그녀가 말했다. 듣고 보니 나도 순서가 잘못되었다 싶어졌지만 질문을 고치지는 않았다. 둘 다 물어보면 되는 것이니. 저주독룡왕의 주인이 죽었다고 해서 지금 이 스킬이 바로 해제되는 건 아니다. 내가 나가고자 하면 사라지게 된다. 그러니 시간은 아직 충분했다.

"미래예지종, 침묵하는 하얀 새. 그녀는 어느 쪽에도 속하지 않은 중립이에요. 디아르마로부터 어디까지 들었는지 모르겠지만, 그녀가 유일하게 사랑하고 따르는 존재는 이름을 말할 수 없는 근원이랍니다."

하얀 눈 속의 하얀 나무와 하얀 새. 디아르마의 기억 조각 속의 이미지가 떠올랐다.

"디아르마로부터 나무와 새에 대해 알게 되었습니다. 나무의 이름은-."

"쉿."

인어여왕이 손가락 끝을 입술에 대었다.

"이름은 무의식중에라도 말하지 않을수록 좋은 거예요. 많이 불리고 많이 알게 될수록 영향력이 커지거든요. 그러니까 허니, 가능한 다른 사람들에게는 이야기하지 말아 주세요."

그녀가 노래하듯 말을 이었다.

"하얀 새가 날개를 접는 나무는 다섯 번째 근원. 그녀는 가지 주위를 맴돌며 우리로선 들을 수 없는 노래와 이야기를 한답니다. 다만 근원과 정말로 대화를 나누는 것인지는 알 수 없어요."

"그녀와 만나려면, 나무가 있는 곳으로 가려면 어떻게 해야 합니까."

"다섯 번째 근원은 다름 아닌 허니의 세계가 속한, 음, 우주라고 할까요. 우주의 중심이자 시작점이라 할 수 있어요. 근원을 중심으로 수많은 세계가 흩어져 있죠. 태양을 맴도는 행성들과 비슷해요."

우주여행이라도 해야 한다는 건가.

"근원에 가까운 세계일수록 근원에서 새어 나오는 힘의 영향을 크게 받아요. 태양의 열과 빛처럼요. 가까울수록 마법적인 이능력이 강해지고, 멀수록 약해지기에 그것을 대신하듯 과학이 발전하죠. 예외적인 경우도 있지만 대체로 그래요."

"그럼 제 세계로부터 근원의 거리는 원래는 멀었지만… 가까워진 겁니까? 지금은?"

숟가락 구부리기를 두고 초능력이냐 아니냐 논쟁하던 세계에 돌연 스킬이 생겨났다. 그 갑작스러운 변화의 이유가 저거였나. 내 물음에 인어여왕이 고개를 끄덕였다.

"앞선 세계들이 근원에 삼켜지거나 도망치고, 허니의 세계 차례가 돌아온 것이지요."

"어쨌든 가까워졌으면 찾아가기도 더 쉽겠군요."

"거리와 무관하게 지금 허니의 몸으로는 불가능해요. 멀고 가깝다, 라고 설명은 하였지만 일반적인 의미와는 조금 다르기도 하고요. 그보다 왜 별을 헤아리는 새를 찾는 거죠?"

"그녀가 제 동생을 데리고 있습니다."

인어여왕이 침묵했다. 주위를 구르고 있던 배구공이 움직임을 멈추었다.

"하얀 새가, 허니의 동생을요?"

"예. 디아르마와 계약한 상태였기에 간섭할 수 있었다더군요. 그러니 그녀를 만나서 제 동생을 되찾아와야 합니다."

"…그녀가 아무 이유 없이 그런 일을 하지는 않았을 거예요. 하지만 조금도 짐작이 가질 않네요."

인어여왕이 당혹스럽다는 듯 말했다.

"하얀 새에게 접촉은 해 보겠습니다만, 지금 그녀는 자리를 비운 상태예요. 언제부터인가 근원 주위에서 모습을 찾아볼 수가 없더군요."

"어디로 갔는지 모르는 겁니까?"

"앞날을 아는 자는 다른 누구보다도 찾기 힘들죠. 최대한 노력은 해 볼 거예요. 다만, 허니."

푸른 진주와도 같은 눈이 살짝 그 끝을 늘어뜨린다.

"허니의 동생을 데리고 올 수는 없어요. 이미 그 세계의 존재가 아니기 때문에 거부당하고 말 거예요. 우리와 달리 자유로운 효도중독자들이 허니의 세계에 직접 발 들이지 못하는 이유 중 하나도 바로 그것이죠. 억지로 들어선다면 반발로 깎여 나가고 깎여 나가, 한없이 약해지고 말 테니까요."

달래는 듯한 목소리가 이어졌다.

"허니의 동생은 그들보다 약하니, 반발력에 버티지 못하고 아예 사라져 버리겠죠."

온몸을 적신 비가 뒤늦게 차갑게 느껴졌다.

너무하네, 정말. 그렇게 큰 것을 바라지도 않았는데. 그냥 평범하고 당연한 일이잖아. 죽은 동생 거두어 주고 싶은 것일 뿐인데, 그런 것 하나 못 하나.

시선을 내려 손에 쥔 금이 간 마석을 바라보았다.

저주독룡왕의 주인의, 쓸모없다고 치부한 기억들도 모두 머릿속에는 남아 있었다. 그렇다고 그 속에 뾰족한 방법이 있다는 건 아니다. 하지만, 방법을 찾기 위한 발판은 되어 줄 수 있겠지.

"별을 헤아리는 새를 찾는 건 부탁드리겠습니다."

"걱정 마세요. 우리도 그녀가 움직인 이유를 알아내고 싶으니까요."

옅게 한숨을 내뱉었다. 빗물로 얼룩진 얼굴을 소매로 훔쳐 냈지만 별 차이는 없었다. 완전히 물에 빠진 생쥐 꼴에 여전히 젖어 들고 있다.

"그럼 처음에 물었어야 했던 질문을 하죠. 어떻게 하면 제가 사는 세상이 무사할 수 있는 겁니까? 디아르마는 제가 열쇠라고 하던데요. 근원은 또 뭐죠?"

"근원은 저희도 정확히 알지 못해요. 굳이 설명하자면, 신이라고 해야 할까요. 지금 이 세계들을 만들어 낸 것은 확실하지만 동시에 자신의 아이들을 삼켜 가고 있지요. 대화가 통하지는 않지만 의지가 아주 없는 것도 아니에요. 근원을 막으려던 우리는 쫓겨나 갇혀 버렸죠."

유폐된 패룬아들. 반대로 근원이 세계를 삼키는 것을 도우려는 쪽이 효도 중독자고. 따지고 보면 제 형제들을 잡아먹으려는 부모를 돕는 것이니 정말 미친 효자기는 하다.

"갇힌 것치고는 영향력이 큰 거 같은데요."

"방 안에 갇힌 채로 외부에 영향력을 미치는 것은 허니 세계에선 특이한 일이 아니잖아요? 그것을 위한 체계를 갖추는 일은 쉽지 않았지만요."

인터넷 같은 건가. 택배로 배달도 하고? 뭐, 인어여왕 같은 존재가 여럿 모인다면 불가능하진 않겠다 싶었다.

"삼킨다고 해도 근원이 직접 입을 벌리고 먹어 치우는 건 아니에요. 근원의 힘의 결정체, 마석을 지닌 존재들이 해당 세계를 점령하는 순간 마석들과 함께 흡수되고 마는 거죠."

"…마석을 여러 용도로 사용하고 있는데 이런 건 괜찮은 겁니까?"

"물론 괜찮아요. 또한 해당 세계의 스킬에 속하게 된 몬스터도 안전하답니다. 테이밍 같은 것이요. 그리고-.”

인어여왕의 손끝이 자신의 가슴 가운데를 가리켰다. 그곳에서 푸른빛이 옅게 일었다.

“몬스터가 아닌, 일정 이상의 힘을 쌓은 생명에게도 마석이 생겨나죠. 이것 또한 안전합니다.”

그래서 디아르마에게도 마석이 있었던 건가. 상급 헌터한테서 마석이 나왔단 소리는 못 들었는데, 한 SSS급은 되어야 생기는 것일지도.

“근원이 지쳐 잠들 때까지 몬스터를 막아 내는 것을, 우리는 도망쳤다고 말해요. 완전히 안전한 것은 아니죠. 그래도 백 년 안팎이라는 꽤 긴 시간을 벌 수 있어요. 깨어난 근원이 다른 세계를 먼저 노린다면 그보다 더 길어질 수도 있고요.”

“완전히 안전해질 수 있는 방법도 있습니까?”

“현재로서는 없어요. 만에 하나 근원을 소멸시킬 방법을 찾는다 해도, 그 이후의 세상이 멀쩡하리란 법은 없으니까요. 태양이 접근해 와 행성이 불탈 위기라 하여 태양 자체를 파괴해 버린다면, 행성은 빛을 잃고 말겠죠.”

그렇게 비교하니 도망치는 거 외엔 방법이 없겠다 싶어졌다. 그때 데구르구르던 배구공이 통 튀어 올랐다.

- 근원을 소멸시키진 않고 공격만 하는 방법도 있긴 해요! 일정 이상 피해를 주면 삼켰던 세계의 일부도 도로 토해 놓고 더 오래 잠잠해지거든요!

“신입아!”

탓하듯 배구공을 부른 인어여왕이 눈썹을 조금 기울이며 내게 말했다.

“신경 쓰지 마세요, 허니. 아주 드물게 초월자가 나타나야만 가능한 방법이라 기대하지 않는 편이 낫답니다.”

“당신들처럼요?”

인어여왕은 대답 대신 미소를 머금었다. 생각해 보면 단순히 방해하는 것만으로 유폐되고 패륜아 딱지까지 붙진 않았겠지. 부모를 두들겨 패는 정도는 되어야 집에서 쫓겨나 감방 간다 이건가.

'최소 L급쯤은 되어야 하지 싶은데, 유현이가 SS급에 가깝다고 했으니 대략 10년 걸렸다 치면… 등급당 10년 해서 30년, 일 리가 없겠지. 그건 너무 쉽잖아.'

A급이 S급 되는 데 5년 안팎으로 걸리니까 S급은 그 배고, SSS급까진 또 배 이상이라고 보는 게 맞겠지. 아니, 유현이가 태생 S급이라는 것도 염두에 두어야 한다. 성장 속도가 다를 테니까 태생 S급 수준이 A급으로 태어났으면 순식간에 S급 되지 않았을까. 그럼 등급당 올라가는 기간 배수가 훨씬 더 길어질 수도 있고…….

음, 그냥 불가능하다고 치자. 게다가 저주독룡왕의 주인만 봐도 단순 L급은 아니었다. 본체의 위압감에 공포 저항 스킬이 약간 밀리는 걸로 봐선 L급에서 상위는 되었겠지.

"단순히 몬스터를 막기만 하는 데는 제게 모으라고 한 S급 50명이면 되는 겁니까? 하지만 회귀 전에도 이미 50명보다는 많았는데요."

"흩어져 있는 50명과 모여 있는 50명은 차이가 무척이나 크죠. 그리고 허니 스킬들을 쓰지 않을 건 아니잖아요? 우리도 앞으로 계속 허니를 도와줄 거랍니다. 그렇기에 디아르마가 허니를 열쇠라고 말한 것 테고요."

상냥한 목소리 속에서 손안의 마석을 재차 만지작거렸다.

패륜아들이 우리 세계를 구해 줄 마음이 있다는 것만큼은 확실하다. 도움을 준다는데 거절할 필요도 없고.

S급 50명은, 틀림없는 거짓말이었지만.

디아르마의 기억 속에서 삼켜지는 세상을 몇 번이나 보았다. 고작해야 S급 50명으로 해결될 거였다면 그 세상들도 모두 무사하였을 터다.

왜 거짓말을 하는 걸까. 물어봐야 할까. 아니면, 좀 더 두고 보는 게 나을까.

혹시라도 더 이상 도움을 주지 않겠다 돌아서 버리면 손해 보는 쪽은 나다.

"든든하네요. 앞으로도 잘 부탁드리겠습니다."

인어여왕을 향해 마주 미소 지어 보였다.

"참, 혹시 앞으로 던전에서 저주독룡종은 나오지 않게 되는 겁니까?"

"아니에요. 디아르마가 만들어 낸 저주독룡종은 오히려 소수랍니다. 다만 한 가지, 그가 죽어 버렸으니 다른 중독자가 오게 될 거예요. 저주독룡종이 아니기에 이번과 같은 요행은 바랄 수 없을 겁니다."

확실히 이번에는 여러모로 운이 따라 주었다. 아니, 디아르마가 깔아 놓은 발판이라 해야 할까. 그 새끼가 라우치타스를 보내지 않았더라면 나도 드래곤 슬레이어 칭호를 얻지 못했을 테니까.

자업자득이네.

"그러니 가능하면 태생 S급들에게 주의를 기울여 주세요. 키워드에 등록해 놓으면 더욱 좋고요."

유현이야 이미 등록되어 있고, 성현제와 리에트는 등록 안 해도 중독자들과 거래할 거 같진 않은데.

"제가 만나지 못한 두 명은 누굽니까?"

"그건 우리도 정확히 몰라요. 효도중독자 쪽에서 먼저 접촉을 했기에 정보가 가려졌거든요. 다섯 명이 있다는 것과 허니와 접촉한 사람들만 알 뿐이죠."

성현제가 튀고 유현이한테 찝쩍거린 걸 봐선 남은 둘도 계약은 하지 않았거나 거부했던 모양이다. 용새끼, 정말 능력 없네. 후임자도 비슷하기를 바라야겠지만, 그놈보다 더 무능력할 수 있을까.

그 밖의 질문이 몇 더 오가고, 부서진 마석을 내 인벤토리에 넣어 달라 부탁한 뒤 의식 속의 공간을 떠나갔다.

눈을 뜨자 보인 것은 어둑어둑한 천장이었다. 던전 밖은 아닌 듯하고, 1층 성은 갈려 나갔는데. 2층인가.

"한유진 씨!"

노아 씨가 거의 울먹이며 나를 불렀다. 어쩌 볼 때마다 눈이 젖어 있다. 고개를 들자 틀만 남은 커다란 창틀에 걸터앉아 있는 리에트가 보였다. 눈이 마주치자 손을 살짝 들어 보이며 웃는다. 그 약간 옆쪽으로 성현제도 보인다.

"별일 없었습니까? 제가 오래 잠든 건 아니죠?"

"네, 하루도 안 지났어요. 2층 보스는 달이 중앙에 떠야 나타나기에 기다리고 있는 중입니다."

벌써 일반 몬스터는 다 처리한 모양이다. 빠르네.

상체를 일으켜 앉았다. 인벤토리를 확인해 보자 [금이 간 마석]이 목록에 들어가 있다. 저주독룡왕의 주인.

'…유현이 계약은 자동으로 풀어졌을까.'

상급 계약 중에는 시전자가 죽어도 유지되는 것도 있으니 나가면 확인을 해 봐야지. 확인을.

…동생 얼굴이 어렴풋하다. 지금의 유현이가 아니라 도마뱀 새끼 기억 속의 얼굴이 자꾸만 떠오른다. 같은 사람이지만. …완전히 같지는 않지만, 그래도.

"유진 씨, 혹시 어디 아파요?"

노아의 물음에 아니라고 고개를 저었다. 아픈 거면 차라리 낫지. 너무 멀쩡해서 오히려 기분 나쁘다. 포션 같은 거 쓰지도 않았는데 몸 어디에도 상처는 흔적도 없었다. 나는 실제가 아니었으니 당연히 없겠지만, 그래도.

"마실 텐가?"

어느새 다가온 성현제가 텀블러를 내밀었다. 받아 들어 한 모금 마시자 진한 오렌지 맛이 입안을 맴돈다.

"제가 오렌지 맛 포션에 질려 있다는 거 모르실 분이 아니신데 오렌지주스를 먹으라고 줍니까?"

"그래서, 맛이 없나?"

"아뇨, 맛있네요."

더럽게 비싼 주스인가 보다. 조금 더 홀짝이고 있자니 성현제의 시선이

꽂히듯 다가붙는다. 저 인간의 관찰하는 눈길은 언제 받아도 거슬렸다. 벌거벗은 듯하다고 해야 하나. 실제로 속속들이 잘도 파헤치기도 했고.

"뭘 그렇게 쳐다봅니까."

"혹여 탈이라도 나면 안 되니 살펴보는 거지."

"아까 아픈 곳 없다고 말했습니다만."

"스스로는 잘 깨닫지 못하기도 하니까. 한유진 군에게 문제가 생기는 건 바라지 않아. 겉으로든 안으로든 건강한 편이 좋지."

"그렇게까지 생각해 주시다니 정말 몸 둘 바를 모르겠네요. 누가 보면 성현제 씨가 제 보호자라도 되는 줄 알겠습니다. 아니면 멀쩡해야 빚 갚을 수 있다는 거려나요. 뜯어먹을 거 많은 채무자?"

"그보다는 착하게 살았더니 하늘이 나를 위해 내려 준 맞춤형 아이템이라고 생각한다네."

…미친, 자기 입으로 착하게 살았대. 으에엑.

"유진 씨는 아이템이 아닙니다."

노아가 항의했지만 가볍게 씹혔다. 괜찮아요, 노아 씨. 어차피 피장파장이라.

"죽여주게 성능 좋은 아이템이 피곤해하고 있습니다. 얼른 공략 끝내고 나가지요. 슬슬 보스 몬스터 나올 때 안 됐나."

"원하시는 대로."

성현제가 과장되게 허리를 숙여 보이고는 몸을 돌렸다. 정말 짜증 나는 인간이지만 그래서인가 기분은 좀 나아졌다.

괜히 땅 파지 말고 할 수 있는 일을 최대한 해야지. 인벤토리 목록을 한 번 더 바라보고, 자리에서 일어났다.

던전의 2층 또한 1층과 마찬가지로 성과 호수가 있었다. 다만 성은 이미 반쯤

무너져 있었고 호수 또한 늪처럼 질척이고 얕아진 채였다. 밤과 낮이라는 분위기 차이도 있었지만 침수식물이 무성하게 우거져 음산해 보이기까지 했다.

그 위로 나타난 것은 지느러미가 날개로 변이한 듯한 수룡이었다. 배경도 보스 몬스터도 1층의 진화판쯤 되는 건가. 아무튼 용종이라고 해도 A급 수준이니 별거 아니었다. 전투력 F급이 할 말은 아니지만.

"노아 씨 혼자 상대해 보는 게 어때요? 독이나 다른 스킬은 쓰지 말고 수화만 써서요. 비행형 용종이니 여러모로 도움 되는 경험이지 싶은데."

다른 둘이 처리하게 두기엔 내새끼 스킬 적용해 놓은 게 아깝기도 하고. 노아는 고개를 끄덕이곤 용으로 변해 날아올랐다. 빨리 나가고 싶어 하지 않냐고 성현제가 한마디 던질 줄 알았는데 의외로 조용했다.

노아의 보스 몬스터 사냥은 시간이 꽤 걸렸다. 수화에 익숙해졌다고 해도 비행 위주고 애초에 근접전 스타일도 아닌 탓이었다. 그래도 무사히 수룡의 숨통을 끊어 내는 걸 보니 기특해졌다.

"밖은 몇 시쯤 되었을까요?"

"지금쯤이면 슬슬 날이 밝아 오고 있겠군."

24시간도 채 안 걸렸다니, 정말 빠르긴 빠르다. 이게 다 노아와 리에트가 드래곤으로 변할 수 있는 덕분이었다. 원래라면 1층과 2층에서의 이동 시간에만 하루 이상 소요되었을 텐데.

보스 몬스터가 사망하자 게이트가 나타났다. 나가면 바로 가까운 의류점에 들러 옷부터 사 입어야겠다. 지금 꼴로 보는 눈 많은 사육 시설로 돌아갔다간 틀림없이 유현이 귀에 들어가겠지. 상의는 그렇다 쳐도 찢어지고 피투성이가 된 바지는 나 공격당했소 광고하는 셈이니 감춰야 한다.

"…저건 또 뭐야."

잘 싸우고 돌아온 노아를 칭찬해 주고 있는데 잠깐 사라졌던 리에트가 무언가를 질질 끌고 왔다. 다름 아닌 굴비 두름처럼 줄줄이 묶인 사람들이었다. 몰골이 말이 아닌 최석원과 윤경수도 보인다.

"다 죽인 거 아니었습니까?"

"아껴야 잘살지."

아이템도 아닌 시계에 억 단위 쓰는 인간이 할 소리냐. 하지만 다들 상급 헌터니만큼 그냥 죽여 버리기엔 아까운 건 사실이었다. 약점 잡고 흔들 수 있는 입장이라면 더욱.

심지어 S급도 둘이나 되고.

"관광의 마지막은 역시 쇼핑이죠. 저도 하나 지르겠습니다."

"안 산다더니 변덕이 죽 끓듯 하는 관광객이로군."

"고객 마음이 바뀌었으면 감사히 판매해야죠, 가이드 씨. 여기 서비스가 영 별로네."

"눈과 팔을 바치는 정성에도 별로라 하시니 이것 참. 하는 수 없이 통째로-."

"거절하겠습니다."

필요 없어. 줄 거면 스킬만 내놔라. 리에트도 뭔가 받기로 한 건지 굴비 두 름을 흐뭇하게 쳐다보고 있었다. 수담도 크지만 MKC는 먹을 게 더 많겠지.

'나가면 유현이 계약부터 확인하고…….'

디아르마의 기억들을 차분히 정리해 봐야겠다. 의식 속에서 직접 끄집어 낸 것들이라서인지 상당한 양임에도 선명히 남아 있었다.

게이트를 넘어서자 약간 후끈한 바람이 느껴졌다. 이어 밝아 오는 하늘이 보인다. 옅게 보랏빛 도는, 어둠과 빛이 뒤섞인 하늘이.

…왜 보이지. 여기 실내였는데. 그런데 야외다.

제법 큰 던전 건물이 깨끗이 사라지고 없었다. 아니, 흔적은 남아 있었다. 외진 곳인 데다가 A급 던전 옆인 만큼 주위의 다른 건물은 인적이 없었는데… 이젠 건물도 없었다. 대신 쳐진 바리케이드와 사람들과 그리고.

"…유현아?"

게이트의 정면에 의자를 가져다 놓고 앉아 있는 유현이가 있었다. 흔한 플라스틱 의자건만 분위기만큼은 왕좌에 자리한 제왕 같다. 다시 말해 무겁다. 싸늘하게 식은 표정도 흘려 내는 기세도. 심지어 손에 긴 칼을 빼 들고 있다. 무기 꺼내면 안 되는 거 아니냐.

그 옆으로 아성체보다 약간 큰 상태의 피스도 보였다. 역시나 기분이 좋아 보이지는 않았다. 그나마 피스 머리 위의 삐약이는.

- 삐약!

왜 따라왔는지는 모르겠지만 분위기 잡고 있는 두 놈과 달리 반갑게 날개를 들어 인사해 주었다. 그리고 약간 떨어진 곳에 피곤해한 얼굴의 송태원도 서 있었다.

"들통났나 보군. 하긴 눈에 불을 켜고 있었을 도련님이 눈치 못 챌 리 없겠지. S급 헌터가 둘씩이나, 그것도 다른 상급 헌터들까지 동원해 움직였으니."

성현제가 남 일처럼 말했다. 아니, 짐작했으면 귀띔이라도 해 주지. 마음의 준비라도 하게. 여유만만한 성현제와 달리 노아는 약간 긴장한 채였다.

"형."

유현이가 자리에서 일어났다. 내 머리부터 발끝까지 천천히 훑어 내린 시선이 찢어진 바지 위에서 멈춘다. 음, 들켰네.

"이거 말곤 다친 곳 없어."

실제 몸뚱이는 말이다. 용새끼와 있었던 일은, 어차피 진짜도 아니고. 용새끼는 진짜로 죽긴 했다만 아무튼. …영원히 감추는 편이 낫겠지. 용새끼는 물방울이 잡아 죽인 걸로 치자.

"그 셔츠, 세성 길드장 거 아닌가."

던전 부산물로 만들어진 거긴 하다만 그래도 겉보기엔 평범한 거 같은데 눈썰미가 좋구나. 사이즈 때문인가. 노아 씨보다 성현제 키가 훨씬 더 크긴 하지.

"아, 그게……."

설명하려다가 말문이 막혔다. 동생 앞에서 사실대로 말하기에는 상황이,

좀… 그렇다. 그냥 더러워져서 빌려 입었다고 할까. 던전 내에서 옷 더러워졌다고 갈아입는 헌터라니 웃기지도 않지만.

그때 굴비 두름이 게이트 밖으로 하나둘씩 툭툭 내던져지기 시작했다. 자연히 옆으로 비켜서자 쌓인 사람들 위로 리에트가 폴짝 뛰어나온다.

"다 꺼냈- 어라? 근처에서 던전이라도 터졌대?"

아뇨, 대신 동생이 터지기 일보 직전입니다만. 굴비 두름에 이어 리에트까지 나타나자 그러잖아도 사납던 눈에 붉은 기까지 감돈다.

나는 아무것도 몰랐고 성현제가 날 미끼로 삼은 거다! 라고 외치고 싶은 충동이 잠깐 들었다. 진짜로 그랬다간 제1회 랭킹전 개최될 분위기니 참아야겠지.

"…무슨 일이 있었던 겁니까."

인내란 인내는 죄다 끌어모아 눌러 참는다는 표정으로 유현이가 성현제에게 물었다.

"용에게 납치되어 덮쳐지던 공주님을 구하고 춤을 췄지. 아, 키스는 받지 못했다네. 공주님이 좀 매정하셔서."

미쳤냐, 키스를 왜 해. 시발스럽게 정신 나간 대답에 유현이의 냉랭하던 표정에 금이 갔다. 당혹감을 감추지 못한 동생이 이게 대체 무슨 소리냐고 묻듯 나를 돌아보았다.

"어… 헛소리긴 한데, 사실이기도 하고……."

내 입으로 말하면서도 참 어이가 없었다. 저게 다 실제로 벌어진 일이 맞다니. …아니, 진짜 어쩌다 저렇게 되어 버린 거냐. 이게 다 성현제와 리에트 때문이다. 태생 S급 둘만으로도 이 꼴인데 둘이나 더 남았다니. 벌써부터 뒷골이 당겨 온다.

설마 이번보다 더한 막장 드라마를 찍게 되는 건 아니겠지.

"내가 용이었어!"

리에트가 한쪽 손을 번쩍 들어 올리며 끼어들었다. 그런 그녀 앞으로 송태원이 다가가 수갑을 내밀었다.

"불법 계약서 매매와 밀입국, 그리고……."

송태원이 나를 돌아보며 물었다.

"혹시 성범죄 쪽으로-."

"아, 아뇨! 갑자기 무슨 말씀을……."

눈치 더럽게 빠르네. 송태원이 쓸데없이 이해한다는 표정을 지었다.

"마음이 바뀌시면 언제든지 연락하십시오. 헌터는 스탯 등급이 성별보다 앞서기에-."

"네, 알겠습니다. 신경 써 주셔서 감사합니다만 괜찮습니다."

최소한 동생 없는 곳에서 말하자. 한숨을 삼키며 눈꼬리를 잔뜩 치켜올리고 있는 리에트에게로 시선을 옮겼다.

"리에트."

"응, 자기야. 좀 피해 있을래?"

뭘 하려고. 물론 순순히 수갑 찰 생각은 전혀 없겠지.

"위법은 위법이니까 얌전히 따라가."

"내가 왜?"

"여기서 사고 치면 진짜 영영 입국 금지당할걸. 나한테 몬스터 새끼 맡기고 싶거든 제대로 처벌받아. 난 불법 루트 안 받을 거니까 깨끗한 손으로 정식으로 맡기라고. 어차피 S급 헌터니까 징역은 안 살잖아."

"으으으음, 알았어."

불만스럽게 볼을 부풀리면서도 순순히 두 손을 내민다. 맡길 몬스터가 대체 어떤 녀석일까. 보통 마수는 아니겠지.

리에트를 무사히 검거한 송태원이 살짝 감격이 깃든 눈빛으로 나를 바라보았다. 이렇게 쉽게 리에트를 잡아갈 수 있을 줄은 몰랐겠지. 그에 더해 노아도 눈이 초롱초롱하다.

자, 이제.

"유현아."

"성현제는 습격받을 거 모를 리 없었을 테고, 형도 알고 있었어?"

"대략은."

작게 숨을 내뱉는 소리가 들려왔다.

"먼저 집에 가 있어."

나 보내고 나서 뭐 하려고. 굴비 두름과 성현제를 노려보는 유현이의 시선이 심상치 않다. 절대 말로 할 분위기는 아니다. 성현제 저 인간도 피할 리는 만무하고. 지금도 봐라, 눈이 웃고 있다.

최소한 저 굴비 두름들은 목이 뎅강뎅강 잘려 나가겠지.

어쩌지, 어쩐다, 안 가겠다고 버텨 볼까. …3분 내로 들려 나가는 미래가 떠오르는군. 으으으.

"…같이 가자."

"뭐?"

"너한테 따로 말해 줄 것도 있고, 그리고 또…….."

또, 또…….

"…불안해서 그래."

나는 피해자다. 용한테 납치도 당했고 다리도 다쳤고 관광 가이드는 완전 사기꾼이고. 유현이 옆을 스쳐 지나가 피스 머리 위의 삐약이를 품에 안아 들었다. 그릉대며 몸을 붙여 오는 피스를 쓰다듬어 주며 말을 이었다.

"멀쩡해 보여도 진짜 멀쩡한 건 아니거든."

공포 저항 스킬 덕분에 겨우 버티고 있는 거라고 무언의 신호를 보냈다. 반쯤은 사실이기도 하고. 여러모로 스탯 F급이 감당할 만한 일들은 아니었지.

"그러니 같이 가 주면 안 될까? 다른 사람들도 많긴 하지만, 그래도 내가 제일 믿는 사람은 유현이 너잖아."

차마 얼굴 보고 말할 순 없어서 삐약이와 눈을 마주했다. 우리 삐약이, 언제 봐도 귀엽기도 하지.

"…알았어."

넘어왔다. 역시 착한 내 동생.

"이대로 끝내겠다는 건 아닙니다."

무기를 인벤토리에 집어넣은 유현이가 성현제를 사납게 바라보며 말했다.

"그래서야 되레 실망스럽지. 형님 잘 달래 놓고 연락해 주게. 아니면 같이 와도 좋고. 두 사람이라면 언제든지 환영이야."

꺼져 가는 불에 부채질하지 마라, 망할 인간아. 다행히 유현이는 더 말 않고 돌아섰다.

"노아 씨, 혼자 돌아가실 수 있죠?"

"…네."

어째서인지 시무룩해진 대답이 돌아왔다. 누나 수갑 찰 때까지만 해도 기분 좋았는데, 왜 또 울적해진 거지. 작아진 피스를 데리고 차에 올라탔다.

목적지는 내 집이 아닌 유현이 집이었다. 명우가 언제 튀어나올지 모르다 보니 효도중독자들에 대해 이야기하기엔 유현이 집이 더 편했다. 명우한테 출몰 지점 좀 정해 놓으라 해야겠다. 대체로 거실이긴 한데 가끔 엉뚱한 데서 튀어나오기도 하니.

"야, 너 그거……."

씻고 옷을 갈아입고 나오니 불도마뱀이 천 자락을 야금야금 삼키고 있었다. 한동안 신세 졌던 성현제의 셔츠다.

"돌려줘야 하는데."

하지만 말릴 생각은 들지 않았다. 이미 반쯤 삼키기도 했고. 잘 먹네.

"이리 와서 앉아 봐."

소파로 가며 유현이를 불렀다. 피스가 당연하다는 듯 내 무릎 위로 올라오고 삐약이도 그 위에 자리 잡았다.

"삐약이는 왜 데려온 거냐?"

"쫓아오기에."

유현이가 내 옆에 앉으며 말했다. 셔츠를 다 먹어 치운 도마뱀이 동생의 몸 위로 기어오른다.

"효도중독자와 한 계약, 아직 그대로인지 확인해 봐."

내 말에 유현이의 눈이 동그랗게 커졌다.

"형이 어떻게… 설마 성현제 그 자식이-!"

"내가 물어봤고 대답해 준 거다. 그리고 시스템과 아는 사이인데 까맣게 몰랐겠냐."

그쪽에선 제대로 알려 주지 않았지만. 재차 계약 확인해 보라고 재촉하자 인벤토리에서 계약서를 꺼내 든다. 성현제의 것과 비슷한 흑색 판이었다. 도마뱀 새끼 죽었는데도 해지되지 않았군.

"지금 해주해 줄게."

"하지만 형 저주 저항은 L급이잖아."

"이 계약서, 저주독룡왕의 주인 상대로는 스킬 효과 두 배 적용되거든. 성현제 상대로 시험도 해 봤어. 팔이랑 눈이 걸려 있었는데 멀쩡하게 풀리더라."

"그건 좀 아쉽네."

"넌 대가가 뭔데?"

"…두 눈."

…이 망할 놈의 자식이.

"야! 한유현!"

"잠깐만, 형! 그러다 형이 다쳐!"

실제로 등짝 후려친 손이 저려 왔다. 손목도 약간 쑤시고. 유현이가 포션을 내밀며 내 눈치를 살폈다.

"그땐 아직 어리기도 했고, 까다로운 조건도 아니었으니까. 성현제도 팔과 눈을 걸었다며."

"그 인간이야 사지를 다 걸든 말든 내 알 바 아니고. 너 진짜-!"

"형도 나 속이고 던전 가서 다쳤잖아."

"그냥 다리만 좀 찔렸을 뿐이야. 눈이랑 같냐. 그것도 두 개 다, 야, 너!"

분에 못 이겨 발을 구르자 피스가 유현이를 향해 으르렁거렸다. 삐약이도 삐약삐약거렸다. 그러자 유현이의 도마뱀도 마주 쉭쉭거린다.

덕분에 조금 진정이 되는군.

"계약부터 풀자. 이리 와."

팔을 뻗어 유현이의 머리를 끌어안았다. 하나 막상 계약을 어기게 하려니까 입이 잘 안 떼어졌다. 괜찮겠지. 성현제도 멀쩡했으니까.

망할 도마뱀 새끼, 왜 하필 눈을 두 개 다 걸어. 성인도 못 된 어린애한테 무슨 짓을 한 거야. 죽이기 전에 어떻게든 협박해서 계약부터 해지하게 할 걸 그랬나.

"형?"

"그, 준비됐으니까 말해."

"효도중독자에 대해 알고 있어."

파직, 작은 소리와 함께 꺼내 놓았던 계약서가 부서졌다. 황급히 유현이의 얼굴을 잡고 눈을 들여다보았다.

"멀쩡하지?"

"멀쩡히 잘 보여."

"두 번 다신 그런 미친 짓 하지 마라."

"응."

일단 한시름 돌렸고. 이제 어디서부터 어디까지 설명을 해 줘야 하나.

인벤토리에서 금이 간 마석을 꺼내었다. 무언가를 느낀 듯 피스가 작게 으르렁거리며 경계심을 표했다. 삐약이도 눈을 동그랗게 뜬 채 쳐다봐 온다. 항상 동그란 눈이긴 하지만.

"마석… 인가?"

유현이가 미간을 약간 좁히며 말했다. 피스처럼 껄끄러워하는 게 금이 간 마석에서 나는 느끼지 못하는 기분 나쁜 기운이라도 새어 나오나 싶어졌다.

"너와 계약했던 놈의 것."

"…뭐?"

떨떠름한 정도였던 표정이 확 일그러진다. 놀란 것도 같고 화가 난 것도 같고. 이를 으득 가는 거 보니 후자구만.

"그걸 왜 형이 가지고 있어? L급 저주 계약이 가능한 놈과, 마주치기라도 했다는… 젠장!"

"마주쳤다고 해야 하나. 진정하고 좀 들어 봐."

"성현제 그 빌어먹을 새끼는 제대로 보호도 못 할 거면서-!"

금방이라도 세성 길드에 쳐들어갈 듯 으르렁거렸지만 정말로 뛰쳐나가진 않았다. 대신 걱정과 불안이 뒤섞인 눈으로 나를 돌아본다.

"…정말로 다리만 다친 거 맞아? 솔직하게 말해 봐, 형."

유현이가 내 손목을 붙잡으며 말했다. 저주나 그 밖의 다른 스킬 같은 것에 당하지 않았느냐고 캐묻는 물음에 괜찮다 대답해 주었다. 내 몸뚱이는 진짜 다리만 다친 거 맞으니까.

동생을 달래 가며 있었던 일을 말해 주었다. 뜬금없는 납치 사건은 생략하고 MKC와 수담이 공격해 온 것을 물리치고 성현제의 계약을 풀어 줬더니 용인종이 나타났다는 정도로 설명했다.

"저주독룡왕의 주인이 정신계 스킬을 써서 잡혀갔었는데 시스템 제작자가 나타나서 구해 줬어. 나한테 손댄 건 일종의 규칙 위반 같은 거라 그 도마뱀 주인 놈을 죽이고 내게 마석을 준 거야."

구해 준 것도 사실이긴 하다. 여전히 딱딱한 얼굴을 마주 보며 말을 이었다.

"조금 위험할 뻔했지만 덕분에 도마뱀 새끼 잡았잖냐. 잘된 일이잖아. 얼굴 좀 풀어."

"조금?"

"실제 몸도 아니었고 시스템 쪽에서 바로 와 줬어. 그쪽에서 신경 많이 써 준다니까?"

혹 모르니 물방울과 신입 만나면 입막음해 둬야겠다.

"이미 별일 없이 잘 끝나기도 했고. 그보다 너도 우리 세계가 오래 못 버틸 거라는 거 알고 있었지?"

"…대충은 들었어."

"S급 중에서도 상위권 수준이면 빠져나갈 방법도 있다는 것도 들었을 거고."

"듣긴 했는데 나와는 상관없는 일이라, 잘 기억 안 나."

웃기고 있네. 네 성적은 내가 줄줄이 꿰고 있다. 머리도 좋은 놈이 그런 중요한 내용을 잊을 리가 있냐.

"기억이 안 나긴 무슨! 혹시 모르니까 그냥 성현제처럼 협조하는 척이라도 하지 왜 무턱대고 거절을 해."

유현이가 조금 부루퉁하게 나를 쳐다보았다.

"그걸 받아들일 거였다면 애초에 형을 멀리하지도 않았어. 멀리할 필요도 없었을 거고."

"그래도 너 혼자라면, 무사할 수 있었잖아."

그때에도, 나를 챙기지 않았다면. 무심코 어금니가 꽉 깨물려졌다. 속이 조금 아프다.

"…형 때문이 아니더라도 기분 나쁜 놈이었어. 계속 손잡을 일은 없었을 거야."

"말 많고 멍청하기까지 하더라. 오래 어울릴 만한 놈은 확실히 아니긴 했지."

가볍게 웃으며 말을 이었다.

"덕분에 세상 구하는 방법도 알 수 있었지만. 아니, 완전히 구하는 건 아니고 던전 잘 관리하며 버티면 백 년쯤 안전해진다더라."

"백 년?"

"응. 앞으로 던전 난이도가 더 올라갈 거라 버티는 게 쉽지는 않겠지만. 그래도 대충 오 년쯤 견뎌 내면 백 년간의 평화가 온다는 거지~. 백 년 뒤에는 어떻게 될지 모르는데, 그때면 내가 살아 있기나 하겠냐."

하지만 유현이는 살아 있을 거고, 이 세계를 벗어날 수도 있을 거다. 그럴 수 있도록 자리 깔아 놓으면 된다.

뭐, 어쩌면 우리 세계 사람들이 백 년 뒤에 다시 또 잘 버텨 낼 수도 있겠지. 이미 쌓인 경험과 정보도 있을 테니까.

"그놈은 가망성 낮다는 식으로 말하던데, 버티기만 하면 된다고?"

"응. 확실해. 방해물인 도마뱀 주인도 처리했고 시스템 제작자들도 도와준다고 했으니 그리 어렵진 않을 거야. 뭣보다 기승수가 있잖아. 몬스터들 잘 키우고 또 명우가 무기도 만들어 줄 거고. 특수 스킬 적성자들도 찾아낼 거지, 석하얀이라고 들었지? 그쪽 팀에서 연구 결과만 나오면 던전 관리에 큰 도움이 될걸."

내가 들어도 내 목소리는 가볍고 밝았다.

"딱 오 년만 더 고생하면 돼. 그럼 마음 편하게, 뭘 할까. 하고 싶은 거 있냐?"

내내 딱딱하던 동생의 눈매가 겨우 부드러워졌다.

"음, 형은?"

"나? 나는 글쎄."

하얀 나무와 하얀 새가 떠올랐다.

"여행이라도 갈까. 수학여행 같은 거 말고는 가 본 적 없으니까."

"그것도 좋겠다."

조금 어리광 피우듯이 동생이 말했다.

"형이랑 같이 간다면 어디든 좋아."

어디든, 이라. 미소 짓고 있는 동생의 얼굴을 바라보았다. 지금은 여기 일만 생각해야지. 할 일은 많다. 쌓이고 쌓여 있다.

"네 정령에게 이름 지어 줘. 아직 안 지어 줬지?"

불도마뱀은 유현이의 어깨 주위를 맴돌고 있었다. 아직은 어린 정령이지만 알에서 태어난 가장 순수한 불꽃이다. 도마뱀 주인 놈은 시스템이 없는 세계의 주술사인 덕분에 정령에 대해서도 제법 잘 알고 있었다.

부화 조건도 좋았고 곧장 유현이와 계약될 만큼 궁합도 잘 맞다. 시스템이라는 틀에서 벗어날 수 있다면 회귀 전보다 훨씬 더 빠르게 강해질 수 있을 것이다.

"대충 짓지 말고 신경 써서, 걔 의견도 물어보고."

"그렇게까지 해야 하나."

"야, 걔가 얼마나 귀한 앤데. 앞으로 크게 도움 될 테니까 잘 키워."

"먹이는 이미 잘 주고 있어. 장비 보관실에서 한눈판 사이 수십억 원어치를 단숨에 먹어 치우기도 했고."

…상급 장비라도 몇 개 꿀꺽했나 보다. 차라리 상급 마석이 낫지 아이템이라니. 위험한 불도마뱀일세. 그때 내 폰으로 문자가 들어왔다. 확인해 보니 석시명이다.

[길드장님께 전화 좀 받으시라고 말씀해 주시면 감사하겠습니다.]

"석 팀장이 너 전화 좀 받으라는데."

진동 소리 하나 안 났는데. 아예 꺼 놨나. 내 말에 유현이가 귀찮다는 듯 휴대폰을 꺼내어 통화를 했다. 대충 들어 보니 A급 던전 건물과 그 주위를 쓸어버린 것 때문에 항의가 들어온 모양이었다. 심지어 그 난리 쳐 놓고도 그냥 휙 돌아와 버렸으니 이래저래 말이 나오는 듯했다.

"잠깐 갔다 와."

"괜찮아."

"5년 뒤의 평화를 위해서라도 괜한 적 만들지 마. 여러 사람의 힘이 필요할 테니까 웬만하면 둥글게 둥글게 가야지. 얼굴 한번 비쳐 주는 거 그리 어렵진 않잖아."

영 내키지 않아 하는 표정을 지으면서도 동생이 자리에서 일어난다. 보면 유현이도 리에트처럼 혼자 움직이는 게 성미에 맞지 않았을까 싶다. 내가 없었다면 그랬을지도. 여러모로 발목 많이 잡았구나.

유현이가 나가고 피스와 삐약이를 소파에 내려놓고 일어섰다. 욕실로 향하는 걸음을 둘이 종종종 뒤따라온다. 들어오지 못하게 문을 닫자 불만스러워하는 끼잉거림과 삐약 소리가 들려왔다.

"잠시만 기다리고 있어."

타일러 놓고 세면대 앞에 섰다. 금이 간 마석과, 그리고 하나 더. 인벤토리에서 또 다른 마석을 꺼내 들었다. 용인종에게서 나온 SS급 마석이다.

저주독룡들의 주인. 디아르마는 마석과 마석을 결합하여 새로운 저주독룡을 만들어 냈다. 그의 스킬들을 보았기에 방법은 알고 있다. 내가 쓸 수 있을지는 모르겠지만.

'바탕은 나쁘지 않아.'

드래곤 슬레이어와 완벽한 양육자. 시스템이 알려 주는 스킬 효과에서 벗어나, 그 특성만을 생각한다면 용종을 키워 내기에 적합하다.

'저주독룡종의 마석을 품고도 내리누를 수 있는 억압력. 성장시킬 수 있는 힘. 마지막으로 조합은… 선생님 스킬로 가능하겠지.'

각기 다른 둘을 연결 지을 수 있는 스킬이다. 이 세 가지를 갖추었으니 소질은 있다고 볼 수 있다.

모자라는 남은 부분은 디아르마의 마석으로 채울 수 있지 않을까. 디아르마 또한 어릴 때는 동족 스승의 도움을 받았던 것처럼.

'중심은 용인종의 마석으로 하고.'

태어날 용종의 능력치는 마석의 평균이 기본에, 주술사의 역량에 따라 달라진다. 그러니 어느 쪽을 주로 하든 차이는 없지만 디아르마 놈 위주로 합치는 건 싫었다. 이미 죽은 마석일 뿐이지만 내 동생에게 손댄 새끼는 재료로나 쓰이라지.

마석을 품을 부위는 심장과 가까울수록 효과가 좋았다. 셔츠를 풀어헤치고 짧은 칼을 꺼내 들었다. 거울에 비치는 몸은 흉 하나 없이 매끈하다. 회귀 후에는 포션에 치유 스킬도 얼마든지 받을 수 있었으니까. 하지만 지금 낼 상처는 치유 불가능하다. 디아르마 놈도 그 등급을 하고서 상처투성이였지.

심장이 뛰는 가슴 위를 칼끝으로 가볍게 찔렀다. 상처에 금이 간 마석을 가져다 대자 피를 흡수하며 상처를 벌리고 안쪽으로 자리 잡는다. 통증은 별로 없었다. 피 냄새를 맡았는지 피스가 문을 긁는 소리가 들려왔다.

"괜찮아, 피스야."

아직까지는 순조롭다. 디아르마의 기억을 더듬어 마력을 움직였다. 마나 포션을 몇 병 소비해 가며 하얀 마석을 검게 벌어진 상처 위로 내리눌렀다. 하얀 마석을 검은 마석이 감싸듯 삼킨다. 이어 상처가 닫히고 작은 흉터만이 남았다.

가늘게 한숨을 내쉬었다. 일단은 성공이다. 어떤 용종이 태어날지는 아직 알 수 없지만. 문득 인벤토리에서 유리병 하나를 꺼내 들었다. 병 속에 든 붉은색 마석이 작게 달각거린다.

"안녕, 깜둥아."

무사히 태어난다면 너도 곧 꺼내 줄게.

- 꾸으응.

깨끗이 뒷정리를 하고 욕실 문을 열기가 무섭게 피스가 달라붙어 왔다. 스탯 낮은 삐약이는 피 냄새를 못 맡았는지 어리둥절한 눈치였다.

"괜찮다니까. 아무것도 아니야. 삐약이 너도 이리 와."

둘을 안아 들고 다시 거실 소파로 돌아갔다.

유현이에겐 버티는 게 그리 어렵지 않을 거라 말했지만, 당연히 사실이 아니다. S급 50명 정도로는 어림도 없다. 중요한 건 수보다는 질이니까.

그나마 다행인 건 내게는 헌터들을 키울 능력이 있다는 것이다. 그에 더해 이제는 지식도 얼마간 생겼다. 그러니 가능성은 충분히 있건만.

'왜 패륜아들은 내게 50명을 키우는 게 아니라 모으라고만 말했을까.'

의아해하며 상태창을 열었다. 언제 또 손을 댔는지 화살표나 파이팅 같은 자질구레한 글자들이 사라졌다. 스킬들 중에서 마지막 보은을 확인해 보았다.

마지막 보은(L) - 키워드 감화 대상이 사망할 시 대상의 스킬과 능력치를 두 배의 효율로 전이받음

지속 시간 7일

※ 중복 불가

두 배에, 저주독룡종이니 다시 두 배. 옷 아래의 흉터를 매만졌다. 여전히 별로 쓰고 싶은 방법은 아니다. 하지만 마지막 수단 하나쯤은 있어야 하니까. 동생을 지키고, 그리고 찾으러 갈 수단이.

"내일부터는 더 바빠질 테니까 오늘 하루는 푹 쉴까."

피스와 삐약이를 끌어안으며 소파에 드러누웠다.

8장 안녕, 처음 뵙겠습니다

8장
안녕, 처음 뵙겠습니다

　다음 날에도 사육 시설로는 저녁때까지 돌아갈 수 없었다. MKC와 수담의 뒤처리 때문에 종일 잡혀 있어야 했기 때문이었다.
　S급 헌터 둘이 다른 S급 헌터를 살해하려고 모의했다.
　당연히 보통 일이 아니었다. 아직 밖에까지 알려지진 않았지만 9시 뉴스에서 몇 날 며칠을 떠들어 댈 만한 사건이다. 덕분에 송태원은 S급 헌터임에도 내내 지친 얼굴을 하고 있었다. 정신적인 피로까지야 어쩔 수 없는 모양이었다.
　성현제와는 어제 면담을 끝냈기에 오늘은 내 차례였다. 성현제의 계약과 효도중독자들에 대한 이야기는 제외하고, 어제 유현이에게 말한 것과 비슷하게 설명해 주었다. 리에트의 경우엔 MKC에 고용되었다가 사실을 알고 손 뗀 것으로 처리되었다.
　"아마 수담이 주모자로서 대부분의 혐의를 뒤집어쓰게 될 겁니다."
　송태원이 한숨을 섞어 말했다.

"MKC는 아직 뒷배가 든든히 남아 있기에 타격은 입을지언정 무너지지는 않겠지요."

"세상 편하게도 사는군요. 세성 길드장도 그냥 넘어가 주시겠답니까?"

성현제의 이야기가 나오자 송태원의 표정이 더욱 어두워졌다. 어지간히도 시달렸던 모양이다.

"그럴 리가 있겠습니까. 한동안 물밑에서 전쟁을 치르겠지요. 이미 한유진 씨의 납치 건으로 MKC를 긁어 대고 있었는데 한 건 크게 더 잡았으니……."

내쉬는 한숨이 무겁다 못해 땅을 꺼뜨리겠다. 그런 송태원을 바라보다가 가볍게 던지듯 말을 꺼냈다.

"협회 측도 넘어가자는 입장이겠지요?"

"예. 거대 길드들의 균형이 무너지는 걸 달가워하지 않으니까요. 계속 경쟁하길 바라고 있습니다."

"그렇다 해도 엄연한 범죄행위를 눈감아 주겠다니. 헌터로서 협회에 대한 신뢰가 무너지는 건 어쩔 수 없군요."

"…그 점은 저로서도 사과 외엔 드릴 수 있는 말이 없습니다."

무거운 목소리가 타듯이 쓰다. 확실히 지금의 협회를 그냥 내버려두는 건 여러모로 불리할 것이다. 헌터들이 더 강해지고 힘을 합쳐야 할 판에 발목이나 잡고 늘어지겠지.

'회귀 전의 성현제가 던전을 막고 버티는 길을 선택했다면, 송태원을 살해한 건 그가 맞을지도.'

S급 헌터가 아깝기는 했겠지만 그보다는 협회를 무너뜨리고 해연이 한국을 차지하고 헌터 위주의 사회로 만드는 편이 더 유리했을 터다. 내막을 알려 주고 설득해 볼 법도 했을 텐데, 안 통했나? 아니면 또 다른 이유가 있었을까.

"협회장이 비각성자라는 것도 솔직히 믿음직스럽지가 않고요. 차라리 송태원 실장님이 협회장이었으면 든든했을 거 같습니다."

웃음기 섞인 말에 송태원의 미간에 주름이 졌다. 그는 대답 없이 보상에 대한 상세한 이야기로 넘어갔다.

반응이 영 싸한 게, 그를 끌어들이기가 그리 쉽지 않을 듯하다는 예감이 들었다.

그리고 집에 돌아왔을 때, 명우가 거실 바닥에 쓰러져 있었다.

"명우야!"

녀석을 보자마자 든 생각은 올 것이 왔구나, 였다. 내가 잠 제대로 자고 쉬어 가며 하라고 마주칠 때마다 말했건만 괜찮다 염불 외우더니 저 꼴 됐지! 119, 아니 힐러를 부르는 게 나으려나.

피스와 삐약이를 내려놓고 휴대폰을 꺼내 들며 명우에게로 다가갔다.

"괜찮아? 혹시 어디 다친 건 아니지?"

일단 피 냄새는 안 난다. 그래도 쓰러지면서 부상을 입었을 가능성이 있기에 섣불리 일으키지 않고 포션을 꺼내었다. 정신을 잃은 건 아닌지 명우가 죽어 가는 소리를 내며 고개를 약간 들었다.

"마나… 포션……."

마나 부족이구나. 그나마 다행이다. 얼른 마나 포션을 꺼내 먹여 주자 창백하던 안색이 조금 살아난다.

"물 좀 떠다 줄까? 아님 아예 며칠 입원해서 푹 쉬는 건 어떠냐."

확 강제로 입원시켜 버릴까, 하는 생각도 들었다. 하지만 침대에 꽁꽁 묶어 놔 봤자 대장간으로 들어가면 그만이니.

"…괜찮아. 예상보다 마나 소모량이 너무 많아서… 포션이 부족했을 뿐이야……."

"그놈의 괜찮다는 소리!"

아주 지겨워 죽겠네. 여전히 맥을 못 추고 흐느적거리는 명우를 부축해 소파에 앉혔다.

"밥은 먹었어? 마지막으로 잔 건 언제야?"

"쓰러져서 조금 자긴 잤지……?"

마나 포션을 하나 더 마시며 명우가 대답했다. 그러면서 뭘 잘했다고 웃는다.

"월화수목금월월에 야근 필수인 블랙 중의 블랙도 아니고, 왜 자청해서 몸을 갈아 대냐. 스케줄 짜서 정시 퇴근 해. 주말엔 쉬고."

"알았어."

어쩌 평소와 달리 순순히 대답이 나온다. 무슨 심경의 변화인가 싶어 표정을 살피자 또 씨익 웃음 짓는다. 기시감 드는 얼굴인데. 그러니까.

"만든다던 거, 완성했냐?"

"응."

등급 올라서 회복력도 좋아진 건지 그새 멀쩡해진 명우가 자리에서 일어났다. 그러곤 인벤토리에서 아이템을 꺼내 들었다.

모습을 드러낸 것은 아름다운 검이었다. 유리로 만든 듯 투명한 검날에 은은한 푸른빛이 감돌고 있었다. 실전용이라기보다는 장식용에 가까운 모양새였지만 아이템인 이상 깃든 힘은 결코 약하지 않을 터였다.

"무기를 만든 거야?"

"아, 드래곤 하트는 기본 형태가 검이라서."

"…뭐?"

"디자인은 얘 취향이고."

뭔 소린지 모르겠다. 그때 표롱, 하고 작은 새 한 마리가 나타났다. 한 손에 감싸질 만큼 작고 동글동글한 파란 깃털의 새였다.

― 삑.

"얘 취향."

- 삐삑.

더더욱 뭔 소린지 모르겠다. 명우가 내미는 검을 반사적으로 받아 들었다.

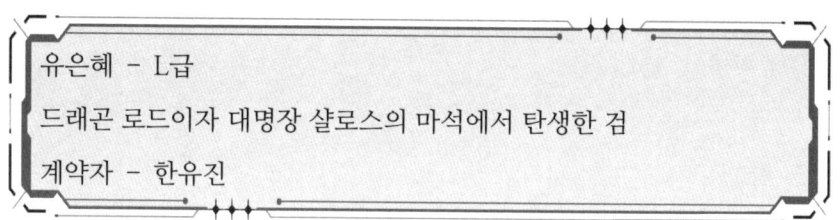

유은혜 - L급
드래곤 로드이자 대명장 샬로스의 마석에서 탄생한 검
계약자 - 한유진

음… 으음…….

이름, 이 왜 이렇지. L급… 예? 드래곤 로드? 대명장? 샬로스면 그 구슬 재료? 마석… 드래곤 하트……. 계약자는 또 뭐야, 왜 나야. 기억에도 없는데 웬 계약이죠.

"…그때 보여 준 투명한 마석, SS급 아니었구나."

투명한 검신을 보자 떠올랐다. 용인종의 SS급 마석은 불투명한 하얀색이었지.

"응. L급 마석이었어. 정확히는 샬로스의 드래곤 하트라고 특정 이름을 가진 마석. 일반적인 L급 마석보다 등급이 더 높다더라?"

와… 그렇구나. 그렇구나. 와, 새로운 사실 하나 배웠네.

"그… 막 이렇게 등급 건너뛰고, 아니 갑자기 웬 L급이…….."

"지금 내 능력으로는 다루기 불가능한 등급의 재료인데, 이스무아르가 샬로스 씨가 만든 정령이거든. 덕분에 개고생했지만 완성할 수 있었지! 다른 재료는 SS급도 아직 잘 못 다뤄. 그래도 이번에 숙련도 많이 올라서 곧 SS급 하급 아이템 정도는 만들 수 있을 거야."

샬로스 씨, 정령도 만들어 주고 L급 마석도 내어주시고. 대장간도 그분

거 같은데 정말 아낌없이 주는 나무이시군요.

"평소에는 팔찌나 반지 같은 걸로 변형시키는 게 편할 거야. 어차피 무기로서의 성능은 절대 부러지지 않는다는 것 외엔 없거든."

L급인데? 일단 팔찌로 바꿔 보았다. 생각하기가 무섭게 변하긴 했는데… 투명한 사슬 두 줄에 파란 보석이 주렁주렁 매달린 게 더럽게 화려하다.

"이거 좀……."

"얘 취향이 그래."

- 삑.

파랑새가 내 손등 위에 내려앉으며 고개를 갸웃했다. 드래곤 하트로 만든 건데 왜 새일까. 샬로스 씨는 블루 드래곤이었던 것일까.

"음… 은혜야?"

- 삐익.

"조금 더 심플하게, 안 될까?"

파랑새가 삑삑거리자 사슬만 남기고 주렁거리는 보석들은 사라졌다. 아니, 하나는 남았다. 그 하나만큼은 절대 못 없앤다는 듯 삐이삐이 운다. 반지… 는 좀 그렇고 목걸이로 바꿔 보자 정말 눈부시게 반짝거리는 보석 목걸이가 나타났다. 파랑새가 아니라 까마귀인가. 아니면 생전의 샬로스 씨 취향인 것인가. 드래곤이 보석 좋아하는 거야 유명하지만 다른 세계 드래곤도 그런 건가.

아무튼 그나마 팔찌가 나왔다.

"…얘 이름 꼭 사람 이름 같네."

"내가 지은 거 아니야."

그냥 알아서 정해졌다고 명우가 변명했다.

"현재로서는 스킬이 하나밖에 없어. 이전의 샬로스의 구슬과 같은 피해 무효화 스킬이야. 다만 1회용이 아니고 등급 조절이 가능해. 마력이 가득 차 있을 때, 말하자면 풀 충전일 때 L급 수준 피해 무효화 최대 지속 시간은 1시간 안팎이고 전처럼 이론상 등급 제한 없는 수준은 10분 정도? 소모된 마력은 얘한테 마석을 먹여서 충전할 수 있어."

샬로스의 구슬이 드래곤 하트 파편 같은 거였을 테니 스킬 효과가 비슷할 거라곤 짐작했다. 하지만 L급 피해 무효화가 1시간에, 마석으로 보충도 가능하다니. 사기잖아.

"다만 마석 흡수하는 데 시간이 꽤 걸리고 최소 S급은 먹여야 하니까 필요할 때만 쓰는 게 좋을 거야."

"S급 마석이야 구하기 어렵지 않고, 흡수하는 데 얼마나 걸리는데?"

"텅 비었다고 치면 일주일쯤?"

"그리 길지도 않네! 와, 이거 S급 헌터가 쓰면-."

"계약자 말곤 스킬 적용 안 되더라."

설마 했던 찬물이 끼얹어졌다. 아니, 왜. 내 억울해하는 눈빛에 명우가 뒷머리를 긁적이며 설명했다.

"그런 제약이라도 없으면 L급에 맞출 수가 없어서……. 1회용도 아니고 단순한 방어막보다 더 윗줄이잖아. 일정 이상의 피해만 무효화하고 행동은 자유로우니까. 게다가 최대치는 등급 무제한이고."

그건 그렇다. 하지만… 아니, 어차피 계약자 한정이면 나한테 적용되는 게 나을 것이다. 독 저주 저항에 두 배 스킬도 있으니까.

정말 좋은 아이템이로군. 이젠 지속 시간도 늘어났으니 세성 길드장님께 전보다 몸값 더 올라갔다고 통보라도 해야겠다.

"성장형이라 앞으로 다른 스킬이나 효과가 더 생길 수도 있는데……."

명우가 갑자기 심각한 얼굴을 했다. 나도 덩달아 표정이 무거워졌다. 부작용 같은 거라도 있나.

"스탯 정수 증가는… 무리더라."

"…응?"

"그게 S급 템만 되어도 스킬 따로 있어서 스탯 증가는 서브거나, 아니면 간신히 S급 턱걸이어야만 정수 증가 효과가 붙는다더라고. 정수 증가가 좀… 저렴한 축에 든다고 해야 하나. 같은 등급 아이템이라도 정수 증가면 품질이 낮은, 뭐 그런 거. SS급부터는 정수 증가 아이템이 아예 없다고 봐도 무방해."

"…그렇구나."

어쩐지 S급 정수 증가 아이템 구하기가 힘들더라니. 쓰는 사람도 별로 없을 텐데 왜 안 보이나 했다. 살짝 서럽네.

"그래도 이것만 해도 어디야. 아니, 피해 무효화 스킬이 훨씬 대단한 거지! 혹시나 싶어서 부탁해 본 거였는데 이렇게까지 완벽하게 만들어 줄 줄이야. 심지어 재료에, 시간에……."

예상 밖의 아이템에 당황했던 마음이 가라앉자 감동이 밀려왔다. 동시에 손에 든 팔찌가 너무 무겁게 느껴졌다. 과하다, 진짜.

"네가 썼어도 되었을 텐데. 애초에 너한테 남겨 준 거기도 하고. 나한테 이렇게까지-."

"그런 거 말고 다른 말 있잖아."

명우가 단호하게 내 말을 끊었다. 흠칫 녀석을 쳐다보았다. 빛이 날 정도로 뿌듯해하는 얼굴이다. 충분히 만족스러워하는 표정이며 눈빛이었다.

그걸 본 순간 내가 해야 할 말이 떠올랐다.

"고마워. 정말로."

"별말씀을."

"진짜 고맙다."

"천만에."

"명우 넌 최고야. 대단해."

"나도 내가 좀 대단한 거 같긴 해. 아, 진짜 힘들긴 힘들었다."

"이젠 쉬어 가면서 해라. 제발."

명우가 웃으면서 고개를 끄덕였다. 걸려 있던 무거운 짐 하나를 덜어 낸 것처럼 밝고 가벼운 태도였다.

"그래도 혼자 다니거나 하진 마. 전에 써 봤으니까 알고 있지? 피해 무효 스킬 써 봤자 일상생활 수준의 접촉은 문제없다는 거. 애초에 접촉 가능한 상태에서의 방어 능력을 원했으니 당연한 결과지만."

"어, 알고 있어."

막 다뤄도 되니까 들고튀기 좋은 상태가 되겠지. 하지만 내가 혼자 다닐 일은 없고 무엇보다 던전에 막 들어가도 위험할 일 없어졌다는 게 마음에 들었다. 이제 유현이도 내 걱정 덜 하겠지.

"은혜야, 앞으로 잘 부탁해."

- 삑.

손목에 내려앉은 파랑새가 대답하듯 울었다. 그때 내 발치에서 넋 놓고 앉아 있는 삐약이가 눈에 들어왔다. 뭔가 충격이라도 받은 듯한 모습이었다. 왜지. 자기가 노리던 마석이 아이템으로 변해 버렸다는 걸 눈치채기라도 했나.

"삐약아?"

- …삐약.

팔찌… 가 아니라 새를 보고 있는 건가. 그때 은혜가 파다닥 삐약이 앞으로 다가갔다. 벌떡 일어난 삐약이가 묘하게 전투적으로 소리쳤다.

- 삐약!
- 삑삐삐.

― 삐약삐약!

그러곤 삐약이가 조그만 날개를 파닥이기 시작했다. 애처로울 정도로 열심히. 그런 삐약이를 보던 파랑새가 다시 내 손목으로 날아오른다. 이어 팔찌의 보석 안으로 스며들듯 사라졌다. 그래서 보석 하나는 남겨 둔 건가.

― 삐약… 삐.

"헉, 삐약아! 왜 울어!"
조그맣고 까만 눈에서 눈알보다 더 큰 물방울이 뚝뚝 서럽게 떨어졌다. 얼른 안아 들고 달래 줘도 계속 삐약삐약 운다.
"왜 그래, 왜."

― 삐약, 삐약.

삐약거리며 또 날개를 파닥파닥. …설마 자기는 못 난다고 우는 건가. 블루나 코메트가 나는 건 신경 안 썼었는데, 같은 새를 본 탓일까. 하지만 삐약이의 날개는 몸에 비해 너무도 작았다. 솜털이 대부분이고 제대로 된 날개깃도 없다.
"…저기, 명우야."
"응?"
"혹시 시간 나면, 삐약이용 비행 아이템 하나만 만들어 줄 수 있을까? 그냥 느리게 떠다니는 정도면 되는데."
"알았어. 그 정도야 금방 만들어 줄게."
흔쾌히 대답하는 모습이 정말이지 든든하고도 고마웠다. 내가 너 없이 어떻게 사냐, 진짜.

"이젠 제대로 아이템 제작소를 차려야지."

삐약이를 달래 놓고 오랜만에 명우와 저녁을 먹었다. 만들어 놓은 반찬도 물론 맛있었지만 바로 조리된 건 감탄이 나올 수준이었다.

절로 유현이와 예림이 생각이 났지만 명우가 둘 다 별로 좋아하질 않아서 눌러 참았다. 예림이는 눈치 보면서 반찬 얻어 가긴 하지만 유현이까지 끌어들이기엔 명우에게 미안했다. 유현이 녀석 명우한테 살갑게 좀 대하지. 첫인상부터가 글러 먹긴 했지만.

"이번에 은혜 만들면서 느낀 건데, 시스템이라는 거 의외로 사람 발목 잡는 거 같더라."

"그걸 느꼈어?"

"그야 대장간에서는 스킬 쓰는 게 밖이랑은 다르잖아. 상태창도 안 뜨고. 유진이 너야말로 알고 있었던 눈치 같은데."

"아, 나도 시스템을 벗어날 일이 있었거든."

무엇보다도 도마뱀 주인 놈의 기억 덕이 컸다.

"특히 스킬 설명창을 그대로 믿으면 안 되지. 뭐라고 해야 하나, 불 피울 수 있는 능력이면 무언가를 태울 수 있습니다, 로 끝나 버리잖아. 음식을 조리하거나 추위를 피하거나 어둠을 밝히는 등도 가능한데. 게다가 정확하지 않은 설명도 있고."

"그뿐만 아니라 스킬이라는 거 애초에 내 능력이잖아."

명우가 고개를 끄덕거리며 말했다.

"스킬창이 있고 사용하면 써지는 거지만, 창이 안 뜨니까 느낌이 전혀 다르더라고. 무엇보다 L급 아이템은 시스템 내에서의 나는 절대 만들 수 없는 수준이잖아. 하지만 이스무아르와 힘을 합치고 마력을 다루는 요령을 파악하니 가능했어. 정해진 스킬을 벗어났다, 라고 해야 하나?"

그걸 벌써 깨닫다니. 명우 녀석, 역시 대단하다. 나도 어찌어찌 디아르마의 능력을 사용하긴 했지만 기억에 놈의 마석이 없었다면 불가능했을 텐데.

"그래서 아이템 제작 스킬은 없지만 재능은 가진 사람들을 한번 키워 볼 생각이야."

"키운다고?"

"어. 나 혼자 아이템을 만드는 것보단 팀을 이루는 편이 낫잖아? 일단 해연의 이민석 아저씨에게 제안해 보려고. 수리 스킬만 가지고 있지만 그것도 아이템을 다루는 능력이잖아. 게다가 현실에서의 경험은 나보다 훨씬 많으시고."

스킬을 가르친다, 라. 시스템이 없는 세계에서는 그게 정석이긴 했다. 재능 있는 제자를 들여 특별한 능력을 가르쳐 익히게 만드는 방식이.

"네 대장간 안에서라면 가능할지도. 나도 관련 소질 가진 사람들 찾으면 보내 줄게."

"확실한 건 아니니까 성공하면."

"아, 그리고 나온 김에 레벨 올리러 가자."

내새끼 스킬 쓴 지 벌써 며칠째냐. 한참 지났다. 내 말에 명우가 이제는 한가하다며 고개를 끄덕였다.

이왕 가는 거 유현이 녀석을 끌어들일까. 둘이 좀 친해도 질 겸. 정령 이름은 지었을까 모르겠네.

"처음 뵙겠습니다, 유명우 헌터님!"

"실물이 훨씬 더 멋지십니다!"

"뭐든 시켜만 주십시오! 필요한 재료는 없으십니까?"

온 사방에서 딸랑거리는 소리가 들려왔다. 한참을 두문불출하던 명우가 드디어 모습을 드러내자 빌딩 내의 헌터란 헌터는 죄다 몰려들었다. 중하급 헌터는 감히 끼어들지 못해 처음에는 열 명 남짓이었지만 소식을 듣고 꾸역 꾸역 몰려와 지금은 서른이 넘는 A급 헌터가 로비를 채우고 있었다. 드문드문 해연에서 마주친 얼굴도 보였다.

안쪽 로비는 출입 허가를 받은 헌터들만 들어올 수 있으니 밖에는 더 많지 싶었다. 다들 눈에 S급 장비가 껴서 안달이다.

명우는 처음에는 좀 당황했지만 이내 당당하게 재료 쇼핑을 위해 부려 먹을 자원자들을 골라냈다. A급 헌터들을 손가락 끝으로 부려 먹는 모습이 흐뭇하게 느껴진다.

우리 명우, 완전히 갑 중의 갑이네.

"그럼 갔다 올게."

"조심해서 다녀와라. 안전이 최고야."

샬로스의 구슬도 있고 여차하면 대장간으로 피하면 되니까 별문제는 없겠지만. 명우가 떠나가자 대부분의 사람들이 우르르 그 뒤를 쫓았다. 하지만 몇몇은 남아 꿩 대신 닭이라는 눈빛으로 내게 관심을 돌렸다.

그때 주차장으로 통하는 입구 쪽에서 예림이가 나타났다. 아직 어리고 외양도 그리 강해 보이진 않지만 주위의 헌터들이 알아서 길을 비켜 준다. 앞을 가로막는 이 하나 없이 가벼운 발걸음으로 내 앞까지 다가온 예림이가 활짝 웃었다.

"아저씨~ 어? 못 보던 팔찌네. 예쁘다! 근데 옷이랑은 좀 안 어울리는 거 같아요. 아저씨도 제대로 코디받고 다녀요."

"그런 거 귀찮아."

길드장들처럼 방송 타고 이미지 관리 해야 하는 것도 아닌데 뭣 하러. 팔찌를 살펴보던 예림이가 내 주위를 두리번거렸다.

"노아 오빠는 없네요."

"왜? 볼일이라도 있어?"

"아뇨, 그냥 예쁘잖아요. 반짝거리고. 아, 그거 아세요? 소영이 언니 코메트 보러 왔다가 노아 오빠 비행 연습 하는 거 보고 종일 넋 나가 있었대요.

요즘도 툭하면 안 돼, 나한테는 코메트가 있어, 하고 중얼거린다니까요. 엄청 마음에 들었나 봐요."

그럴 만은 하지. 코메트도 S급 용종으로 자랄 거긴 하지만 노아에 비할 바는 못 된다. 물론 노아는 사람이지만. 아니, 사람이라서 말이 통하니 더 좋은 건가? 강소영에게 리에트도 한번 보여 주고 싶구만. 반응이 궁금해지네.

"특수 격리소에 간다고 했죠?"

"응. 꼭 같이 갈 필요는 없는데."

구치소와는 분위기가 다를 거라 애 데리고 가기가 좀 그렇다. 하지만 예림이는 무슨 소리를 하느냐는 듯이 눈썹을 치켜올렸다.

"저 있을 때는 제가 아저씨 경호원이에요. 그렇게 계약했잖아요."

납치 때 파기된 예림이와의 계약을 해주 처리 하고, 굳이 재계약하진 않으려고 했다. 계약서 같은 걸로 묶어 놓을 필요가 있나 싶어서였다. 그런 거 없이도 날 도와주려 할 아이니까. 하지만 예림이는 다시 계약서를 작성하길 원했고 이번에는 내가 요청할 시 보호해 줄 것 정도로 조건을 정했다.

어디든 따라갈 거라는 예림이를 내려다보다가 문득 귀에서 흔들리는 귀걸이가 눈에 들어왔다.

'창랑의 인어여왕 귀걸이, 였지.'

물방울, 인어여왕의 귀걸이와 확실히 유사한 디자인이다. 특히나 저 푸른 보석은 크기만 다를 뿐 똑같은 광물로 보였다. 정확히 감별할 능력까진 없지만 색도 커팅도 완전히 같다.

'명우가 다른 재능 있는 사람에게 스킬을 가르칠 수 있다면, 패륜아들도 가능하겠지.'

저 귀걸이가 물방울의 것이 맞다면 그녀의 스킬은 수계, 빙 계열일 것이다. 나머지는 어떤 능력을 가지고 있을까. 신입은 모르겠고 사슴, 늑대, 나무. …역시 잘 모르겠구만. 물방울은 있는데 불꽃 같은 건 왜 없냐.

아무튼 뜯어낼 수 있는 건 다 뜯어내야지.

"유현이도 만나 봐야 하는데 어째 답장이 없네."

주차장으로 들어서 폰을 꺼내 들며 말했다. 팔찌에 대한 것과 명우와 던전 가는 거 말해 줘야 하는데.

"길드장님요? 김성한 아저씨나 석 팀장님한테 물어봤어요?"

"아니. 전화해 볼까."

연락처를 열자 예림이가 고개를 쭉 빼어 들여다봐 왔다.

"제 번호 뭐라고 등록했어요?"

"예림이."

"아저씨, 진짜 아저씨 같다. 전부 그냥 이름이네."

아니, 뭐가 또. 그럼 이름으로 적지 뭐라고 적으랴. 예림이가 내 폰을 빼앗아 들곤 연락처를 쭉 스크롤해 내렸다.

"길드장님도 그냥 동생이네요? 의외다. 어? 이건 뭐예요? 스킬? 누구지?"

"성현제."

"…세성 길드장님이요?"

"어."

"이름도 아니고 어쩌다 스킬이 된 거예요?"

"그냥 그거라서."

와, 스킬 취급, 하고 예림이가 웃었다. 왜 이렇게 텅 비었냐며, 앱 추천해 주는 예림이로부터 폰을 다시 돌려받아 김성한에게 전화했다. 유현이의 위치를 묻자 의외의 대답이 돌아왔다.

"특수 격리소요?"

[예. 한 시간쯤 전에 나가셨습니다.]

거길 왜 간 거지. 지금 특수 격리소에는 윤경수를 비롯한 A급 헌터들이 갇혀 있었다. MKC의 최석원은 혼자 구치소로 빠져나가고 나머지는 엄중 처벌 될 예정이었다.

내가 엮인 일이니 방문까지는 그렇다 쳐도, 왜 연락을 안 받냐. 거기 전화 통화 막아 놓았나? 아니, 문자 보낸 건 한 시간 전이었는데. 살짝 불길한 예감이 들었다.

"길드장님 특수 격리소에 있대요?"

"응. 빨리 가 봐야겠다. 아무래도 불길해."

"소영 언니 부를까요? 차로 가는 것보다 배는 빠를 텐데."

…음, 그건.

"딱지는 쌓였지만 사고 난 적은 없어요."

"…그래. 부탁할게."

어디 남는 헬멧 없나.

작은 도마뱀 형태를 한 불의 정령이 조용히 주인의 발목을 맴돌았다. 이어 스르륵, 발아래로 내려가 바닥에 스며든다. 희미하게, 거뭇한 그을림만 조금 남긴 채 겹겹의 벽을 통과하는 정령의 움직임은 명령을 내린 주인 외에는 아무도 눈치채지 못했다.

대기실 의자에 자리한 한유현은 옅게 미소 띤 채 테이블 건너편에 서 있는 남자를 바라보았다. 송태원이 다 참지 못한 한숨을 흘려 냈다.

"피해자 본인이 아닌 이상 특수 격리소 수감자와의 면회는 불가능합니다. 친형제라 하여도 안 됩니다."

"까다롭군요. 그저 몇 가지 묻고 싶은 것이 있을 뿐입니다만."

"수감자의 동의가 있다면 가능하겠지만 윤경수도 다른 헌터들도 모두 면회를 거부했습니다."

받아들일 리가 있을까. 얼굴엔 미소를 띠고 있었지만 한유현이 수감자들을 어떻게 처리하고 싶어 하는지는 불 보듯 뻔했다. 송태원은 성현제와는 다른 의미로 까다로운 청년을 향해 말했다.

"그러니 이만 돌아가 주십시오."

"이왕 여기까지 온 거, 형이 올 때까지 기다리겠습니다. 오늘 방문하기로 했다지요."

"…알겠습니다."

약간의 망설임이 있었지만 송태원은 고개를 끄덕였다. 사건 당사자인 한유진이 도착한다면 면회를 막기 힘들어진다. 하나 동시에 제 형 앞에서의 한유현은 감당할 만하게 얌전해질 것이었다.

'신기할 정도지.'

가장 눈에 띄게 변하는 것은 한유현이었지만 그뿐만이 아니었다. 리에트는 얌전히 구치소에 들어갔고 성현제도 무슨 속셈인지 햇병아리 헌터를 관대하게 대했다. 박예림이야 말할 것도 없고. 기승수 때문이겠지만 문현아와도 퍽 가깝다고 들었다.

이유야 어찌 되었든 송태원으로서는 달가운 현상이었다. 그 중심인 한유진은 대화로 해결 가능한 상대였으니까.

그렇게 한숨 돌리는 순간이었다.

퍼엉!

무언가 터지는 소리와.

쿠르릉-.

무너지고 부서지고 불타오르는 소리가 들려왔다. 벽에 걸린 비상 전화의 벨이 울리고 송태원은 당혹감을 감추지 못하며 수화기를 들었다. 수감 시설의 일부가 부서졌다는 다급한 목소리가 한유현의 귀에까지 흘러들었다.

"얌전히 갇혀 있는 데 질리기라도 한 모양이군요."

차분하게, 다정할 정도로 부드러운 어조로 말하며 한유현이 자리에서 일어났다. 그의 발치로 붉은 것이 희미하게 스쳐 올라가 모습을 감춘다. 송태원은 얼굴을 딱딱히 굳히며 젊디젊은 헌터를 돌아보았다.

"신경 쓰실 필요 없습니다. 구속 조치가 되어 있는 상태니 격리소 내 헌터만으로도 충분합니다."

"글쎄요."

재차 폭음이 들렸다. 한유현은 인벤토리에서 길고 날렵한 검을 꺼내 들었다. 그의 한쪽 눈동자로 붉은빛이 깃든다.

"인벤토리 봉인구가 부서지면 구속 조치도 소용없을 겁니다만. S급, A급 헌터들이니 상급 포션도 회복이나 저주 저항 장비도 넉넉히 갖추었겠지요."

특수 격리소의 비인도적인 구속 조치라 해도 포션을 꺼내 쓸 수만 있다면 벗어날 수 있다. 저주 관련 제약도 마찬가지다.

"…어떻게 봉인구가 부서졌으리라 확신하는 건지 궁금하군요."

"저렇게 소란스러우니 당연한 추측 아니겠습니까. 그러니 도와드리겠습니다."

한유현이 입구 쪽으로 걸음을 옮겼다. 송태원은 반사적으로 그 앞을 막아섰다. 이대로 보내면 윤경수를 비롯한 헌터들 중 살아남는 자가 없을 것이다.

"도움은 필요 없-."

"송 실장님, 당신도, 그 밖의 애꿎은 사람들도 다치는 꼴 보기 싫으면 가서 대피나 시켜."

"협박하는 겁니까."

"참고 있는 겁니다. 아니면 성현제에게 따지시든가. 던전 안에서 깔끔히 처리했다면 이런 수고를 들일 필요는 없었을 텐데. 혹시 내 몫을 남겨 준 건가?"

송태원은 결국 옆으로 비켜섰다. 실상 던전 안에서 몰살당했다 해도 이상할 거 없는 자들이었다. 한유현을 막다가 피해를 늘리기보다는 그의 말대로 사람들을 대피시키는 편이 나을 것이다.

그렇게 결론 내렸음에도 송태원의 안색은 좋지 못했다. 문밖으로 유유히 걸어 나가는 저보다 한참 어린 청년을 바라보는 눈길이 더없이 차가웠다.

고삐 풀린 짐승들. 묶어 놓을 목줄조차 없는 괴물들.

그 자신 또한 포함되었기에 더더욱 혐오스럽다. 송태원은 어금니를 사리 물고 뒷정리를 위해 발을 옮겼다.

강소영 헌터의 실력은 대단했다. 그뿐만 아니라 예림이와의 조합 또한 엄청났다. 신호에 걸리거나 돌아가야 하는 길에 막히면 바이크째 들어다 날아 넘어 버리니 그야말로 막힘이 없었다. 비록 내 속은 조금 뒤집어졌지만 무서울 정도로 빠른 시간 안에 외곽에 있는 특수 격리소에 도착할 수 있었다.

"길드장님 벌써 일 쳤나 봐요."

이미 격리소 건물 한쪽이 무너져 내린 후였지만. 안전을 위해 주위가 허허벌판이라 다행이다. 하지만 불이 번져 가고 있었다. 멀찍이 소방차가 보였지만 불이 난 곳까지 접근은 못 하고 있었다. 자칫 헌터들 싸움에 휘말리기라도 했다간 애꿎은 피해자만 생기게 될 테니까.

"예림아, 불 좀 꺼 줄래?"

"네! 소영 언니, 아저씨 좀-."

"아니, 나도 들어갈 거야."

내 말에 예림이가 눈을 동그랗게 떴다.

"아저씨 미쳤어요?"

"고운 말 쓰자. 그때 그 아이템 있어. 걱정 말고 불 끄는 거 부탁할게. 여기까지 태워다 주셔서 감사합니다, 소영 씨. 혹시라도 휘말리지 않게 피해 계세요."

"감사는 노아 씨 연락처로 받고 구경만 할게요!"

강소영이 들떠 하며 휴대폰을 꺼내 들었다. …촬영하는 거냐, 지금. 그보다 노아 씨의 연락처라니, 포기 못 한 건가. 이해는 간다만 코메트를 생각하시죠.

바리케이드가 쳐지고 격리소 헌터들이 지키고 있었지만 S급 헌터인 예림이를 막지는 않았다. 나도 예림이의 덤으로 들어갈 수 있었다.

팔찌를 사용하고 사람들은 대부분 대피했는지 인적 없는 건물 쪽으로 들어가자 타다 남은 시체가 눈에 띄었다.

"예림아, 넌 불 번지는 쪽으로 가."

"시체 처음 보는 것도 아닌데."

"야! 그래도 봐서 좋을 거 없어!"

아예 안 보는 건 무리라도 덜 보기라도 했으면 좋겠다. 내 잔소리에도 예림이는 듣지 못한 척 주위를 동동 떠다니며 탄식으로 잔불을 꺼뜨렸다. 그 사이 시체가 한 구 더 나타났다. 이번에는 얼굴이 기억났다. 지난번 던전에서 공격해 온 헌터들 중 하나다.

'…유현이 녀석.'

적당히 넘어갈 것처럼 굴더니. 건물 잔해를 피해 좀 더 안쪽으로 걸음을 옮기는데 누군가가 내 앞으로 훌쩍 뛰어내렸다.

"왜 이렇게 일찍 왔어?"

유현이가 웃는 낯으로 나를 내려다보았다.

"일찍은 무슨! 다 죽인 거냐? 윤경수는?"

"지금쯤 숨통이 끊어지지 않았을까. 신경 쓰지 마. 세성 길드장이 봐준 게 이상한 거고, 탈출까지 하려 들었으니 당연한 결과야."

성현제의 재활용 정신은 나도 의외였지만 탈출이라니. 미심쩍은 눈길을 보내자 동생 놈이 뻔뻔하게 미소 지었다.

"그만 가자. 몇 시지? 점심이나 먹을까?"

"살아 있는데요."

뭐? 예림이의 뜬금없는 말에 나와 유현이가 동시에 고개를 돌렸다. 예림이가 바라보는 그곳에 윤경수가 서 있었다. 목이 반쯤 잘린 채로.

"아니, 죽은 건가? 근데 움직여요. 뭐지?"

예림이가 고개를 갸웃 기울이고 유현이의 미간이 찌푸려졌다. 그리고 윤경수가 입을 벌렸다.

"안녕!"

낯선 여자의 목소리였다.

덜렁거리는 머리가 말하는 모습이 퍽 기괴하게 느껴졌다. 던전에서 언데드를 보긴 했지만 말하는 놈은 없었는데.

"혹시 저게 바로 그 유명한 좀비예요? 물리면 전염되는?"

"뭔지 모르니까 형은 물러나 있어."

유현이가 한 발 앞으로 나서며 말했다. 그때 좀비인지 뭔지가 다시금 입을 달싹거렸다.

"꼴이 말이 아니야, 여러분. 잠시만."

그리고 윤경수의 모습이 변화했다.

"앗, 한정판 바니바니베어!"

"…형?"

예림이가 반갑게 소리치고 유현이가 당황해하며 중얼거렸다. 그 사이에서 나는 아무 말도 할 수 없었다.

저만치 멀리, 무너진 건물 잔해 사이로 유현이가 서 있었다. 좀 더 나이 먹고, 좀 더 선이 뚜렷하고, 좀 더 키가 큰 동생이. 나도 모르게 손을 뻗어 내 앞의 유현이의 팔을 붙잡았다. 스물다섯 살의 동생이 미소 짓는다.

누군지 모르지만 악취미다. 아니면 내가 문제인가. 각자 보이는 모습이 다른 듯하니.

"형, 괜찮아?"

유현이가 걱정스레 물어 왔지만 시선을 돌릴 수가 없었다. 유현이가 천천히 다가왔다. 대략 열 걸음 정도로 가까워졌다.

저건 가짜다. 누구보다도 내가 제일 잘 안다. 알 수밖에 없다.

"…처리, 할까?"

유현이가 유현… 아니, 저것을 최대한 보지 않으려 눈을 돌리며 말했다.

"…아니."

비록 진짜는 아니라지만 내가 그런 꼴을 어떻게, 시발. 바니베어가 뭔지는 모르겠지만 사람은 아닌 듯하니 예림이에게 부탁을… 젠장, 차라리 내가…….

"대화하기 편한 모습은 아닌가?"

저것이 말했다. 심지어 목소리도 똑같았다. 옆에서 예림이가 빠우하고 울었어, 귀여워! 하고 소리쳤다.

"알고 있으면 당장 바꿔."

목을 덜렁대는 윤경수가 훨씬 낫다. 이를 갈며 대답하자 유현이가, 젠장, 저것이 작게 웃었다.

"짐작하고 있겠지만 내가 원한 모습이 아니야. 형이 보고 싶어 했던 거지."

"…그 얼굴로 웃지 마."

슬슬 견디기 힘들어졌지만 다행히 놈이 모습을 바꾸었다. 크기가 훨씬 더 작아졌다. 작아졌는데, 모습을 본뜬 대상이 달라진 건 아니었다. 여전히 유현이다. 이번엔 다른 의미로 환장하겠네.

"아, 진짜 미친……."

귀여워. 예닐곱 살쯤의 동생이 방긋 웃는다. 강아지처럼 보들보들한 머리카락에 동그라니 살 오른 뺨이 뽀얗다. 조그만 손에 역시나 조그만 손가락들에 발도 작고. 지금이라면 진짜 가볍게 들어 안을 수 있는 조그만 유현이가…….

"유, 유현아. 나 좀 잡아 봐."

"뭐?"

"뛰쳐나가고 싶어지니까, 와, 정말, 진짜……."

314

머리 쓰다듬고 싶다. 안아 주고 싶다. 볼 만지고 싶다. 실제로는 시체라는 거 아는데도 당장이라도 달려가고 싶었다. 대체 어떻게 저렇게나 사랑스럽고 귀엽지.

"아저씨, 대체 뭘 보는 거예요?"

"…어릴 때 유현이."

"헉, 나도 보고 싶다! 아저씨 어릴 때도 보고 싶어요! 변해라 바니바니베어! 안 변하네. 그럼 춤춰라!"

손을 쥐락펴락하다가 휴대폰을 꺼내 들었다. 혹시나 싶어 사진을 촬영해 보자 좀비가 찍혔다. 젠장. 동영상도 역시 안 되는구나, 젠장.

"유현아아."

"형, 나 여기 있어."

약간 부루퉁해진 목소리에 동생을 돌아보았다. 예닐곱 살짜리 보다가 스무 살짜리를 눈에 넣자, 감회가 새로워졌다. 저렇게 작았는데 언제 이만큼이나 커 버린 거지.

"우리 유현이, 정말 많이 컸네."

"정신 차리세요, 아저씨. 지금 완전 넋 나간 거 같은 얼굴 하고 있어요."

"애가 귀엽잖아."

혹시 모르니까 한 번만, 머리만 한번 쓰다듬어 보면 안 될까. 당연히 안 되지. 저게 뭔 줄 알고. 정신 차리자.

"이쪽도 대화하기 어려워, 형아?"

"유현아아!"

"형!"

"아저씨!"

유현이와 예림이가 동시에 나를 붙잡았다. 젠장, 진정하자. 하지만 진정이 안 된다. 차라리 눈을 감을까. 하지만 저때 사진도 남은 거 하나 없는데 아깝잖아. 게다가 움직이고 있고, 눈도 깜박거리고 말도 하고.

심장이 다 아프다. 진짜 귀여워. 신발 작은 것 좀 봐라. 맛있는 거 사 주고 싶다. 진짜는 아니지만, 가짜지만. 젠장, 어차피 사진도 동영상도 실물이 아닌 건 마찬가지잖아. 뭐 먹일 거 없나?

"안 되겠다. 형아는 그냥 원래 모습으로 이야기해야겠어."

"뭐? 잠깐만!"

어린 유현이가 사라지고 삐걱거리는 윤경수의 시체가 그 자리를 대신 차지했다. 이럴 수가. 내 동생이.

"다시 인사할게, 여러분. 나는 도마뱀 주인의, 일종의 후임자란다."

시체가 말했다. 유현이가 눈살을 찌푸리고 예림이가 고개를 갸웃했다.

"뭐라고 빠우빠우거리는데 뭐라는지 모르겠어요."

예림이한테는 사람 말로 안 들리는 건가. 아마도 효도중독자에 대해 아는 사람에게만 말이 전해지는 듯했다.

"빨리도 나타났군. 인수인계할 게 별로 없었나 봐."

"없을 만도 한 게, 죽어 버렸잖아. 그나마 계약이 유지되는 인간이 있어서 이렇게 잠깐 인사하러 온 거야. 혹시 누가 어떻게 도마뱀을 죽인 건지 알려 줄 수 있겠어?"

"알려 주겠냐."

"역시 그렇겠지. 이쪽에 대해 아는 것도 별로 없고… 어설프게 덤벼드는 건 내 성미에 맞지 않아서. 그러니 우리 간단하게 내기할까?"

디아르마가 제대로 된 정보를 전해 주지 않았다는 사실은 반가웠다. 특히 회귀 전의 일도, 나에 대한 것도 잘 모른다는 사실이 다행스러웠다.

다만 이전에 한 계약들은 그대로 저 좀비에게 이어지는 듯했다. 최석원도 제거하거나 최소한 해주는 시켜야겠군. 그 외에도 계약된 사람들이 더 있을까.

"무슨 내기 말이지?"

"아직은 안 정했어. 일단 여기에 대해 좀 더 살펴봐야지."

"우리가 내기를 받아들일 이유는 없을 듯한데."

좀비가 어깨를 으쓱했다.

"아니면, 계속 방해받고 싶은 걸까. 나도 그렇게 몸 사리는 편은 아니에요. 하지만 도마뱀 주인이 죽어 버렸고 그 사정도 모르는데, 준비까지 덜 되었잖아. 그렇다고 아무것도 안 할 수는 없거든."

윤경수의 머리가 한숨을 푹 내쉰다. 동시에 뚝 떨어지지 않는 게 용할 정도로 크게 덜렁거렸다. 보기 흉하다, 정말.

"목숨까지 걸고 일할 생각은 없으니 서로서로 안전하게 가자. 응? 딱 한 번으로 끝내는 거야. 가위바위보든 미로 찾기든 결투든 뭐든. 그럼 나는 할 일 다 한 셈 치고 물러나고, 여러분은 열심히 던전을 막고. 어때, 괜찮지?"

좀비의 손이 들리고 내 가슴께를 가리켰다. 그리고 말한다.

"디아르마의 후계자님."

"기분 나쁜 소리를 하는군."

힐끗 유현이를 살펴봤지만 별다른 반응은 보이지 않았다. 예림이처럼 유현이 귀에 들리는 내용 또한 나와는 다른 듯했다.

"도마뱀 주인이 좀 덜떨어지긴 했지. 하지만 능력은 쓸 만했단다. 저주독룡종을 조합해 내는 솜씨는 괜찮은 애였지. 그 능력을 어떻게 배워 냈는지는 모르겠지만."

말하는 걸로 보아선 저 좀비는 디아르마보다 윗줄인 모양이었다. 물론 허세일 수도 있고 둘의 사이가 나빠 깎아내리는 것일 수도 있지만, 적의 능력치는 낮춰 보기보단 높여 보는 편이 낫다.

'환각 같은 정신 계통 스킬을 가지고 있는 건 확실하고.'

도마뱀 새끼도 날 끌어들일 때 그런 쪽의 스킬을 썼었는데. 효도중독자들은 정신계 스킬을 지닌 놈들이 많은 건가. 명우에게 정신계 저항 아이템을 부탁해야겠다. 패륜아들한테는 아이템 못 뜯어내려나.

"던전 막느라 바쁜 와중에 방해받는 건 당연히 달갑지 않지만, 대답은 내기 조건을 들은 다음에 하겠어."

"그래, 좋아. 패륜아들에게도 대신 전해 주렴. 연락 닿아 있지?"

잠깐 망설이다가 고개를 끄덕였다. 디아르마의 능력을 가지고서 아니라고 해 봐야 너무 뻔한 거짓말로 들리겠지.

"역시. 그런데 왜 너일까. 바로 옆에 먹음직스러운 애도 있는데. 자질도 뛰어나고 정령도 품고 있고. 마음에 들어. 내기에 거는 건 어때?"

"미친 소리 말고 용건 끝났으면 꺼져."

이 새끼들이 왜 자꾸 남의 동생을 노리는 거냐. 좀비가 웃으면서 풀썩 쓰러졌다. 동시에 유현이와 예림이가 나를 돌아보았다.

"전 빠우 소리밖에 못 들었어요. 아저씨는 대화한 거 같던데, 뭐래요? 이제부터 좀비 감염이 시작될 거래요?"

"아니. 그런 일 없… 을걸? 아마도."

확신은 못 하겠다. 던전도 나타났는데 좀비라고 생겨나지 못할 건 없으니.

"유현이 넌 무슨 말 들었어?"

"그놈들 후임이고 계약에서 어떻게 벗어났냐는 질문 정도. 새로 계약할 생각 없느냐고 하기에 거절했어. 형은?"

"나는……."

호기심에 눈을 반짝거리는 예림이를 바라보며 말끝을 흐렸다. 예림이에게도 말해 주긴 해야 하는데. 많이 알게 될수록 영향력이 커진다는 인어여왕의 말이 걸렸다. 정보의 공유에 대해서는 패륜아들에게 정확히 물어보는 편이 좋겠지.

"일단 돌아가서 이야기-."

"참!"

시체가 다시 벌떡 일어났다. 거친 동작에 덜렁대던 머리가 결국 떨어져 바닥을 데굴데굴 구른다. 그러거나 말거나 목소리가 이어졌다.

"선물 하나 주고 간다는 걸 깜박했어. 이 몸뚱이 주인의 가치가 제법 크니까 괜찮은 선물을 받을 수 있을 거야. 잘해 보렴."

직후 윤경수의 시체가 녹아내렸다. 그리고 그 위로, 게이트가 나타났다. 터지기 직전의 과포화 던전 게이트가. 그것을 보자마자 유현이가 안으로 들어가려는 것을 얼른 붙잡아 말렸다.

"야! 뭐가 있을 줄 알고!"

"게이트석 있으니까 위험하겠다 싶으면 바로 나올게."

"그럼 차라리 내가 가는 게 나아! 명우가 준 아이템 있어."

"박예림 헌터, 형을 부탁합니다."

동생 놈은 들은 척도 않은 채 나를 떼어 냈다. 이어 예림이가 뒤에서 내 어깨를 붙잡았다.

"피해 무효화 템 써 봤자 달랑 들려 가면 끝이잖아요. 봐요, 붙잡히면 꼼짝 못 하면서."

…그건 그렇지만. 유현이가 게이트에 손을 대었다. 하지만 마치 벽을 만지는 것처럼 막혀 버리고 말았다.

"겉보기론 과포화 게이트인데?"

"꼭 비활성화된 거 같네요. 안에 누가 있나?"

그럴 리가. 어쨌든 들어갈 수는 없으니.

"일단 물러나서 던전 브레이크 대비를 하자."

내 말에 둘 다 고개를 끄덕였다. 근처에 있을 송태원에게 상황을 전하기 위해 휴대폰을 꺼내 들며 물러서는데.

쿠르릉.

게이트가 흔들렸다. 이어 속에서 쏟아져 나온 것은 시퍼런 물이었다.

9장 물의 지배자

9장
물의 지배자

"형!"

유현이가 나를 낚아채어 공중으로 뛰어올랐다. 예림이도 곧장 비행 스킬을 썼다. 콰과과, 요란한 소리와 함께 끊임없이 쏟아져 나오는 물이 순식간에 격리소 건물을 삼킨다. 게이트가 있던 자리에 소용돌이가 일고 땅이 파헤쳐졌다.

눈 깜짝할 사이에, 작은 호수가 생겨났다. 그 한가운데에 마치 눈알처럼 게이트가 자리 잡았다. 아니, 진짜 던전 게이트가 맞긴 한 건가. 물 위에 둥둥 떠 있던 게이트가 이내 수면 아래로 가라앉는다.

혼란 속에서 일단 호수를 벗어났다.

"무슨 일이 있었던 거예요?"

호수의 외곽, 물이 아슬아슬하게 닿지 않은 곳에 서 있던 강소영이 우리를 보고 물었다. 바리케이드 근처에 있던 사람들은 물에 휩쓸린 모양이었다. 다행히 평범한 물이라 별 타격 없이 헤엄쳐 나오는 모습들이 보인다.

"설명해 주고 싶지만 저도 잘 모르겠습니다."

몬스터는 없는 듯하고, 물만 쏟아져 나오는 던전 브레이크는 회귀 전에도 본 적 없다. 보통은 몬스터만 쏟아져 나왔지.

송태원도 나타나 자초지종을 물었지만 설명할 수 있는 말이 몇 없었다. 그냥 내버려두기는 찜찜하고, 그렇다고 호수를 뭐 어떻게 할 수도 없고. 물을 빼내기라도 해야 하나 다들 난감해하는 그때 강소영이 말했다.

"아까보다 더 커진 거 같지 않아요? 호수요."

그녀의 말대로였다. 호수는 천천히, 하지만 멈추지 않고 커져 가고 있었다. 느린 속도였지만 이대로 두었다간 어디까지 물이 삼켜 버릴지 알 수 없었다.

"…차라리 평범하게 몬스터가 나오는 편이 나았을 듯합니다."

송태원의 표정이 딱딱하게 굳어졌다. 다른 사람들 역시 비슷한 얼굴이었다. 그 사이에서 예림이가 손을 번쩍 들었다.

"물이 나왔으니까 이제 게이트 안으로 들어갈 수 있지 않을까요? 제가 확인해 볼게요. 저 귀걸이 있잖아요. 물속에서 자유롭게 움직일 수 있는 효과 붙은 거."

아니, 예림아. 그래도 너 혼자는 안 되지.

"예림이 네가 수중에 유리한 속성이라 해도 혼자 가는 건 절대 안 돼. 수중 행동 자유 아이템이야 다른 사람들도 가지고 있을 거고."

첫 공략 던전이 어떤 환경일지 알 수 없으니 상급 헌터라면 웬만해선 기본으로 갖추고 있는 아이템이다.

"그리고 나도-."

"아저씨는 더더욱 절대 안 되죠."

예림이가 딱 잘라 말했다.

"좀비가 만든 던전이니까 물 말고 아까처럼 귀여운 게 나올지도 몰라요. 그럼 아저씨는 홀딱 넘어가 버리고 말겠죠."

"아니, 내가 좀… 과했던 거 같긴 하지만 그땐 뭐랄까, 갑작스러웠달까, 방심하고 있었고……."

먼 기억 속에서 흐릿해진 모습이 돌연 생생하게 튀어나와 버렸으니 말이다. 다시 보면 훨씬 더 침착할 수…….

"새끼 때 피스 열 마리. 털 보송보송하고 동글동글하고. 볕 좋은 파아란 풀밭에서 빙글빙글 꼬리잡기."

윽.

"옹기종기 모이는데 머리에 삐약이 얹고. 삐약이가 삐약하고 파닥파닥 귀엽게 춤추고."

"자, 잠깐만."

상상만으로도 입꼬리가 절로 올라갔다. 눈앞에 실제로 있었다면 절대 못 참았겠지. 이러면 안 되는데. 하지만 귀여워. 지금의 유체 상태도 작긴 하지만 처음 봤을 땐 더 작았는데. 더 동글동글하고. 발라당 뒤집어져서 꼬리 살랑살랑 흔들고. 거기에 삐약이. 삐약이가 춤을… 아, 젠장. 파괴력이 너무 강하다. 또 심장이 아파 오는 거 같다.

"…예림아, 그건 너무 사기잖니."

"거기에 쬐끄만 길드장님이 피스 안아 들고. 애한텐 크니까 양손으로 영차. 삐약이도 머리에 얹고."

"못 뛰쳐나가게 손목이라도 묶으마."

"아저씨한테 불리한 계약 같은 거 하자고 하면요? 아님 막 동료 공격하라고 시키거나."

"그런 소리 하면 가짜라는 게 너무 티 나잖아. 귀엽긴커녕 소름 끼칠 거 같은데."

갑자기 찬물 확 뒤집어쓴 기분이 되어 버렸다. 대놓고 애들 모습 이용하겠다고 나오면 화날 거 같기도 하고. 아니, 확실히 열받는다. 좀비도 그 모습 그대로 내기 어쩌고 말 나왔으면 곱게는 못 들어줬겠지. 생각만으로도 기분 더럽군.

속마음을 읽어 내겠다는 듯 내 표정을 살피던 예림이가 어깨를 으쓱했다.

"의외로 단호하다니까."

"의외가 아니라 당연히 싫지, 그런 건. 아무튼 너 혼자는 절대 안 돼. 음, 유현이 넌 물속은 좀 그렇지?"

"근접전이라면 큰 차이 없어."

그래도 위력이 떨어지긴 할 것이다. 견제로도 못 쓰고. 검술 스킬도 있긴 하지만 역시나 물속에서는 속도도 힘도 차이가 날 수밖에 없다.

어떤 던전일지 모르지만 물이 가득한 건 확실할 것이다. 지금도 호수의 넓이가 조금씩 넓어지고 있으니까. 그러니 수중 전투에 능숙한 헌터가 필요한데, 김성한은 방어형이고 리에트는 근접에 독도 중화되어 약해질 테고 노아도 비슷하고 문현아도 수중에선 약하고…….

"저희 길드장님은 어때요?"

강소영이 말했다.

"어차피 사슬 따라가는 거라 물속에서도 큰 차이 없거든요. 순수한 물이면 부도체니 오히려 집중시키기 더 좋을 거고요. 와 주실진 모르겠지만 연락해 볼까요?"

스킬 주 속성을 떠나서 도움 될 인간이기는 하다. 그래도 좀 짜증 나네. 대체 약점이 뭐야. 왜 다 잘났지. 겉은 물론이고 속까지 절연체인 몬스터 어디 없나. 그래 봤자 어떻게든 쉽게 처리해 버릴 거 같은 인간이지만.

"네, 부탁드리겠습니다."

강소영이 전화를 걸고 그리 오래지 않아.

"타다다다-.

상공에 헬기 한 대가 나타났다. 호수를 살펴보듯 한 바퀴 빙 돈 헬기에서 무슨 고상한 연회 초대라도 받은 듯 쓰리피스 슈트를 빼입은 남자가 뛰어 내린다. 상당한 높이였지만 계단 한 칸을 내려서듯 가볍게 착지한 성현제가 바람결에 흐트러진 머리칼을 쓸어 올렸다. 정말 재수 없다.

"호수 관광이 무척이나 마음에 들었던 모양이지. 이렇게 새 호수가 나타났다고 초대도 해 주고. 가이드로서 뿌듯하기 그지없군."

"별점 다섯 개 만점에 반 개 찍었는데 아직 확인 안 해 보셨군요."

"저런, 명예 회복을 위해서라도 한 번 더 자리를 마련해야겠군. 이번에는 바다가 어떤가."

"아, 제가 바닷물 알레르기가 있어서."

"그런 게 있는 줄은 몰랐는데."

"방금 생겼습니다."

앞으로도 이것저것 생길 예정이다. 성현제가 웃음기를 머금은 채로 손에 들고 있던 밀폐된 비닐 봉투를 내밀었다. 강소영을 통해 부탁한 여벌 옷가지와 수건이다. 던전 아이템이나 부산물로 만든 옷이 편하긴 하겠지만 셔츠 빚에 더 얹고 싶진 않았다. 일반 옷이야 떼먹어도 부담 없으니.

"이리 직접 잔심부름까지 해 주건만 별점이 너무 짜지 않나."

"몸소 들고 오실 줄은 몰랐죠. 그럼 한 개 반."

당연히 다른 사람 시킬 거라고 생각했는데. 댁의 괜한 과잉 친절은 부담 이전에 불길하다고. 성현제에게 상황을 간략하게 설명하자 그가 예림이와 유현이를 번갈아 바라보았다.

"꼬마 아가씨는 그렇다 쳐도 도련님도 가는 건가?"

성현제의 말에 유현이가 대뜸 눈썹 끝을 치켜올렸다.

"문제라도 있습니까?"

"물에 흠뻑 젖은 도련님이라니, 나쁘지 않은 애피타이저겠군. 어떨지 가끔 궁금하기는 했어. 제대로 불이 붙기는 하려나."

"늪지대에서 전기뱀장어 여럿 잡아 봤으니 걱정 마시죠."

나이는 배 가까이 먹어서 애한테 시비 걸지 마라, 어른 놈아.

"오늘도 좋은 어른 노릇 좀 해 주세요."

"안됐지만 무료 체험 기간이 지나 버려서."

"일주일은 줘야 하는 거 아닙니까. 되게 짧네. 유료 서비스는 얼맙니-."

"뭐 하는 거야, 형."

유현이가 어이없다는 투로 내 말을 잘라먹었다. 아니, 왠지 질려야 할 거 같아서. 예림이도 유현이와 비슷한 표정으로 나와 성현제를 쳐다보았다.

"세성 길드장님이랑 의외로 친하네요, 아저씨."

"안 친해."

"친하지."

"친한 척하지 마시죠."

"대신 무료 체험 기간 일주일 더 늘려 주겠네."

"앞으로 일주일간 친한 걸로 치죠."

말해 놓고 나니 사기당한 기분이 들었다. 결국 유료잖아. 그렇다고 무르기에는 어디로 튈지 모르는 인간이 애들 시비 걸게 내버려둘 수는 없고. 찝찝해진 채로 송태원에게 다가갔다.

"송 실장님께서는 여기 계시는 편이 좋겠지요."

"예. 던전 브레이크와 비슷한 현상인 이상 언제 몬스터가 튀어나올지 알 수 없습니다. S급 헌터 한 명 정도는 자리를 지키고 있어야지요."

"혹시 전력이 부족할 듯하면 리에트 헌터에게 연락하십시오. 제가 부탁했다고 말하면 한 번쯤은 도와줄 겁니다. 아, 노아 헌터도 여러모로 도움이 될 겁니다. 역시나 제 핑계 대 주세요. 다만 두 사람을 붙여 놓는 건 피해 주시고요. 노아 헌터를 부를 거라면 리에트 대신 김성한 헌터나… 문현아 헌터도 와 주려나요. 노아 헌터 연락처 알려 드릴까요?"

"괜찮습니다. 국내 입국한 S급 헌터의 연락처는 전부 기억하고 있습니다."

역시 성실한 공무원이다. 든든하네.

"한유진 씨야말로 정말로 함께 가실 겁니까?"

걱정이 담긴 물음에 멋쩍게 웃어 보였다.

"그냥 보내기엔 나잇값 못 하는 어른이 있어서요. 다른 이유도 있긴 하고요."

"조심하십시오. 그리고… 신경 써 주셔서 감사합니다."

"천만에요. 당연한 협조죠."

시종일관 딱딱하던 송태원의 얼굴에 옅게나마 미소가 감돌았다. 만성 인력 부족이었을 테니 반갑겠지. 수고하시라고 살짝 고개 숙이곤 물가로 다가갔다.

"게이트에 바로 들어가진 마세요."

S급 헌터를 셋이나 모아 놨지만 정체불명 수상한 던전에 아무 정보 없이 들어가는 건 불안하다. 효도중독자들이 직접 우리 세상에 발 들일 수는 없다지만 SS급쯤 되는 몬스터는 보내지 않았던가.

게다가 계속해서 쏟아지는 물 또한 대비책이 필요했다.

"저만 믿으세요, 아저씨!"

예림이가 자신 있게 말하곤 내 팔을 붙잡고 물속으로 들어갔다. 수중에서 행동할 수 있게 해 주는 아이템도 등급과 효과가 다 달랐다. 물 밖처럼 완전히 자유롭다 못해 더 움직이기 쉬운 수준도 있는가 하면 단순히 호흡만 하게 해 주는 하급품도 있었다.

예림이의 귀걸이는 최상급 수준이라 나를 데리고도 앞으로 쭉쭉 빠르게 나아갔다. 비행 스킬 덕도 컸다. 아직은 그리 큰 호수가 아니었기에 얼마 지나지 않아 게이트가 보였다. 게이트 너머에서 천천히 흘러나오는 물살이 느껴진다.

"둘 다 느리다아~."

우쭐거리긴. 그럴 만하지만. 유현이와 성현제도 이내 도착했다. 두 사람을 확인한 뒤 게이트 앞으로 다가가 세 번 노크했다. 게이트의 모양새는 그대로였지만, 흘러나오던 물살이 멈추었다.

역시 통하는구나.

"들어가자. 안쪽은 추울 거야."

"춥다고요?"

저번 그대로라면 춥겠지. 혹시 모르니 유현이와 성현제가 먼저 들어간 뒤 예림이와 함께 게이트 안으로 발을 들였다. 직후 얼어붙을 듯한 찬바람이 전신을 덮쳐 왔다.

"윽, 냉기 저항 아이템도 별 소용이 없네."

"템 없었으면 젖은 옷 다 얼어붙었을걸요. 근데 물이 아니라 눈밭이네요? 녹아서 흘러나온 건가?"

설명해 주고 싶었지만 그보다 옷이 먼저였다. 혹시나 싶어 준비해 오길 잘했지. 얼른 텐트 꺼내는 사이 유현이가 불도마뱀을 보내 주었다. 좀 낫네. 싸우지 말라 당부해 놓고 들어가서 옷을 갈아입-.

콰과광!

"얌전히 좀 있으시라니까! 혹시 배구공이면 적 아닙니다!"

이어 통통 소리가 나더니 텐트를 퍽 쳤다.

"신입아, 기다려!"

아이고, 정말이지. 마른 옷으로 갈아입고 여기 올 때를 대비해 마련해 둔 두툼한 겉옷을 꺼내 걸쳤다. 이왕 만들 거면 좋은 날씨로 하지 왜 하필 눈밭이냐.

밖으로 나가자 예림이와 성현제가 배구공에게 호기심 어린 시선을 보내고 있었다. 하나는 차 보고 싶어 하는 듯하고 다른 하나는 갈라 보고 싶어 하는 듯했다.

[허니허니허니! 저 사람은 저도 알아요!]

신입이 성현제 주위를 통통 뛰며 말했다. 그러다 또 번개 맞는다.

[이번에는 빨리 손 뗐네요! 하긴 도마뱀 주인도 알고 있었을 테니까!]

"그보다 물방울과 연결해 줄 수 있을까."

[앗, 네!]

배구공이 내 앞으로 통통 튀어 왔다. 유현이에게 설명 부탁한단 말을 하기가 무섭게 소리가 차단되었다. 이어 훨씬 어른스러운 목소리가 들려왔다.

[안녕하세요, 허니.]

인어여왕의 모습이 문득 눈앞에 떠오르는 듯했다. 그 아리게 새파란 물결이. 작게 숨을 들이켜고 말을 이었다.

"후임자가 왔다는 건 알고 계십니까?"

[물론이에요.]

"내기를 걸어올 것이라고 전해 달라더군요. 그리고 선물이랍시고 이상한 던전 게이트를 두고 사라졌습니다."

[그녀는 그리 호전적이지는 않죠. 다만 호기심을 끌게 되면 위험할 수도 있답니다.]

…좀비 놈, 유현이에게 관심을 보였었는데. 조심해야겠군.

"놓고 간 던전에 대해서는 알고 계십니까? 물이 계속 나오던데요."

[짐작 가는 건 있어요. 다만 허니들이 처리하기엔 조금 까다로울 텐데-.]

"그럼 도와주시죠."

[그럴 수 없다는 거 알잖아요.]

알긴 무슨. 가진 거 많잖아. 뭐든 내놔라.

"인어여왕 님께서 도와주시긴 하셨지만 도마뱀 잡은 건 저였잖습니까. 그런데도 마석 외에는 손에 넣은 게 없지요. 깜박한 보상 지금이라도 주시죠."

[그건 시스템 바깥의 일이었을뿐더러 그의 스킬을 손에 넣지 않았나요.]

"제가 원래 가지고 있던 능력을 바탕으로 조합했을 뿐입니다. 그걸 보상이라고 말씀하신다면 서운하다 못해 억울해지는데요. 과한 걸 바라지는 않겠습니다."

눈을 힐끗 돌려 내 주위에 쳐져 있는 막을 창끝으로 쿡쿡 찔러 보고 있는 예림이를 바라보았다.

"이번 일을 해결할 만한, 당신의 스킬을 주십시오."

[…제 스킬을요?]

"예, 창랑의 인어여왕. 빙속성이든 수속성이든 상관없습니다."

침묵이 내려앉았다. 역시 예림이가 가진 귀걸이의 주인은 물방울이 맞았다. 잠시 후 그녀가 입을 열었다.

[저 아이가 가지고 있는 귀걸이는 제가 어릴 적에 하던 것이에요.]

"그런 인연까지 생겼겠다, 도와주십시오."

S급 헌터라곤 하지만 아직 어리고 상대적으로 약하기까지 한 예림이다.

그렇다고 얌전히 보호받을 성격도 아니니 별수 있나. 앞으로의 위험 속에서 제 한 몸 지킬 만큼 강하게 만들어 줘야지.

[허니, 이건 제게 무리한 요구예요. 하지만 저는…….]

다시 짧은 침묵이 스며들었다가, 젖은 듯 차분한 목소리가 이어진다.

[들어드릴 수밖에 없겠군요. 대신 저는 제 죄책감을 약간 덜어 낼 거예요.]

"감사-."

[이건 거래입니다. 감사를 표하지 마세요.]

단호하고 냉정한 말이었다. 죄책감이라. 약간만 덜어 냈다면 남은 것을 두고 앞으로 더 뜯어낼 수 있으려나. 죄책감의 이유는 묻지 않았다. 대답해 주지도 않겠지.

[스킬을 온전히 전해 줄 수는 없어요. 단 1회만 쓸 수 있습니다. 그렇지만, 제대로 받아들인다면 크게 도움이 될 겁니다. 이미 알고 있지요, 허니?]

"경험하여 익힐 수 있다, 라는 거겠지요."

[쉽지는 않겠지만요. 어디까지나 저 아이의 재능과 노력에 달려 있습니다.]

"한 10회쯤은 안 됩니까?"

예림이를 못 믿는 건 아닌데 한 번은 너무 적다. 하지만 인어여왕은 1회만으로도 과하다며 거절했다.

[그 일부만을 습득한다더라도, 충분하고도 넘칠 겁니다.]

내 앞으로 보석 하나가 나타났다. 인어여왕의 귀걸이 장식과 흡사한 푸른 보석이었다. 그것을 손에 쥐자 설명창이 떠올랐다.

물의 지배자 - 신화급
창랑의 인어여왕이 한 세계의 물의 근원으로 자리매김하게 된 힘
1회 한정

등급만 보아도 1회만으로도 과하다, 라는 말이 부족하지 않았다. 동시에 근원

을 공격하는 게 가능한 초월자가 얼마나 멀고 먼 존재인지 뼈저리게 느껴졌다.

"그런데 이거 주위 사람들에게도 안전한 겁니까?"

1회용 신화급 스킬 아이템. 물의 지배자라는 거창한 이름까지 가지고 있으니 사용 시 영향력이 장난 아닐 것이다. 예림이야 아이템 사용자니 괜찮겠지만 나머지 사람들이 문제다. 잘못 휘말리면 뼈도 못 추릴 거 같은데. 은혜로도 십여 분밖에 못 버티지 싶고.

[사용자가 마음먹기에 따라 달라지겠죠. 순간적으로 힘에 취해 버릴 수는 있으니 허니에게 적개심을 가지고 있는 상대에겐 주지 않는 편이 좋을 거예요.]

내가 예림이에게 잘못한 게 있던가. 딱히 없는 거 같다. 유현이는 혹 모르니까 내가 몸으로라도 막아 주고 성현제는 알아서 잘 살아남겠지.

"두 세력과 던전에 대해서는 어디까지 말해도 될까요. 던전 난이도가 높아진다는 것 정도는 알려도 되겠죠."

지난 3년간만 봐도 초기보다 상급 던전의 수가 더 늘어나긴 했으니까.

[우리와 효도중독자들에 대해서는 가급적 언급 않는 게 좋아요. 어쩔 수 없이 말하게 된다 하더라도 최대한 둘러 표현하세요. 많이 알게 될수록 허니의 세계가 가지는 반발력이 약해져 개입하기 쉬워지거든요. 경계심이 많아 낯선 사람을 절대 집에 들이지 않지만 TV에서 자주 보는 연예인이면 분명한 남인데도 반기고 마는, 그런 것이라고 할까요.]

"그럼 도마뱀 주인은 왜 입단속을 한 겁니까? 알릴수록 좋을 거 같은데."

[간단해요. 그들은 우리보다 약합니다. 우리가 갇혀 있지 않았다면 이미 깨끗이 정리했을 거예요. 서로의 개입 가능한 힘이 강해지면 갇힌 채로도 디아르마 정도는 붙잡아 제거할 수 있습니다. 대신 그땐 허니의 세계도 부서지고 말겠죠. 효도중독자들은 그들의 보신을 위해, 우리는 세계를 보호하기 위해. 서로 몸을 사리는 거랍니다.]

즉, 우리 세계에서의 영향력이 커지면 둘 다 망해 버리니 서로 조심하는 거라고 볼 수 있겠군.

하지만 이미 회귀에 더해 디아르마가 저지른 짓도 있어 이전보다는 개입 가능한 힘이 커졌다고 인어여왕이 말했다. 그러니 날 위한 던전도 만들 수 있었던 거겠지. 좀비 놈도 제법 큰 선물 따위를 남기고 갔고.

던전과 앞으로의 일을 간략히 주위에 알리는 것 정도는 괜찮다고 대답한 뒤 인어여왕의 목소리가 사라졌다.

[허니에게 스킬을 준 대가를 치러야 하니 물방울 선배님은 한동안 연락하기 힘들 거예요. 더 궁금한 거 있어요?]

신입이 통통 튀며 말했다. 궁금한 거라.

"아까 성현제, 저기 저 남자에게 아는 척하던데 회귀 전의 일 맞지?"

배구공에 그려진 얼굴이 고개를 끄덕였다.

"혹시 좀 더 자세히 알 수 있을까?"

[잘은 몰라요. 체인과 접촉한 건 초승달이었는데 잠들어 버렸거든요.]

성현제는 체인이냐. 그런데 왜 나는 허니야. 나랑 꿀이 무슨 상관이 있다고.

"물방울이나 다른 사람들도 모르는 건가."

[네. 그때는 아직 허니 세상의 사람들과 직접적으로 접촉하기 힘들었거든요. 초승달이 왜 그랬는지는 모르겠지만, 체인이 도마뱀 주인과의 계약을 끊는 데 도움을 준 건 확실해요. 그 밖의 거래도 있었을 거 같지만 체인은 허니의 회귀에 휘말렸고 초승달은 자고 있으니 알 수 없어요.]

대체 회귀 전에 뭔 짓을 하고 있었던 거야, 저 인간. 도마뱀 새끼와 관계 끊은 거 보면 나름 세상을 구하려고 하기라도 했… 음, 너무 안 어울린다. 뭔가 다른 이유가 있었겠지. 그냥 단순히 지겨워졌다거나 뭐 그런.

"별로 도움이 안 되네. 대신 너도 뭔갈 내놔."

[네?]

"뭐든 도움이 될 만한 걸 내놓으라고. 스킬이든 아이템이든. 화속성 없냐? 아니면 치유계도 좋고. 아무튼 내놔."

배구공을 잡고 탈탈 흔들었다. 죄책감을 덜든 뭘 하든 애들 줄 거 내놔라.

[자… 잠깐만요, 허니. 이미 스킬 받았잖아요.]

"네가 준 거 아니잖아. 너도 내놓고 잠이나 자러 가."

말이 통하는 사람이 하나는 있어야 하니 나무 빼고 사슴과 늑대도 털어야지.

[저까지 잠들면 시스템 관리하기 힘들어져요!]

"…그걸 깜박했네. 그럼 다른 식으로라도 어떻게든 도움을 줘."

[두꺼비 잡았을 때 맞춤형 아이템 줬잖아요. 앞으로도 허니랑 있을 땐 아이템이나 스킬 맞춰서 줄게요. 그 정도는 가능해요.]

"나와 있을 때만?"

[연결된 건 허니뿐이니까요. 기본적으론 자동으로 주어져요. 시스템이 알아서 돌아가고 우리는 문제가 없는지 확인만 하는 거죠. 하지만 허니가 있는 던전은 상대적으로 개입하기 쉬워서 보상 아이템 정도는 골라 줄 수 있거든요.]

그럼 앞으로 S급 던전 공략 때마다 따라가야 하나. …그러기엔 애들 키우기도 바쁘니 S급 신규 던전 공략 정도에나 따라가자. 아니다, S급 상급 던전은 한번 돌까. 전부 다 데리고 빠르게 공략하면 각자에게 맞는 S급 이상 템이나 스킬을 받을 수 있을지도 모르잖아.

맞춤형 템 스킬 잊지 말라고 한번 더 확인받은 뒤 배구공을 놓아주었다. 신입이 으앙거리며 통통 튀어 도망쳤다.

[10분 뒤에 원래 던전으로 돌아갑니다!]

도망치는 배구공을 몇 발 쫓아가던 예림이가 나를 돌아보았다. 눈이 반짝거릴 정도로 호기심에 가득 차 있다.

"뭐예요, 저건? 여긴 또 어디고요? 몬스터도 없고, 일반 던전이 아닌 거 같은데."

"나도 궁금하군."

"유현아, 설명 안 해 줬어?"

내 물음에 유현이가 어깨를 으쓱했다.

"형에게 해 입히는 거 아니니까 신경 끄, 쓰지 말라고 설명했어."

설명이 너무 간략하구나. 두 사람에게 여긴 시스템 관리자와 접촉하기 위한 곳이고 도망친 배구공이 시스템 관리자라고 말해 주었다. 효도중독자에 대해 알고 있는 성현제는 짐작하고 있던 눈치고 예림이는 놀라 입을 크게 벌렸다.

"와, 시스템 관리를 배구공이 하고 있었다니!"

"다른 사람들에겐 비밀이다."

"역시 세상은 둥그레요!"

…웬 엉뚱한 소리야. 아무튼 시스템 관리자와 이곳에 대해선 최소한의 사람들에게만 말해 줘야 할 것이다. 성현제야 이미 관련이 깊고 예림이는 받은 스킬 때문에라도 설명을 해 줘야 하지만, 나머지 사람들은……. 노아와 리에트도 효도중독자에 대해 들었으니 알려 줄까. 일단 좀 더 두고 보자.

"예림아, 이건 담긴 스킬을 딱 한 번 사용할 수 있는 아이템이야."

인어여왕이 준 보석을 예림이에게 내밀었다. 자기 귀걸이 보석과 비슷하다며 아이템을 받아 든 예림이가 또다시 깜짝 놀란 표정을 지었다.

"이거, 이거! 등급이!"

"지금 쓰진 말고. 잘 들어."

"어, 근데 창랑의 인어여왕이면 제 귀걸이! 혹시 시스템 관리자세요? 그래서 이런 엄청난 스킬을 가지고 계신 건가요?"

"그래, 맞아. 진정 좀 하고 내 말을-."

"인어여왕 님! 귀걸이 잘 쓰고 있어요! 근데 완전 대단하시다! 지금부터 팬 할게요!"

진정해라, 10분도 안 남았다. 와와거리던 예림이가 돌연 창의 창대와 날이 연결된 장식 틈에 보석을 밀어 넣기 시작했다.

"야, 그러다 부서질라!"

"제 창 튼튼해요. 여기 넣으면 딱일 거 같은데. 됐다!"

틈에 끼워 넣어진 보석이 예림이 말대로 맞춘 듯 어울리기는 했다. 그래도 명우한테 부탁하지 마구잡이로 넣어 버리냐.

"…이제 내 말 좀 들어 봐."

"네!"

대답은 잘해요. 몸을 굽혀 예림이와 눈을 맞추고 설명했다.

"예림아, 스킬이란 건 다른 사람으로부터 배워 익힐 수도 있어. 요리나 악기 연주 같은 것처럼."

"그런 거랑은 다르지 않아요? 요리나 연주는 배우지 않아도 시도는 할 수는 있잖아요. 다 태워 버리거나 이상한 소리가 나겠지만. 하지만 하늘을 나는 건 못 하죠."

"악기 연주도 악기가 없으면 못 하지. 요리도 불이나 도구가 없으면 못 하고."

스킬은 마력이라는 기본 도구가 있어야만 사용할 수 있다. 그것도 지닌 마력의 소질이 해당 스킬에 적합해야 제대로 다루는 것이 가능하다. 북으로 피리 소리를 내거나 냄비로 고기를 자르는 건 힘드니까.

"네 소질은 이 스킬에 적합해. 물론 그것만으로 스킬을 바로 배워 낼 수는 없어. 하지만 예림아, 넌 이미 비슷한 속성의 스킬을 가지고 있잖아? 물의 지배자. 인어여왕의 능력을 익히고 그 마력의 흐름을 느껴서 네 스킬에 적용하는 거야."

"…전혀 다른 스킬인데 그게 가능해요?"

"가능해. 스킬에, 시스템의 설명창에 묶이지 마. 네가 가진 힘이야. 전혀 다른 거면 뭐 어때. 냄비를 쳐서 소리 낼 수 있고 북채로 고기를 두드려 연하게 만들 수 있잖아. 그에 비하면 넌 피아노를 위한 곡을 바이올린으로 연주하는 차이 정도일 뿐인걸."

예림이가 알 듯 말 듯 한 표정을 지었다. 나도 내 설명이 제대로 된 건지 모르겠다. 디아르마의 기억에 의존해 주워섬기고는 있는데…….

"시스템은 잠시 잊어. 네가 다루는 능력 그 자체만 바라봐."

"잘은 모르겠지만 해 볼게요!"

예림이가 힘차게 대답했다. 기회가 한 번뿐이라는 게 아쉽다. 그래도 아무것도 못 느끼지는 않겠지.

고개를 들자 생각에 잠긴 듯한 표정의 유현이와 성현제가 보였다. 유현이도 정령을 제대로 다루려면 스킬의 틀에서 벗어나야 한다. 이름은 지어 줬으려나 몰라.

성현제는… 그냥 두기 아깝긴 아까운데, 젠장. 저 인간까지 내가 챙겨 줘야 해? 알아서 잘 강해지지 않을까. 유현이가 두 배쯤 더 강해지면 그때 가서 생각해 보자.

"곧 원래의 던전으로 바뀌게 될 겁니다. 대비들 하세요."

잠시 사용 중단했던 팔찌를 다시 썼다. S급 수준 정도로. 내 말이 떨어지기가 무섭게 유현이와 예림이가 내 팔을 한쪽씩 붙잡았다.

"조심해, 형."

"물 쏟아지면 떠내려가 버릴지도 몰라요."

"나는 어딜 잡아야 하나. 목?"

그냥 가만히 계십쇼.

삼 분여쯤 지났을까, 눈 덮인 숲이 녹아내리듯 사라졌다. 그 자리를 대신해 나타난 것은 끝없이 새하얀 공간이었다.

맑은 물이 발목 높이로 찰랑찰랑 차오르고 다양한 크기의 물방울이 공중을 둥둥 떠다닌다. 일반적인 던전과는 다른 이질적인 풍경이었다.

"그럼 아저씨, 묶죠!"

"…응?"

"손목 말이에요. 줄 가지신 분?"

내가 묶겠다곤 했지만 진짜로 묶게? 예림이의 말에 성현제가 대뜸 수색자의 사슬을 꺼내 들었다. 미쳤나.

"튼튼함은 보장하지."

이어 유현이가 꺼내 든 건 웬 가죽 줄이었다.

"피스용 고삐인데 사이즈 조절 가능해."

"어느 게 좋아요, 아저씨?"

"둘 다 싫어. 어차피 내가 튀어나가 봤자 한 발짝 내로 붙잡힐 텐데 묶을 필요까지 있냐."

내 말에 예림이가 아쉬워하며 훌쩍 날아올랐다. 아니, 왜 아쉬워해.

"이 물방울들은 뭘까요?"

"함부로 건드리지 마."

라고 말하기가 무섭게 예림이의 손이 사과 알만 한 물방울에 가 닿았다. 물방울이 퐁, 하고 터지고 동시에 그녀의 눈이 동그랗게 커진다.

"어, 이거!"

"괜찮아?"

"아이스크림 내기 이겼을 때 기억… 인데요?"

뭐? 기억? 성현제도 근처에 있던 축구공만 한 물방울을 건드려 보곤 눈썹을 슬쩍 올렸다.

"열네 살쯤인가. 어릴 때의 기억이군."

어릴 때라니, 뭔가 상상이 잘 안 간다. 그보다 떠다니는 물방울을 만지면 과거 기억을 볼 수 있는 건가?

"앗, 이건 아저씨 처음 만났을 때다! 이건 봄 소풍!"

"그만 만져, 예림아! 그러다 나쁜… 기억이라도 떠오르면 어쩌려고!"

회귀 전의 기억까지 나타나는 건 아니겠지. 둥둥 떠내려오는 물방울을 피하는데, 유현이도 손대고 있는 게 보였다. 아니, 다들 왜 이래. 그래도 미소 짓는 거 보니 나쁜 기억은 아닌 모양이지만.

'그 좀비, 확실히 정신계 쪽 능력을 지닌 모양이군.'

거기에 물인가. 인어여왕이 물의 지배자 스킬을 준 거 보면 이 물은 환상이 아닌 진짜겠지.

"아저씨도 만져 봐요!"

"됐거든."

하지만 제멋대로 떠다니는 물방울을 전부 피하기는 힘들었다. 등 뒤에도 눈이 달린 건 아니다 보니 철벅, 팔꿈치에 닿은 물방울 하나가 터져 나갔다.

이어 눈앞에 떠오르는 풍경은 버스 정류장이었다. 단단히 여민 코트 차림에 귀와 볼이 살짝 발간 동생이 나를 보고 미소 짓는다.

'추운데 왜 나와 있어.'

'오늘 형 생일이잖아.'

짧은 기억이었다. 하지만 예림이가 자꾸만 물방울을 만져 보는 이유를 똑똑히 알 수 있었다.

"크리스마스 때다! 트리 예뻐!"

…하나만 더 만져 볼까. 좀비 놈, 사람 정말 잘 홀리네. 그래도 별문제 없는 거 같으니까 딱 하나만 더.

손을 뻗어 가까이에 있는 물방울을 터뜨렸다.

그리 넓지 않은 거실이 보였다. 그 가운데 서서 날짜를 확인했다. 12월 25일, 크리스마스. 동생의 생일이었다. 하지만 집 안은 차갑게 조용하고, 나 외엔 아무도 없었다.

당황하며 눈을 감는 순간, 예림이가 소리쳤다.

"거짓말이야!"

"예림아!"

쏴아아- 한기가 퍼져 나갔다. 떠다니던 물방울들이 순식간에 얼어붙고 아래로 떨어진다. 예림이가 자신이 얼린 물 위로 힘없이 내려서는 것이 보였다. 다행히 여기까지 물이 얼지는 않았기에 얼른 예림이에게 달려가 끌어안았다.

"괜찮아, 그냥 옛날 기억일 뿐이야. 지나간 거야. 생각하지 마."

예림이의 얼굴은 울 것 같았지만 눈물이 흐르지는 않았다. 대신 아랫입술을 꽉 깨물며 내 가슴에 머리를 박듯이 기대어 온다.

망할 좀비 새끼, 악질이네. 방심하게 해 놓고서 뒤통수를 치다니.

"네가 받은 스킬로 전부 쓸어버리자. 하나도 남김없이 시원하게."

"…네."

예림이를 토닥이며 조용히 이를 갈았다. 도마뱀 새끼에 이어 이번에도 치떨리게 만들어 주는구만.

물방울들이 다시 떠올랐다. 얼어붙어 깨진 동료들의 자리를 슬금슬금 채워 나간다. 마치 아무 일도 없었다는 듯이 느릿하게 둥둥 떠다닌다.

성현제가 한쪽 손을 들어 올렸다. 그의 손끝에서 스파크가 작게 일었다. 이어 가느다란 빛줄기가 퍼져 나간다.

파지직-.

금빛 입자가 물방울을 감싸고 다시 그 옆의 물방울로 이어졌다. 빠르게, 끊임없이 크고 작은 물방울을 삼키고 또 삼키다가.

펑, 퍼벙!

일제히 터져 나갔다. 빛과 물방울이 섞여 비산하는 모습이 눈부시다. 온 사방이 반짝거리는 파편으로 가득 찼다. 수면 위로 빗방울 떨어지는 듯한 소리가 요란하게 울리고, 주위가 깨끗해졌다. 잠깐 동안은 말이다.

새로운 물방울들이 또다시 떠오르는 것을 보고 성현제가 입꼬리를 올렸다.

"평범한 방법으로는 끝이 없겠군."

그러게. 물을 다 증발시키기라도 해야 하나. 인어여왕이 조금 까다로울 거라 말했던 것이 떠올랐다. 조금이 아니잖아. 그냥 몬스터가 나타나고 해치우는 단순한 패턴이 훨씬 낫지.

받은 스킬을 지금 써야 하나. 여기만 처리해서 끝나는 단층짜리면 괜찮겠지만 다음 층이 있을지도 모른다. 그러니 좀 더 살펴보고 싶긴 한데.

그사이 내 품에서 벗어난 예림이가 얼음 창을 높이 치켜들었다.

"물 다 얼려 버려요!"

"물을?"

"네. 바닥에 고인 물에서 물방울이 튀어나오는 거잖아요. 확 다 얼려 버리면 못 나오지 않을까요?"

언제 울상이었냐는 듯 호승심 넘치는 얼굴로 말한다. 우리 예림이 씩씩하기도 하지.

"끝 모르게 넓은 거 같은데 괜찮겠어?"

"마나 포션 넉넉해요. 아저씨처럼 오렌지랑 사과 맛이 질릴 때까지 해 보죠, 뭐!"

든든하다. 그래도 무리하진 말고.

앞으로 폴짝 뛰어 공중으로 떠오른 예림이가 자신의 발밑부터 물을 얼리기 시작했다. 짜자작, 소리와 함께 안개에 닿은 물이 새하얗게 굳는다. 이미 얼어 있던 내 발밑도 더욱 단단해지며 한기를 피워 냈다.

거울처럼 매끄럽게 얼어붙는 물 위로 다시 뇌기를 담은 빛무리가 튀었다. 파직거리며 펑펑 터져 나가는 물방울의 파편이 떨어져 내리기 무섭게 동글동글 구슬처럼 굳어 버린다.

'예림이랑 성현제도 합이 제법 잘 맞… 긴 하겠지.'

여러 가지로 응용할 방법이 떠올라 기분이 조금 나빠졌다. 그래도 역시 문현아가 낫지. 이미 제법 친하기도 하잖아. 문현아도 좀 더 성장시킬 방법을 찾아봐야겠다.

"유현이 너, 정령 이름 지어 줬냐?"

"아니, 아직."

제 이야기를 한다는 걸 눈치채기라도 했는지 불도마뱀이 불쑥 튀어나와 유현이의 어깨 주위를 맴돌았다.

"이 녀석이 까다롭게 굴어서. 전부 퇴짜 맞았어."

이름 짓는 데 소질이 없는 건가. 이상한 이름 붙여 준 거 아니냐.

"그보다 형 말이야, 세성 길드장과 친해 보이더라."

"안 친하다니까."

예림이에 이어 너까지 왜 그러냐.

"어디까지나 서로 뜯어먹을 게 있어서 겉으로만 하하호호 하는 건조한 관계지."

내가 쓸모없어지면 언제든 손바닥 뒤집듯 관계 끊어 버릴 인간이다. 물론 나도 그 반대면 깔끔하고 속 시원하게 작별 인사 던질 거고.

문제라면 그럴 일이 없다는 것 정도가 아닐까. 스킬만이 아니라 앞일을 대비하기 위해서도 성현제의 협조는 필요할 것이다.

"손잡아서 나쁠 거 없는 상대긴 하잖아. 너도 꽤 가까운 사이 아니었냐?"

내 말에 유현이가 미간을 살짝 찌푸렸다.

"가깝기는……. 말려들지 않게 조심해. 던전 같은 곳도 함부로 따라가지 말고. 아니, 다시는 안 돼. 한 번으로 충분해."

"이젠 그렇게까지 걱정할 필요 없어."

명우가 만들어 준 장비, 은혜에 대해 자세히 설명해 주었다. 마석으로 충전도 되고 S~A급 수준 피해 무효면 지속 시간도 기니까 조절만 잘하면 상급 던전에서도 안전할 거라고.

가만히 듣고 있던 유현이가 내 팔목을 붙잡았다. 그러곤 팔찌를 빼 버렸다.

"어……."

음, 엄청 쉽게 빼앗겨 버렸네. 내 몸에 손대는 거야 얼마든지 가능하니 당연한 결과긴 하지만.

− 삑!

팔찌의 보석에서 파랑새가 튀어나와 삑삑거리며 유현이의 손을 쪼았다.

흠집도 나지 않자 더 화난다는 듯 소리 높여 운다. 그때였다.

– 쉬익.

불도마뱀이 불쑥 튀어나와 파랑새의 머리를 덥석 물어 버렸다.

– 삐익!

"은혜야! 먹지 마!"
다행히 유현이가 말린 건지 먹는 게 아니라고 판단했는지 도마뱀이 퉤 하고 입을 벌렸다. 은혜가 날개를 파닥이며 정령의 머리를 쪼았다.
"그러다 또 물릴라, 이리 와. 착하지."

– 삑, 삐이!

"그래, 그래. 도마뱀이 나빴어. 나쁜 도마뱀이네."
은혜가 분해하며 내 손으로 돌아왔다. 그러곤 부리를 크게 벌려 소리쳤다.

– 나쁜 도마뱀! 나쁜 도마뱀!

"…그거, 말도 해?"
"나도 말하는 건 처음 들어 봐."
다른 말은 할 줄 모르는 건지 나쁜 도마뱀만 외쳐 대던 파랑새는 유현이가 팔찌를 돌려주자 다시 보석 안으로 들어가 버렸다. 성장하면 스킬이 더 생길 거라더니 말도 배울 수 있는 건가.

"아이템을 너무 믿지 마. 특히 사람 상대로는."

"나도 그 정도는 알아. 하지만 세성 길드장은 내 가치를 냉정히 판단해 대응해 올 사람이니까. 나보다 쓸 만한 걸 발견하기 전까지는 안전할 거야."

하지만 그런 게 있겠냐. 내가 아이템이었다면 L급은 가볍게 찍고도 남았다. 독 저항, 저주 저항, 공격 스킬 버프, 성장 버프, 새 스킬 습득, 스탯 스킬 버프, 피해 무효 방패에 몬스터도 키우고 아직 확실히 성공한 건 아니지만 저주독룡 조합도 하고. 여기에 떡잎과 선생님 스킬까지 더하면 그야말로 불면 날아갈까 애지중지 모셔야 할 아이템이다.

…사람이란 게 조금 아까운데. 진짜 템이라면 쓰기도 더 편할 테고 스킬 공유 없이 항상 저항에 버프 받을 수 있지 않았을까. 그렇게 생각하니 역시 아깝다. 왜 아이템이 아니지.

"내가 던전 아이템이었으면 너한테 줬을 텐데."

"…갑자기 무슨 소리야?"

"아쉬워서."

그러는 사이 저 먼 곳까지 물이 온통 차갑게 얼어붙었다. 물방울들 역시 구석의 몇 개를 빼곤 죄다 터져 나갔다. 물이 언 탓인지 새로운 물방울은 생겨나지 않았다.

"아저씨! 여기서부터 막혀 있어요!"

예림이가 양팔을 크게 흔들며 소리쳤다. 막혔다곤 하지만 그 너머로 공간이 계속 펼쳐져 있는 게 투명한 막 같은 것인 듯했다. 예림이에게 가려다 미끄러지는 걸 유현이가 붙잡아 주었다.

"피스를 데리고 올 걸 그랬나 봐."

그러게. 미처 떠올리질 못했다. 집에서는 항상 유체 모습으로 지내는 탓인가 던전 데리고 들어갈 엄두가 안 나는 애같이 느껴진다니까.

"이거 엄청 단단해요. 여기가 이 던전 끝인 걸까요?"

일반적인 던전이 막혀 있는 것과 비슷하기는 했다. 하지만 가까이서 보자 이질적인 느낌이 들었다.

투명한 막 너머에도 얼어붙은 물이 펼쳐져 있었다. 끝없이. 예림이의 스킬 범위가 넓긴 하지만 저 정도는 아니다. 게다가 뚫지 못하는 막 너머이기까지 했다.

"던전의 막이 아니군."

성현제 또한 나와 같은 생각을 한 모양이었다. 이건.

"거울이야."

우리는 비치지 않는 거울. 아니, 이 던전 자체가 거울이라 하면 비추고는 있었다. 과거의 기억들을. 좀비 놈에게 각자가 보고 싶은 것을 비추어 주었지.

새로운 효도중독자가 어떤 놈인지 좀 더 확실히 알 거 같다.

"거울이요? 그냥 투명한데요?"

"자세히 봐. 우리만 빼면 똑같잖아. 저기 약간 부서진 얼음 표면도 그대로 비치고 있고."

"어? 그러네요? 근데 이제 어쩌죠?"

글쎄다. 여전히 반응이 없네. 주위를 휙 둘러보자 저만치 멀리 물방울 몇 개가 드문드문 남아 있는 것이 보였다.

"예림아, 저거 마저 터뜨려 봐."

"네!"

상쾌한 대답과 함께 화살 같은 얼음조각이 날아가 남은 물방울들을 깨끗이 처리했다. 직후 막이, 거울 표면이 둥글게 물결치기 시작했다. 유현이가 나를 잡아 뒤로 물러서고 예림이가 앞을 막아섰다. 성현제 또한 몇 발짝 물러났다.

"역시 다 얼려서 쓸어버리는 게 정답이었나 봐요!"

기억을 비추던 물방울을 마저 없애고 다시 생겨나지 못하게 만들자 거울이 반응했다. 이건 역시.

"아무래도 우리 기억 속의 무언가가 나타날 거 같으니까 조심해."

성현제야 별로 걱정 안 되고, 유현이와 예림이에게 당부했다. 제일 위험한 건 나일 거 같지만. 미리 눈이라도 감고 있을까.

거울 위의 파문이 점점 더 커지고 거칠어진다. 만일을 대비해 더욱 거리를 벌렸다. 흔들리는 막 위로 우리의 모습이 잠깐 비치고.

푸른빛이 퍼지기 시작했다.

"어, 저 귀걸이?"

예림이가 눈을 동그랗게 떴다. 낯익은 귀걸이가 찰랑, 흔들렸다. 거울 너머에서 서서히 모습을 드러낸 것은 푸른 비늘의 거대한 인어.

긴 창을 쥐고 비늘 날개를 펼친 창랑의 인어여왕이었다.

'…망할.'

설마 저 거울, 우리 기억 속에서 가장 강한 상대를 비춰 내는 건가. 예림이도 같은 걸 본 모양이니 확실했다. 진짜 망했네. 조금 까다로운 게 아니잖아. 이 사기꾼 같은 물방울!

인어여왕의 감겨 있던 두 눈이 천천히 떠졌다. 무감정한 구슬 같은 짙푸른 눈동자가 우리를 바라본다. 진짜를 완전히 카피해 낼 순 없었는지 위압감은 적었다. 하나 지금의 전력으로는 절대 상대할 수 없는 괴물이었다. 기껏해야 팔찌의 힘을 빌려 공격을 막는 사이 탈출하는 것이 고작일 터다.

"예림아, 스킬을 써!"

바싹 굳어 있던 예림이가 화들짝 창을 고쳐 쥐었다. 창에 박혀 있던 보석이 빛을 발하고.

투둑, 투두둑.

비가 내리기 시작했다.

굵어지는 빗줄기 사이로 예림이의 등이 보였다. 분명 작고 여린데도 무서울 정도로 강한 존재감이 흘러넘치고 있었다. 뒤돌아 나를 바라본다면 무릎이 떨려 서 있기 힘들 정도의 위압감이었다. 유현이는 물론 성현제까지도 그녀로부터 눈을 떼지 못하고 있었다.

어느새 모든 얼음이 녹아내려, 물이 발목을 적셨다.

"이거, 장난 아니네요."

가벼운 듯 무겁게 예림이가 말했다. 가짜 인어여왕이 그녀를 바라보았다. 기다란 창의 끝이 움직이고, 그 느린 동작 하나에 던전 전체가 흔들렸다. 하지만 그뿐이었다.

땅을 가를 듯한 힘이 순식간에 사라졌다. 어떻게 된 일인지 나로서는 알 수 없었다. 예림이 또한 고개를 살짝 갸웃거렸다. 공중에 가볍게 떠 있는 그녀 주위로 물방울들이 일렁거린다.

"…아저씨, 저 아무래도 잘 모르겠어요. 스킬이 멋대로 움직여요."

난감해하는 목소리에 억눌려 있던 머릿속이 조금 맑아졌다. 가짜 인어여왕과 예림이를 번갈아 살펴보았다. 인어여왕 주위에도 비가 내리고 있지만, 굵기나 속도가 조금 달랐다.

둘은 기본적으로 같은 힘을 쓰고 있다. 그렇다면.

'버틸 수 있을지는 모르겠지만.'

아까운 기회를 날려 버리느니 시도라도 해 보자. 예림이를 향해 선생님 스킬을 썼다. 동시에 느껴진 것은 물이었다.

그저 물뿐이다. 단순히 물에 잠긴 것이 아니라, 전신이, 솜털 하나, 피 한 방울까지 모두 물에 휩싸인 무어라 설명할 수 없는 감각이 덮쳐들었다.

"형!"

유현이의 목소리가 한발 늦게 귀에 닿았다. 동생의 팔이 내 몸을 지탱하고 있는 것이 느껴졌다. 와, 이거 진짜 장난 아니네. 예림이는 괜찮은 건가.

"괜찮, 아."

"괜찮긴 뭐가 괜찮아? 대체 뭘 한 거야!"

뭘 했긴, 그냥 스킬 좀 썼지.

"아저씨! 그 스킬 쓰지 마요!"

예림이도 소리쳤다. 아니, 버틸 만한데. 그냥 날리기엔 너무 아까운 기회잖아.

"…괜찮다니까. 이봐요, 좋은 어른 씨."

겨우 고개를 돌려 성현제를 올려다보았다. 저 인간은 또 왜 못마땅한 표정이야.

"스킬, 좀."

그거, 전투 예지. 자신과 같은, 그러면서 훨씬 더 약한 스킬을 사용하는 감각을 같이 느끼게 되면 예림이가 더 많은 것을 얻게 될 테다. 더 좋은 건 가짜 인어여왕에게까지 선생님 스킬을 쓰는 건데 그건 진짜 못 버틸 거 같고.

성현제에게 선생님 스킬을 적용하자 그가 눈썹 끝을 살짝 올렸다.

"내가 거절하면 바로 기절이라도 해 버릴 꼴이군."

"…우리 사이에 그러지 마시죠. 일주일짜리 친구 아닙니까."

"내 평생 친구 같은 건 만든 적 없는데."

삭막한 인생이셨구만. 내키지 않아 하면서도 성현제가 전투 예지 스킬을 썼다. 그리고 물이 움직였다.

인어여왕과 박예림. 두 물의 지배자가 동시에 자신의 권능을 휘두른다. 조금 전 이해하지 못했던 현상이 이제는 느껴졌다.

비가 내리는 모든 곳이, 아니, 공기 중 수분 하나하나가 모두 예림이의 의지에 따르고 있었다. 물이라는 게 얼마나 많은 것을 담고 있는지. 지금 이 공간 전체가 작은 손끝의 움직임만을 바라본다.

가짜 인어여왕 또한 자신의 지배력을 넓히려 애썼지만 턱없이 부족했다. 백만 군대를 지휘하는 제왕 앞에 선 조그만 지방 영주와 같이, 둘의 간격은 엄청났다.

예림이가 어떻게 움직여야 하는지 어렴풋이나마 깨닫는 순간, 끝이었다.

콰장창!

거울이 깨졌다. 사방의 모든 거울이 부서져 내린다. 던전치고는 그리 넓지 않은 공간에 물이 찰랑이고 비는 여전히 쏟아지고 있었다.

모든 물의 경배를 받으며 예림이가 뒤를 돌아보았다. 음, 화난 얼굴이네.

"아저씨."

묵직하게 울리는 목소리에 가슴이 약하게 떨렸다. 신화급의 힘이 향해 오자 공포 저항도 별 소용 없었다. 얼른 선생님 스킬을 끄자 조금 나아졌다.

"제가 스킬 쓰지 말라고 했잖아요."

눈앞에 서 있는 건 분명 예림이인데 평소와는 전혀 다르게 느껴졌다. 인어여왕을 떠올리게끔 하는 위압감을 베일처럼 휘감고 있어, 여느 때처럼 가볍게 대하기가 힘들었다.

근데 물의 지배자 스킬 아이템 지속 시간이 꽤 기네.

"지금은 안 쓰고 있어. 저기, 예림아."

"네."

"아직 스킬 사용 가능한 거 같은데 이럴 게 아니라 좀 더 몸에 익혀 보는 게-."

거대한 파도가 덮쳐들었다. 그런 착각이 들었다. 조금 전에는 진짜 화난 게 아니었구나. 예림이의 눈꼬리가 약간 실룩거렸을 뿐인데도 심장이 덜컥 내려앉았다.

"아, 아니……."

무심코 유현이의 팔을 붙잡으며 더듬거렸다. 진정해라. 다 잘 끝났는데 왜 이래.

"선생님 스킬 쓰기 전에 아저씨한테 부담이 클 거라는 거, 알고 있었죠?"

"알고는, 있었지만. 하지만 원래 다 부담 같은 건 감수하는 거잖아. 던전에 발 들이면서 털끝 하나 다치지 않으리라고 생각하는 사람이 어딨냐. 저번에 두꺼비 잡을 때는 아예 며칠 잠들기까지 했고."

그에 비하면 이번은 아직 두 눈 멀쩡히 뜨고 있다.

"그런 거랑은 달라요."

예림이가 단호하게 말했다. 찔러 오는 시선이 여전히 무겁고도 무섭다. 간담이 서늘해지는 이 기분, 오랜만이구나.

"두꺼비 때처럼 반드시 써야 하는 상황이 아니었잖아요. 굳이 쓸 필요 없었잖아요. 그냥 내버려뒀어도 이겼을 테니까."

"하지만 네가 조금이라도 더 물의 지배자에 대해 이해하고 받아들이려면……."

"아저씨."

…아저씨란 소리가 이렇게까지 살벌하게 들릴 줄은 몰랐는데. 이럴 시간에 지배자 스킬을 더 살피라고 하고 싶지만 그랬다간 더 화내겠지. 하지만 아깝다.

"야, 좀 말려 봐."

안절부절못하다가 동생에게 중재를 부탁했다. 하나 돌아오는 건 예림이의 것 못지않게 싸늘한 눈빛이었다.

"이번만큼은 박예림 헌터 편이야."

어, 음. 너도 화났나 보구나. 그런데 유현이는 예림이의 위압감이 느껴지지 않는 건가. 아니면 예림이가 조절을 잘하는 걸까. 유현이 등급상 후자가 맞겠지. 우리 예림이 벌써 능력 조절하는 게 많이 능숙해졌구나.

그 조절력을 날 다그치는 데 사용하는 건 뼈아프지만.

"절 생각해서 그랬다는 건 잘 알아요. 하지만 이런 식은 안 되죠. 다행히 별일 없긴 했지만 물의 지배자가 얼마나 어마어마한 스킬인지 지금도 느끼고 있어요. 그런데 이런 감각을 아이템 사용자도 아니면서 덥석 받아들여요? 심지어 힘들다 싶으면 스킬 꺼야지, 그러긴커녕 세성 길드장까지 받아들이다니. 미쳤어요, 진짜?"

"진정 좀, 하고……."

너, 지금 엄청 무서워. 절벽 끝에 서서 폭풍우 치는 바다를 바라보는 기분이다. 파도가 눈앞까지 치솟아 오르고 저만치 커다란 배 하나 가라앉고 있고, 뭐 그런.

이대론 안 되겠다 싶어 썩은 동아줄이나마 잡는다는 심정으로 성현제를 돌아보았다.

"저기-."

"나도 꼬마 아가씨 편이라네."

아니, 댁은 왜 또. 괜히 억울해져 이유가 뭐냐고 노려보자 뻔뻔한 대답이 돌아왔다.

"쓸데없이 무리해 망가지기라도 하면 내 손해잖나. 빚진 거 이자도 못 받았을뿐더러 세 번 도와주기로 한 것도 그대로 남아 있지. 받을 게 많아."

"아저씨, 빚졌어요? 얼만데요?"

"세 번 도와준다는 소리는 또 뭐야?"

예림이와 유현이가 연달아 추궁해 왔다. 저 인간이 순수하게 내 걱정 안 할 것이야 알고 있었지만 저걸 하필 지금 말하냐. 날 엿 먹이려는 게 틀림없다.

"그, 돈은 아니고. 별거 아닌데."

"별거 아니면 뭔데요."

"별거 아닐 리가 없잖아."

젠장, 내 편은 하나도 없구나. 아니, 내 편인데 내 편은 안 들어 준다고 해야 하나. 이미 게이트도 열렸겠다, 그냥 튈까. 눈치 보며 슬슬 뒷걸음질 치는데 물이 다리를 감듯이 붙잡았다. 뒤로 넘어지는 걸 공기가, 공기 중의 수분이 푹신한 소파처럼 받쳐 준다.

와, 예림이 물 다루는 솜씨 좀 봐라. 감격스러울 정도지만 그걸 왜 나한테 쓰니. …이렇게라도 연습을 하니까 다행인 건가.

"아저씨는 머리 식힐 필요가 있다고 생각해요. 각성한 지 얼마 되지도 않았는데 위험한 일을 너무 많이 겪기도 했잖아요. 그래서 더 위기감이 없는 걸지도 몰라요."

"너도 얼마 안 됐어."

"전 스탯 S급이잖아요. 정신력 스탯도 높거든요? 하지만 아저씨는 준일반인이에요, 일반인!"

내 경력 거의 5년인데 억울하다. 예림이의 잔소리에 유현이도 거들고 나섰다.

"박예림 헌터의 말이 맞아. 한동안은 푹 쉬는 게 어때?"

"쉬라니. 할 일이 얼마나 많은데. 몬스터도 몬스터지만 협회 쪽에서도 닦달이고 해외에서도 연락해 오고 명우랑 던전 돌기로 하기도 했고……."

유현이 스킬이랑 정령 봐줘야 하고 좀비 놈 대비도 해야 하고 곧 나타날 스태미너 포션 재료 던전도 손에 넣어야 하고 신입이 맞춤형 보상 준다고 약속했으니 S급 던전도 좀 돌아 줘야 하고 문현아랑 김성한, 노아도 성장시켜야 하고 리에트 문제도 있고 다른 태생 S급도 찾아야 하고 송태원도 협회장 만들 수 있을지 찔러봐야 하고… 참, MKC 최석원도 처리해야 하지. 도하민도 데리고 와야 하고, 또 누가 있었던 거 같은데.

아무튼 할 일이 많다. …왜 이렇게 많지.

"협회는 내가 막아 줄게."

"아니, 뭐. 그쪽은 어차피 내가 갑이긴 하다만. 그 밖의 다른 일도 많잖아."

"형이 쉬겠다는데 막을 사람 없어. 유명우 헌터야 당연히 협조해 줄 테고, 세성과 브레이커도 거절은 안 하겠지."

그건, 그렇겠지만.

"한유진 군이 휴식을 취하겠다면 언제든지 안내를 맡아 주겠네. 좋은 친구로서 말이야."

"얼마나 훌륭한 곳으로 안내해 주실지 조오금 궁금하긴 하네요. 그래 놓고 바가지 씌우는 건 아니시겠죠. 숙박업소 막 아는 사람 거고 자칭 5성이고."

"실내 정원과 대형 수족관이 있는 화려한 저택은 어떤가. 한유진 군이 최초의 숙박객이 되겠군."

신축 호화 펜션 같은 건가. 야외도 아니고 실내 정원에 수족관이라니. 좀 끌리는데.

"어딥니까? 애들이랑 같이 놀러 가고 싶은데."

"미안하지만 한유진 군을 초대하는 것이라, 군식구는 거절하지."

"그럼 됐네요."

나 혼자 가서 뭐 하라고.

"느긋하게 하세요, 아저씨. 누가 쫓아오기라도 해요?"

예림이의 목소리가 살짝 누그러졌다. 내 이마께를 시원한 손이 어루만지는 듯한 느낌이 들었다.

"그러려고 노력은 해 보마."

"노력이 아니라 아저씨부터 챙겨요, 아저씨부터. 아까 같은 일, 안 고마워요."

"알았어. 미안해."

또다시 비슷한 일이 벌어진다면 다시 비슷한 짓을 해 버릴 거라 더욱 미안했다. 하지만 나는 예림이가 더 강해져서 조금이라도 더 안전해지길 바란다. 내 욕심이다.

아이템의 효과가 떨어져 가는지 내리는 빗줄기가 약해졌다. 이어 비가 완전히 그치고 예림이 몸을 감싸던 위압감도 사라졌다. 아직 화가 덜 풀린 건지 툴툴대는 모습이 무섭긴커녕 귀엽다.

"물을 다루는 건 어때? 많이 빼 온 거 같아?"

"잘 모르겠어요. 감각이 완전히 사라지기 전에 연습 좀 해 봐야 할 거 같은데. 물 많은 던전에 며칠 처박혀 있을까 봐요."

"무리하지는 마."

예림이가 밉지 않게 눈을 흘겨 왔다.

"아저씨가 할 말이에요?"

아니, 나는 어른이니까. 성현제에게 진 빚이 뭐냐고, 도와주기로 한 건 또 뭐냐고 캐물어 오는 걸 적당히 얼버무리며 던전을 빠져나갔다. 호수는 사라지고 큰 구덩이만 남은 황량한 풍경이 눈에 들어왔다. 그리고 송태원의 그림자 짙은 얼굴도.

특수격리소가 흔적도 없이 사라져 버렸으니 무척이나 난감하겠지. 정말이지 이게 웬 날벼락이냐. 그래도 덕분에 유현이가 날뛴 건 슬쩍 묻어가도 되겠다.

"던전은 무사히 공략하신 모양이로군요."

"예. 저긴 특이한 던전이라, 공략 방법은 따로 설명드리겠습니다."

마른 수건으로 머리를 닦으며 대답했다. 방법만 알면 공략하기 어렵지 않을… 리가 없지. 다른 헌터들이 들어가면 막판에 유현이나 성현제가 튀어나오는 거 아니냐. 저걸 어떻게 깨. 난감해하며 게이트를 돌아보는데 게이트의 푸른빛이 희미하게 흔들리더니 이내 사라져 버렸다.

"…설명드릴 필요가 없어졌네요."

다행이긴 하지만. 이상 현상에 송태원이 참지 못하고 긴 한숨을 흘려 냈다.

"생성되자마자 터져 버린 것에 이어 던전이 돌연 사라지기까지 했으니 한동안 시달리게 생겼습니다."

"그래도 저 던전 더럽게 까다로워서 없어진 편이 훨씬 나을걸요. 아니면 그냥 지각 이상으로 물이 솟구쳤다가 스며든 거라고 덮어 버리세요. 어차피 흔적도 없는데."

"그럴 수는 없지요."

송태원이 쓰게 웃으며 대답했다. 그러곤 각 길드에서 나온 사람들로부터 수건을 받아 물기를 닦아 내고 있는 유현이와 성현제를 바라보았다.

"안에서 별다른 일은 없으셨습니까? 몬스터가 아닌 사람 간의 일 말입니다."

"네. 별문제 없었습니다."

그냥 내가 좀 야단맞았지. 송태원은 수고 많으셨다고 고개를 살짝 숙인 뒤 후처리를 위해 자리를 떠나갔다. 바쁘다니까. 한동안 더 바쁘겠지. 송태원에 비하면 난 한가한 편인 게 아닐까.

'역시 저 사람은 밑에서 뛰게 하는 것보다 위에 두는 편이 여러모로 나을 거 같은데.'

협회를 S급 헌터가 길드장으로 있는 준길드처럼 만들면 인력 부족 또한 해결하기 쉬울 테고. 지금이야 일반인이 수장으로 앉아 있으니 상급 헌터는 소속되길 꺼리고 있다.

송태원의 뒷모습을 바라보다가 유현이와 성현제를 불렀다.

"최석원을 처리해야 해요. 최소한 해주라도 해야 합니다."

성현제에게 이번 던전이 생겨난 이유를 간략하게 설명해 주었다. 효도중 독자와의 계약이 이어지고 있는 한 최석원을 그냥 내버려둘 수는 없었다.

"던전 밖에서는 대놓고 건드리기 힘들다네. 도련님이 사고 친 직후기도 하고."

"유현이가 사고를 쳤다니요. 증거 있습니까? 제 눈엔 물에 젖은 진흙밖에 안 보입니다만."

말은 그렇게 했지만 이번 일로 최석원 측에서 경계를 강화할 것은 분명했다. 조용히 목 따는 건 힘들겠지.

"그럼 제가 방문 요청해서 해주라도-."

"형은 휴가 중이야."

유현이가 딱 잘라 말했다.

"내가 주시하고 있을 테니 한동안은 그런 일 신경 쓰지 마."

신경 안 쓸 수가 있겠냐. 하지만 예림이까지 다가와서 또 무슨 일이냐며 모난 눈을 하는 탓에 일단은 고개를 끄덕였다. 며칠간은 얌전히 쉬는 척이라도 해야지.

10장 휴식처는 감옥

10장
휴식처는 감옥

- 위잉.

둥글납작한 로봇청소기가 윙윙 소리를 내며 거실을 배회하고 있다. 그 위에 올라앉은 삐약이가 청소기를 재촉하듯 삐약거렸다. 블루가 있을 땐 파리 잡듯 후려쳐 대는 바람에 쓰지 못했었다.

'귀여워라.'

청소기를 타고 노는 삐약이 영상을 SNS에 올렸다. 그간 늘어난 팔로워 수가 장난이 아니다.

댓글과 메시지도 가득 쌓여 있지만 확인하진 않았다. 그냥 업로드만 꾸준히 했다.

소파에 늘어지듯 앉자 피스가 기다렸다는 듯이 무릎 위로 뛰어 올라왔다. 목덜미를 긁듯이 쓰다듬어 주자 만족스러워하는 그릉거림과 함께 몸을 발랑 뒤집는다. 느릿하게 흔들리는 꼬리가 기분 좋아 보였다.

켜진 TV에서는 어제의 호수 던전에 대한 방송이 흘러나오고 있었다. 협회 측 사람이 심각한 얼굴로 어쩌고저쩌고 쓸데없이 긴 말을 늘어놓는다. 채널을 돌려 보았지만 흥미가 가는 프로그램은 없었다.

'어차피 재밌는 건 다 봤고.'

회귀의 단점이다. 이즈음엔 문화생활과 거리가 멀었음에도 불구하고 막상 뒤져 보니 유명한 건 거의 다 본 것들뿐이었다. 헌터 생활이 어느 정도 안정되었을 땐 TV와 친하게 지냈으니까. VOD로 구매해 봐 버렸다.

이젠 뭐 하지. 책이라도 읽을까. 예림이는 스킬 수련한다고 던전 들어갔고 유현이도 어제 일 때문에 바쁘고. 명우 쇼핑하는 거나 따라갈 걸 그랬나. 이틀 연속으로 뭘 그리 사는지 모르겠지만.

"안 되겠다, 산책이라도 하자."

피스를 안아 들고 삐약이를 불렀다. 로봇청소기에서 내려오다가 삑 하고 넘어지는 걸 주워다가 피스 등 위에 얹었다.

집 밖으로 나가자 지키고 서 있던 헌터가 나를 바라봐 왔다. 전엔 여기까지 지키진 않았는데 감시가 더 늘어났다.

"옥상에 산책 가요."

목적지를 통보하곤 옥상정원으로 올라갔다. 아직 오전이라 여름치곤 햇살이 여리다. 곧 뜨끈해지겠지만.

- 꺄아아!

몇 걸음 떼지 않아 블루가 날개를 활짝 펼치며 날아왔다. 그대로 달려들려는 블루를 향해 피스가 이를 살짝 드러냈다. 그러자 화들짝 얌전히 내 앞에 내려앉는다.

- 꺄우.

"그래, 잘 있었어? 지내는 데 불편하진 않고?"

고개를 들자 정원 한쪽에 제법 멋지게 세워진 블루의 집이 보였다. 혼자 밖에서 지내는 게 쓸쓸하진 않을까. 역시 블루에게도 맞는 헌터를 찾아 주고 싶었다.

내 안전이야 국내 헌터와 짝을 맞춘다면 피스와 번갈아 가며 자리를 비우면 되니까. 노아도 있고.

문현아에게 넌지시 말을 건네 볼까? 분명 반길 텐데. 나중에 예림이와 활동하게 된다면 비행형 기승수가 있는 편이 좋을 거고.

생각난 김에 문현아에게 전화를 걸었다. 신호가 가기 무섭게 낯선 목소리가 흘러나왔다.

[한유진 님, 무슨 용건이십니까?]

"네……? 그, 브레이커 길드장님 전화 아닙니까?"

[한동안은 보안실로 전화가 연결됩니다. 한유진 님께 오는 전화 또한 보안실을 거치도록 되어 있습니다. 휴가시니까요.]

…미친? 대체 내 번호에 무슨 짓을 해 놓은 거냐. 전화상 업무도 금지라 이건가.

"어, 브레이커 길드장님께 연결 부탁드립니다. 그냥 심심해서 시간 나면 놀러 오시라는 용건입니다."

알겠다는 대답과 함께 다시 신호음이 들려왔다. 이번에는 제대로 문현아가 받았다. 도청되는 게 아닐까 싶어 간략히 놀러 오지 않겠냐고만 물었다. 흔쾌히 오겠다는 대답을 듣고 전화를 끊자, 뒷골이 당겨 왔다.

'유현이냐 예림이냐 아님 둘 다냐.'

어쩌면 그 외의 협력자가 더 있을지도. 애들이 나를 너무 못 믿네.

얼마 지나지 않아 문현아가 도착했다. 피스와 블루에게 탐욕과 귀여움이 섞인 눈길을 보내던 그녀가 불쑥 말을 꺼냈다.

"요즘 형님 동생 평판이 영 좋지 못하다는 거, 알아?"

…이건 또 뭔 소리냐.

유현이 평판이 좋지 않다니.

'저번 던전 건물 날려 먹은 것 때문인가?'

주위도 깨끗이 청소해 버리기는 했지. 아니면 피스와 둘이서 던전 공략 직후 협회 씹어 버린 것 때문에? 하지만 그땐 내가 막은 거였잖아. 어제 격리소 일도 말이 나오기는 했을 거고. 또 노아 상대한다고 송태원이 사람들 대피시키게 만들기도 했고. 좀 지난 일이지만 내 납치 건 때도 송태원과 면담했었지.

'근데 이거… 거의 다 나 때문이잖아'

아, 젠장.

"…어떻게 안 좋습니까."

"형님, 진짜로 웹서핑 같은 거 안 하는구나?"

문현아가 조금 놀랍다는 듯 말했다. 그러곤 홱 뒤돌아선다.

"예림이가 아저씨 휴가니까 푹 쉬어야 한댔는데, 괜히 말 꺼냈네."

긴 다리가 성큼성큼 산책로를 따라간다. 그 뒤를 얼른 쫓아가다가 옆에 있는 블루에게 손짓했다. 블루가 훌쩍 뛰어 문현아의 앞을 가로막고 섰다.

– 꺄꺄.

"훈련 잘 시켰네."

"훈련이라기보다는 블루가 제 움직임에 집중해 주는 겁니다. 고맙게도. 그보다 이미 꺼내 든 거 제대로 말해 주시죠."

"까맣게 모를 거라곤 생각 못 했어. 휴가 기간에 뭘 할 생각이야?"

다시 빙글, 뒤꿈치만 대고 몸을 돌리며 문현아가 물었다.

"생각해 둔 거 없어요. 유현이가 왜-."

"하고 싶은 거 없어? 취미 생활 같은 건?"

취미라고 해 봐야… 지금은 딱히 없다.

"그냥 집에서 늘어져 있을 겁니다. 가끔 산책도 하고요. 됐죠?"

"건조하네, 형님. 그렇게 안 생겨선."

"유현이에 대해서나 말해 주시죠."

"그렇게 퉁한 얼굴 하고 있으니까 귀여워."

귀엽긴 무슨. 내 나이가 서른… 이 아니라, 지금은 문현아보다 연하긴 하지만. 그래도 키워드는 선배로 적용된 거 같았는데 지금 날 보는 시선은 후배 대하는 것에 가까웠다. 대체 어떤 선배님이셨는지 궁금해지는구만.

"말 좀 그만 돌려요."

"성현제가 싫어하는 거 가르쳐 줄까?"

"시시하고 재미없는 일이요?"

"그거 말고도 있는데."

궁금하다. 하지만 계속 끌려다니고 싶진 않았다. 블루를 다시 내 옆으로 불러들였다. 대형견만 한 그리폰이 꼬리를 획획 흔들었다. 덩치가 커져도 장난스러운 표정은 여전하다.

"오늘 현아 씨를 부른 건 다름이 아니라 블루에 대해 할 말이 있기 때문입니다."

"블루? 나한테?"

문현아가 무심코 몸을 내 쪽으로 기울였다. 브레이커 길드는 여전히 몬스터 새끼를 구하지 못하고 있었다. 이후로도 상급까지라면 모를까, 최상급 몬스터 새끼는 언제 손에 넣게 될지 알 수 없다.

"네. 계속 집만 지키게 두기엔 너무 아깝고, 또 현아 씨와 잘 맞을 거란 생각이 들었거든요."

친절한 미소와 함께 미끼를 흔들었다. 원래는 순순히 내어 줄 생각이었는데 자초한 일입니다, 현아 씨.

"당연히 아깝지! 그래서 형님, 뭐 필요해? 말만 하라고!"

여름 햇살이 무색하게 활짝 웃는 얼굴을 보자, 아니 딱히 필요한 건 없고요, 애만 잘 부탁드립니다, 라고 말해 버리고 싶어졌다. 너무 좋아하시네.

"일단 하다 만 이야기부터 마저 해 주시죠."

"내가 말해 줬다는 건 비밀… 이라고 해 봤자 금방 눈치들 채겠지만. 아, 이러다 형님 동생이랑 한판 붙게 되는 거 아닐까 몰라."

"엘릭서 있잖아요."

"붙어 있는 늙은이들이 많다 보니 마음대로 쓸 수 있는 게— 잠깐만, 지금 내가 질 거라 이 말이야?"

"그런 건 아니고요."

유현이가 이기긴 하겠지. 문현아는 마음에 안 든다는 표정을 지었다가 입을 열었다.

"우리가 이미지 관리를 하고 있다는 건 알고 있지? 상급 헌터들은 웬만큼 사고 쳐도 비각성자 사상자가 없다면 적당히 묻어 줘. 비각성자가 다쳤다 해도 합의만 잘 보면 또 넘어가고."

대충은 안다. 뉴스만 봐도 헌터 관련 사고는 잘 나오지 않으니까. 대신 성공적인 던전 공략이나 공략 시간 단축, 안정적인 던전 관리 등의 긍정적인 부분을 주로 떠들어 댔다.

던전 쇼크가 일어난 지 이제 겨우 3년째이니 정부로서는 사람들을 안심시키고 싶을 것이다. 던전의 존재만으로도 불안한데 상급 헌터들의 위험성까지 얹을 수는 없으니 최대한 감춰 주려 들 만하다.

"그런데 최근 들어 해연 길드에 한해서는 영 감춰 주질 않고 있단 말이야. 대놓고 뉴스 같은 데서 떠들어 대는 건 아닌데 지라시가 슬금슬금 나돌다 못해 인터넷 기사에서도 해연 길드장에 대한 우려를 표하고 있다고."

대중의 평판이 나빠지고 있다는 건가. 회귀 전의, 각성센터 개장 때의 일이 떠올랐다. 어설픈 각성자들의 사상자 수가 늘어나고 이런저런 부작용이 판치는 가운데 악화되는 여론의 화살이 몇몇 길드와 상급 헌터를 향해 돌려졌었지. 그중에는 해연 길드도 있었다. 물론 나도 많이 맞았고.

하지만 지금은 그럴 이유가 없을 텐데.

"목적이 뭐랍니까."

"아마도 형님이 아닐까?"

"저요?"

"형님이 발 빠르게 거대 길드들과 협조하고 중립 선언에 이어 대외적인 활동은 거의 없이 얌전히 자리 보전 중이라 손대지 못하고 있지만, 생각해 봐. 협회 입장에서 얼마나 먹음직스럽겠어."

손가락 끝을 까닥이며 문현아가 말을 이었다.

"상급 헌터들 컨트롤하는 데 형님보다 더 좋은 미끼는 없으니까. 심지어 스탯 F급이라 관리하기도 쉽지. 어떻게든 목줄 걸어 놓고 싶어서 안달일걸? 그러니 송태원을 조심해. 눈떠 보니 철창 안이고 나쁜 짓 당할지도 몰라."

"설마 그렇게까지 할까요. 법이 있는데. 송 실장님 암만 봐도 법대로 할 사람이고."

"밑밥 까는 거 보면 할 거 같지 않아? 형님 말은 참 잘 듣는 동생이 요새 영 불안하네, 근데 S급 헌터라 막을 수는 없고. 그럼 형님이 책임지고 나서야 하는 거 아닐까, 하는 식으로. 이거 봐 봐."

문현아가 휴대폰에 기사 하나를 띄워 보여 주었다. 커다랗게 화면을 차지한 사진은 다름 아닌 나와 유현이였다. 내 품에 피스도 안겨 있다. 해연 길드에서 사육 시설까지 걸어갔던 그날 찍힌 사진이었다.

"…초상권 침해 아닙니까, 이거."
"형님도 공인이나 다름없지."
그러면서 보여 주는 댓글에 무심코 눈을 찌푸렸다. 보기 싫다고.

- 해연길드장 형이랑 사이안좋다고 하지않았음?
- 미친 20살짜리로 보인다ㅋㅋㅋㅋㅋ
- 한유현 잘생겼다. 웃으니까 더잘생겼어 넘 좋아~♡
- s급도 평범하게 걸어다니네

대체로 유현이의 새로운 모습에 대해 놀랍다는 글들이었다. 특히 스탯 F급인 나와의 관계에 대해 말이 많았다. 그래도 가족 앞에서는 다르구나, 하고. 공식 석상에서는 냉랭한 편이긴 하니까. 어린 나이를 의식해서인지 TV 화면 속에서는 표정이 풀린 적이 거의 없었다.
이어 그날 낮의, 던전에서 막 나왔을 때의 유현이와 내 사진이 들어간 기사가 눈앞에 들이밀어졌다. 하필 내가 유현이 앞을 막아선 사진이다.

- 한유현형 스탯f급 아니었냐 s급이라도 동생이라고감싸는거임 지금?
- ㅋㅋㅋㅋㅋㅋㅋㅋㅋf급이ㅋㅋㅋㅋㅋㅋㅋㅋㅋ
- 피스귀여워! 피스야!!!
- s급헌터가 던전막나왔는데 개얌전하게구네

이전 기사와 비슷한 댓글 반응이었다.
"이것도 제가 있으면 변하네, 유의 밑밥입니까?"
"아마도? 그럴듯하지 않아?"
"정당성 주기는 좋겠네요."
이대로 밑밥 깔다가 유현이가 사고 한번 크게 치면, 혹은 친 것처럼 꾸미면 여론 몰아가기 딱 좋긴 하겠다. 손잡고 힘 합쳐도 모자랄 판에 마음에 안 드네.

"동생도 가만히 당할 성격은 아니지만 아직 어리긴 하잖아. 그래서 형님은 어쩔 거야?"

"아, 전 휴가 중이라서."

문현아가 의외라는 표정을 지어 보였다.

"그냥 두고 보게?"

"유현이가 그리 호락호락하진 않으니까요."

회귀 전에도 이런저런 문제가 많았지만 무사히 잘 성장했다. 효도중독자도 아니고 인간들 사이의 일이라면 최소한 몸은 다치지 않을 테고. 게다가 나름 길드장이니 어리다 해도 내내 밑바닥에 머물러 있던 나보단 낫지 않을까.

"저야 뭐, 정 안되겠다 싶으면 막판 가서 엎어 버리는 짓 정도나 하려고요."

"역시 마음에 든다니까."

문현아가 웃으면서 내 어깨를 쳤다. 아프다. 피스가 으르렁거리자 과장스럽게 물러나면서 양손을 탈탈 흔든다.

"헌터협회 내외부에서도 의견이 갈라져 있기는 해. 상급 헌터들을 더 조여야 한다와 풀어 줘야 한다가 맞서고 있지. 덧붙여 MKC 쪽에 협회의 힘이 실릴 거 같다고 하더라."

"MKC요?"

"응. 안 그래도 길드장 권한이 적은 편인데 연속으로 삽질해 대서 간섭하기 좋아졌잖아. 이참에 아예 목줄 걸고 다른 거대 길드들 상대하게 만들 셈이겠지. 사실 수담도 그렇게 될 판이었는데 어제 죄다 쓸려 나가 버렸고. MKC 먹는 것도 성현제 때문에 쉽지는 않을 거야."

자칫하면 협회까지 한입 크게 뜯어먹힐지도 모른다며 웃는다. 이미 MKC로부터 이것저것 많이 뜯어갔다고도 했다. 수담의 남은 덩어리도 세성과 해연이 가르고 있는 중이라 하고.

"현아 씨는 구경만 하는 겁니까?"

"나야 끼어들어 봤자 내 뒤에 있는 놈들 배 채워 주는 꼴이라. 확 탈주라도 할까."

"언제든지 환영합니다. 여기 블루도 있어요."

- 꺄우!

대답하며 날개를 펴는 블루의 모습에 문현아의 표정이 다시금 흐물흐물 녹아내렸다. 블루에게 정말 잘해 주긴 하겠지.

"성현제가 싫어하는 게 뭡니까?"

블루에 대해 이야기하며 조금 걷다가 파고라 아래 테이블에 앉으며 물었다.

"별건 아니고 그 인간 자기가 너무 젊어 보이는 거 은근 신경 써."

문현아가 턱을 괴며 히죽 웃었다.

"각성 전부터 동안이라 귀찮은 적이 많았다나. 그래서 일부러 무게감 있게 하고 다니잖아. 옷에 헤어스타일도 그렇고. 하지만 말투 바꾼 건 오버 아니냐."

"말투를 바꿨어요?"

"응. 한 달쯤 됐을걸? 전에도 가벼운 어투는 아니었지만 지금 건 적어도 사십 대는 되어야 어울리지. 계속 써 온 것처럼 자연스럽기는 하지만."

동안인 거 신경 쓴다고 해도 말투까지 바꿀 성격은 아닌 것 같은데. 한 달이면 얼마 되지도 않았건만 어색함도 없었다. 진짜 계속 써 온 것 같……

'잠깐만. 내가 회귀한 게 한 달 좀 넘지 않았나?'

거기에 사십 대라면 회귀 전 성현제의 나이다. 물론 고작 이런 거 가지고 회귀 전의 영향이 있다고 보기엔 너무 과한 추측이지만.

'분명 예민한 사람은 괴리감을 느낄 수도 있다고 했었지.'

전투 예지라는 상대의 움직임을 한발 앞서 느낄 수 있는 스킬을 가진 사람이다. 그런 감각 스킬을 지닌 사람이 예민하지 않을 리가 없겠지.

만약에, 아주 만약에. 성현제가 합쳐진 미래의 자신으로부터 영향을 받은 거라면. 영향을 넘어서서 미래의 기억 같은 것까지 떠올릴 수가 있다면.

'…나보다 훨씬 많은 정보를 가지고 있겠지, 그 인간.'

비교가 무색할 것이다. 심지어 초승달이라는 패륜아와 연관도 있지 않은가. 물론 이건 다 얄팍한 추측일 뿐이지만.

…그 인간이라면 왠지 기억해 낼 거 같아서 짜증 난다.

"형님, 왜 그래? 안색이 영 안 좋은데?"

"성현제가 재수 없어서요."

"그건 나도 동감."

확인해 보긴 해야 하나. 뭐라고 하지. 혹시 미래가 떠오르십니까. 사이비 같다. 그냥 말투 바꾼 이유를 물어보는 게 낫겠지.

"할 일 없으면 나가자. 맛있는 거 사 줄게."

"나가는 김에 협회에도 잠깐 들르죠."

"휴가라더니."

"휴가 맞아요. 아무 짓 안 할 겁니다."

그쪽에서 아무 짓 안 하면 말이다. 접근해 올까, 그냥 내버려둘까.

"노아 씨도 함께 가도 될까요."

"그 기승수 청년? 물론 좋지!"

"사람입니다. 노리지 마세요."

노아 씨 인기가 많긴 많은데 엉뚱하게 많구나. 사람입니다, 여러분.

오전 중엔 맑던 하늘이 점심때가 다가오자 급격히 어두워졌다. 조만간 비라도 뿌릴 기세다.

한유현은 창 너머의 잿빛 하늘을 바라보다가 목을 죄는 넥타이를 느슨히 풀었다. 셔츠의 가장 위 단추까지 끌러 내고 짧게 숨을 내뱉었다.

참는 것은 익숙했다. 하지만 불현듯 덮쳐드는 갑갑함까지는 어쩔 수 없었다. 가뭄으로 바싹 마른 산을 코앞에 두고 등잔 속 얌전히 흔들리는 불길과 같았다. 딱 한 발만 내디디면 끝없이 번져 나갈 것이다.

하나 커진 불은 등잔으로 돌아올 수 없다. 어쩌면 이미 등잔마저 녹여 버린 후일지도 모른다.

'5년 정도는 더 참을 수 있겠지.'

속으로 중얼거리며 몸을 돌렸다. 흐트러진 복장에 눈살 찌푸리는 사람들이 있겠지만, 원하던 바다. 허튼 속셈을 품은 자들을 정리해 버리려면 적당히 거슬리고 눈 밖에 날 필요가 있었으니까.

그는 기다리는 자들을 향해 가벼운 발걸음을 옮겼다.

점심을 먹고 끌려간 카페에서 강소영이 합류했다. 망고를 겹겹이 두른 빙수에 부풀어 오른 팬케이크, 과일과 아이스크림을 얹은 와플, 치즈케이크와 티라미수와 또 뭐 이것저것이 테이블을 가득 채웠다.

다 먹을 수 있는 건가, 이거.

"노아 씨 딱 한 번만 타 보면 안 될까요?"

강소영이 반짝거리는 눈빛으로 부탁해 왔다. 노아는 스푼을 입에 문 채로 떨떠름해하며 옆에 앉은 나를 곁눈질했다. 아무래도 강소영이 부담스러운 듯했다. 나란히 놓고 보면 참 잘 어울리긴 하는데.

…잠깐만, 그럼 유현이는. 강소영이 노아 씨에게 이성으로서 관심을 보이는 건 아니지만 호감이 생긴 이상 어떻게 발전할지는 알 수 없는 일이다. 방해해야 하나. 음, 일단 노아가 강소영을 꺼리는 듯하니까.

"노아 씨는 기승수가 아닙니다. 자꾸 그러시면 곤란해요."

강소영이 죄송합니다, 하고 고개를 살짝 숙였다.

"코메트도 있으니 더더욱 이러면 안 되는데, 근데 눈에서 떠나지를 않아요."

"나도 직접 보고 싶네. 사실 나도 타 보고 싶-."

"빙수나 드시죠. 노아 씨, 이거 먹어 봐요. 맛있어요."

"네."

자꾸만 자기를 노리며 뜨거운 눈빛을 보내오는 두 사람 때문인지 노아는 약간 주눅이 든 상태였다. 적당히 좀 해라, 이 사람들아.

"강소영 씨, 혹시 세성 길드장님의 말투가 언제 바뀌었는지 기억하고 계십니까?"

정확히 확인하기 위해 강소영에게 물었다. 문현아야 성현제와 자주 마주치는 사이는 아니니까 알고 보면 말투 바뀐 지 두 달 이상 지났다거나 할 수도 있다. 내 물음에 강소영이 고개를 갸웃 기울였다.

"아, 그러고 보니 바뀌셨죠. 언제부터였더라. 한 달 반쯤 전인가? 두 달 좀 못 된 거 같은데……. 예림이 S급 인정받기 며칠 전쯤이었을걸요."

…딱 내가 회귀했을 시점이다. 물론 우연일 수도 있겠지만.

"혹시 그 밖의 변화는 없었습니까? 갑자기 말투를 바꾼 이유 같은 건 못 들으셨나요?"

"이유요? 별 이유 있겠어요? 엄청 자연스러우시던데. 그 밖의 변화, 느은……."

강소영이 말꼬리를 늘이며 나를 빤하게 쳐다보았다.

"한유진 님께 관심이 좀, 많으신 거 같아서 걱정돼요."

"네?"

"길드장님은 즐거우신 거 같은데요, 그런 관심이 좋게 끝난 적이 별로 없거든요. 저희 길드장님 성격이 소올직히 좋은 건 아니잖아요. 근데 한유진 님한테는 무척이나 너그러우셔서요. 어제도 꽤 놀랐거든요. 특이한 던전이 나타났으니 오실 수야 있겠지만 옷 심부름을 다 해 주시고. 게다가 그렇게, 친해 보이시는 건……."

"안 친합니다. 아니, 일주일 한정으로 친한 척만 할 겁니다."

이제 6일 남았다. 강소영이 포크를 만지작거리며 눈꼬리를 늘어뜨렸다.

"이번에는 유독 더 재미있어하시는 티가 나셔서… 우리 코메트를 위해서라도 조심하셨으면 좋겠어요."

"그건 그래. 동생은 그렇다 쳐도 성현제까지 서슴없이 대하는 건 위험하지. 예림이도 신경 쓰이는 모양이더라. 우리 블루를 위해서라도 조심해."

벌써 우리 블루냐. 문현아에 이어 노아까지 고개를 끄덕거렸다.

"맞아요. 저도 세성 길드장은 조심할 필요가 있다고 생각합니다."

걱정들 하는 건 알겠지만 조심하라고 해도 어쩔 수가 있나.

'내가 먼저 접근해 봐야 할 판이니.'

마음 같아선 나도 그 인간 얼굴 TV에서나 보고 싶다. 빙수 맛있다. 우유얼음 되게 부드럽네.

카페의 커다란 유리창을 따라 빗물이 흘러내렸다. 나직한 빗소리 사이로 이런저런 이야기들이 웃음과 함께 오갔다. 노아는 물론이고 나도 주로 듣는 쪽이었지만 나쁘진 않았다. 문현아도 강소영도 즐겁게 사는구나. 예림이가 저 사이에 끼어 있다는 게 기뻤다.

유현이도 친구 한둘 정도는 있지 않을까. …없나? 나이도 비슷하겠다, 노아보고 동생이랑 친구 하지 않겠냐고 물어볼까. 애가 잘나가는 건 좋은데 솔직히 스무 살이면 캠퍼스 라이프 즐기고 있어야 하는 거 아니냐고. 왜 던전 출퇴근입니까.

"노아 씨는 혹시 학교 가실 생각 없으세요?"

"학교요?"

노아가 고개를 갸웃하고 강소영이 앗, 하고 외쳤다.

"저 내년에 대학교 특례 입학 하기로 되어 있는데, 같이 다니실래요? 수업 듣는 일은 별로 없긴 하겠지만요. 한유진 님은 어때요? B급이지만 스킬 영향력이 크니 가능할 텐데."

이제 와서 무슨 대학이람. 게다가 상급 헌터 특별전형 허용 대학은 몇 없어서 자칫하다간 동생의 후배가 되어 버릴지도 모른다. 유현이 놈 학교 가는 꼴을 못 봤으니 마주칠 일은 없겠지만. 됐다고 고개를 저었건만 문현아까지 부추겨 왔다.

"어차피 수업 죄다 째도 던전 공략으로 대체하면 졸업장 나오니까 그냥 가. 대졸 딱지 있어서 나쁠 건 없어. 아니, 형님 같은 위치면 있는 게 훨 편하지."

수업 들을 필요 없다는 소리에 살짝 솔깃해졌다. 내년까진 아직 시간 많이 남았으니까 고민해 볼까. 간다면 유현이랑 다른 대학 가야지.

삐이이-.

그때 돌연 휴대폰이 울렸다. 우리 넷만이 아니라 카페에 있는 휴대폰들이 죄다 날카로운 소리를 낸다. 던전 관련 재난 메시지다.

"어디 터지기라도 했나."

문현아가 자리에서 일어나며 휴대폰을 꺼내 들었다. 나 또한 폰을 확인했다. 상급 헌터 폭주로 인해 일부 구간 통행 제한 및 접근 주의 메시지였다.

던전 공략 직후 드물게 벌어지는 일이긴 하지만 뭔가 석연찮았다. 혹시나 싶어 포털 사이트에 들어가자 속보가 떠 있다.

"…이런 미친놈들이."

무심코 튀어나온 중얼거림에 문현아도 동감이라는 표정을 지었다.

"해연 길드장이 협회와의 마찰로 신 헌터협회 건물의 일부를 파괴했다, 라. 협회에서 예상보다 더 화끈하게 나오는데?"

"막 나가는 거겠죠. 먼저 가 봐야 할 것 같습니다."

"휴가라더니. 게다가 형님, 동생은 여기 없을지도 몰라."

문현아가 의미심장하게 말했다. 그녀의 말대로다. 사진상에는 무너진 건물 일부에 불이 붙어 있었지만, 그 정도야 유현이가 아니더라도 쉽게 만들어 낼 수 있는 장면이다. 마른하늘에 날벼락이라도 떨어지면 또 모를까. 불이야 흔하지.

"누명이면 더 내버려둘 수 없지 않겠습니까. 그리고 동생 만나러 가는 건 일이 아니죠."

"같이 가 줄까?"

"그보다는 유현이에게 연락 좀 부탁드립니다. 전화 연결이 안 되네요. 노아 씨, 도와주시겠습니까?"

"네. 물론 도와드리겠습니다."

교통이 통제되고 있으니까 날아가는 편이 빠를 것이다. 거기에 노아가 곁에 있다면 위험해질 가능성도 작고. 독만 뿌려도 웬만해선 쉽게 접근하지 못할 테니까.

문자 한 통을 보내고 카페 밖으로 나갔다. 이어 노아 씨가 용의 모습으로 변했다. 행인들이 기겁하고 몇몇은 놀라 우산을 버리고 도망쳤다. 미안해지네. 개중에는 놀라지 않고 폰을 꺼내 촬영하는 사람들도 있긴 했다.

노아의 등에 올라타자 기다란 날개를 펄럭이며 공중으로 날아오른다. 빗물 탓에 평소보다 비늘이 미끄러워 불안정했다. 그래도 사람한테 안장까지 채우기엔 좀 거부감이 들어서. 떨어지면 잡아 주겠지. 은혜도 있고.

빌딩을 스쳐 지나가며 전화를 걸었다. 하루쯤은 안 듣고 싶었던 목소리가 묻기도 전에 대답한다.

[도련님의 행방은 나도 모른다네.]

"정말입니까?"

[높이 평가해 주는 건 고맙지만 나라고 해서 앉은자리에서 모든 걸 다 알 순 없지. 그보다 한유진 군은, 또 무모하게 굴고 있는 모양이로군.]

"걱정되시면 몸소 행차라도 해 주시든가요. 헬기 좋아 보이던데."

[한유진 군이 나를 너무 가볍게 생각하는 것 같아서 슬프군. 도움을 원한다면 직접 와서 공손히 부탁해 보게나.]

"그새 저보다 좋은 아이템이라도 찾아내셨나 봅니다?"

[그랬다면 한유진 군은 이미 내 앞에 있겠지. 두 번째는 존중할 필요가 없거든.]

"제가 제일 잘나서 천만다행입니다."
 농담처럼 말하지만 농담이 아닐 것이다. 통화 내용을 들었는지 노아 씨가 나를 걱정스럽게 돌아보는 걸 괜찮다고 달래 주었다. 스킬창이 나 정도로 이상한 인간이 세상에 또 있으면 신에게 항의할 일이다.
 '나서 줄 생각은 없는 듯하지만 끝까지 모른 체하진 않겠지.'
 빚이 더 쌓이면 안 갚고 틸 궁리나 해야겠다. 도하민에게 연락해 볼까 했지만 유현이 녀석 휴대폰 부숴 먹었다는 게 떠올랐다. 피스와 둘이 던전 돌 때 지갑 날려 먹었댔으니 헌터증이나 운전면허도 새로 발급 받았을 테고.

- 저기 맞죠?

 노아 씨의 말에 휴대폰을 집어넣고 고개를 들었다. 저만치 연기가 피어오르는 건물이 보였다. 각성센터 옆의 신 협회 빌딩. 본건물을 부수긴 아까웠는지 옆에 붙은 2층짜리 별관의 일부만 무너져 있었다. 계속 내리는 비 탓에 불도 거의 다 꺼져 연기만 솟아난다.

'쪼잔하긴.'

유현이가 진짜로 날뛰었으면 본관까지 폭삭 내려앉았겠지. 속보 사진 정말 과장되게 잘 찍었구만. 뒤늦게 열이 오르는 것을 느끼며 문자를 보냈다. 여기서 그리 멀지 않은 거리니 곧 도착할 것이다.

[각성센터 좀 부숴 줄래요? 동그란 건물. 책임은 내가 질 테니까.]

그때 헬기가 접근해 왔다. 헌터로 보이는 무장한 남자가 아래로 내려가라 손짓해 왔지만 무시하고 사진과 동영상을 촬영해 석시명에게로 보냈다.

— 헬기 부숴도 됩니까?

"아직은 안 돼요. 일단 내려가죠."

무너진 건물 앞으로 내려서 얼굴 나오게 인증샷 찍었다. 여기에 제 동생은 없는 듯합니다, 하고 동영상도 촬영했다. 그새 통신 방해라도 하는지 해연으로 보낼 순 없었지만 폰만 무사하면 되니까.

"한유진 씨."

검은 양복의 남자가 접근하려다가 전용화를 푼 노아의 살벌한 시선을 맞곤 굳었다.

"사랑하는 제 동생 얼굴이나 볼까 하고 왔는데, 어디 있는지 아십니까?"

애가 안 보이네요. 분명 여기 있다고 기사도 났었는데. 웃는 얼굴로 물었건만 돌아오는 시선은 차가웠다. 너무하네.

그사이 주위를 포위하는 인원이 더 늘어났다. 수상함을 느끼지 않도록 휘익, 등급만 빠르게 확인했다. A급 세 명, 나머지는 B 이하.

"여기 계시면 안 됩니다. 저희와 함께 가시죠."

"궁금한 게 있는데, 저 건물 안에 사람이 있습니까?"

"전부 대피했습니다. 속보로 나갔듯이 해연 길드장인 한유현 헌터가-."

"그래서 내 동생은 어디 있는데."

걔가 고작 벽 좀 부수고 말았다니 헛소리도 정도껏 해라.

"도주 중입니다."

"미쳤나, 진짜."

"친동생의 일이니 받아들이기 힘들 것이란 사실은 이해합니다. 일단 장소를 옮겨 자세한 내용을 말씀드리겠습니다."

"자세한 내용? 내가 보기엔 여기 건물이 죄다 폭삭 무너진 거 같은데."

"예?"

"물론 내 동생 짓은 아니고. 근처에서 미처 발견 못 한 던전이 터져서."

나를 향한 얼굴들이 무슨 소리를 하느냐는 듯 어리둥절해졌다.

"당신들 눈에는 아직 안 보이나 봐. 흑색의 거대한 드래곤이."

놈들 대신 노아가 흠칫 주위를 두리번거렸다. 얼간이들은 여전히 영문 몰라 하는 표정이었다.

"쪼잔한 새끼들아, 해연 길드장이 날뛰었다고 기사 내려면-."

콰과광!

귀를 때리는 폭음이 울렸다. 기다렸다는 듯 눈썹 한번 까딱 않고 말을 이었다.

"이 정도 난장판은 쳐 줘야지."

굳이 고개를 돌리지 않아도 얼빠진 얼굴들만으로도 저들이 보고 있을 광경이 짐작되었다. 건물이 부서지고 돌이 무너져 내리는 소리가 연이어 들려왔다. 그리고.

- 크르르르.

살벌한 으르렁거림이 공기를 진동시킨다.

"제, 젠장! 던전 브레이크다!"

"용종, 최소 A급 던전이야!"

"노아 씨, 안전을 위해 기절들 좀 시켜 주시겠어요?"

S급 용종이 나타났는데 쩌리들이 날뛰면 위험하잖아. 노아가 도망치는 헌터들을 향해 몸을 날렸다. 이어 하나둘 헌터들이 정신을 잃고 쓰러진다. 어찌나 동작이 빠른지 스탯 낮은 내 눈에는 금빛 물결처럼 비쳤다.

다른 사람이 더 없는지 확인을 부탁한 뒤 돌아섰다. 각성센터의 잔해를 깔고 앉은 흑색의 저주독룡이 나를 향해 머리를 뻗는다.

각성센터 건물 날아갔으니 휴가를 좀 더 늘려도 되겠어.

- 자기야, 나는 재밌는데 이래도 돼?

"당연히 되지. 던전 브레이크를 처리해 준 거니까 협회로부터 감사 인사를 받게 되지 않을까."

해연 길드장이 폭주했다, 는 오보였습니다. 기절한 얼간이들이, 거대한 용의 흔적이 증거가 되어 줄 것이다. 리에트에 대해 알고 있는 사람은 의심할지도 모르지만 잡아떼면 그만이다. 터진 던전 게이트는 어디 갔냐고? 바로 어제도 사라졌는데 오늘 또 사라질 수도 있지.

"사람 없다니까 옆의 빌딩도 마저 밀어 주시죠, 사악한 드래곤님. 깔끔하게."

- 얼마든지, 공주님! 이걸로 애 키워 주는 값은 치르는 거야~.

"열과 성을 다해 돌봐 드리겠습니다."

걸걸한 웃음소리와 함께 용이 뒷발로 몸을 일으켰다. 꼬리가 땅을 치고, 두 뒷다리의 비늘이 일제히 흔들렸다.

으지직, 지면이 강력한 압력에 신음을 흘린 직후.

 콰-앙!

 짧고 굵은 굉음을 울리며 드래곤의 몸체가 빌딩을 들이받았다. 유리창이 일제히 터져 나간다. 반짝거리며 흩어지는 조각들을 감상할 틈도 없이 드높은 건물이 쩌억 갈라졌다. 튼튼한 철골과 콘크리트로 이루어진 빌딩이 설탕 공예처럼 가볍게 부서져 내린다.

 "조심하세요."

 어느새 다가온 노아가 나를 뒤로 당기며 튀어 온 건물 잔해를 팔로 쳐 냈다. 리에트가 커다란 발로 쾅쾅 남은 덩어리들을 밟아 뭉갰다. 잘한다. 속이 다 시원하네.

 "역시 던전 브레이크는 위험하다니까요. 마침 S급 헌터인 노아 씨가 있어서 천만다행입니다."

 눈을 깜박깜박하던 노아가 무슨 생각을 했는지 살짝 웃었다.

 비는 계속해서 내렸다. 여름이라고 해도 감기 걸리지 않을까 걱정될 즈음, 차가 나타났다. 여러 대다. 구급차도 섞여 있었다. 내려서는 사람들 중에 유현이도 보였다. 동생이 다가와 내게 우산을 씌워 주었다.

 "왜 비를 맞고 있어."

 "여기 꼴을 봐라. 피할 곳이 없잖아."

 "우산이라도 챙기지."

 주변 풍경과 어울리지 않는 잡담을 나누는 사이 기절한 헌터들을 챙기는 손들이 분주하다. 내게 꽂히는 시선을 느끼고 고개를 돌렸다. 송태원이다. 저 사람도 우산이 없네. 반갑다는 듯 웃어 주자 비에 젖은 얼굴이 굳어졌.

 휴가 기간이긴 하지만 시간 내주지 않으면 안 될 분위기였다. 나는 언제 쉬나.

우중충한 잿빛 하늘에 무너지고 타다 남은 건물이라는 배경 탓일까. 송태원의 두 눈은 가라앉다 못해 음울하게까지 느껴졌다. 그의 입장에서 피곤할 법한 상황이긴 했지만, 단순히 지치기만 한 것 같지는 않았다. 굶주리고 폭풍에 휘말려 엉망이 되었어도 마지막 도약의 힘은 남겨 둔 호랑이 같다. 그 목표는 다름 아닌 나였고.

공포 저항이 없었다면 조금쯤 소름이 돋아났을 듯한 시선이었다.

'그래도 송태원이 이번 일과 관련이 있진 않겠지만.'

애먼 사람 누명 씌우는 뒷수작을 부릴 만큼 융통성 있는 남자였다면 훨씬 더 편하게 살고 있었을 터다. 고위 공무원에 S급 헌터면서 스스로를 옭매는 수도자처럼 굴진 않았겠지.

한때의 소시민으로서 인간적인 호감은 가지만 동시에 차를 날려 버린 성현제의 횡포도 아주 약간은 이해가 갔다. 갑갑하긴 하다.

'무척이나 까다로울 거고.'

내 상태를 민감하게 체크하는 거 보면 키워드 적용하기도 꺼려졌다. 사실상 그냥 버리는 게 가장 쉽고 빠른 방법이겠지. 송태원만 없으면 헌터협회는 자연히 힘을 잃게 되니까.

그럼에도 역시 저 사람이 회귀 전과 같은 결말을 맞이하는 건 바라지 않았다. 어떻게 해야 하나. 일단 말을 걸어 볼까 하는데 송태원이 돌아섰다. 잔해 주위로 저지선을 치는 사람들과 짧게 몇 마디 나누곤 그 너머로 들어서는 뒷모습을 바라보았다.

넓지만 무거워 보이는 어깨가 기분 묘하게 다가왔다.

"유현아, 내 전화 도청은 안 하고 있지?"

고개를 돌리며 물었다.

"안 해. 막아 놓은 것도 반경이 그리 넓진 않고. 무엇보다 주위의 반발이 거셀 거라 도청은 불가능해."

나와 연락하는 사람들을 생각해 보면 그럴 만하다.

"전화 차단은 반발하는 사람 없었냐."

"휴가 기간만이라고 했으니까. 세성과 브레이커도 동의해 줬고. 형이 쉬는 사이에 처리하려고 했었는데."

유현이가 무너진 빌딩을 힐끗 돌아보았다.

"브레이커 길드장의 입이 너무 가벼웠던 모양이지."

"말 안 해 주려고 했었어. 내가 억지로 캐낸 거야."

"이번엔 뭘 내어 줬어?"

내게로 돌아오는 시선 끝이 날카롭다. 내가 이 난장판 쳐 놓았다는 걸 들키면 안 되니까 태연한 척 굴고 있었지만, 역시 동생 놈 기분이 유쾌하진 않은 모양이었다. 뭘 내어줬냐라, 빌딩 갈아엎은 대가를 말하는 거겠지.

"그냥 내가 평소에 하는 거. 아니, 나도 이번에는 얌전히 있으려고 했는데, 너무 치사하게 굴잖냐."

화끈하게 건물 통째로 불 싸질러 버렸으면 음, 유현이가 열 좀 받았나 보네 하고 불구경이나 했을 것이다. …는, 역시 아니고. 뒷수습하려고 머리 굴리고 있었겠지. 어쨌든 직접 와서 엎지는 않았을 테니까.

"알았어."

나름 각오를 했건만 동생은 의외로 쉽게 물러났다. 웬일이지. 그때 차 한 대가 더 도착했다. 차에서 내린 사람이 비싸 보이는 카메라로 빌딩의 잔해를 촬영한다. 기자인가 싶은 순간 차에서 한 명이 더 내려섰다. 커다란 꽃다발을 들고서.

처음 보는 사람이었지만 소속이 어디인지는 알 것 같았다.

"한유진 님."

꽃다발이 내 앞으로 다가왔다. 장미다. 가늘어진 빗방울이 대롱대롱 매달려 더욱 싱싱해 보였다.

"세성 길드장님께서 멋진 무대의 관객이 되어 주지 못해 무척이나 아쉽다고 전해 드리라 하셨습니다."

"아, 예."

소식을 듣고도 사람만 보내다니. 그럴 인간이 아닌데.

'가벼우니 어쩌니 한 게 단순한 핑계가 아니었나 보구만.'

오지 못할 다른 이유가 있는 게 분명하다. 어디서 뭘 하고 있는 거냐. 별생각 없이 꽃다발을 받으려는데.

화르륵-.

장미가 화려하게 불타올랐다.

"그런 거 함부로 받으면 안 돼, 형."

"맞아요. 꽃다발은 특히나 더 위험합니다. 속에 뭘 숨겼을지 알 수 없어요."

칼 박힌 꽃다발이라도 받은 적 있는 건가요, 노아 씨. 진짜로 날붙이가 들어가 있대도 나쁘지 않은데. 손가락 좀 찔리고 이걸로 빚 탕감하죠, 우길 수도 있고.

"둘이 잘 맞는 거 같다. 이참에 친구 하면 어때?"

실없이 던진 말에 유현이와 노아 씨가 동시에 미간을 찌푸렸다. 이야, 표정도 비슷하고. 자주 붙여 주면 미운 정이라도 들지 않을까. 원래 남자애들은 싸우다 친해지는 법 아니던가.

둘이 같이 다닌다고 생각하자 절로 기분이 좋아졌다. 비주얼도 좋잖아. 요즘 젊은 애들은 뭐 하고 놀더라.

"보내신 것이 하나 더 있습니다."

세성 길드원은 꽃다발이 타 버린 것에 조금 놀라긴 했지만 이내 침착하게 작은 상자 하나를 꺼내었다. 이런 사소한 일에 당황해서야 성현제 밑에서 일하기 힘들겠지.

"이번엔 태우지 마."

유현이에게 말하며 얼른 상자를 받아 들었다. 뚜껑을 열자 손목시계가 나타났다.

"인벤토리에 수납 가능한 헌터용 시계입니다."

안 그래도 하나 마련할 생각이긴 했는데.

"제가 마련한 무대는 아닌데, 굳이 관람료를 내시겠다니 받아 두겠습니다."

던전 부산물로 부품 하나하나 만들어야 하다 보니 비싸기도 비싸지만 주문해도 받는 데 시간이 꽤 걸리는 게 헌터용 시계였다. 그러니 감사히-.

"…나도 주문해 놓았는데."

유현이가 작게 중얼거렸다. 앗, 이런 잠깐만.

"마음만 감사히 받겠습니다."

곧장 상자 닫고 던지듯 시계를 돌려줬다. 필요 없어. 동생한테 받을 거니까. 세성 길드원은 난감해했지만 순순히 물러났다.

자리를 뜨기 전에 송태원과 대화를 하고 싶었지만 현장 수습으로 바빠 보였다. A급 이상 던전 브레이크로 신고했으니 한동안 정신없기는 할 터다. 보스 몬스터로 보이는 거대한 용만 처치한 것으로 되어 있으니 남은 몬스터를 찾기 위해 주변 수색도 들어가겠지.

좀 미안해지네. 허위 신고는 하면 안 되는 건데. 협회에서 먼저 허위 기사 내보냈으니 이걸로 퉁칩시다.

"미안하지만 남는 자리가 하나뿐이라."

유현이가 전혀 미안해하지 않은 얼굴로 노아에게 말했다. 그러곤 내 팔을 붙잡아 차 조수석에 밀어 넣었다. 일부러 자리가 둘뿐인 차를 가지고 온 건 아니겠지.

노아 씨에게 무어라 말하기도 전에 차가 출발했다. 집 못 찾아가진 않겠지만 그래도 저렇게 두고 가는 건 너무하지 않나.

"얌전히 쉬기로 했잖아."

원래도 인적이 드문 편이었지만 통행 제한 탓에 더더욱 텅 빈 도로를 내

달리며 유현이가 말했다. 아까는 알았다고 하더니. 역시 조용히 넘어갈 생각은 없는 모양이다.

"공식적으로 나는 아무 일 안 했어. 그냥 동생 보러 온 것뿐이지."

"형."

"그래서 어떻게 할 작정이었어? 네 평판 떨어뜨려 가며."

바퀴가 아스팔트를 긁는 소리와 함께 차가 길가에 멈춰 섰다. 문득 손이 허전했다. 피스나 삐약이를 쓰다듬을 수 있다면 좋을 텐데.

"말해 주면. 또 나설 거잖아."

"말 안 해 줘도 나설 건데."

노려보는 시선이 따끔하다. 피스 털 만지고 싶다. 따뜻하고 부드럽고.

"내가 뒤져 보는 것보다는 네가 말해 주는 게 낫지 않을까."

"이대로 집에 끌려가는 건 어때. 피스와 삐약이도 넣어 줄게."

유현이 녀석 집을 말하는 거겠지. 미니포털 막아 놓으면 꼼짝 못 하겠네. 피스에게 창문 깨 달라고 하고 뛰어내린다는 마지막 선택지가 있긴 하지만.

"마음대로 해."

"…뭐?"

"말은 해 주고. 궁금하잖아."

짧은 침묵 후 동생이 한결 누그러진 목소리로 입을 열었다.

"협회 내에, 혹은 관련자 중에 타국과 거래하려는 놈들이 있어."

"다른 나라와?"

"중국이나 러시아로 추정되는데 확실하지는 않아. 그놈들의 목표는 형이고."

"현아 씨 말로는 우리나라 정부에서 나한테 목줄 걸고 싶어 한다던데."

"그건 아직 의견이 갈려 있어. 형은 협조적인 편이니까 긁어 부스럼 만들지 말자는 쪽이 더 우세해."

하긴 괜히 핍박하다가 해외로 튀기라도 하면 곤란하겠지. 어딜 가든 환영받을 테니까.

"형이 비각성자의 예상 각성 등급을 알 수 있다는 사실도 이미 빠져나간 모양이야. 몬스터에 더해 각성자들까지 나라에서 키워 낼 수 있다는 건 독재자 입장에서 무척이나 매력적이겠지. 특히나 나이 어린 비각성자는 교육하기도 쉬울 테니까."

애들 세뇌해서 각성자 부대 같은 거라도 만들 생각인 건가. 인류애 떨어지는 소리구만. 나를 그런 식으로 써먹을 수 있을 거란 생각은 못 했는데. 세상엔 참 더러운 놈들이 많아.

"어떤 새끼인진 몰라도 얼마나 받아먹기로 했기에 사람을 다 팔아먹냐."

나라 팔아먹는 놈들도 있었던 마당에 새삼스러울 건 없지만.

"그래도 날 빼돌리는 게 쉽지는 않을 텐데. 주위에 항상 S급 헌터가 있잖아."

노아가 상주 중인 데다가 피스도 있고 바로 옆 건물이 해연 길드라 S급 헌터가 득시글한 판이다. 외출할 때도 요샌 S급 헌터가 따라붙지 않은 적이 없었지.

"지금 상태로는 사실상 불가능하지. 아니었으면 해결될 때까지 가둬 놓았을 거야."

"나한테 동의 구할 생각은 아예 없는 듯한 소리다? 나랑 관련된 다른 사람들도 있잖아."

"마음대로 하라며. 그리고 다들 동의할걸."

그래, 뭐. 그럴 거 같다. 자주 놀러들 와 주겠지. 성현제는 안 왔으면.

"아무튼 날 바로 건드릴 순 없으니까 너한테 찝쩍거렸다는 거냐?"

"정확히는 그러도록 유도했어. 형에 대한 정보가 새어 나갔다는 건 세성 길드장이 먼저 알아냈지. 유일무이한 특수 스킬 소유 헌터를 해외로 빼돌리는 건 매국 행위나 다름없으니까 밝혀내기만 하면 협회에 큰 타격을 가할 수 있기에 내게 협조를 구해 왔어."

"그 인간은 그걸 또 어떻게 알았대."

"자세히는 모르지만 세성 길드장은 국외에도 손이 닿아 있는 모양이야. 그것도 상당히 넓고 깊게."

장난 아니네. 하지만 성현제가 도마뱀 주인 놈과 각성 직후부터 계약해 이것저것 받아먹었다는 걸 생각하면 놀랄 일도 아니었다. 노아처럼 목줄 걸어 놓은 상급 헌터가 전 세계에 수두룩할지도 모르지.

…내 앞날이 좀 걱정되는데. 지금이라도 이쯤에서 관계 정리하자고 할까. 하지만 그 정도로 잘난 인간을 놓칠 수도 없고.

"내가 약한 모습을 보이면 그놈들이 틀림없이 접근해 올 테니까 일부러 공격할 빌미를 줬어."

"언제부터? 피스랑 둘이 던전 돌았을 때?"

"그즈음이었지."

"얼마 안 됐네. 야, 그럼 너 호수 던전에서 나왔을 때, 그거 연기였냐?"

내 물음에 유현이가 미소 지었다.

"아니. 그냥 덜 참은 거야."

안 참은 것도 아니고 덜 참은 거야.

"노아 씨와 싸운 건?"

"그땐 많이 참았는데."

"…그래도 격리소는 좀 과했다. 기껏 산 라텍스 매트리스 한 번 써 보지도 못하고 홀라당 타 버렸잖아."

"라텍스 매트리스? 사 줘?"

"윤경수 말하는 거야."

키워드 적용해서 잘 묵혀 둘 생각이었는데.

"아, 그놈은."

기다란 손가락 끝이 운전대를 톡 두드렸다.

"리에트 헌터로부터 들은 게 있어서."

"리에트? 뭐라고 했기에."

"별거 아니야. 격리소 건은 증거 없으니까 괜찮아. 그냥 과하게 손썼다 정도지."

동생 놈은 그 밖에 자잘하게 책잡힐 만한 행동을 했다고 말했다. 사실상 큼직한 건은 일부러가 아니긴 했지만, 오히려 그래서인지 더 빨리 반응이 온 모양이었다. 본격적으로 누명까지 더해 가며 압박을 가해 오려 하였으니.

일단 한유현의 목을 죄면 형제인 내게 손대는 것도 더 쉬워지긴 할 터였다.

"그렇다고 해도 부러 네 평판을 떨어뜨리는 짓은 장기적으로 독이 될 가능성이 커. 나도 가만히 지켜보기 힘들 거고. 그러니 그냥 깔끔하게 끝내자."

이어진 내 의견에 유현이의 인상이 잔뜩 찌푸려졌다.

"집에 가자. 일주일 뒤에 풀어 줄게."

"야, 잠깐만!"

그리고 동생을 설득하는 건 정말 많이 힘들었다.

옥상정원에 촬영 장비들이 늘어서 있다. 여러 사람의 시선 속에서 나는 긴장된다는 듯이 무릎 위의 피스를 쓰다듬었다. 맞은편에 앉은 남녀 연예인이 다정한 미소를 보내온다.

"정말 멋진 비행이었습니다."

- 꺄아!

자기를 칭찬하는 말을 알아들었는지 블루가 기세등등하게 날개를 파닥였다. 이어 내게 몇 가지 질문이 던져졌다. 적당히 어색해하며 대답하자 이런저런 감탄들이 쏟아졌다. 방송용이긴 하지만 칭찬이 과하구만.

그때였다. 약간의 소란과 함께 카메라가 급히 우리가 아닌 이쪽으로 이어진 산책로 쪽을 비추었다. 고개를 돌리자 훤칠한 청년 하나가 걸어오는 것이 보였다. 유현이다. 나와 눈이 마주치자 더할 나위 없이 상큼한 미소를 짓는다. 누구 동생인지 정말 잘생겼네.

"내가 너무 일찍 도착했나 봐. 아직 촬영 중일 줄은 몰랐어."

"생방송이다, 이거."

"그래?"

유현이가 몰랐다는 듯이 눈을 동그랗게 떴다. 이어 두 연예인이 어쩔 줄 몰라 하며 이렇게 화면에 나오셔도 괜찮으냐고 물어 왔다. 해연 길드장님께선 물론 괜찮다며 화사하게 웃어 보였다.

"두 분 정말 사이가 좋아 보이시네요."

"단둘뿐인 가족이니까요. 무척이나 자랑스러운 동생이기도 하고요. 제 걱정이 너무 많은 게 유일한 흠입니다."

"형을 걱정하는 게 뭐 어때서."

"그래도 나 때문에 네가 안 좋은 소리 듣는 건……."

일부러 말꼬리를 흐리며 유현이를 바라보았다. 안타까워하는 표정을 짓는 건 어렵지 않았다. 우물우물하며 한숨 한번 내쉬고 다 저 때문입니다, 미끼를 던지자 남자 연예인이 무슨 일이냐며 덥석 받아 문다.

"최근에 해연 길드장이 조금 거칠게 행동한다는 말이 있었지 않습니까."

그거 다 동생이 절 너무 걱정한 탓이에요. 제 스탯이 F급, 일반인이나 다름없으니까. 일반인에 가까운 형, 을 강조해 가며 말했다. 내 동생이 이렇게나 착하다. S급인데도 약한 형을 싸고돈다. 우리 사이 엄청 좋음.

"제가 좀 더 강했더라면 좋지 못한 말이 나올 일도 없었을 겁니다. 제 탓이죠."

"그렇게 말하지 마, 형. 나는 괜찮아."

사실이긴 한데 카메라 앞에서 주거니 받거니 하려니 좀 오글거린다. 두 연예인은 한껏 감동받은 표정을 짓고 있었다. 이 정도로 가까운 거리면 유현이로부터 압박감이 느껴질 텐데도 전혀 티가 안 난다. 역시 프로구나.

그렇게 좋은 분위기가 이어지는 가운데 또다시 불청객이 나타났다. 송태원이었다.

"한유진 헌터, 전준환 외 8명의 상해 사주 및 던전 게이트 특별법 위반으로 체포하겠습니다."

시청률 팍팍 오르겠네.

세계 유일의 마수 사육사 인터뷰 중 해연 길드장이 나타나 보기 드문 모습을 보여 주더니 난데없는 체포 선언이 떨어졌다. 그것도 무려 생방송이다.

나도 TV 앞에서 이 광경을 볼 수 있었다면 정말 좋았을 텐데. 아쉽게도 내 일이라 팝콘을 튀길 수가 없었다.

아이고 내 인생. 속으로 한탄하며 공포 저항 스킬을 껐다. 동시에 나를 향한 송태원의 시선이 무겁게 느껴졌다.

"가, 갑자기 체포라니요……?"

잔뜩 당황해하며 자리에서 일어났다. 무릎 위에서 뛰어내린 피스가 끼웅 하고 작게 울었다. 상황을 이해 못 한 블루가 머리를 갸웃했다.

"저기, 저는……."

송태원이 인벤토리 봉인 기능이 달린 수갑을 꺼내 들었다. 오랜만이네. 회귀 후에는 처음이고. 이제는 저런 거랑 거리 먼 삶을 살 줄 알았는데 첫 경험이 생방송이라니, 내 인생.

"이게 무슨 짓입니까."

유현이가 내 앞을 가로막아 서며 싸늘하게 말했다. 실감 나는 연기다.

"듣지 못하셨다면 다시 한번-."

"터무니없는 헛소리 똑똑히 잘 들었습니다. 가성한 지 채 두 달도 되지 못한 스탯 F급 헌터에게 참으로 대단한 누명을 뒤집어씌우는군요."

"무죄가 확실하다면 곧장 돌려보내 드리겠습니다. 비키시지요."

둘의 기 싸움이 슬금슬금 강해져 가자 몸이 조금 떨렸다. 연기할 필요 없어서 좋네.

"유현아, 진정해. 내가, 뭔가 잘못한 걸지도 모르니까."

"형!"

"잘은 모르겠지만 나 때문에 이러지 마. 넌 길드장이잖아."

겁먹은 표정을 지으며 앞으로 나섰다. 카메라 촬영 잘하고 있냐. 쪽팔려서라도 두 번은 못 할 짓이니까 이번 기회에 이미지 확실히 박아 놓아야지. S급 헌터라도 이렇게나 평범하게 인간적이랍니다.

송태원에게 다가가는 나를 유현이가 붙잡았다. 이 정도면 된 거 같은데. 속으로 중얼거리며 돌아보았다가 가슴이 덜컥 내려앉았다. 표정 연기가 좀 과하다.

"야… 괜찮아. 금방 풀려날 거야."

"그냥 안 가면 안 돼? 내가 어떻게든 해 볼게."

아니, 유현아. 흔들리긴 해도 준법정신을 지키는 모습을 보이기로 했잖냐.

"너한테 폐 끼치고 싶지 않아. …미안해."

미안하단 소릴 내뱉는 내 시선이 발끝으로 떨어졌다. 공포 저항을 끈 탓인가 영 속이 거북하다. 동생의 손을 뿌리치는 내게 이번에는 피스가 다가왔다.

- 끄우웅.

미리 연습한 대로 애절한 소리를 낸다. 우리 피스, 똑똑하기도 하지. 무릎을 굽혀 피스를 쓰다듬어 주었다.

"착하지, 피스야. 아빠 금방 올 테니까 얌전히 기다리고 있어."

- 끼웅.

"블루도 사고 치지 말고."

- 꺄우?

무슨 영문인지 모르겠다는 몸짓이다. 피스와 대비되는 그림이 딱 좋았다. 그냥 잠깐 구속되는 것치곤 과장된 이별 장면이긴 했지만 앞으로의 일을 위해서는 신파 좀 뿌릴 필요가 있었다.

피스를 다독여 주곤 다시 송태원을 향해 돌아섰다. 내민 손목에 수갑이 채워지기 무섭게 또 다른 등장인물들이 나타났다.

"유진아!"

"유진 씨!"

명우와 노아 씨가 이게 웬 날벼락이냐는 표정으로 달려왔다. 저 둘까진 나설 필요 없다고 했지만 내가 잡혀가는 거 배웅은 해 줘야 한다고 고집을 피워 끼워 넣었다.

"아니, 네가 무슨 힘이 있다고 수갑까지 채워!"

"지하라 갑갑하실 텐데, 창문도 없고……."

구치소 유경험자인 노아가 여름이라 그런지 습기도 찬다며 걱정스러워하는 얼굴을 했다. 그 말에 명우가 제습기도 없냐며 펄쩍 뛰었다. 시설이 좋은 편이지만 구치소니까 당연히 없지.

"내가 바로 면회 갈게."

"저도 가겠습니다."

"근데 진짜 수갑은 왜 채우냐. S급씩이나 와서는 너무한 거 아니냐고."

명우가 송태원을 째려보며 말했다. 다들 연기를 참 잘하네. …연기 맞겠지?

"괜찮을 거야. 걱정해 줘서 고마워. 노아 씨도 고마워요."

"그만 가시죠."

송태원이 내 팔을 붙잡았다.

"형!"

- 끄앙!

"유진아!"

"유진 씨!"

…그쯤들 해라. 누가 보면 죽으러 가는 줄 알겠다. 송태원에게 끌려가는 내 뒤로 줄줄이 또 따라붙는다. 카메라도 놓칠 수 없다는 듯 슬쩍 따라왔다. 주차장은 빌딩 쪽에 있기에 가는 길 내내 쳐다보는 사람도 제법 많아 쪽팔렸다. 겁먹은 표정 유지하기 힘들구나. 나도 겉옷이라도 뒤집어쓸걸.

차는 다행히 경차가 아닌 특수 경찰차였다. 헌터용으로 좀 더 튼튼히 만든 차량이다. 그래 봐야 중급 전투 헌터만 되어도 쉽게 박살 내겠지만.

안타까움에 겨운 시선들 속에서 차에 올라탔다. 생각대로 일이 잘 풀려야 할 텐데.

기이한 광경이었다.

내리는 빗속에 서 있는 청년은 평범한 인간이었다. 젖은 진흙처럼 가볍게 내리누르기만 해도 쉬이 뭉개져 버리는 일반인.

하지만 그 양옆에는 송태원으로서도 감당키 힘든 괴물이 버티고 서 있었다. 길든 개처럼 살가운 눈빛을 하고서.

처음에는 그것이 놀라웠다. 의심 또한 했었다. 저것들이 써먹기 좋은 스탯 F급에게 목줄을 채우고 애완동물이라도 대하듯 관대히 구는 것이 아닌가 하는.

그러나 괴물들 사이의 일반인은, 무해해 보이는 그 청년이야말로 정상이 아니었다.

한유진의 시선에는 분명한 애정이 담겨 있었다. 제 옆을 어슬렁거리는 괴물들을 귀여워하고 사랑스러워하며, 주제넘게 걱정까지 두 눈에 담았다.

아주 평범하게. 평범한 사람들을 대하듯.

"…알겠습니다. 최대한 빠르게 발표하도록 하겠습니다."

송태원은 전화를 끊으며 짧게 한숨을 내뱉었다. 생방송의 여파는 컸다. 스탯 F급. 일반인이나 다름없는 사람이 겁에 질린 채 S급 헌터 손에 잡혀가는 모습은 퍽 자극적이었을 터다. 심지어 가족에 동물에 친구까지 동원되었다.

'그나마 어린아이는 없었지만.'

박예림까지 있었더라면 한층 더 거세게 여론이 흔들렸을 것이다. 지금도 항의가 쌓여 가고 있었다.

송태원은 턱 아래를 느릿하게 문지르듯 쓰다듬었다. 괴물들을 제 새끼처럼 끌어안고 만족해하는 인간. 그걸 어떻게 대해야 할지 아직 갈피를 잡기 힘들었다.

그는 재차 한숨을 흘리곤 걸음을 옮겼다.

'상처 나면 안 되는데.'

당연하게도 수갑이란 건 차고 있기 편한 물건이 아니었다. 헌터용이라서인지 무겁기도 무거웠다. 테이블에 얹은 손목을 괜히 이리저리 움직였다.

협회의 썩은 뿌리를 드러내기 위해 깔끔하게 내가 미끼 노릇을 하겠다는 소리에, 동생 놈은 당연히 반대했다. 그걸 설득하느라고 계약서에 각서까지 몇 장을 써야 했다.

'피가 날 정도의 상처를 입으면 이후로는 군말 없이 얌전히 자리보전하기로 했지.'

명우와 노아까지 끼어서는 한 장씩 챙겨 갔다. 처음에는 안전할 거야, 안 다칠게 정도로 시작한 것이 마지막에는 무슨 신체포기 각서 수준으로 발전해 버렸다.

혹 부상을 입는다 해도 포션으로 슬쩍 치료해 버리면 그만이지만 피 볼 일 없는 게 최고긴 하지. 들통났다간 눈앞에 들이밀어질 신체포기 각서가 무려 세 장이다. 예림이가 있었다면 네 장이었겠지.

끼익.

묵직한 철제문이 열리는 소리와 함께 송태원이 취조실로 들어섰다. 언제 봐도 딱딱한 얼굴을 하고 있다. S급답게 잘생겼으니 웃음기를 조금만 머금어도 훨씬 부드러워 보일 텐데. 업무상은 저 얼굴이 낫나.

"권총 가지고 다니시네요."

"비각성자 상대용입니다."

짧은 대답이 돌아왔다. 그냥 돌멩이 주워다 던져도 충분할 사람이 총기라니. 힘 조절 못할 수준도 아니고.

"일단 전 무죄를 주장하겠습니다. 여기 녹음되고 있는 건 아니겠죠?"

"녹음도 녹화도 없습니다. 검은 용은 리에트 헌터였습니까."

"지나가던 몬스터였습니다만."

"한유현 헌터에 대한 일은 분명 잘못된 것이었으나 과하셨습니다."

"운 나쁘게 무너진 걸 어쩌겠습니까. 다시 지어야지요."

"절반 정도는 세금입니다."

순간 미안해져 버리고 말았다. 세금, 세금이구나. 하긴 그렇겠지.

"…전 B급이라 세금 고스란히 냅니다. 앞으로 해외에서도 일 많이 들어올 거고, 많이 내겠죠. 해연에서 세금 처리 맡아 주겠다고 했는데 그냥 성실히 내려고요."

평생 넉넉히 먹고살 정도만 벌면 만족한다. 돈 많아 봤자 딱히 쓸데도 없고. 고액 성실 납세자가 될 테니 봐주시죠.

짧은 침묵이 흘렀다. 맞은편에 앉은 송태원이 속을 알기 힘든 표정으로 입을 열었다.

"아직 협조하겠다 결정한 것은 아닙니다. 이대로 한유진 씨를 돌려보낼 수도 있습니다."

내가 미끼 노릇을 하기 위해서는 완벽에 가까운 보호를 벗어나야 했다. 그냥 나 혼자 길거리를 돌아다니는 바보짓을 할 수도 있겠지만, 그건 너무 함정이라고 외치는 꼴이었다. 머리가 있다면 수상쩍음을 눈치채겠지.

그래서 선택한 방법이 바로 구속이었다. 헌터용 구치소는 협회의 손길이 짙게 닿아 있다. 또한 송태원만 자리를 비우면 중하급 헌터들만 남게 된다.

사람 하나 슬쩍 빼돌리기 어렵지 않은 환경이라는 소리다. 심지어 수감된 헌터들이 종종 탈출도 감행하니 내가 사라져도 핑계 대기 좋았다. 며칠 전 노아를 시켜 헌터들 기절시키고 게이트 관련 허위 신고 한 걸로 적당한 죄명도 만들 수 있었고.

"이제 와서 그러시면 안 되죠."

하지만 내가 수감되면 내 중요성 때문에라도 송태원이 보호하게 될 테니 그의 협조가 필요했다. 적당히 자리를 비워 줘야 납치되지.

"협회의 썩은 부분을 도려내는 것을 도와드리는 거 아닙니까."

"해연 길드의 평판을 올리고 협회에 대한 불신을 조장하는 것까지는 동의하지 않았습니다. 지금 상황에서 한유진 씨가 실종된다면 파장이 클 겁니다. 일부러 방송까지 탄 뒤이니 실종을 감출 생각은 전혀 없겠지요."

송태원이 차갑게 말했다. 뭐, 내가 덤 좀 뜯어내려 한 건 사실인데.

"제 한 몸 바치는 건데 그 정도 대가는 받아야지요. 애초에 협회가 깨끗했더라면 이런 일도 없었잖습니까. 자업자득이에요."

"해연 길드장의 이미지 개선은 방송으로도 충분하지 않습니까. 실종 건은 감춰 주십시오."

"과하게 싸고도시네요, 송태원 씨. 협회가 헛짓거리한 거 잘 알고 계시잖습니까. 각성센터만 해도 대책 없이 개장하려 들었고요. 그런데도 편들어 줄 마음이 듭니까? 명색이 공무원이면 협회보단 국민을 먼저 생각하시지요."

아직 벌어지지 않은 일이지만 각성센터 건만으로도 협회는 충분한 쓰레기다. 애초에 전문성 없는 윗대가리부터가 문제였고.

처음부터 이 꼴인 건 아니었다. 공식 아이템 거래소인 쇼핑몰을 만들고 헌터 등록 기반을 마련해 놓은 건 훌륭했다. 던전 낙찰 및 관리 시스템도 잘 짜 놓았지.

그런데 자리 좀 잡히려니까 바로 실무자들을 밀어내더라. 지금 윗대가리들은 그 자리 차지한 지 채 반년도 되지 않았다.

"국민입니까."

송태원의 입꼬리가 미미하게 비틀어졌다.

"협회가 힘을 잃으면 S급 헌터들이 가장 먼저 날뛰기 시작하겠지. 한유진 씨, 당신도 그걸 바라는 게 아닌가. 그놈들과 동등한 위치에 있다고 착각한 채로."

묵직하게 내리깔렸지만 날 선 목소리였다. 공포 저항이 가로막지 않았더라면 상당한 위압감을 느꼈을 것이다.

"절 한참 잘못 보셨군요."

거추장스러운 협회가 없어진다면 애들 놀기 좋긴 하겠지만.

"멀쩡한 상태의 협회라면 있어도 괜찮다고 생각합니다. 제대로 된 실무자가 위에 앉아 있는 협회 말입니다. 송태원 씨 같은."

나를 향한 시선에 한층 더 냉기가 배어들었다. 은혜를 쓸까 말까. 아직은 괜찮을 거 같은데.

"단순히 S급 헌터라는 이유만으로 말이지."

"단순하진-."

드르륵.

내가 앉아 있던 의자가 뒤로 밀려났다. 송태원의 손이 내 멱살을 붙잡고 끌어당긴 탓이었다. 탁자 위로 반쯤 끌어 올려진 채로 눈을 깜박였다. 순식간이네.

"바라는 게 뭡니까."

"세계 평화?"

한 번만 더 헛소리하면 목을 조르기라도 할 듯한 눈빛이다.

"원하는 건 많은데, 이룰 수가 없는 것들이라서요."

"대체 얼마나 큰 욕심을 품고 있기에 당신 위치에서도 이룰 수 없다는 겁니까."

"소소한 겁니다만."

"말해 보시죠."

"여러 가지가 있지만 최근에 바라는 것은, 유현이가 평범하게 학교 다녔으면 좋겠습니다. 친구도 사귀고 연애도 하고. 가끔 술이 과해서 귀가가 늦어지기도 하겠죠. 술주정하는 거 한 번도 못 봤는데."

왜 이렇게 퍼마셨냐, 하고 등짝 때려 줄 날은 영영 오지 않겠지.

시종일관 냉랭하던 송태원의 표정이 살짝 허물어졌다.

"그건……."

"별거 아니죠, 정말. 근데 이걸 누가 들어주겠어요."

세상을 다시 뒤바꿔야 하니 신쯤은 되어야 할까. 난 진짜 바라는 거 별로 없었는데. 그냥 열심히 살다 보면 자연히 다 이루어질 것들 정도만 바랐는데.

혼란이 스민 얼굴을 향해 미소 지었다.

"송태원 씨, 경차에 몸을 욱여넣고 지하철을 타고 권총을 소지하는 건, 아무래도 상관없어요. 저도 바라는 건 예전 그대로거든요. 하지만 안 되는 건 안 되는 거잖아요."

멱살을 잡고 있던 손에서 힘이 빠져나갔다. 나는 자리에 다시 앉아 목깃을 매만졌다.

송태원이 각성 전의 과거에 얽매여 있다는 것은 확실했다. 뭐랄까, 저를 고양이라 믿고 있던 호랑이 같다. 새끼 땐 넉넉히 몸을 옹그릴 수 있었던 종이상자에 한쪽 발만 넣은 채 멍하니 앉아 있는.

'그걸 어떻게 끌어내나.'

남 말 할 처지도 아니라서. 몇 년을 끙끙 앓다 못해 새 삶 살겠다고 회귀한 지금도 미련을 버리지 못한 멍청이라서 말이다. 그래도 난 변화에 대충 맞춰 움직이고는 있지. 송태원도 회귀 한번 해야 바뀌려나?

"…협조는 해 드리겠습니다."

"아, 그럼 밤에 데이트라도 다녀오세요. 전 그사이 납치당해 있을 테니까."

"또한 실종은 제가 책임지겠습니다. 한유진 씨의 중요성과 과거의 납치 건을 알고 있음에도 자리를 비운 것은 중대한 태만이자 실책입니다."

…이 인간 진짜.

"그렇게나 욕먹고 싶으세요? 이미 많이 먹고 있을 듯한데."

송태원은 대답하지 않았다. 하지만 그의 표정에서 무거운 책임을 지고 질타를 받으며 끌어내려질 미래를 꺼리는 기색은 전혀 없었다. 어쩌면 되레 달가운 것은 아닐까.

이 사람도 많이 비틀어져 있구나. 그런 생각이 들었다.

판은 깔아 놓았지만 곧장 소식이 오리란 법은 없었다. 구치소 생활이 길어지면 어쩌나 걱정도 들었지만 다행히도 다음 날 밤, 기다리던 손님이 찾아왔다.

4권에서 계속.

초판 1쇄 인쇄 2024년 12월 02일
초판 1쇄 발행 2024년 12월 26일

지은이 근서
펴낸이 김주형
마케팅 한재혁

펴낸곳 제이플러스미디어(주) | **이메일** jplusmedia@hanmail.net
출판등록 2017년 5월 25일 제25100-2022-000077호

주소 서울특별시 구로구 디지털로 288, 2층 204호(구로동, 대륭포스트타워 1차)
전화번호 02-322-6076 | **팩스번호** 02-332-6076

ISBN 979-11-396-3517-1 (04810)
ISBN 979-11-396-3514-0 (set)

정가 13,000원

*저자와 협의하여 인지는 붙이지 않습니다.
*이 책은 제이플러스미디어(주)가 저작권자와의 계약에 따라 발행한 것으로 본사와 저자의 허락 없이 어떠한 형태나 수단으로도 내용을 이용할 수 없습니다.